40 JAHRE GOLDMANN KRIMI

1952 startet Wilhelm Goldmann die erste deutsche Krimi-Taschenbuchreihe. Dies ist der Auftakt zu einer beispiellosen Erfolgsstory: In vier Jahrzehnten werden weit über 100 Millionen rote Krimis verkauft. Sie stehen für die Entwicklung des Kriminalromans in Deutschland.
Den Anfang machte »Der Frosch mit der Maske« von Edgar Wallace, der auch gleichzeitig der erste Band des neu gegründeten Goldmann Taschenbuchverlags war. Und als 1989 mit »Die Spur des Spielers« von Tom Kakonis der 2500. Goldmann Krimi auf den Markt kam, schloß sich der Kreis vom unsterblichen Klassiker der frühen fünfziger Jahre zum modernen Thriller der achtziger Jahre.

1992 werden die roten Krimis 40 Jahre alt. Aus diesem Anlaß erscheint eine einmalige Jubiläumsausgabe mit 40 herausragenden Titeln, die für vier Jahrzehnte internationale Krimispannung stehen.

Alle Titel der Jubiläumsausgabe:

1 Edgar Wallace: Der Frosch mit der Maske
2 Edgar Wallace: Der Hexer
3 Louis Weinert-Wilton: Die weiße Spinne
4 Margery Allingham: Mode und Morde
5 Dorothy Sayers: Mord braucht Reklame
6 Dorothy Sayers: Es geschah im Bellona Club
7 Raymond Postgate: Das Urteil der Zwölf
8 Nicholas Blake: Der Morgen nach dem Tod
9 Victor Gunn: Das Wirtshaus von Dartmoor
10 Victor Gunn: Die Lady mit der Peitsche
11 Agatha Christie: Mördergarn
12 Agatha Christie: Elefanten vergessen nicht
13 Ngaio Marsh: Ein Schuß im Theater
14 Ngaio Marsh: Ouvertüre zum Tod
15 Sara Woods: Ein Dieb oder zwei
16 Arthur W. Upfield: Der neue Schuh
17 Arthur W. Upfield: Ein glücklicher Zufall
18 Erle Stanley Gardner: Der schweigende Mund
19 Erle Stanley Gardner: Perry Mason und die krumme Kerze
20 Rex Stout: Der rote Bulle
21 Rex Stout: Die Champagnerparty
22 Bill Knox: Ins Netz gegangen
23 Bill Knox: Das Spiel wird ernst
24 Jack Higgins: Nacht ohne Erbarmen
25 Francis Durbridge: Das Halstuch
26 Francis Durbridge: Melissa
27 Georges Arnaud: Lohn der Angst
28 Joseph Hayes: An einem Tag wie jeder andere
29 Ira Levin: Der Kuß vor dem Tode
30 James M. Cain: Doppelte Abfindung
31 Peter O'Donell: Modesty Blaise. Die tödliche Lady
32 Nicolas Freeling: Van der Valk und die Katzen
33 Julian Symons: Nicht zur Veröffentlichung
34 Martin Cruz-Smith: Sing, Zigeuner, sing
35 Margaret Truman: Mord im Weißen Haus
36 Margaret Truman: Die Mauer des Schweigens
37 Gisbert Haefs: Mord am Millionenhügel
38 Georg R. Kristan: Das Jagdhaus in der Eifel
39 Stuart Kaminsky: Kalte Sonne
40 Tom Kakonis: Die Spur des Spielers

MARGARET
TRUMAN

DIE MAUER DES SCHWEIGENS

Murder on Capitol Hill

Kriminalroman

Aus dem Amerikanischen
von Tony Westermayr

Goldmann Verlag

Der Goldmann Verlag
ist ein Unternehmen der Verlagsgruppe Bertelsmann

Made in Germany · 1/92
Sonderausgabe

Umschlaggestaltung: Design Team München
Umschlagfoto: The Image Bank/Hamilton, München
Druck: Elsnerdruck, Berlin
Ge · Herstellung: Klaus Voigt
Krimi 64924
ISBN 3-442-04924-5

Die Hauptpersonen

Cale Caldwell	US-Senator
Veronica Caldwell	seine Frau
Mark Adam Caldwell Cale Caldwell jr.	die Söhne der beiden
Lydia James	Anwältin
Clarence Foster-Sims	Musikpädagoge
Quentin Hughes	Fernseh-Moderator
Christa Jones	seine rechte Hand
Jason DeFlaunce	Organisator
Wilfred MacLoon	US-Senator
Frances Jewel	Geschäftsführer einer Sekte

Der Roman spielt in Washington D. C.

Für meinen Mann Clifton Daniel
und meine Söhne Clifton, William, Harrison
und Thomas.

Kapitel 1

Es war sein Lieblingswerkzeug.

Es wog fast ein Pfund. Das Gewicht rührte hauptsächlich von dem geschnitzten Elfenbeingriff her. Die Klinge hatte eine Länge von gut fünfzehn Zentimetern.

Erst am Vortag war er mit Stahlwolle darübergegangen. Das tat er bei seinem Arbeitsgerät oft. Er war sehr stolz darauf, wie ein Chirurg auf seine Instrumente. Er wußte, daß er ohne sie nicht der Beste in seinem Beruf sein konnte.

Er trat einen Schritt zurück und betrachtete seine Arbeit, seinen bevorzugten Eisstichel in der großen, kräftigen Hand. Er war nicht das, was die meisten Menschen sich unter einem Bildhauer vorstellen. Er hatte nichts Künstlerhaftes an sich. Er war breitgebaut, massig und sehr nordisch. Sein mächtiger Schädel war kahl, sah man von einem schütteren Haarkranz von blonden und grauen Haaren über den Ohren ab. Mitten auf dem Schädeldach ringelte sich noch eine schwer zu bändigende Locke.

Nur noch ein bißchen, sagte er sich, als er wieder vortrat. Er wog den Eisstichel in der Hand und schabte noch ein wenig an der rechten Seite des Werkes. Solange er Eisskulpturen herstellte, war ihm das freudige Gefühl treugeblieben, das ihn überfiel, wenn der Stichel genau an der richtigen Stelle eindrang. Er konnte einen Eisblock innerhalb von Sekunden mit dem Werkzeug spalten, aber auch, wie jetzt, gefühlvoll und mit Geschick eine Wölbung formen, das Relief eines Eisporträts herausmeißeln, gefrorenes Wasser in alles verwandeln, was er wollte.

Wieder ein Schritt zurück, um einen besseren Überblick zu gewinnen. Gut, dachte er. Nur noch eine Kleinigkeit.

»Sieht gut aus«, sagte ein Angestellter des Restaurants hinter ihm. Die Stimme lenkte ihn ab. Sein Kopf fuhr herum, und er spürte, wie die Spitze des Stichels sich in den linken Daumen bohrte.

»Ach, verdammt«, sagte er und starrte auf seine Hand. Es war keine tiefe Wunde, nur ein kleines Loch in der Haut, aus der ein kleiner Blutstropfen quoll.

»Tut mir leid«, sagte der Angestellte.

Der Eisbildhauer lachte und schüttelte den Kopf.

»Hab' mich schon seit Jahren nicht mehr gestochen.« Er legte das Werkzeug auf den Tisch. Die Spitze war ein wenig blutig. »Außerdem bin ich schon fertig«, fuhr er fort, während er am Daumen saugte. Er griff nach einer schwarzen Ledertasche mit seinem Arbeitsgerät. »Wie eine Chirurgentasche«, sagte er oft.

Er warf einen letzten Blick auf sein Werk, drehte sich um und verließ den großen Bankettsaal.

»Seinen Stichel hat er vergessen«, sagte der Angestellte leise zu einem Kollegen, der eben aus der Küche getreten war. »Kein Wunder. Er hat sich gestochen.«

Der zweite junge Mann warf einen Blick auf das Werkzeug und meinte lächelnd: »Nur gut, daß das nicht an der falschen Stelle passiert ist. Mit dem Ding kann man einen umbringen.«

Kapitel 2

Senator Cale Caldwell betrat den Speisesaal des Senats Punkt zwölf Uhr mittags. Er kam gerne frühzeitig zum Mittagessen, weil dann sein Lieblingstisch in einer entlegenen Ecke mit Blick auf alle, die kamen und gingen, frei war. Er hätte zwar verlangen können, daß der Tisch jederzeit für ihn reserviert gehalten wurde, wie andere es taten, verzichtete aber darauf, was ihn bei Kellnern und Direktion besonders beliebt machte. Nicht, daß Cale Caldwell die Vergünstigungen, die seine Stellung als Mehrheitsführer des Senats und Vorsitzender des Finanzausschusses mit sich brachte, nicht zu schätzen gewußt hätte. Er genoß sie so sehr wie alle seine Kollegen. Aber es gefiel ihm, bei denen beliebt zu sein, die ihn bedienten, vor allem in Restaurants. Das lag, wie er manchmal dachte, vermutlich daran, daß er selbst Aushilfskellner gewesen war, um sein Studium an der juristischen Fakultät der Universität von Virginia zu finanzieren.

»Senator Caldwell«, sagte der zweite Geschäftsführer, »Sie sehen heute prächtig aus.«

»Danke, Charles, so fühle ich mich auch. Aber das ist bei mir immer so, wenn es im Herbst das erstemal kalt wird. Was gibt es heute Gutes?«

»Heute ist Tag von Vermont, Senator.«

»Wirklich? Muß ich dann Pfannkuchen mit Ahornsirup nehmen?«

Charles lachte.

»Natürlich nicht, Senator.« Er blickte auf die mitgeführte Speisenkarte. »Wir haben Gemüseeintopf, Rindfleisch im Teigmantel und Huhn im Römertopf.«

Caldwell betrat den Speiseraum und ging zu seinem Tisch. Unterwegs murrte er: »Ich habe nie verstanden, warum jeder Tag irgendeinem verflixten Bundesstaat gewidmet sein muß. Keine Bohnensuppe?«

»Doch, Sir. Speisen Sie allein?«

Caldwell zog einen Stuhl vom Tisch.

»Nein, mein Sohn kommt noch.«

»Sehr wohl. Das Übliche für Sie?«

»Bitte.«

Er machte es sich bequem, zog eine lange, schwarze Socke hoch, die heruntergerutscht war, und breitete eine weiße Stoffserviette auf seinen Knien aus. Er entdeckte am Rockaufschlag seines dunkelblauen Anzugs ein weißes Stäubchen und schnippte es weg. Cale Caldwell galt als einer der bestgekleideten Männer auf dem Kapitol. Eine Washingtoner Kolumnistin hatte ihn wiederholt an die Spitze gesetzt, wenn es darum gegangen war, die jährliche Liste der bestgekleideten Personen aufzustellen. Er hatte sich als Student gute Kleidung nicht leisten können und war im Umgang mit seinen wohlhabenderen Kommilitonen an der Universität oft verlegen gewesen. Nach dem Abschluß des Studiums und seiner Karriere als Jurist und Politiker war Kleidung für ihn beinahe zu einer Besessenheit geworden.

Er winkte einem Senator an einem anderen Ecktisch zu, dem man eine große Platte Garnelen kalt serviert hatte. Der Senator ließ sie sich jeden Tag frisch einfliegen und im Kühlraum aufbewahren. Der Küchenchef hatte für die Garnelen eine Spezialsauce geschaffen und die Platte mit Tomaten, Radieschen und Gürkchen garniert. Da der Senator sich seine Garnelen selbst besorgte, wurde für seine Mahlzeiten nie etwas verlangt. Ranghöhe – und Meeresfrüchte eigener Herkunft – hatte seine Vorteile.

Charles brachte eine Virgin Mary – Bloody Mary ohne Wodka –, weil im Speisesaal des Senats Alkohol nicht ausgeschenkt wurde.

»Auf Sie«, sagte Caldwell, während er sein Glas erhob.

»Auf die Redskins«, sagte Charles. »Sie haben gestern abend gewonnen.«

»Ich weiß, mein Sohn und ich waren da. Tolles Spiel.« Er entdeckte am Eingang seinen Sohn, stand auf und winkte ihn heran.

»War ein gutes Spiel, Papa, was?«

»Und ob. Hat das mit deinem Termin heute vormittag geklappt?«

»Sicher. Ich glaube, er ist einverstanden. Ich könnte einen neuen Mandanten gebrauchen.«

Sie bestellten: Bohnensuppe für den Senator und Huhn für seinen Sohn. Als ihre Vorspeisen gebracht wurden, fragte Caldwell: »Hast du von deinem Bruder gehört?«

Sein Sohn schüttelte den Kopf und starrte den Salat an. Sein Vater beobachtete ihn. Sie sahen sich sehr ähnlich, waren beide hochgewachsen und schlaksig, mit dichten Haarmähnen, auch wenn Cale seniors Haare schon silberweiß geworden waren. Beide besaßen grüne Augen und Adlernasen. Cale junior war in die Fußstapfen seines Vaters getreten und hatte ein Jurastudium an der Universität von Virginia abgeschlossen. Nachdem er in zwei hochgeachteten Kanzleien in New York und in Washington tätig gewesen war, hatte er seine eigene eröffnet. Mit der Zeit war daraus immer mehr eine Betätigung als Lobbyist geworden. Er vertrat drei Industriellenvereinigungen ebenso wie die Interessen einer konservativen Stiftung, die gesellschaftliche Veränderung durch politische Bestrebungen zum Ziel hatte. Alle beide wußten, daß die hohe Stellung des Senators im Kapitol dazu beitrug, Klienten für seinen Sohn anzulocken. Sie achteten besonders darauf, diesen Wettbewerbsvorteil nicht in auffälliger Weise auszunützen.

»Erzähl mir von dem neuen Klienten«, sagte der Senator.

»Nicht viel zu erzählen. Kleiner Gewerbeverband, der einen losen Zusammenschluß von Uhrenherstellern im Land vertritt. Man wünscht Handelsbeschränkungen für Japan, das ist alles.« Er lachte spöttisch. »Wieder einmal die alte Geschichte heute. Weil ich Cale junior heiße, nehmen sie an, daß ich der älteste Sohn bin. Mußte sie aufklären, daß das nicht stimmt. Möchte nur wissen, warum man überhaupt davon anfängt.«

Sein Vater lächelte und wischte sich den Mund. Er hatte seinen Erstgeborenen Cale jr. nennen wollen, aber dann dem Wunsch seiner Frau nachgegeben, den ersten Sohn nach ihrem Vater zu benennen, einem bekannten, reichen Landbesitzer und Industriellen aus Virginia, dessen Herkunft bis auf Thomas Jefferson zurückging, und der Mark Adam geheißen hatte. Der Älteste des Senators war also Mark Adam Caldwell genannt worden. Zwei Jahre später war der zweite Sohn auf die Welt gekommen und hatte den Namen Cale seines Vaters bekommen.

Caldwell Vater schloß seine Mahlzeit mit einem Stück Kuchen ab. Sein Sohn verzichtete auf eine Nachspeise.

»Triffst du dich in der letzten Zeit mit jemand Bestimmtem?« fragte der Senator.

Wieder schüttelte sein Sohn den Kopf. Caldwell junior paßte es nicht, wenn sein Vater sich für sein Privatleben interessierte. Die beiden Brüder hatten nie geheiratet, obwohl Cale junior ein reges Privatleben führte. Er war in einer Stadt, wo es von alleinstehenden Frauen nur so wimmelt, ein hochbegehrter Junggeselle und war bei Banketten, halboffiziellen Abendgesellschaften und anderen gesellschaftlichen Anlässen oft als Begleiter schöner Frauen zu sehen. Erstaunlicherweise war es sein Vater, der am meisten darauf drängte, sein Sohn solle sich verheiraten und Kinder in die Welt setzen. Veronica Caldwell schien Gefallen daran zu finden, daß ihr jüngerer Sohn sich ungebunden und locker in der Gesellschaft bewegte, und lachte oft über die Einwände ihres Mannes.

»Bringst du jemand mit zu dem großen Fest, das deine Mutter übermorgen für mich gibt?«

»Ich weiß noch nicht, Papa. Ich werde da sein. Ist das nicht genug?«

Der Senator schaute sich um, ob noch jemand die Feindseligkeit in der Stimme seines Sohnes bemerkt hatte. Er beugte sich über den Tisch.

»Was ist denn los mit dir, zum Teufel?«

»Nichts. Ich halte es zufällig für großartig, daß Mutter das für dich tut, aber was ich höre, sind sarkastische Bemerkungen. Du solltest dich darüber freuen, daß sie dich so liebt, daß sie sich so viel Mühe gibt, um dir zu Ehren –«

»Ich weiß, ich weiß«, sagte er. Er meinte es auch fast im Ernst, aber noch mehr kam es ihm darauf an, das Gespräch in andere Bahnen zu lenken. Er wußte, daß sein Sohn recht hatte. Was die Künste anging, so brachte er zwar keine übermäßige Zuneigung oder Wertschätzung für sie auf, hatte aber in verschiedenen Ausschüssen alles getan, um jenen Teil des Bundeshaushalts zu erhöhen, der für die schöpferische und darstellende Kunst vorgesehen war – weil dies seiner Frau so am Herzen lag. In diesem Jahr hatte dieser Posten eine bislang unbekannte Höhe erreicht, und ein beachtlicher Teil davon war dem Caldwell-Center für darstellende Künste zugedacht.

Man hätte vielleicht sogar hochgezogene Brauen bemerken können, wären das Format Cale Caldwells und sein Ruf für Aufrichtigkeit und Integrität geringer gewesen. Tatsächlich war dem Hätschelkind seiner Frau, dem Center, nur zugesprochen worden, was man als angemessenen Anteil am Kuchen bezeichnen konnte. Er hatte sich über normale Kanäle um Zuschüsse beworben. Ihr enger Freund Jason DeFlaunce hatte die Kampagne in ihrem und des Beirats Namen angeführt. Ein gleichzeitiger und energischer Feldzug zur Beschaffung von Privatspenden innerhalb der Gesellschaft und unter den Künstlern von Washington hatte große Geldbeträge zur Ergänzung der Bundeszuschüsse erbracht. Alles in allem hatte es für das Kunstzentrum finanziell niemals glänzender ausgesehen, und Veronica Caldwell gab als erste zu, daß die Bemühungen ihres Mannes im Kongreß und die Verbindung seines Namens mit dem Spendenaufruf eine wichtige Rolle gespielt hatten. Aus diesem Grund hatte sie darauf bestanden, in zwei Tagen im größten privaten Speisezimmer des Senats ein Fest für ihn zu geben. Es sollte eine große Zahl ihrer Mitarbeiter im Kunstzentrum teilnehmen, einige von Cales engsten Freunden, seine Familie und, um auch die Öffentlichkeit weiterhin zu interessieren, ausgewählte Vertreter von Presse und Unterhaltungsmedien.

Sie verließen den jetzt überfüllten Speisesaal. Unterwegs blieben sie an einigen Tischen stehen, damit Caldwell Freunde begrüßen und seinen Sohn vorstellen konnte. Endlich erreichten sie den Korridor.

»Wo fährst du jetzt hin?« fragte der Senator.

»Ins Büro, dann bin ich früh zum Abendessen verabredet.«

»Ein Klient?«

»Ja doch!«

»Ich habe eine Ausschußsitzung, ein paar Abstimmungen und einen Termin beim Arzt. Wär schön gewesen, wenn du frei gewesen wärst. Ich weiß, daß deine Mutter dich gern beim Abendessen sähe. Sie hat dich eine Weile nicht zu Gesicht bekommen.«

»Sie ißt heute abend auswärts und ist dann im Center.«

»Oh.«

»Ich habe sie heute früh angerufen.«

Sie gingen ein paar Schritte weiter, dann sagte Cale junior: »Papa . . .«

Caldwell blieb stehen und sah seinen Sohn an.

»Ist immer noch eine Anhörung über religiöse Sekten geplant?«

»Schwer zu sagen. Senator MacLoon scheint dagegen zu sein.«

»Könntest *du* denn nicht etwas tun, um sie zu unterbinden?«

Caldwell zog die Brauen hoch.

»Das ist eigentlich nicht mein Gebiet –«

Das Gesicht seines Sohnes wurde hart, die Lippen preßten sich zusammen. Wenn er diesen Ausdruck zeigte, sah er aus wie seine Mutter, wenn sie verstört oder zornig war. Cale Caldwell hatte diese Miene bei beiden von Anfang an verabscheut.

»Es ist doch dein Gebiet«, warf sein Sohn ein. »Es ist unser aller Gebiet.«

»Komm abends mal zum Essen, dann sprechen wir darüber. Ich darf die Sitzung nicht verpassen.«

»Dir ist das im Grunde doch ganz egal –«

Caldwell schaute sich um. Sein Sohn hatte die Stimme erhoben.

»Wir besprechen das zu Hause, wie es sich gehört. Also, danke für dein Kommen. Mir hat das Essen Spaß gemacht.«

»Ja, hm, mir auch ... wir sehen uns bei deinem ... Ehrenfest.«

Sein Vater sah ihn an. Er fragte sich, ob er sich den Anflug von Sarkasmus wirklich nur einbildete.

Kapitel 3

Lydia James war froh darüber, daß das Konzert vorbei war. Sie schätzte Haydn nicht übermäßig, auch wenn ihr manche Symphonien gefielen, etwa die »Londoner« mit der Nummer 101.

Sie blickte durch die nur zum Teil gefüllte Halle zur Schirmherrin des Konzerts hinüber: Veronica Caldwell, Ehefrau des Mehrheitsführers im Senat und Lydias Freundin. Veronicas Gesicht verriet, wie sehr ihr der Abend gefiel. Veronica hatte eine große Vorliebe für Streichquartette.

»Bravo«, rief Veronica, während sie im Stehen Beifall klatschte. Die vier Musiker hatten sich erhoben und verbeugten sich.

Lydias Nachbar seufzte und kratzte sich am Adamsapfel.

»Das Beste für Haydns Entwicklung war, daß er Mozart kennenlernte. Danach ging es erst richtig aufwärts.«

Lydia lächelte und legte die Hand auf den Arm von Clarence Foster-Sims. Unter anderem war er ihr letzter Klavierlehrer gewesen, bevor sie ihren ursprünglichen Traum aufgegeben hatte, Konzertpianistin zu werden. Statt dessen war sie Juristin geworden, und eine sehr gute dazu. Sie hatte Clarence einmal vorgeworfen, er sei so streng zu ihr, daß das ihr Selbstvertrauen zerstöre, mußte schließlich aber einräumen, daß seine fordernde, ätzende Art mit dazu beigetragen hatte, sie statt zu einer mäßigen Pianistin zu einer brillanten Rechtsanwältin zu machen.

Die Zuschauer schoben sich durch die Reihen und verließen den Konzertsaal. Foster-Sims entschuldigte sich, und Lydia blickte ihm nach. Seine hochgewachsene, eckige Gestalt in einem braunen Tweed-Anzug schlängelte sich zwischen den Leuten hindurch zur Herrentoilette. Ein gutaussehender, selbstsicherer Mann, dachte sie. Sinnlos, es zu bestreiten – sie fühlte sich sehr zu ihm hingezogen . . .

»Lydia –«

Sie drehte sich um und sah Veronica Caldwell vor sich.

»Ah, hallo, Veronica. Mir hat es sehr gut gefallen.«

»Mir auch. Je öfter ich Haydn höre, desto klarer wird mir, wie schlimm es für ihn gewesen sein muß, mit dieser schrecklichen Frau verheiratet gewesen zu sein . . . Du siehst wundervoll aus.«

»Danke.« Lydia wußte das Kompliment zu schätzen, obwohl sie sich gar nicht wundervoll fühlte. Sie hatte einen langen, harten Tag in der Kanzlei hinter sich und kaum Zeit gehabt, sich zu frisieren und rasch ein beiges Leinenkostüm anzuziehen, bevor Foster-Sims sie abgeholt hatte.

»Ist Cale hier?« erkundigte sich Lydia nach Veronicas Mann. Sie hätte sich gewundert, wenn das der Fall gewesen wäre. Cale Caldwell war kein Konzertbesucher, obwohl er pflichteifrig die kunstmäzenatischen Neigungen seiner Frau und das Center unterstützte, das ihren Familiennamen trug.

Veronica winkte im Foyer jemandem zu und sagte: »Nein, er ist bei irgendeinem Match . . . Baseball, Football, ich weiß nicht genau.«

»Fertig?« fragte Foster-Sims, als er sich durch das Gedränge gezwängt hatte und wieder vor Lydia stand.

»Ich denke schon.«

»Gut. Trinken wir unterwegs noch einen Schluck. Haydn ist so trocken, daß ich hinterher immer ganz durstig bin.«

»Das ist zwar Unsinn, aber einverstanden . . . Gute Nacht, Veronica«, sagte Lydia.

Bevor sie das Weite suchen konnten, tauchte aber Jason DeFlaunce auf. Er trug eine grüne Samtjacke, ein weißes Hemd mit offenem Kragen, eine breite, braun-grüne Paisly-Krawatte, dazu eine zerknitterte graue Hose und braune Schuhe. Lydia hatte Jason nie sonderlich gemocht. Immerhin, er war in Washington sogenannten kreativen Kreisen wohlbekannt als einer, der etwas zuwege brachte – mit anderen Worten, daß er Geld für die schönen Künste lockerzumachen verstand, was gerade Veronica Caldwell zu schätzen wußte. Manchen Leuten galt Jason auch als witzig und mit guten Beziehungen ausgestattet. Foster-Sims hatte ihn einmal einen nicht registrierten Lobbyisten genannt – »unregistrierte Hure«, so hatte er sich in Wahrheit ausgedrückt. Clarence hielt mit seiner Meinung nicht hinter dem Berg.

»Hallo, Jason«, sagte Lydia. »Sie sehen ... gut aus.«
Augenbrauen wölbten sich höher.

»Eigentlich fühle ich mich gar nicht so gut. Ich fürchte, ich werd's nicht mehr lange machen.«

»Das tut mir aber leid«, sagte sie unbewegten Gesichts. Jason hielt Foster-Sims die Hand hin, der sie prüfend zu betrachten schien, bevor er sie ergriff.

»Jetzt aber los«, sagte er zu Lydia.

Sie nickte.

»Also, auf bald, Veronica, und schöne Grüße an Cale.«

»Ich gebe sie weiter, falls ich ihn je zu Gesicht bekomme. Mit einem Senator verheiratet zu sein, ist nicht das reine Vergnügen ... Du kommst doch zu Cales Fest, nicht wahr, Lydia?«

»Sicher.«

»Sie auch, Clarence?«

»Nicht im Traum würde ich das verpassen.« Falls ihm nicht eine Ausrede einfiel, woran er zweifelte.

Lydia und Clarence fuhren zu einer Bar im Hotel »Madison« und bestellten Cognac – sie Hennessy, er Rèmy Martin. Die Bar war fast leer. Sie ließen sich in einer Ecknische nieder und nippten an ihren Gläsern.

Lydia brach das kurze Schweigen.

»Veronica hat mir heute abend leid getan, Clarence.«

»Wieso?«

»Ach, ich weiß nicht. Ich mag sie sehr, von Anfang an. Sie hat soviel durchgemacht, trotz Geld und Ehe und Erfolg. Ich spüre immer eine gewisse Traurigkeit in ihr.«

»Mag sein ... aber mir fällt es schwer, da mitzufühlen.«

Sie verzieh es ihm. Hinter der rauhen Schale und den oft zynischen Worten verbarg sich ein einfühlsamer, empfindsamer Mann mit eisernem Willen, aber beschränkter Duldsamkeit für Dummköpfe und Wichtigtuer, von denen es in Washington gerade genug gab. Über sich selbst machte er sich auch nichts vor.

Vor vier Jahren war er zu dem Schluß gekommen, daß er sein Leben damit vergeudet hatte, ab dem vierten Lebensjahr Klavier zu spielen. Er hatte beschlossen, seinen Steinway-Flügel nie mehr anzurühren, und hielt sich daran, ohne Rücksicht darauf, wie betrunken er bei seinem Schwur gewesen sein mochte. Aber er war ein hervorragender Klavierpädagoge gewesen. Viele seiner Schüler hatten auf eindrucksvolle Weise Karriere gemacht. Er hatte einfach entschieden, daß ihm das Talent zum Konzertpianisten fehlte, und viel besser dabei aufgehoben war, jene zu unterrichten, die das Zeug dazu in sich hatten. Lydia achtete und bewunderte ihn, war vielleicht auch ein wenig in ihn verliebt. So genau wußte sie es selbst nicht . . .

Ein Mann an der Bar starrte sie bewundernd an. Das war bei den meisten Männern in Bars üblich, sagte sie sich, vor allem dann, wenn sie zuviel getrunken hatten. Trotzdem verfehlten die bewundernden Blicke ihre Wirkung nicht völlig. Lydia war eben vierzig geworden. Sie war schon einmal verheiratet gewesen, aber schon mit einundzwanzig Jahren. Die Ehe hatte zwei Jahre gehalten. Sie hatte ihren Mann am Konservatorium kennengelernt. Er war ein begabter Streicher gewesen.

In Wahrheit war sie mit ihrem Aussehen zufrieden, gesegnet mit guten Erbmerkmalen, die eine hochgewachsene, biegsame, weiblich-volle Figur hervorgebracht hatten. Sie hielt sich durch regelmäßige Gymnastik in Form – nichts Anstrengendes, aber beharrlich ausgeführt.

Lydia und Clarence hatten beide schottische Vorfahren. Ihre waren aus Inverness gekommen, die seinen aus dem südlicher gelegenen Edinburgh. Niemand konnte je im Zweifel darüber sein, daß er Schotte war. Man sah das schon an seinem hellen Teint. Sie dagegen verfügte über eine erstaunlich dunkle Hautfärbung und hatte hier und dort als jüdischer oder italienischer Abstammung gegolten. Sie trug eine schwarze, dichte Haarmähne und hatte dunkle Augen, die wohl von dem französischen Teil ihrer Vorfahren herrührten.

Sie trank wieder einen Schluck Cognac.

»Weißt du, was ich jetzt möchte, Clarence? Ein bißchen Jazz hören.« Sie interessierte sich seit Jahren für Jazz und sammelte eifrig Schallplatten. Sie hatte versucht, Veronica Caldwell davon zu überzeugen, daß der Jazz Amerikas einzige eigenständige Kunstform sei und ins Programm des Kunstzentrums gehöre, aber Veronica war nur schwer zu bekehren. »Komm schon, im *Blues Alley* spielt Monty Alexander.«

Sie fuhren also zu dem Jazzklub im Stadtteil Georgetown und hörten sich eine ganze Nummernfolge an, bevor er sie zu dem Stadthaus in der Nähe brachte, das sie vor vier Jahren gekauft hatte.

»Kommst du mit rein?« fragte sie.

»Hm, der Rücken macht mir wieder mal zu schaffen, und –«

»Ach, sei doch still und komm rein.«

»Oh, diese modernen Frauen.« Und während er sie in die Arme nahm, dachte er: Wie gut, daß es sie gibt . . .

Früh am nächsten Morgen, kurz bevor er ging, nahm sie ihm das Versprechen ab, daß er sie zu Senator Caldwells Feier begleiten würde.

Er nickte unglücklich, küßte sie und sagte: »Na ja, man hat mir ja immer gesagt, daß alles seinen Preis hat«, und flüchtete, bevor sie ihm etwas nachwerfen konnte.

Sie lehnte sich an die geschlossene Tür und lächelte unwillkürlich. Eine wunderschöne Nacht war das gewesen, mit einem wunderbaren Mann. Das Leben hatte seine guten Seiten . . .

Der Tag der großen Party bestätigte die Wahrheit von Lydias Gedanken. Es war ein langer, ärgerlicher Tag in der Kanzlei mit einem Mandanten gewesen, den sie beinahe lieber angeklagt als verteidigt hätte. Ein ganz sturer Kerl, der entschlossen zu sein schien, sich alles selbst zu verderben . . . Als sie heimfuhr, war ihr klar, daß gerade noch knapp die Zeit blieb, sich umzuziehen, bevor Clarence sie abholte.

Sie hetzte ins Haus, riß sich die Sachen herunter, duschte, trocknete sich ab und ging zu einem der beiden großen Kleiderschränke. Sie suchte sich ein elegantes, dunkelorangefarbenes Abendkleid aus, das hinten noch weiter ausgeschnitten war als vorne. Sie legte nur Lippenstift auf, band ihr Haar zu einem Knoten zusammen und legte eine dünne Goldkette um den Hals. Die Uhr auf dem Nachttisch zeigte 18.15 Uhr an. Fünfzehn Minuten. *Good Housekeeping, Esquire* und *Newsweek* waren mit der Post gekommen. Sie blätterte kurz in den Zeitschriften. Auf dem Umschlag von *Good Housekeeping* wurden die Leser auf ein Interview mit »der First Lady der Kunst in Washington, Veronica Caldwell« verwiesen.

Sie hatte das mit Veronica geführte Gespräch eben aufgeschlagen, als der Türgong ertönte. Sie machte auf.

»Hallo. Ich wollte eben ein Interview mit Veronica lesen.«

»Nimm es mit«, sagte er. »Lies es im Auto. Dann kannst du hernach klug mitreden.«

»Ach, sei doch still«, sagte sie lächelnd. Sie nahm die Zeitschrift aber mit und las das Interview, während Clarence sie zur Party steuerte.

Er fand einen Parkplatz, nachdem er zweimal um den Häuserblock herumgefahren war, ging um den Wagen herum und öffnete ihr die Autotür.

»Übrigens siehst du wunderschön aus«, sagte er, als sie über die Straße zum Senatsgebäude gingen.

»Vielen Dank, Sir«, gab sie zurück. Sie freute sich.

»Und was stand nun in dem Blatt über Veronica?«

»Es ging um das Center, ihre Rolle als Ehefrau eines Senators und als Mutter, ihre Erwartungen für die Zukunft der Künste in Amerika. Du weißt schon, was da gefragt wird. Die Aufnahmen sind großartig.«

»Großartig . . . Na, ich hoffe, wir haben mehr Glück als bei dem letzten Empfang, auf dem ich hier war . . . der Gastgeber wollte vom Alkohol los, und es gab einen gräßlichen Punsch ohne alles. Irgendein Limonadenzeug.«

»Der Empfang wird wohl sehr kurz gewesen sein.«

»Und ob.« Er blieb auf den Stufen stehen, sah sie an und betonte noch einmal, wie gut sie aussehe. Aber der Traum in der vergangenen Nacht ließ ihn nicht los. Freilich nur ein Traum, aber sie war darin gestorben . . . Sie hatten an einer Party teilgenommen, aus der plötzlich ein Leichenschmaus geworden war. Er war an den Sarg herangetreten. Da hatte sie gelegen, in einem Kleid ganz ähnlich dem, das sie jetzt trug, eine Rose in den Händen, einen grauenhaft friedlichen Ausdruck auf dem Gesicht.

Er griff nach ihrem Arm und führte sie die Stufen hinauf. Unsinn, Träume sind Schäume, dachte er . . . fang bei Lydia nicht davon an, nimm das nicht ernst. Vor dem Schlafen sollte man eben nichts mehr essen.

Lydia sah ihn an.

»Ist etwas? Du siehst so komisch aus.« Sie schien unter dem weißen Wollschal um ihre Schultern zu frösteln, kam es Clarence vor. Oder war er das selbst?

»Nein, sei nicht albern. Alles ist in bester Ordnung. Aber es wird kalt.« Er legte den Arm um ihre Schultern. »Der Wind. Gleich sind wir im Warmen.«

Kapitel 4

Charles traf die letzten Vorbereitungen für den Empfang bei den Caldwells, bei denen er – über Jason DeFlaunce – eng mit Veronica Caldwell zusammengearbeitet hatte. Im allgemeinen schätzte Charles es nicht, wenn er mit Ehefrauen von Senatoren zu tun hatte; sie waren zu rasch damit bei der Hand, Macht und Einfluß ihrer Männer ins Spiel zu bringen. Was das Fest der Caldwells anging, so hätte er aber lieber mit Mrs. Caldwell als mit De-

Flaunce zu tun gehabt. Der Mann war ihm zuwider. Da die Frau des Senators aber offenbar größtes Vertrauen zu ihm besaß und ihm für die Vorbereitungen praktisch freie Hand gelassen hatte, war Charles kaum etwas anderes übriggeblieben, als sich damit abzufinden.

Die Gästeliste umfaßte hundertzwanzig Namen. Man hatte sich für eine eher schlichte Ausrichtung entschieden. Hors d'œuvres und Häppchen sollten jedoch reichlich vorhanden sein.

Als Blickfang diente eine große Eisskulptur in der Form des Bundesstaates Virginia, in dem der Senator zu Hause war und deren Wähler er vertrat. Charles hatte die Figur eines Sportlers vorgeschlagen, vielleicht einen Footballspieler, der den Rugbyball eben nach vorne schleudern wollte, aber Jason hatte – nicht unerwartet – sein Veto eingelegt. Ein Eisbildhauer, der in der großen Gesellschaft Washingtons einen Ruf hatte, war mit der Herstellung der Eisplastik beauftragt worden und hatte ganze Arbeit geleistet: Eineinhalb Meter hoch stand das Gebilde schimmernd unter roten und blauen Lämpchen.

Auf einem anderen Tisch stand ein »Garnelenbaum«, den Charles vor einem Jahr aus ausrangiertem Silberservice selbst gebastelt hatte. Es waren fast fünfundzwanzig Kilogramm Riesengarnelen bestellt worden, zehn Stück für jeden Gast. Die vier abgestuften Etagen waren an den Rändern mit Garnelen und Zitronenscheibchen belegt, in der Mitte der Silberplatten Garnelen auf farbige Cocktailstäbchen gespießt aufgehäuft. Die Garnelen waren vor dem Schälen in einer Sauce aus Importbier, Kräutern und Gewürzen mariniert und schließlich mit Zitronensaft beträufelt worden. In einer Silberschüssel vor dem Tafelaufsatz harrte eine Cocktailsauce der Gäste.

»Bin begeistert«, sagte Jason zu Veronica, während Charles die letzten Handgriffe ausführte.

»Einfach prachtvoll«, sagte sie. »Ein Bravo für Sie und Ihre Leute, Charles.«

»Vielen Dank, Mrs. Caldwell. Hoffentlich ist der Senator zufrieden.«

Der Raum war durch grüne Falttrennwände aufgeteilt, damit zwischen Getränken und Speisen kein Gedränge entstehen konnte. Einer der besten Barpianisten Washingtons erschien sehr früh und wischte jeden Quadratzentimeter des Flügels mit einem weichen Tuch ab. Er hatte es aus einer Ledertasche von Gucci gezogen, die auch die Noten für beliebte Unterhaltungsmelodien enthielt.

Als die ersten Gäste eintrafen, entschuldigte Veronica sich bei Jason und Charles, und ging sie begrüßen. Lydia und Clarence waren unter den ersten. Nachdem sie sich kurz mit ihrer Gastgeberin unterhalten hatten, zog es sie an eine der aufgebauten Bars.

»Okay, meinethalben können wir jederzeit gehen«, sagte Clarence, nachdem er einen Cognac bekommen hatte. Das war sein üblicher Spruch sofort nach Ankunft bei solchen Festen.

»Schau mal«, sagte Lydia, ohne darauf einzugehen, und wies mit dem Kinn zur Tür. »Kann sein, daß ich mich irre, aber das scheint Mark Adam Caldwell zu sein.«

»Und?«

»Clarence! Wenn er das wirklich ist, hat Veronica ein Bravourstück geschafft. Schließlich ist Mark Adam der verlorene Sohn, das schwarze Schaf der Familie.«

Clarence betrachtete den jungen Mann, der hereingekommen war. Als erstes schoß ihm durch den Kopf, daß Mark Adam, wenn er ein Caldwell war, das Kind von Veronica mit einem anderen Mann oder von Cale Caldwell mit einer anderen Frau sein mußte. Oder . . . Er hatte keinerlei Ähnlichkeit mit den anderen Familienmitgliedern, besaß nichts von ihren aristokratischen Zügen. Er war nicht einmal so groß wie seine Mutter. Er hatte einen Stiernacken, einen kaum nennenswerten Hals, und breite, muskulöse Schultern, entstanden durch jahrelanges Gewichtheben. Dunkle, kleine Augen waren in ständiger Bewegung wie auf Kugellagern in einem breiten, fleischigen Gesicht. Seine Nase hätte einem Berufsboxer gehören können. Sein Kopf war glattrasiert. Er trug einen schlechtsitzenden, hellen Anzug. Der Hemdkragen grub sich in die Halsfalten, seine Krawatte reichte kaum über den starken Bauch.

»Ich kannte ihn, bevor er Aussteiger wurde und sich dieser verrückten Sekte in Virginia anschloß«, sagte Lydia.

»Das war für seinen Vater wohl sehr peinlich, wie?«

»Ist es immer noch. Veronica sagt, daß Cale ihm das nie verziehen hat. Ich staune, daß er hier ist. Ich dachte, er wäre enterbt worden.«

»Vielleicht hat sich das gelegt. Der verlorene Sohn kehrt zurück und bittet seinen Vater um Vergebung. Wird er ihm verzeihen?«

Lydia zog die Schultern hoch.

»Wer weiß . . . Veronica hat ihn hergebracht, und ich kann nur annehmen, daß Cale sich freuen wird, ihn wiederzusehen.«

Sie sahen Mark Caldwell nach, als er zu einer entlegenen Ecke ging, sich an die Wand lehnte und mürrisch verfolgte, wie seine

Mutter ihre Gäste begrüßte.

»Warum sprichst du nicht mit ihm?« meinte Clarence. »Er sieht ziemlich elend aus.«

Sie tat es.

»Mark Caldwell?« sagte sie, als sie mit ausgestreckter Hand auf ihn zuging.

Er starrte sie an wie ein in die Enge getriebenes Tier seinen Feind, dachte sie.

»Ich bin Lydia James. Erinnern Sie sich?«

Offenkundig war das nicht der Fall, aber er gab ihr immerhin die Hand, bevor eine lange Verlegenheitspause eintrat. Schließlich sagte sie: »Ein großer Abend für Ihren Vater.«

»Schon möglich. Entschuldigen Sie, ich möchte mir etwas holen.« Er ging mit schnellen Schritten zu einer Bar und ließ sich Limonade geben.

Lydia kehrte zu Clarence zurück.

»Das ging aber schnell«, sagte er.

»Er war nie sehr gesprächig, aber trotzdem recht nett. Ich hoffe, er fängt sich und verläßt diese schreckliche Sekte. Abscheulich, was sie mit Menschen machen können, die für so etwas anfällig sind. Man möchte ja meinen, nach Jonestown und den ganzen Enthüllungen hätte sich das geändert, aber es gibt immer wieder neue. Mein Gott, sogar die Tochter des Senators, der umgebracht worden ist, ging hin und suchte sich einen Guru . . .«

Neue Gäste trafen ein. Ein paar davon gesellten sich zu Lydia und Clarence, aber Lydias Aufmerksamkeit blieb auf Mark Caldwell gerichtet, der in seine Ecke zurückgekehrt war. Er tat ihr leid. Sie hätte sich am liebsten aus ihrer Gruppe gelöst und versucht, ihn aufzumuntern. Sie tat es nicht. Der Gedanke an die Reaktion des Senators, wenn er hereinkam und den Sohn sah, mit dem er seit Jahren nichts mehr zu tun haben wollte, hielt sie zurück.

Bald danach kam der Mehrheitsführer des Senats herein, ganz erfolgreicher und mächtiger Politiker. Sein Gesicht, jahraus, jahrein gebräunt durch die Höhensonne im Friseurstudio des Senats, zeigte ein strahlendes Lächeln. Wie üblich, war er makellos gekleidet. Er trug einen von zehn oder zwölf Anzügen, die er für abendliche Verpflichtungen in seinem Büro hängen hatte. Er küßte seine Frau, schlug einem Senatskollegen auf die Schulter und winkte Bekannten zu.

Der Pianist verfiel sofort in ein Medley von Liedern, in deren Titel das Wort »Mann« vorkam – »Der Mann von La Mancha«, »The Man I Love«, »My Man« . . . Gäste drängten zur Tür, um den Ehrengast zu begrüßen. Lydia blickte hinüber zu der Ecke, wo Mark Adam Caldwell stand, und sah, daß er sich nicht bewegt hatte. Er wirkte nach wie vor mürrisch.

Senator Caldwell kämpfte sich durch das Gedränge und erreichte Lydia und Clarence.

»Hallo, Lydia«, sagte er und küßte sie auf die Wange. »Mr. Foster-Sims, ich freue mich, daß Sie kommen konnten.«

Jemand berührte ihn am Rücken. Er drehte sich um und entdeckte zum erstenmal seinen Sohn. Lydia konnte sein Gesicht zwar nicht sehen, weil er ihr den Rücken zudrehte, aber unverkennbar verkrampfte er sich. Seine Schultern schoben sich hoch, die Adern am Hals traten hervor. Seine Frau kam heran, am Arm ihres zweiten Sohnes.

Charles gab Caldwell ein volles Glas.

»Danke, Charles«, sagte er, ohne den Blick von Mark Adam abzuwenden. Veronica sah Lydia an und lächelte, während sie zu ihrem Mann sagte: »Na, geh schon hin und sag guten Tag. Er ist auch gekommen, um dich zu feiern. Bitte, geh hin und gib ihm wenigstens die Hand.«

»Warum ist er hier –?«

»Ich sagte doch schon . . .«

»Ich weiß nicht recht, ob ich . . .«

»Cale, es ist ihm nicht leichtgefallen. Bitte, treib ihn nicht wieder fort.«

Es geschah fast unfreiwillig, daß Lydia die Hand ausstreckte und den Senator am Arm berührte. Als er sich umdrehte und sie ansah, nickte sie aufmunternd.

Nur wenige Gäste nahmen nicht wahr, was zwischen Vater und Sohn vorging. Lydia, Clarence, Veronica und Cale junior schwiegen angesichts des Zögerns, das der Senator erkennen ließ, bevor er Mark die Hand hinstreckte und sein Sohn sie ebenso zögernd ergriff. Der Senator schien näher herantreten und die Kluft schließen zu wollen, aber der erlösende Schritt blieb aus. Sie standen in einigem Abstand voreinander, während sie einen Händedruck tauschten. Ihre Worte blieben für die Zuschauer unverständlich.

Der Pianist, der sein Spiel für einige Minuten unterbrochen hatte, klimperte nun wieder weiter. Die Unterhaltung der Gäste wurde lauter. Bald herrschte das gewohnte Stimmengewirr.

»Garnelen?« sagte Clarence zu Lydia.

Sie sah, daß eine kleine Gruppe von Gästen den Garnelenbaum systematisch zu leeren begann.

»Wir sollten uns lieber anschließen«, meinte Clarence. »Das verschwindet rasch.«

Sie nickte und warf über die Schulter noch einen letzten Blick auf Cale Caldwell und seinen Sohn.

Mit am Garnelenbaum stand der Talkshow-Master Quentin Hughes. In den Washingtoner Gesellschaftskreisen war er dafür bekannt, daß er bei Einladungen gewaltigen Appetit entwickelte. Er hatte seinen Teller mit Garnelen überladen und Cocktailsauce darübergegossen.

»Hallo, Quentin«, sagte Lydia kühl. Sie kannte Hughes schon seit Jahren und war bei seiner die ganze Nacht laufenden Radiosendung, bei der Zuhörer auch anrufen konnten, zweimal Gast gewesen. Sie schätzte ihn nicht sonderlich, obwohl sie sein berufliches Können achtete, konnte aber verstehen, woher sein Erfolg bei Frauen rührte. Er sah sehr gut aus, war groß und von aufrechter Haltung, sein Gesicht hatte interessante Züge, und seine Augen konnten so durchbohrend blicken, daß jeder Gesprächspartner den Eindruck bekam, er sei für ihn der wichtigste Mensch auf der Welt. An diesem Abend trug er einen blauen, taillierten Blazer. Die graue Hose hatte messerscharfe Bügelfalten, die schwarzen Slipper waren von Gucci. Er konnte, wenn er wollte, überaus charmant sein, vor allem dann, wenn es um die Eroberung einer Frau ging. Viele Frauen waren wild auf solche Männer, selbst wenn sie nicht gut für sie waren.

Er lächelte sie nun an.

»Oh, Lydia James, die junge Justitia. Wie geht es?«

Sie sagte, es gehe ihr gut, und stellte Clarence vor, der Hughes die Hand drückte.

»Immer noch im Äther, Mr. Hughes?« fragte Foster-Sims sanft.

Hughes lächelte gezwungen und wandte sich Lydia zu.

»Sie sollten wieder bei uns auftreten. Ich entsinne mich, daß Sie ein guter Gast waren.«

»Ich habe zur Zeit eigentlich nichts Aufregendes zu berichten«, meinte sie achselzuckend. »Jedenfalls nichts im Vergleich zu der Zeit, als ich Strafverteidigerin war. Die Welt der Lizenzen ist kaum eine, mit der man aufregende Radiosendungen zustande bringt.«

»Für die Aufregung sorge ich schon«, sagte Hughes und schob sich zwei Garnelen gleichzeitig in den Mund. Die Sauce tropfte auf den Boden.

Wilfred MacLoon, dienstältester Senator von Utah, der Cale Caldwell aus politischen wie persönlichen Gründen nicht leiden konnte, dessen Frau aber aktiv in Veronicas Beirat mitwirkte, was zu Caldwells Betrübnis MacLoon oft in den Bannkreis ihrer gesellschaftlichen Veranstaltungen zog, hatte bereits zuviel getrunken. Er stand in Lydias Nähe bei einem Ehepaar und schwankte schon ein wenig.

... konnte Virginia nie ausstehen«, sagte er gerade. Lydia glaubte zuerst, er spreche von einer Frau dieses Namens, begriff dann aber, daß er Caldwells heimatlichen Bundesstaat meinte. »Ich bin da bei der Marine gewesen. Trostlose Gegend. Rückständig bis dorthinaus.«

Während MacLoon weiterfaselte, erinnerte Lydia sich an die Ursprünge der feindseligen Rivalität zwischen ihm und Caldwell. Während ihrer langen und oft parallel verlaufenden Karrieren im Senat hatte es oft Gelegenheiten gegeben, bei denen die Funken stoben, aber keine so explosiv wie die kürzliche und heftige Kontroverse über die Aufstellung des teuersten und kompliziertesten Raketenabwehrsystems, das je irgendeine Regierung geplant hatte. MacLoon hatte lange und angestrengt dafür gekämpft, das System in Utah bauen zu lassen. Dadurch wäre viel Geld in seinen Bundesstaat geflossen, und manche Leute behaupteten, seine politische Zukunft hänge davon ab, mit welchem Erfolg er vor seine Wähler treten könne.

Caldwell seinerseits war nun nicht nur gegen Utah als Gelände für den Bau des Systems, sondern gegen das Rakentensystem überhaupt, und zwar von Anfang an. Die Debatte um das ganze Problem wurde schon seit fast einem Jahr mit zunehmender Heftigkeit geführt, und die Abstimmung darüber stand kurz bevor. Eingeweihte setzten auf Caldwell und seine Heerscharen. Schließlich war er der Mehrheitsführer.

Dieser Streit zwischen den Senatoren Caldwell und MacLoon war in die Öffentlichkeit übergeschwappt und Gegenstand von Zeitungsschlagzeilen und ausführlichen Fernsehberichten geworden. Bei einer Gelegenheit waren sich die beiden sogar vor den Fernsehkameras in die Haare geraten und auf den Stufen vor dem Senatsgebäude beinahe aufeinander losgegangen.

MacLoons Stimme wurde lauter. Seine Frau versuchte ihn zu beschwichtigen, was aber nur die Folge hatte, ihn noch wütender zu machen. Er trat auf die Eisplastik zu.

»Genau hier«, sagte er und zeigte auf die rechte Seite der Skulptur, wo Newport News lag. »Ein Dreckskaff, aber was kann man schon erwarten, wenn man bedenkt, wen man uns von dort geschickt hat.« MacLoon griff nach dem Eispfriem, den der Bildhauer hatte liegen lassen, und zielte damit auf eine Ecke des Gebildes.

»Also, weißt du«, sagte seine Frau, als sie ihn wegzerrte.

»Keine Aufregung, Liebling«, sagte er. »Ist nur Spaß. Ich bin ja schließlich kein Volltrottel. Nur die zeigen immer ganz genau, was sie denken. Hast du das nicht einmal zu mir gesagt?«

»Allerdings«, murmelte sie, »und ich kann es nur wiederholen.«

»Keine Sorge, meine Liebe. Ich dachte nur, ein bißchen Dramatik könnte einer guten Sache förderlich sein. Kein Grund zur Aufregung.« Schlagartig wirkte er völlig ruhig und vernünftig.

»Wird Zeit, daß wir verschwinden«, meinte Clarence.

»Aber noch nicht gleich«, gab Lydia zurück. »Veronica wäre tief enttäuscht –«

»Hättest du Lust, bei *Adams* zu essen?«

»Ja, aber nicht so sehr, daß ich auf der Stelle gehen möchte. Noch eine halbe Stunde, bitte, Clarence.«

»Na gut, aber ich brauche eine Stärkung. Kann ich dir etwas mitbringen?«

Ein herrlicher Fluchtweg, dachte sie, weil in diesem Augenblick der Mr. Wunderbar persönlich . . . man brauchte ihn da nur selbst zu fragen . . . weil also Quentin Hughes seinen leeren Teller eben auf den Tisch zurückgestellt hatte und in seiner charmanten Art zu Lydia sagte: »Wer hat bloß das Monster eingeladen?« Er wies mit einer Kopfbewegung auf die Ecke, wo die beiden Caldwells ihren Versöhnungsversuch unternommen hatten. Der Senator war entschwunden. Mark Adam stand noch an seinem Platz und ließ den Blick durch den Raum gleiten, bevor er sich von der Wand abstieß und im Gewühl untertauchte.

»Tut mir leid, aber der Junge hat keine Chance«, fuhr Hughes fort. »Jeder, der sich mit diesen Sekten einläßt, zahlt drauf. Wieso ist er überhaupt hier?«

»Um seinem Vater guten Tag zu sagen, glaube ich.«

Hughes zuckte mit den Schultern und versenkte den Blick in Lydias Ausschnitt.

»Sie sehen heute besonders entzückend aus, Frau Rechtsanwalt. Weit und breit die Hübscheste. Zufällig für den Abend noch nicht vergeben?«

»Bedaure . . . ich bin mit Mr. Foster-Sims zusammen –«

»Der Ihr Vater sein könnte. Ich dachte sogar, er ist es.«

»Entschuldigen Sie mich.«

Er griff nach ihrem Arm.

»Ach, kommen Sie. Ich habe auf meine armselige Art versucht, Ihnen ein Kompliment zu machen –«

Sie beachtete ihn nicht, ließ ihn stehen und ging zu Clarence, der hinter dem Pianisten stand.

»Vielleicht sollte ich doch wieder spielen«, sagte er zu ihr. »Dann könnte ich an allen Abendgesellschaften in Washington teilnehmen.«

»Du Snob«, flüsterte sie ihm ins Ohr.

»Der darf man in meinem Alter sein. Du hast noch fünfzehn Minuten.«

»Ich glaube, ich bin schon soweit. Mein Gott, wie ich Männer verabscheue, die einen mit den Augen ausziehen.«

»Hughes?«

»Eben der.«

»Ist mir aufgefallen . . . Weißt du, vor ihm würde ich das nie zugeben, aber ich höre ihn mir manchmal an, wenn ich nicht schlafen kann. Er provoziert die Leute und holt aus seinen Gästen oft viel heraus. Aber im Grunde ist er ein ganz mieser Tropf . . .« Seine Miene hellte sich plötzlich auf, als er den Geiger Boris Slewokian entdeckte. Clarence hatte Boris früher begleitet und mit ihm mehrere Konzerttourneen um die ganze Welt gemacht.

»Komm mit und sag Boris guten Abend«, forderte Clarence Lydia auf.

»Ich komme gleich nach. Ich möchte mit Veronica noch etwas besprechen.«

Clarence ging zu seinem Freund hinüber, und Lydia suchte den Saal nach der Gastgeberin ab, konnte sie aber ebensowenig finden wie ihren Mann, ihre Söhne oder Jason DeFlaunce. Sie wollte sich bei einem Gast erkundigen, als Senator Caldwell plötzlich hinter einem der grünen Raumteiler hervorkam. Sein Gesicht hatte jede Heiterkeit verloren und war zu einer zornigen Maske erstarrt. Er zwängte sich zwischen ein paar Leuten hindurch und verschwand hinter einer anderen Trennwand, die den geleerten Garnelenbaum und die schmelzende Eisskulptur vom Rest des Saales trennte. Eine Kellnerin war dabei, den Silberbaum abzubauen.

Lydia blickte zur Tür hinüber. Clarence und Boris waren verschwunden. Sie beschloß, Cale Caldwell zu fragen, wo seine Frau geblieben war. Sie kam nur ein paar Schritte weit. Der Direktor eines der halbprofessionellen Repertoiretheater in Washington vertrat ihr den Weg, um ihr die frohe Nachricht mitzuteilen, Veronica und ihr Beirat hätten grünes Licht für ein Auftreten seiner Truppe im Center gegeben. Sie nickte und versuchte sich loszumachen, als sie sah, wie Quentin Hughes hinter der Trennwand hervorkam und zur Tür ging.

»Entschuldigen Sie mich, ich . . .«

Zwei Iren hatten den Pianisten dazu überredet, ein »Danny Boy« zu spielen, und sangen nun laut und falsch neben der Klavierbegleitung her.

Lydia kam endlich frei, trat einen Schritt auf die Trennwand zu – und erstarrte, als sie hörte, wie eine weibliche Stimme den Partylärm übertönte. Es war ein Schrei, ein Hilferuf. Ein zweiter gellte, lauter noch. Der Gesang verstummte, die Unterhaltungen brachen ab. Alle Augen blickten zum Wandschirm, als ein dritter und letzter Schrei die Luft zerriß und alle Anwesenden zur Regungslosigkeit erstarren ließ.

Lydia faßte sich als erste und ging um die Trennwand herum. Zuerst sah sie nur, woher der Schrei kam: von der jungen Kellnerin, die den Tafelaufsatz abbaute. Ihre Augen waren weit aufgerissen und auf den Boden gerichtet; ihre Faust preßte sie auf den Mund, wie um einen weiteren Schrei zu unterdrücken.

Lydia folgte dem Blick der Kellnerin. Sie sah unter dem Tisch ein Paar polierte Männerschuhe und zwei Hosenbeine herausragen.

Lydia zwang sich, neben die Kellnerin zu treten, wo ihr Blickfeld größer war. Am Boden lag mit weit aufgerissenen Augen und verzerrtem, geöffnetem Mund Cale Caldwell, Mehrheitsführer im Senat der Vereinigten Staaten. Wasser von der schmelzenden Eisnachbildung seines geliebten Heimatstaates Virginia tropfte auf seine Stirn herab. Seine rotblau gestreifte Krawatte war unter der zugeknöpften Jacke säuberlich an ihrem Platz. Er sah gepflegt aus wie immer.

Bis auf den roten Fleck, wo man ihm einen Eisstichel in die Brust gestoßen hatte, knapp über dem obersten Jackettknopf. Der Fleck wurde rasch größer.

Die Kellnerin wurde ohnmächtig, kippte nach vorn und sank über den Beinen des Senators zusammen.

Lydia drehte sich nach den Menschen um, die sich an der Trennwand drängten, und sprach aus, was nur allzu offenkundig war.

»Er ist tot. Mein Gott, er ist tot.«

Kapitel 5

Clarence, Lydia, Boris Slewokian und einer von Caldwells Mitarbeitern im Senat, Richard Marvis, saßen in Clarences Wohnung. Es hatte bis ein Uhr morgens gedauert, bevor die Polizei die Gäste hatte gehen lassen.

Nun, da der erste Schock überwunden war, konnte Lydia den Tränen freien Lauf lassen. Sie saß in einer Ecke neben der schweren Bronzebüste von Bach.

»Nein, es geht schon«, sagte sie zu Marvis, als er herüberkam, um sie zu trösten. »Vielen Dank.«

»Ich kann das einfach nicht glauben«, sagte Boris. Er sprach immer noch mit Akzent, obwohl er sich schon seit über dreißig Jahren in den Vereinigten Staaten aufhielt. Er begann hin und her zu gehen, die Hände auf dem Rücken, Schweißtropfen auf der breiten, wulstigen Stirn, die im Licht der Punktscheinwerfer für Clarences viele Kunstwerke glitzerten. »Die Polizei hat mich behandelt, als wäre ich wieder im Ostblock. Ich kam mir vor wie ein Gefangener. Ich soll die Stadt nicht verlassen, bis ich erneut verhört worden bin. Ich – ver*hört*!«

»Das ist üblich«, erklärte Dick Marvis. »Für die Polizei kann schließlich jeder der Täter gewesen sein, der bei der Party war.«

»Arme Veronica«, sagte Lydia.

»Der Arzt schien die Sache in der Hand zu haben«, erklärte Clarence. »Ich bin sicher, sie hat eine Spritze bekommen und schläft . . . sie hat ihre Söhne –«

»Mein Gott, Clarence, wieviel hält ein einziger Mensch aus? Zuerst Jimmye, und jetzt das.«

»Jimmye? Ah, ja . . . wie lange ist das her, zwei Jahre?«

Jimmye MacNab war bei den Caldwells aufgewachsen, nachdem ihre Eltern bei einem Autounfall ums Leben gekommen waren. Jimmyes Mutter und Veronica waren Schwestern gewesen, und das plötzlich verwaiste Kind hatte sofort bei Veronica und Cale Caldwell Aufnahme gefunden und war aufgezogen worden wie ein eigenes Kind. Aus Gründen, die Lydia nicht kannte, hatte man sie nicht offiziell adoptiert. Sie wußte nur, daß Jimmye vor ungefähr zwei Jahren in einem Stadtpark im Zentrum Washingtons erschlagen aufgefunden worden war. Sie hatte mit ihrer Pflegefamilie gebrochen und sie nur noch selten gesehen.

Zum Zeitpunkt ihres Todes war Jimmye außerdem eine der bekanntesten und geachtetsten Fernsehjournalistinnen von Washington gewesen. Sie hatte in der Hauptstadt des Landes zahlreiche Sensationsfälle aufgedeckt und als erste an die Öffentlichkeit gebracht, und es war die Rede davon gewesen, daß eine große Sendegesellschaft sie als Moderatorin einer großen Nachrichtensendung gewinnen wollte, in der ihre großen journalistischen Fähigkeiten und ihre Schönheit besser zur Geltung hätten kommen können.

»Als ich Cale am Boden liegen sah, fiel mit blitzartig Jimmye ein«, sagte Lydia. »Ich weiß noch, wie ich mit Cale und Veronica gleich nach Jimmyes Tod gesprochen habe. Sie versuchten beide, stark zu sein, aber du weißt, was sie durchgemacht haben. Es ist einfach grauenhaft, daß ein Mensch wie Veronica so etwas gleich *zweimal* mitmachen muß.«

Clarence hatte Kaffee gekocht.

»Er wird uns allen guttun«, sagte er. »Es ist zwei Uhr früh.«

»Warum?« sagte Lydia vor sich hin. »Warum sollte ihn jemand umbringen wollen?«

»Das muß die Polizei klären«, erwiderte Marvis. »Aber jeder, der in der Öffentlichkeit steht, macht sich Feinde.«

»Sie haben für ihn gearbeitet«, sagte Lydia. »Kennen Sie jemand, der ihn so gehaßt hat, daß er ihn erstechen wollte?«

Marvis zog die Schultern hoch.

»Er hatte Feinde, aber auch nicht mehr als ein anderer in führender Position. Senator MacLoon wäre da wohl an erster Stelle zu nennen.« Er zündete sich eine Zigarette an und schlug die Beine übereinander. Der Rauch zog in Lydias Richtung, und sie verspürte plötzlich den Drang, ebenfalls nach einer Zigarette zu greifen. Sie hatte vor zehn Jahren aufgehört zu rauchen. Die Sucht war schon seit langem verflogen, aber bei Gelegenheiten solcher Art kehrte sie mit Wucht zurück.

»Bei einer Party getötet zu werden, erschwert der Polizei die Arbeit ganz gewiß«, meinte Clarence. »Wie viele Gäste waren da, zweihundert oder mehr? Zumindest theoretisch sind sie alle verdächtig.«

»Nicht *alle*«, sagte Boris. »Ich kannte den Mann überhaupt nicht.«

»Sie sind ihm doch vorgestellt worden, nicht?« fragte Lydia.

»Nein. Seine Frau habe ich kennengelernt, ja, als ich bei ihr auftrat. Ihn nicht. Ich bin ein unpolitischer Mensch, ich will von Politik oder Politikern nichts wissen. Kunst und Politik vertragen sich nicht.«

Foster-Sims hatte bemerkt, daß Lydia die Arme um ihren Oberkörper geschlungen hatte.

»Frierst du?« fragte er.

»Ja.«

»Ich hole dir etwas.« Er kam mit einer weißen Strickweste zurück und hängte sie ihr um die nackten Schultern.

»Ich fahre am besten nach Hause.«

Marvis schaute auf seine Uhr.

»Ich auch. Wenn ich bei meiner Tätigkeit für Cale Caldwell vorher schon viel zu tun hatte, kann ich mir vorstellen, was heute früh los sein wird.«

Lydia sah ihn an.

»Ich habe mich schon gewundert, daß Sie nicht in seinem Büro gewesen sind, Dick. Da muß es von Presseleuten wimmeln –«

»Das ist Joe Borgens Aufgabe, er ist der Pressesprecher. Ich bin nur für die Parlamentsarbeit zuständig ... tut mir leid, aber so geht das in Washington ...« Er stand auf und nickte Lydia zu. »Wenn ich irgend etwas tun kann, bitte, rufen Sie mich an. Ich weiß, daß der Senator Sie so gern gemocht hat, wie es seine Frau tut.«

»In höchstem Maß beunruhigend«, sagte Boris, als Marvis gegangen war. »Ein Fest zu Ehren eines Mannes endet mit seinem Tod. Wenn der Mensch sich ernsthafter mit der Musik befassen würde, wäre er vielleicht nicht ganz so primitiv. Ich muß gehen.« Boris zog eine schwarze Baskenmütze aus der Jackentasche und zog sie über seinen mächtigen Schädel, entnahm der anderen Tasche schwarze Lederhandschuhe und streifte sie über dicke, stubbelige Finger, die nicht dazu geschaffen schienen, zart mit einer Violine umzugehen, obwohl sie das mit Anmut und Präzision taten. »Gute Nacht«, sagte er und verbeugte sich knapp vor Lydia. Er drückte Clarence die Hand, drehte sich auf dem Absatz um und verließ die Wohnung.

»So begabt und doch ein Langweiler«, meinte Clarence, als er auf das Sofa sank. »Setz dich«, sagte er zu Lydia, die mitten im Zimmer stand und auf die funkelnden Lichter der Stadt hinausblickte.

»Ich bin völlig kaputt, Clarence. Ich glaube, ich gehe lieber.«

Er schüttelte den Kopf und klopfte mit der flachen Hand auf den Platz neben sich.

»Bleib noch ein paar Minuten. Es kann dir – und mir – nur guttun, wenn wir uns noch ein bißchen unterhalten. Was hältst du von der ganzen Sache?«

»Was ich davon halte? Ich weiß nicht, was du meinst.«

»Hör mal, ich weiß ja, daß du durcheinander bist. Aber ich weiß auch, daß dein Gehirn fieberhaft arbeitet. So viele Jahre Jurisprudenz, dazu das mathematische Denken einer Musikerin, das läßt sich von Gefühlen allein nicht an die Wand drücken. Also ... wer hat Cale Caldwell umgebracht?«

»Boris«, sagte sie, als sie sich zu ihm setzte.

Er lächelte.

»Weißt du, was ich glaube? Ich glaube, der große Charmeur Quentin Hughes hätte derjenige mit dem Eispfriem in der Brust sein sollen. Hast du ihn gesehen? Sofort, als er begriff, was geschehen war, rief er bei seinem Studio an. Ein Leichenschänder.«

»Er würde sagen, das sei er seinem Beruf schuldig –«

»Abscheulich genug. Womit hat Caldwell sich in der letzten Zeit befaßt?«

»Im Senat? Mit dem Raketenabwehrsystem, mit dem neuen Haushalt, glaube ich. Ich wollte Dick Marvis danach fragen. Ich weiß, daß er bedrängt wurde, den Vorsitz im Finanzausschuß aufzugeben, weil die Belastung durch das Amt des Mehrheitsführers so groß sei. Über Veronica gewann ich den Eindruck, daß er eigentlich nachgeben wollte, aber daß sie ihn dazu bewogen hat, beide Posten zu behalten. Aus ihrer Perspektive ist der Ausschuß wohl wichtiger als die Fraktionsführung. Die Finanzierung künstlerischer Arbeit hängt vom Finanzausschuß ab, zumal da Cale auch im Vermittlungsausschuß für den ganzen Kongreß saß, der die endgültigen Kürzungen vornimmt. Ihr Mann ist der wichtigste Kongreßabgeordnete, wenn es darum geht, Kunst und Geisteswissenschaften zu fördern –«

»War.«

»Ja ... Man kann nur vermuten, wie es weitergehen wird. Will MacLoon ist im Rennen um den Ausschußvorsitz an vorderster Stelle, und du weißt, was er von Bundeszuschüssen hält, wenn es nicht um Autos, Waffen, Stahl und die entsprechenden Gewerkschaften geht ... Mein Gott, ich bin hundemüde ...«

»Ich weiß ... aber das ist so interessant ... einen Mord aufklären zu wollen – wie die Auflösung eines Akkords.«

»Wie meinst du?«

»Wie die Quintenfolge. Ein G kann nur weiterführen zu einem C. Um zu G zu kommen, fängt man mit D an. Und nur ein A kann zu einem D führen.«

»Du meine Güte, Clarence, ich muß kurz die Augen zumachen.« Sie lehnte den Kopf an seine Schulter. Er legte den Arm um sie und drückte sie an sich. Er blickte auf ihren Brustansatz über dem Ausschnitt ihres Abendkleids, spürte eine vertraute Regung und schlug die Beine übereinander. Das war nun gewiß nicht der richtige Zeitpunkt für die Liebe.

Eine Viertelstunde später, als sie fest schlief, löste er sich vorsichtig von ihr, damit sie sich auf dem Sofa ausstrecken konnte. Sie hatte ihre Schuhe schon vorher ausgezogen. Er streckte ihre Beine aus und schob ein kleines Kissen unter ihren Kopf. Sie schlug kurz die Augen auf, lächelte und schloß sie wieder.

Er holte eine Decke, hüllte sie damit ein, knipste die Beleuchtung bis auf eine kleine Tischlampe aus, widerstand der Versuchung, sie ins Schlafzimmer zu tragen, ging allein hinüber und legte sich ins Bett. Fast eine Stunde lang konnte er nicht einschlafen. Gerade als er hinüberglitt, riß ihn das Klingeln des Telefons auf dem Nachttisch hoch.

»Ist Lydia James da?« fragte eine Männerstimme.

»Wer spricht da, verdammt noch mal? Wissen Sie eigentlich, wie spät es ist?«

»Hier spricht Cale Caldwell. Wenn Mrs. James da ist, möchte ich sie sprechen, bitte.«

»Cale Cald– ? Ach so, sein Sohn. Ja, Augenblick.«

Lydia nahm den Anruf im Wohnzimmer entgegen.

»Ja, Cale, hallo, was . . . wann? . . . Ich weiß nicht, ich . . . gut, natürlich, sagen Sie Ihrer Mutter, daß ich um zehn Uhr da bin. Geht das? . . . Wie steht es mit Ihrer Mutter? . . . Wir sehen uns um zehn Uhr . . . Adieu.«

»Worum ging es denn?« fragte Clarence, als sie aufgelegt hatte.

»Veronica will mich sprechen. Ich gehe ungern hin, Clarence, wirklich. Hast du noch Kaffee?«

»Ich mache ihn warm.«

»Entschuldige, daß ich eingeschlafen bin.« Sie ging zur Büste von Johann Sebastian Bach und fuhr mit der Hand über das glatte Metall.

»Worüber denkst du nach?«

»Über deine Quintenfolge. Ich hätte gern gewußt, in welcher Tonart das Ganze geschrieben ist, und wie der letzte Akkord ausfallen wird, um im Bild zu bleiben.«

»Ganz bestimmt groß, nicht klein, verlaß dich drauf.«

»Oder es wird ein Blues daraus.«

»Ja, kann auch sein. Ich setz' den Kaffee auf.«

Kapitel 6

Lydia zog in ihrem Büro Unterlagen aus einer Akte über den Antrag eines Mandanten auf eine Lizenz für den Betrieb einer Radiostation, die er und seine Teilhaber erwerben wollten.

Sie lehnte sich zurück und rieb ihre Augen. Ihre Sekretärin griff nach der Akte.

»Jeder Mensch scheint Funk- und Fernsehstationen kaufen zu wollen.«

Lydia lächelte.

»Vielleicht deshalb, weil es heißt, das sei eine Lizenz, sein Geld selber zu drucken.«

Lydia trat an ein Fenster, das auf die F Street hinausging. Sie betrieb die Arbeit auf dem Gebiet von Sendelizenzen und Urheberrecht seit sechs Jahren, hatte diese Büroräume aber erst vor einem halben Jahr bezogen. Ihre Mandantenschaft war immer größer geworden, ihr Ruf hatte sich verbreitet. Sie war in das Sondergebiet übergewechselt, nachdem sie in einer Kanzlei gearbeitet hatte, die mit allen Rechtsfällen befaßt gewesen war, und ihre Vergangenheit als Strafverteidigerin hatte dazu beigetragen, daß sie zu einer der gesuchtesten Prozeßanwältinnen geworden war.

Sie hatte dann einen frisch geschiedenen Mann kennengelernt und war mit ihm ausgegangen, dem eine Reihe von Provinzblättern und zwei Fernsehstationen gehörten. Er bat sie, ihn vor dem Bundesamt für die Lizenzvergabe und Aufsicht über die Sender zu vertreten. Sie befaßte sich eingehend mit den restlichen Fragen und fand sie faszinierend. Ergebnis: Sie übernahm eine Stellung bei einer der bekanntesten Spezialkanzleien und machte sich später selbständig ...

Sie meldete sich über ihre Sprechanlage, erfuhr, daß jemand gekommen sei, der seinen Termin nicht habe einhalten können und sie jetzt sprechen wolle.

»Sagen Sie ihm, es täte mir leid, aber ich sei schon unterwegs.« Sie hängte sich eine Ledertasche über die Schulter, schob die Akten auf dem Schreibtisch zusammen und verließ das Büro.

Sie stieg in den neuen metallic-blauen Buick Skylark, der erst vor einem Monat geliefert worden war, und trat die Fahrt nach Mount Vernon, Virginia, an, wo George Washington ebenso zu Hause gewesen war wie Senator Cale Caldwell. Der Tag war grau; der Wetterbericht im Radio schätzte die Wahrscheinlichkeit von Regenschauern untertags mit sechzig und nachts mit vierzig Prozent ein.

Sie überquerte die Rochambeau-Memorial-Brücke und fuhr weiter nach Süden, vorbei am National-Flughafen, den Potomac auf ihrer linken Seite. Aus den Stereolautsprechern tönte Rockmusik, und sie drehte den Senderwählknopf, bis sie den Kanal für WCAP fand. Nach zwei Werbespots sagte der Sprecher: »Guten Morgen, hier ist Harold South mit den Nachrichten. Die neueste Entwicklung im bizarren Mordfall des Mehrheitsführers im Senat Cale Caldwell unmittelbar im Anschluß an diese . . .«

Sechzig Sekunden danach meldete er sich wieder.

»Ganz Washington war gestern nacht entsetzt, als der Mehrheitsführer des Senats, Cale Caldwell, bei einer Party zu seinen Ehren, gegeben von seiner Frau, erstochen aufgefunden wurde. Unser Mitarbeiter Quentin Hughes war ebenfalls Gast und gab kurz nach dem Mord diesen Telefonbericht durch.«

Hughes' Stimme wurde hörbar. Gewöhnlich sprach er langsam und bedächtig. Diesmal war Erregung unverkennbar.

». . . Unmittelbar vor meinen Augen ist etwas Unfaßbares geschehen, meine Damen und Herren. Hier spricht Quentin Hughes. Ich stehe vor einem großen Festsaal im Senatsgebäude, wo ich Gast bei einer Feier zu Ehren von Senator Cale Caldwell, dem Mehrheitsführer im Senat, bin. Das Fest wurde von seiner Frau arrangiert, weil sie die unsterblichen Verdienste ihres Mannes um die Künste würdigen wollte . . .« Eine Pause, um die Wirkung zu unterstreichen. »Unsterblich? Das ist heute nacht leider nicht der Fall, meine Damen und Herren. Vor wenigen Augenblikken entdeckte eine Kellnerin die Leiche des Senators hinter einer Trennwand. Er ist offenkundig mit einem Stichel ermordet worden, der, soviel wir wissen, zur Herstellung einer großen Eisskulptur seines Heimatstaates Virginia benützt worden war.« Eine kurze Pause, dann sprach Hughes weiter. »Ich weiß nicht, wie viele Menschen hier sind. Es können zweihundert sein. Das heißt, jeder von ihnen, eingeschlossen auch Ihr Berichterstatter, muß als Verdächtiger gelten . . .«

Die Aufzeichnung von Hughes' Telefongespräch ging zu Ende, und der Nachrichtensprecher leitete über zu einem Interview mit Horace Jenkins, dem stellvertretenden Polizeichef in Washington.

»Irgendwelche Hinweise?« fragte der Reporter.

»Nein, bis jetzt keine«, antwortete Jenkins. »Der Fall liegt kompliziert, weil so viele Menschen kurz vor dem Tod des Senators Zugang zu ihm hatten. Wir haben gestern nacht die Identität aller

Personen festgestellt und sind damit befaßt, sie systematisch der Reihe nach zu vernehmen. Ich habe alle verfügbaren Leute eingesetzt –«

»Und ein Motiv?«

»Wenn wir ein Motiv wüßten, wäre der Fall nicht so kompliziert«, sagte Jenkins. Lydia lächelte unwillkürlich. Jenkins war zweifellos die ganze Nacht auf den Beinen gewesen und stand unter starkem Druck. Sie kannte ihn seit ihrer Zeit als Pflichtverteidigerin. Sie mochte ihn ganz gern und empfand seine direkte, bärbeißige Art in einer Stadt, die für ihren Mangel an Offenheit und Zivilcourage bekannt war, als erfrischend. Sie hatte auch auf die harte Tour gelernt, daß hinter der Schale des Außenseiters das Herz eines Taktikers schlug, der wußte, wann er sich am Spiel beteiligen mußte und wann er darauf verzichten konnte. Es sei, so ging das Gerücht, Jenkins gewesen, der zwischen Polizei und FBI als Lieferant von Berichten über Indiskretionen bei hochgestellten Persönlichkeiten gedient habe. Das reichte zurück bis in Edgar Hoovers Zeiten als FBI-Chef, und die Berichte der Polizei in Washington waren die Grundlage für einen großen Teil der berüchtigten Geheimakten Hoovers, mit denen bestimmte Gegner immer wieder hatten in Zaum gehalten werden können. Jenkins bestritt, daß er oder sein Amt damit befaßt gewesen seien. Lydia – und andere – wußte es besser. Jenkins mochte auf seinem Gebiet zwar einige Stufen über dem Durchschnitt stehen, aber eine weiße Weste hatte er weiß Gott nicht.

Der letzte Abschnitt des Berichts über den Mordfall ließ zwei Senatskollegen von Caldwell zu Wort kommen. Einer von ihnen äußerte das Erwartete, wonach das Land einen hochgeschätzten, wertvollen Staatsdiener verloren habe.

Der zweite sagte: »Mord ist zwar eine Sache der Polizei, aber ich habe vor, den Senat aufzufordern, daß er durch einen dafür gebildeten Sonderausschuß eigene Ermittlungen anstellt. Es ist *unser* Haus, das Schauplatz dieser skrupellosen Gewalttat war, und die amerikanische Öffentlichkeit verdient und erwartet, daß dieses Haus selbst für ein Großreinemachen sorgt.«

Anschließend wurde ein Werbespot für Bohnerwachs gesendet.

Lydia reagierte zunächst mehr auf die erste Stellungnahme. Sie sollte bald erfahren, wie sehr sie im Irrtum war ... Sie fuhr am Appomattox-Denkmal vorbei und bog auf die Richmond-Fernstraße ein ... Cale Caldwell war tot – das war die harte Wirklichkeit. Gut, man hatte sich damit abzufinden ... und mit der neuen Wirklichkeit, herausfinden zu müssen, wer ihm den Eisstichel ins

Herz gestoßen hatte und aus welchem Grund. Oder umgekehrt? Aus dem *Warum* mußte das *Wer* folgen.

Ein Sprecher unterbrach ihren Gedankengang mit den Worten, Quentin Hughes habe eben ein telefonisches Interview mit Veronica Caldwell beendet. Lydia war erstaunt. So früh . . .?

»Hier spricht Quentin Hughes. Ich habe die Witwe des ermordeten Senators Cale Caldwell, Veronica Caldwell, am Apparat. Sie ist fast ebenso bekannt, wie ihr Mann es war, weil sie hier in Washington und im ganzen Land die Künste im höchstem Maß gefördert hat. Mrs. Caldwell, erlauben Sie mir, daß ich Ihnen mein tiefempfundenes Beileid ausspreche.«

»Danke, Mr. Hughes.« Veronicas Stimme wirkte erstaunlich ruhig. Nun, sie war eine sehr starke Persönlichkeit. Ihre Ahnenreihe reichte zurück bis zu den Pionieren im Westen Amerikas. Aber trotzdem . . .

»Ich weiß, das ist schwer für Sie, Mrs. Caldwell, aber als Reporter muß ich Sie fragen, ob Sie irgendeine Vorstellung davon haben, wer Ihren Mann umgebracht haben könnte –«

»Nein, leider nicht. Er hatte so wenig Feinde . . . für einen Mann in dieser Position. Ich will nur soviel sagen: Ich werde nicht ruhen, bis der Mörder gefaßt und bestraft worden ist. Das war zweifellos die Tat eines nicht normalen Menschen, eines bösen Menschen. Ich lehne es ab, den Ausdruck ›krank‹ zu gebrauchen, weil das ungerecht denen gegenüber wäre, die seelisch wirklich krank sind.«

»Das Land trauert mit Ihnen, Mrs. Caldwell«, sagte Hughes. »Nicht so wie vor zwei Jahren, als Jimmye MacNab ermordet wurde und diese Tragik über Ihre Familie hereinbrach. Ich erwähne das in diesem Augenblick ungern, aber sie war ja letztendes nicht nur praktisch Ihre Tochter, sondern auch eine hochgeschätzte Kollegin von mir. Wie wir alle wissen, ist dieses Verbrechen nie aufgeklärt worden. Halten Sie es für möglich, daß das bei Ihrem Mann ebenso sein könnte?«

Lydia verzog den Mund, während sie auf Veronicas Antwort wartete.

»Nein«, sagte sie, dem Anschein nach immer noch gefaßt, »ich kann Ihnen versichern, das wird nicht der Fall sein. Die Akten über Jimmye sind noch nicht geschlossen, aber die meines Mannes werden es sein, wenn sein Mörder der gerechten Strafe zugeführt wird . . . Entschuldigen Sie, aber ich möchte jetzt nicht weiter über die Sache sprechen. Sie werden verstehen, was das für ein Schlag gewesen ist –«

»Selbstverständlich, Mrs. Caldwell. Wie nehmen Ihre Söhne es auf?«

»Wie zu erwarten. Sie haben ihren Vater sehr geliebt.« Sie hängte ein.

Erstaunlich, dachte Lydia. Sowohl Hughes' Bedenkenlosigkeit, die jeden guten Geschmack vermissen ließ, und Veronicas Bereitschaft zu einem Interview so kurz nach ...

Der Besitz der Caldwells lag vier Meilen von der historischen Gedenkstätte des Wohnhauses von George und Martha Washington entfernt. Obwohl nicht annähernd so alt wie Washingtons Haus, das bis 1743 zurückreichte, war es im Stil ähnlich. Die Residenz der Caldwells war ein weitläufiges, stattliches, zweistöckiges Gebäude in einem Park aus Rasenflächen und kleinen Wäldern, von der Fernstraße her über eine lange, gewundene Teerstraße zu erreichen.

Als Lydia sich der Einfahrt näherte, sah sie am Bankett ein Dutzend Autos und Sonderfahrzeuge geparkt, darunter zwei Streifenwagen der Polizei mit blinkenden Dachleuchten. Zwei Übertragungswagen örtlicher Fernsehsender standen nicht weit davon entfernt. Lydia erkannte einen Reporter von der *Washington Post.*

Sie stellte ihr Fahrzeug neben den anderen ab, stieg aus und ging zu einem breitschultrigen Polizisten, der mitten auf der Straße stand.

»Ja, Madam?«

»Ich bin Lydia James. Mrs. Caldwell erwartet mich.«

Ein Polizist benützte sein Funksprechgerät, dann durfte sie weiter. Sie ging zu ihrem Auto zurück, steuerte es vorsichtig zwischen den anderen Fahrzeugen hindurch und bog auf die Zufahrt ein. Im Rückspiegel sah sie die enttäuschten Gesichter der beieinanderstehenden Reporter, denen der Zugang verwehrt war. Sie konnte die Leute verstehen, die hier auch nur ihre Pflichten zu erfüllen hatten. Nach dem Rückruf des Polizeibeamten zu schließen, spielte der vornehme Jason DeFlaunce eine wichtige Rolle dabei, die Familie vor den Medien abzuschirmen; Lydia beschloß, eine Erklärung an die Presse insgesamt vorzuschlagen. Im anderen Fall bestand die Gefahr, daß man sich auf Vermutungen und Hirngespinste bezog und die wildesten Gerüchte in Umlauf setzte.

Vor dem zweistöckigen, weißgestrichenen Haus stand noch ein Streifenwagen, am Steuer ein Polizeibeamter, der die langen Beine zur Tür herausstreckte. Am Fahrzeug lehnte Jason DeFlaunce in weizenfarbenem Rollkragenpullover zu grauer Hose und bequemen Schuhen. Lydia hielt hinter dem Polizeiauto und kurbelte das Fenster herunter, als Jason herankam.

»Hallo, Jason. Veronica hat mich hergebeten. Wie verkraften alle das so?«

»Recht gut, obwohl es auch Augenblicke gibt, in denen der Caldwell-Stahl brüchig wird. Sind die Reporter denn immer noch da?«

»Natürlich. Ich nehme an, daß sie mit der Stellungnahme irgendeines Familienmitgliedes zufrieden wären. Ich würde das sogar empfehlen. Sie saugen sich sonst nur etwas aus den Fingern.«

»Zum Teufel mit der ganzen Bande!«

Lydia stieg aus und ging auf das Haus zu.

»Lydia, bevor Sie hineingehen –«

»Ja?«

Ein Windstoß blies ihr eine Haarsträhne ins Gesicht.

»Veronica möchte die Familie heraushalten, so gut es geht ... und vergessen Sie nicht« – er trat zwei Schritte auf sie zu – »das ist nicht irgend*eine* Familie. Das sind die Caldwells.«

»Das ist mir nicht neu.«

Eine Haushälterin öffnete die Tür. Lydia trat in einen großen Vorraum. Ein abgenutzter Teppich in Rot und Gold bedeckte einen Teil des polierten Parketts. An der linken Wand stand ein langer Tisch aus Kirschholz mit einer großen Silberschüssel. Darüber hing ein Ölbild von Veronicas Vater. Rechts von Lydia war ein alter, zernarbter Kirchenstuhl aufgestellt, daneben ein geschnitzter Garderobenständer, an dem eine hellrosa Strickjacke hing.

»Einen Augenblick, Madam«, sagte die Haushälterin.

Lydia sah sie durch einen Türbogen gehen und nach rechts verschwinden, wo, wie Lydia wußte, Wohn- und Eßräume lagen. Kurz danach kam Cale Caldwell heraus und streckte die Hand aus.

»Danke für Ihr Kommen, Lydia. Mutter freut sich sehr.«

»Cale, ich –«

»Ja, ich weiß schon, es ist für uns alle ein entsetzlicher Schlag. Kommen Sie. Mutter ist im Hobbyraum.«

Der Hobbyraum war ein großes Zimmer neben dem Salon. Ein gemauerter Kamin nahm eine ganze Wand ein. Man hatte ein Feuer angezündet, das einen orangeroten Schein im Zimmer verbreitete.

»Lydia«, sagte Veronica, als sie von einem Polstersessel vor dem

Kamin aufstand. Sie umarmten sich. Veronica war sichtlich den Tränen nah.

Sie setzten sich auf ein Sofa, von dem aus Lydia ins Wohnzimmer blicken konnte, wo Cale junior und eine junge Frau an einem Tisch standen. Die Frau telefonierte. Obwohl Lydia auf diese Entfernung nichts verstehen konnte, war unverkennbar, daß Cale ihr vorsagte, was sie antworten sollte. Die Ähnlichkeit mit seinem Vater erschien ihr in diesem Augenblick besonders stark.

»Wer ist das?« fragte Lydia mit einer Kopfbewegung in Richtung der jungen Frau.

»Joanne Marshall. Sie arbeitet in Cales Büro und hat sich erboten, hier auszuhelfen. Glaubst du, das Telefon wird jemals wieder stillstehen?«

»Wahrscheinlich noch lange nicht.«

»Cale war auf die Presse manchmal sehr schlecht zu sprechen. Ich konnte das nie so recht verstehen, aber jetzt . . .«

»Ich habe das Interview gehört, das du heute vormittag Quentin Hughes gegeben hast –«

»So?« Sie schien erstaunt zu sein.

»Ja. Ich habe mich, offen gesagt, gewundert. Warum gerade ihm das Interview geben?«

»Nun ja, er hat sich stets für das Center eingesetzt, es gefördert, mit seiner Sendung Spenden beschafft . . . Wußtest du, daß erst vorige Woche eine Aufzeichnung von Hughes' TV-Sendung mit Cale gemacht worden ist?«

»Nein. Ich dachte, Cale mochte Hughes nicht.«

»Schon möglich, aber er erklärte sich bereit dazu, weil ihm das Gelegenheit gab, die neuen Gesetze, mit denen er befaßt war, der Öffentlichkeit zu erläutern. Er sagte noch, daß es sehr gut gelaufen sei.«

»Wann sollte die Sendung kommen?«

»An diesem Sonntag, glaube ich. Die Sendung wird jeden Sonntagvormittag ausgestrahlt, nicht?« – »Ja.«

Vor einem Jahr hatte Hughes bei der Fernsehstation von WCAP mit einer Sendung »im öffentlichen Interesse« begonnen. Hauptbestandteil waren Gespräche mit Prominenten in und um Washington. Normalerweise dienten solche Sendungen nur dazu, einer Forderung des Bundesamts zu entsprechen, daß jeder Sender einen bestimmten Prozentsatz seines Wochenprogramms nichtkommerziellen Informationssendungen einräumte. Da Hughes einen großen Zuschauerkreis hatte und in seinen Sendungen wegen seiner scharfen, schonungslosen Art oft die Funken stoben, war die Einschaltquote vergleichsweise hoch.

»Ich habe mich bereit erklärt, als Gast mitzuwirken«, sagte Veronica, ohne sie anzusehen.

»Geht es um Cales Tod?«

»Ja . . . und um andere Dinge.«

Lydia versuchte ihre Betroffenheit zu verbergen.

»Wann machst du das, Veronica?«

»Morgen. Er zeichnet hier auf. Ich glaube, das ist die beste Methode, die Medien endlich vom Hals zu bekommen, nicht? Cale sagte immer, der Presse erwehre man sich am besten, wenn man rasch, völlig offen und mit Nachdruck hervortritt, bevor sie Gelegenheit hat, irgend etwas aufzubauschen. Ich erscheine in Quentins Sendung, beantworte alle seine Fragen wahrheitsgemäß, und damit wird der Fall hoffentlich erledigt sein.«

Veronicas Überlegungen ergaben für Lydia einen gewissen Sinn und entsprachen teilweise sogar ihren eigenen. Was sie störte, war, daß sie sich Hughes als Sprachrohr ausgesucht hatte und ihm praktisch ein Exklusivinterview gab. So etwas verärgerte die anderen Reporter und trieb sie an, Hughes um jeden Preis etwas entgegenzusetzen. Sie versuchte, Veronica das klarzumachen.

»Ich will nicht darüber sprechen, Lydia. Bitte. Jason kennt sich in diesen Dingen aus und erledigt alles, was die Presse angeht.«

Lydia gab auf und wechselte das Thema.

»Cale hat mir bei seinem Anruf erklärt, du wolltest mich sehen. Es freut mich, daß du das Gefühl hast, dich mit mir aussprechen zu können. Du weißt, daß ich dich und Cale schon sehr lange bewundere und schätze. Ich will alles tun, was ich nur kann, um dir zu helfen. Du brauchst es nur zu sagen.«

Veronica atmete tief ein.

»Dann werde Rechtsberaterin für den Senatsausschuß, der den Mord an Cale untersuchen soll.«

Bevor Lydia antworten konnte, kam Joanne Marshall aus dem Nebenzimmer herein und sagte: »Mrs. Caldwell, Senator MacLoon ist am Apparat –«

Veronica winkte ab.

»Nicht jetzt, Joanne. Sagen Sie ihm, ich hätte mich hingelegt und würde am Nachmittag zurückrufen . . . Übrigens, Miss Marshall, das ist Lydia James, eine alte und sehr liebe Freundin des Hauses.«

»Sehr freundlich von Ihnen, daß Sie hier mithelfen, Miss Marshall«, sagte Lydia.

»Ich tue gerne, was ich kann. Mit dem Senator war ich zwar

nicht bekannt, aber ich habe sehr hohe Achtung vor seinem Sohn.«

Lydia sah ihr nach, als sie hüftschwenkend hinausging, ein hochgewachsenes, biegsames Mädchen mit einer hervorragenden Figur, was ihr sehr wohl bewußt zu sein schien.

Lydia wandte sich wieder Veronica zu.

»Bevor sie hereinkam, hast du etwas zu mir gesagt, das ich nicht recht verstanden habe –«

»Über den Senatsausschuß? Ja, ich versuche ihn durch ein paar Kollegen von Cale durchzusetzen. Ich glaube, die amerikanische Öffentlichkeit wird auf einer offenen Darlegung der Fakten bestehen. Du weißt, wie die Polizei ist, Lydia. Sie stolpert herum, kommt auf die unmöglichsten Ideen über die Familie und gelangt nie zu den eigentlichen Ursachen. Bei Jimmye war das genauso, und ich nehme das nicht noch einmal hin . . .«

»Ich verstehe deine Sorge, Veronica, aber hier ist wirklich die Polizei zuständig. Ich weiß nicht, ob es einen Sinn hat, daß der Kongreß einem Mordfall nachgeht –?«

»Und bei Jack Kennedy?«

»Das war doch etwas anderes, Veronica. Die Warren-Kommission wurde von Lyndon Johnson eingesetzt und aus allen staatlichen Bereichen beschickt, aus Exekutive, Legislative und Rechtsprechung.«

»Das ist gleichgültig. Der Kongreß kann jederzeit Ausschüsse einsetzen, um zu untersuchen, was ihm beliebt. Ich habe mit Leuten gesprochen, die mir versichern, daß das geht und geschehen wird. Wie du weißt, liegt der Schlüssel zu Erfolg oder Mißerfolg beim juristischen Berater, besonders, was die Vorgangsweise angeht. Ich möchte an dieser Stelle jemanden haben, der innerlich beteiligt ist, dem es nicht nur um die Gerechtigkeit geht, sondern auch um den menschlichen Anstand, um das Empfinden . . . Ich wüßte niemand, dem ich diese Verantwortung eher anvertrauen würde als dir, Lydia.«

»Ich . . . ich weiß nicht, was ich sagen soll –«

»Nur, daß du es tust.«

»Das kann ich nicht sofort. Ich muß erst darüber nachdenken . . .«

Cale junior kam herein und winkte seiner Mutter. Als sie nicht darauf reagierte, sagte er: »Mutter, bitte, es ist wichtig.«

»Entschuldige bitte, Lydia.«

»Natürlich.«

Während Veronica fort war, ging Lydia im Zimmer herum,

wärmte sich die Hände am Kaminfeuer, betrachtete ein rissiges Ölbild von Veronicas Vater und Fotos, die Cale Caldwell mit Präsident Kennedy und der Schauspielerin Helen Hayes, und Veronica, die gerade über eine Bemerkung von Leonard Bernstein, dem Komponisten und Dirigenten, lacht, zeigten.

Plötzlich war sie tieftraurig. Sie dachte an die vielen Abende, die sie mit den Caldwells und ihren Freunden hier verbracht hatte – schöne, erinnerungsreiche Stunden voll Lachen und anregender Gespräche. Es hatte natürlich auch weniger schöne Augenblicke gegeben, wie damals, als Mark Adam, der Älteste, das College verlassen hatte, um sich der Sekte anzuschließen, der er immer noch angehörte. Die bittere Enttäuschung der Familie über dieses Ereignis hatte sich immer wieder Bahn gebrochen. Und Jimmye MacNabs Tod hatte natürlich eine tiefe Wunde hinterlassen, die trotz der Versuche Cales und Veronicas, darüber hinwegzukommen, nie richtig vernarbt war.

Fotografien von Jimmye, die früher hier gehangen hatten, waren entfernt worden. Die einzige greifbare Erinnerung daran, daß sie zur Familie gehört hatte, war ein in Leder gebundenes Exemplar des Buches, das sie über Gehirnwäsche und Gedankenkontrolle verfaßt hatte, beruhend auf ihren Recherchen über die Anwendung solcher Methoden durch amtliche Stellen.

Lydia nahm das Buch aus dem Regal, schlug es auf und las die Widmung, die mit der Hand auf die Titelseite gekritzelt war: »Für Mama und Papa, die mich lieben und an mich glauben. In Liebe Jimmye«. Sie klappte den blauen Lederband zu und wollte das Buch zurückstellen, als Veronica zurückkam.

»Das war ein gutes Buch, nicht?«

»Um ganz ehrlich zu sein, Veronica, ich habe es nie gelesen. Ich wollte mir immer ein Exemplar besorgen, aber man weiß ja, der Weg zur Hölle . . .« Lydia setzte sich auf das Sofa. Veronica trat ans Fenster.

»Wieder wird es Winter . . .«

»Bald, ja . . . Veronica, ich muß mir deinen Vorschlag wirklich sehr gründlich überlegen –«

»Versteht sich. Außerdem kann ich gar nicht garantieren, daß du den Posten bekommst. Ich meine, man könnte ja behaupten, du wärst nicht völlig unparteiisch. Als Freundin des Hauses –«

»Ich glaube, ich könnte es sein. Ich bilde mir ein, daß ich fair bin, und die Familie und ich wären uns darin einig, daß wir Gerechtigkeit wollen . . .«

Veronica lächelte, trat von hinten an Lydia heran und legte die

Hände auf ihre Schultern.

»Gut, meine Liebe, überleg es dir ernsthaft. Wenn du einverstanden bist, schlage ich dich den Leuten vor, die im Ausschuß das Sagen haben ... Bleibst du noch zum Mittagessen?« fragte Veronica, während sie zur Tür ging und Cale und Joanne im Wohnzimmer beobachtete.

»Danke, nein, ich muß wieder ins Büro ... Weißt du, ich bewundere deine Stärke wirklich, Veronica. Ich bezweifle, ob ich sie unter solchen Umständen auch aufbringen könnte.«

»Man tut, was man tun muß, Lydia. Außerdem tue ich das auch für Cale, und natürlich für seinen Bruder ... sie hätten es nicht verdient, daß ich mich gehen lasse.«

Lydia küßte sie auf die Wange.

»Ich rufe dich morgen an.« Sie verließ das Haus und stieg in ihr Auto. Jason war nirgends zu sehen. Der Polizeibeamte nickte ihr zu und befaßte sich wieder mit seiner Zeitung, während Lydia wendete und zur Hauptstraße zurückfuhr.

Ein Blick in den Rückspiegel hätte ihr gezeigt, daß Jason hinter dem Haus hervorkam. Er trat auf die Eingangsstufen und sah den Wagen im Wald verschwinden und auf der anderen Seite wieder herauskommen. Sein jungenhaftes, gut geschnittenes Gesicht, umrahmt von einer brünetten, gewellten Mähne, hatte sich in unverhülltem Zorn verkrampft. Er blickte zum bleigrauen Himmel hinauf, kniff die Augen zusammen, ballte die Fäuste und betrat das Haus.

Kapitel 7

Am nächsten Morgen um vier Uhr warf Quentin Hughes einen Blick auf die Wanduhr im Studio, von dem aus er seine allnächtliche Radio-Talkshow über WCAP hinausgehen ließ. Wenige Augenblicke vorher hatte er den Gast dieses Abends gehen lassen, weil er der Meinung war, die Sendung beginne langweilig zu werden. Er zog es vor, in der letzten Stunde Anrufe von Hörern entgegenzunehmen.

»Nach dem Spot sind Sie dran«, sagte sein Regisseur.

Hughes blickte auf die Telefonanlage mit den vielen Knöpfen vor ihm. Alle Lämpchen brannten. Das hieß, daß immer noch Anrufer in den Leitungen waren. Über einer großen Glaswand, die Regieraum und Studio trennte, leuchtete eine rote Blinklampe.

»Quentin, was wurde eigentlich aus dem Mord an Jimmye MacNab? Ich habe nie mehr etwas davon gehört. Das liegt doch zwei Jahre zurück, wenn nicht länger, oder?« fragte ein Anrufer.

Hughes richtete einen langen, schlanken Finger auf den Regieraum. Der Anrufer wurde sofort abgeschaltet und ein Hinweis auf eine kommende Sendung eingespielt.

Christa Jones, seine langjährige Mitarbeiterin, beobachtete Hughes, als er sich in seinem orangefarbenen Polstersessel zurücklehnte, die Augen schloß und mit den Fingern durch die langen, strähnigen Haare fuhr. Sie bedauerte, daß der Anrufer den Mordfall MacNab erwähnt hatte. Quentin Hughes konnte in dieser Nacht keine Aufregung mehr vertragen. Sie wußte aber, daß die Erwähnung von Jimmye diese Wirkung haben würde. Sie zögerte kurz, dann sagte sie ins Mikro: »Wir können das 20-Minuten-Interview mit dem Mann vom Verband der Waffenbesitzer wiederholen, wenn du willst . . . du siehst erledigt aus.«

Hughes öffnete die Augen nicht. Er schwieg, bis ihm auffiel, daß der Werbespot zu Ende ging.

»Ja, macht das«, sagte er.

Hughes verließ den Senderaum und ging zur Herrentoilette, wo er sich seine eigene Stimme aus dem Lautsprecher an der Decke anhören mußte. Er haßte seine Stimme – hohe Tonlage, für die Ohren der Zuhörer wohl kein Labsal. Er wußte, daß er zu viele Wörter falsch aussprach . . . er war nicht einmal mit der Oberschule fertiggeworden. Aber da seine Stimme geschult war und er dazu neigte, Gesprächspartner auf allgemein verständliche Art zu befragen, hatte er großen Erfolg verzeichnen können. Er galt als Original, als eine Persönlichkeit, eine Stimme in der Nacht, die jedermann sofort erkannte. Daß er es nicht geschafft hatte, in New York an den Drücker zu kommen, und in diesem Stadium seiner Laufbahn wenig Aussicht auf eine Änderung bestand, bedrückte ihn manchmal, aber das hielt nie lange vor. Wenigstens in Washington war er König. In New York mochte er trotz seiner Fähigkeiten im Gewühl untergehen.

Das aufgezeichnete Gespräch ging zu Ende, und Hughes schloß die Sendung ab.

»Willst du etwas essen?« fragte Christa.

»Nein, ich will nach Hause. Ich rufe mittags an.«

Sie sah ihn zum Regieraum hinausschlendern und um eine Ecke verschwinden. Was sie in diesem Augenblick empfand, entsprach genau dem, was sie in den Jahren ihrer Zusammenarbeit immer fühlte. Ganz zu Anfang, als er sie in Des Moines eingestellt hatte, war es anders zwischen ihnen gewesen. Sie hatten ein Verhältnis miteinander gehabt. Aber das war nicht von langer Dauer gewesen. In den letzten fünfzehn Jahren waren die meisten Nächte so zu Ende gegangen wie diese – Quentin verließ den Sender, und sie fuhr, sobald sie aufgeräumt hatte, allein in ihre Wohnung, um ihre Katzen zu füttern, sich etwas zu Essen zu machen und schließlich einzuschlafen. Eintöniges Dasein . . . aber es hätte schlimmer sein können. Was sie mit diesem schwierigen, oft ätzenden, auf seine Art aber im Beruf aufgehenden Mann erlebt hatte, gegen einen dieser grauen Männer in grauen Anzügen mit dazu passendem Intellekt zu tauschen, wäre ihr nie in den Sinn gekommen.

Kapitel 8

Lydia stellte einen nackten Fuß auf die Kante des niedrigen Tischs, um ihre Zehennägel zu lackieren. Sie hatte geduscht und ihre Haare gewaschen, das Trocknen aber verschoben, bis in dem alten Film, den sie im Fernsehen verfolgte, eine Werbepause eintrat. Sie trug einen rosa Frotteemantel und ein gleichfarbiges Handtuch zum Turban um den Kopf geschlungen.

Obwohl Samstag war, hatte sie zur gewohnten Zeit um sechs Uhr nicht mehr schlafen können, sich aber gezwungen, bis acht Uhr im Bett zu bleiben. Die Woche war mehr als anstrengend gewesen.

Caldwells Beerdigung hatte am Freitag stattgefunden, den Wünschen des toten Senators entsprechend, nur unter Teilnahme seiner Familie. Für Montag abend war eine Gedenkstunde im Kapitol vorgesehen.

Lydia hatte Veronica am Freitag vormittag angerufen. Das Gespräch war hastig verlaufen, weil Veronica an diesem Nachmittag auch noch in ihrem Haus Quentin Hughes' Fernsehsendung aufzeichnen lassen mußte.

»Hast du dir meinen Vorschlag überlegt?« hatte Veronica gefragt.

»Ich hatte eigentlich gar keine Gelegenheit dazu, Veronica«, hatte Lydia geantwortet, und das entsprach der Wahrheit. Es war einfach nicht genug Zeit geblieben, eine solche Entscheidung zu treffen. Sie hatte Clarence angerufen und versucht, sich mit ihm zu treffen, weil sie das Problem mit ihm besprechen wollte, aber er hatte für einen Tag und eine Nacht nach New York fliegen müssen, und der Druck ihrer Arbeit hatte sie am Freitag fast bis Mitternacht an ihrem Schreibtisch festgehalten.

Die Werbepause, auf die sie wartete, kam. Sie griff nach dem Fön und trocknete ihre Haare. Als der Film weiterlief, schaltete sie den Fön ab und lackierte die Nägel an ihrem anderen Fuß.

Clarences Anruf fiel mit dem nächsten Werbespot zusammen. »Wie geht es dir? Clarence, ich muß mit dir reden ... hast du heute am späten Nachmittag frei?«

»Nein, aber wie wäre es morgen mit Brunch?«

»Okay. Ich wollte früh ins Büro und Akten aufarbeiten, aber ... ach, das wollte ich dir noch erzählen. Veronica hat gestern mit Quentin Hughes' eine Sendung aufzeichnen lassen. Morgen vormittag läuft sie. Er sollte ein Interview mit Cale bringen, hat das aber um eine Woche verschoben.«

»Gestern hat sie das gemacht?«

»Ja.«

»Die traurige Witwe ...«

»Clarence, ich weiß, was du denkst, aber du darfst nicht so kritisch sein –«

»Das bin ich gar nicht, Lydia. Ich halte das einfach für sehr geschmacklos. Worüber wolltest du mit mir reden?«

»Das sage ich dir morgen. Mittags?«

»Punkt zwölf. Bei *Four Georges*. Ich würde dich abholen, aber am Vormittag vernimmt mich die Kriminalpolizei.«

»Bei dir?«

»Ja. Du kommst auch an die Reihe. Bis Mittag sollte ich fertig sein. Bis dann.«

Sie ließ sich zurücksinken, hob ihre Beine und begutachtete ihre Zehennägel. Der Film interessierte sie nicht mehr. Sie dachte über Cales Ermordung und Veronicas Bitte nach, juristische Sonderberaterin bei dem geplanten Untersuchungsausschuß zu werden. Sie wußte, daß sie sich mit der Möglichkeit befassen mußte, das Angebot könnte Wirklichkeit werden.

An diesem Abend ging sie mit einem Rechtsanwalt zum Essen aus, mit dem sie sich ab und zu traf. Er schlug nach dem Essen vor, in seine Wohnung zu fahren, aber sie lehnte ab, hauptsächlich deshalb, weil sie das Gefühl hatte, das wäre ihm gegenüber nicht fair gewesen. Sie hatte sich während der ganzen Mahlzeit anstrengen müssen, auf das zu achten, was er sagte, weil ihre Gedanken immer wieder zu dem Mord zurückkehrten.

»Willst du wirklich schon so früh Schluß machen?« fragte er, als er sie zur Tür begleitete.

»Unbedingt. Es tut mir leid, bitte, versteh das.«

»Ich hatte gehofft, wir könnten uns eine Weile über den Mord an Cale Caldwell unterhalten. Beim Essen wollte ich nicht davon anfangen, weil ich davon ausging, das wäre das letzte, woran du denken willst.«

Lydia küßte ihn sanft auf den Mund.

»Das war lieb von dir, Craig.«

Er zog sie an sich. Der Kuß wurde leidenschaftlicher und rief widerstreitende Gefühle in ihr hervor. Die Tröstlichkeit seiner Arme, seine unübersehbare Erregung, das tat gut. Sie blieb in seiner Umarmung, ihr Gesicht an das seine gepreßt, löste sich aber schließlich von ihm.

»Ich bin heute abend wirklich keine gute Gesellschafterin, Craig. Es war sehr schön. Danke dafür, daß du nicht drängst.«

»Du kennst mich ja, Lydia – der letzte Kavalier, immer galant.« Er tippte an ihre Nase. »Gute Nacht. Ich rufe dich nächste Woche an . . .«

Ach ja, dachte sie, was Lydia so alles durchmacht . . .

Um fünf Uhr stand sie auf und war um sechs Uhr mit ihrer dritten Joggingrunde um den Reflecting Pool vor dem Lincoln-Denkmal fertig. Wieder in ihrer Wohnung, zog sie Turnhose und Trikot aus und machte Kniebeugen und andere gymnastische Übungen, bevor sie unter die Dusche ging. Sie zog sich an: grauer Rollkragenpullover, marineblauer, weiter Rock, braune Lederstiefel, eine gedeckte blaue Tweedjacke.

Sie betrat ihr Büro, machte Licht und schaltete eines der beiden Fernsehgeräte ein, entfernte den Deckel von einem großen Becher schwarzen Kaffee, den sie unterwegs mitgenommen hatte, lehnte sich in einem Ledersessel zurück und ging eine Akte durch, zu deren Bearbeitung sie am Freitag keine Zeit mehr gefunden hatte.

Eine Sendung mit Lokalnachrichten zwischen zwei religiösen Programmen verwies darauf, daß es im Fall Caldwell nichts Neues gebe. Der Sprecher fügte hinzu: »Senator Caldwells Witwe Veronica Caldwell wird in der heutigen Fernsehsendung von Quentin Hughes eine wichtige Mitteilung machen.«

Lydia konzentrierte sich auf ihre Akten, bis die Sendezeit für Hughes' Programm kam, nahm die Lesebrille ab und richtete den Blick auf den Bildschirm, wo Hughes' Gesicht erschien.

»Sie werden eine halbe Stunde mit der tapfersten Frau verbringen, die ich je gekannt habe. Ich bin Quentin Hughes. Bleiben Sie auf unserem Kanal.«

Es folgte ein Informationshinweis, dann fuhr die Kamera auf Veronica Caldwell zu, während Hughes' Stimme zu vernehmen war: »Vor erst vier Tagen hat das Land einen seiner fähigsten und einflußreichsten Parlamentarier verloren, Senator Cale Caldwell. Er war das Opfer eines vom Wahnsinn diktierten, sinnlosen Mordes.« Die Kamera wurde zurückgefahren und erfaßte nun beide Gesprächspartner. »Heute habe ich bei mir die Witwe von Senator Caldwell, Veronica Caldwell. Sie war so freundlich und tapfer, sich unseren Kameras und der Öffentlichkeit zu stellen, nicht nur, um Fragen zu dieser Tragödie zu beantworten, sondern auch, um eine Mitteilung von großer Tragweite zu machen.« Er lächelte sie an. »Im Lauf des Nachmittags wird der Gouverneur von Virginia, James P. Craighton, bekanntgeben, daß er die Absicht hat, Mrs. Caldwell für den Rest der Amtszeit ihres Mannes zu seiner Nachfolgerin zu bestimmen.«

Lydia beugte sich vor. Ihre Augen waren groß geworden. Veronica hatte in der Tat etwas Wichtiges mitzuteilen. Die Art der Bekanntgabe zwang Lydia allerdings ein Lächeln ab. Es war typisch für Hughes' wichtigtuerische Art, daß er selbst den Satz ausgesprochen hatte, statt das Veronica zu überlassen.

Hughes sah seinen Gast an und sagte: »Ich möchte mit Ihnen über Ihre Hoffnungen und Wünsche sprechen –« Du guter Gott, dachte Lydia, fällt denn *keinem* etwas anderes ein als dieses abgedroschene ›Hoffnungen und Wünsche‹? – »die Sie als Mitglied im Senat der Vereinigten Staaten bewegen, Mrs. Caldwell, aber bevor wir zu diesem Punkt kommen, haben Sie, wie ich weiß, noch eine andere sehr wichtige Mitteilung zu machen, die eine für Sie höchst bedeutsame Frage betrifft.«

Eine zweite Kamera erfaßte Veronica im Dreiviertelprofil. Sie wirkte gefaßt, sah man von einem winzigen Zucken am rechten Augenlid ab. Das Grauen der letzten Tage verriet sich durch zusammengepreßte Lippen und die unverkennbare Müdigkeit in ihren Augen.

»Zu Ehren meines toten Mannes gründe ich die Cale-Caldwell-Stiftung der darstellenden Künste. Alle Spenden werden dazu dienen, begabte junge Männer und Frauen zu fördern, die sich bemühen, künstlerische Beiträge für unsere Gesellschaft zu entwickeln und zu vervollkommnen.«

»Das halte ich für großartig«, sagte Hughes. »Ihr Mann hat sich im Senat in höchstem Maß dafür eingesetzt, dafür zu sorgen, daß die Künste in Amerika den ihnen zustehenden Anteil an Bundesmitteln erhalten. Ich weiß, er wäre heute stolz darauf, wenn er sehen könnte, daß seine Anstrengungen nicht umsonst gewesen sind . . .«

Der Rest des Gesprächs brachte wenig Neues und hatte kaum Nachrichtenwert. Veronica teilte Hughes mit, es habe bei der Untersuchung des Mordfalles keine Fortschritte gegeben, aber sie sei fest davon überzeugt, daß man ihn bald werde aufklären können. Hughes erkundigte sich nach Gerüchten, daß man im Senat einen eigenen Untersuchungsausschuß einsetzen wolle, und Veronica bestätigte, daß diese Bestrebungen im Gange seien.

Hughes teilte seinen Zuschauern weiter mit, daß ein mit Cale Caldwell kurz vor seinem Tod aufgenommenes Gespräch, das an diesem Vormittag hätte gesendet werden sollen, auf einen späteren Zeitpunkt verschoben worden sei. Er fügte hinzu: »Ich hatte die Absicht, die Sendung mit dem verstorbenen Senator Caldwell aus Rücksicht auf seine Familie zu annullieren, aber nachdem Mrs. Caldwell sich die Aufzeichnung des Interviews mit ihrem Mann angesehen hatte, forderte sie mich auf, meine Entscheidung zu überdenken. Deshalb –«

Veronica unterbrach ihn.

»Cale hätte gewollt, daß dieses Gespräch gesendet wird. Er sprach von Gesetzesvorlagen, die ihm viel bedeuteten, und ich habe die Absicht, seine Ziele im Senat der Vereinigten Staaten weiterzuverfolgen.«

Hughes blickte in die Kamera, die langsam auf ihn zurückfuhr, während der Nachspann abzulaufen begann.

»Ich bin Quentin Hughes. Vielen Dank fürs Zusehen.« Zur Abwechslung war seine Sendung einmal keine Einmannshow gewesen. Er hatte Veronica unterschätzt.

Clarence verspätete sich untypischerweise beim Brunch bei *Four Georges* im Georgetown Inn.

Sie hatte auf ihren Namen einen Tisch reservieren lassen und bekam einen behaglichen Ecktisch im George-II.-Raum, der im Wüstenstil eingerichtet war – sandfarbene Lehmziegelmauern, niedrige Tische und Bänke. An einem großen Tisch in der Mitte des Raumes saß Senator MacLoon mit einer Runde von Bekannten.

Clarence kam eine Viertelstunde nach der vereinbarten Zeit.

»Du bist spät dran«, sagte sie.

»Ich weiß. Tut mir leid. Wir müssen ein neues Lokal suchen.«

Er wies mit einer Kopfbewegung auf MacLoons Tisch.

»Gewisse Politiker haben das Talent, selbst die besten Restaurants zu verderben.«

Ein Kellner brachte eine Flasche Sekt in einem Eiskübel, öffnete sie und füllte ihre Gläser. Clarence schnupperte an dem seinen, trank einen Schluck und wechselte das Thema.

»Lydia, ich rate dir, nie einem Polizeibeamten Kaffee anzubieten, wenn er dich in einer Mordsache vernimmt, vor allem dann nicht, wenn seine neunzehnjährige Tochter Klavierstunden nimmt. Als er mir auf die Schliche kam, bestand er darauf, sich über Musik und über die Frage zu unterhalten, ob die Lehrerin seiner Tochter auch alles richtig macht.«

»Ist er überhaupt dazu gekommen, dich nach dem Mord zu fragen?«

»Das tat er dann schließlich doch. Er wollte wissen, ob ich etwas gegen Caldwell gehabt hätte, ob wir geschäftlich miteinander zu tun gehabt hätten, ob es geheime Intrigen, gemeinsame Feinde oder Freunde gäbe. So, als würde ich irgend etwas davon zugeben, wenn ich ihn wirklich umgebracht hätte.«

»Hat er dir etwas Neues gesagt?«

»Nein, nur, daß seine Tochter keine Tonleitern spielen will. Und was hast du von Hughes' Gespräch mit Veronica gehalten?«

»Meine Gefühle sind gemischt. Und du?«

»Ich habe nur Bruchstücke gesehen, weil er mit dem Reden nicht aufhörte. Nach dem Gehörten würde ich sagen, daß die Dame ihre Witwenschaft nicht anbrennen läßt.«

Eigentlich muß man das ja bewundern. Du hast aber gehört, daß sie Cales Amtszeit im Senat zu Ende bringen soll?«

»Ja, und von der Stiftung in seinem Namen. Ich will dich etwas fragen, Lydia, aber du mußt mir versprechen, daß du mir den Kopf nicht abreißt –«

»Ich verspreche überhaupt nichts.«

»Hältst du es auch nur entfernt für möglich, Veronica Caldwell könnte insgeheim auf die Machtposition ihres Mannes so eifersüchtig gewesen sein, daß sie ihn umgebracht hat oder umbringen ließ, um seinen Sitz im Senat zu bekommen?«

Lydia schaute sich um, bevor sie sich zu ihm hinbeugte und die Hand auf seinen Arm legte.

»Siehst du, ich rege mich nicht auf. Die Antwort ist natürlich *nein.*«

»Tja, ich halte das gar nicht für so ausgefallen. Schließlich gab es ja auch Leute, die es für möglich hielten, Lyndon Johnson hätte etwas mit Kennedys Tod zu tun gehabt, um Präsident zu werden –«

»*Manche* Leute – *ich* gehöre nicht dazu.«

»Was nimmst du?« fragte er mit einem erneuten Themawechsel.

»Eier à la Benedict und einen Streifen Speck. Und du?«

»Wildsteak mit Spiegelei.« Er bestellte, dann schilderte er Lydia die Einzelheiten seines Verhörs durch die Kriminalpolizei. Als er fertig war und das Essen kam, brachte Lydia Veronicas Vorschlag zur Sprache, sie solle den Posten einer Sonderberaterin bei einem Untersuchungsausschuß des Senats zur Aufklärung von Caldwells Ermordung übernehmen. Clarence hörte zu und beschränkte sich darauf, die grauschwarzen Brauen hochzuziehen. Als sie ausführlich vom Gespräch im Haus der Caldwells berichtet hatte, räusperte er sich und sagte: »Das hängt ganz davon ab, ob du Wert darauf legst, dir einen Namen zu machen. Wenn ja, dann mach das unbedingt. Wenn du bei Verstand bleiben willst, lehn das um Gottes willen ab – und zwar sofort und ganz entschieden.«

Lydia schwieg geraume Zeit.

»Ich habe kein Interesse daran, mir einen Namen als Sonderberaterin für einen Ausschuß zu machen, der den Mord an einem Freund untersucht«, sagte sie schließlich. »Aber was tut man, wenn seine Witwe – die man ebenfalls zu seinen Freunden zählt – darum bittet? Man geht einfach weg?«

»Genau das. Was würdest du außerdem mit deiner Kanzlei machen, wenn du den Posten übernimmst?«

»Sie meinen Mitarbeitern überlassen und aus der Ferne ein wenig zu steuern versuchen. Was wäre dagegen zu sagen?«

»Alles. Louis Armstrong hat einmal gesagt, als ihn jemand fragte, was mit einem Freund, der plötzlich gestorben war, nicht in Ordnung gewesen sei: ›Wenn du tot bist, ist nichts mehr in Ordnung.‹ Iß deine Eier, sie werden kalt.«

»Das sind sie schon.« Sie legte die Gabel auf den Teller. »Ich liebe dich sehr, Clarence, und hatte immer großen Respekt vor deinen Meinungen, aber manchmal kannst du einem auf den Wekker gehen.«

Er lehnte sich zurück und grinste.

»Und das ist offenbar einer dieser Augenblicke. Tut mir leid. Das ist meine Art, unerträgliche Sorgen um dich zu verbergen. Ich kann verstehen, wie dir zumute ist, und warum du ernsthaft erwägst, Veronicas Vorschlag anzunehmen. Ich persönlich würde das für einen Fehler halten. Du würdest es bereuen. Aber wenn du es nicht tust, wirst du dir vermutlich den Rest deiner Tage den Kopf darüber zerbrechen, ob du es nicht doch hättest tun sollen. Also mach es, wenn man es dir anbietet.«

»Stehst du auf meiner Seite, wenn ich es tue?«
Er lachte.
»Auf keinen Fall. Schließlich gehöre ich zum engsten Kreis der Verdächtigen. Wie sähe das aus, wenn die Sonderberaterin mit einem solchen Menschen auch noch –«
»Ach, hör auf . . .«
Er tat es zwar, aber ihre Gedanken ließen sie nicht in Ruhe. Ohne es eigentlich zu wollen, fing sie schon an, sich so zu verhalten, als hätte sie den Posten übernommen.

Kapitel 9

Das schöne Herbstwetter hatte dem rauheren Klima des Vorwinters weichen müssen. Über das Wochenende hatte es stark geregnet. Jetzt, am Montagmorgen zehn Uhr, saß Lydia in einem grünen Plastiksessel im tristen Büro des stellvertretenden Leiters der Polizei von Washington, Horace Jenkins. Man hatte sie gebeten zu warten; Chief Jenkins sei für einige Minuten fortgerufen worden.
»Hallo, Lydia«, sagte er, als er zur Tür hereinkam. »Eine menschliche Regung.« Seine Stimme überraschte sie. Sie fuhr herum. Er ging an ihr vorbei, ließ sich schwer in seinen Schreibtischsessel fallen und grinste.
»Wie geht es Ihnen?« fragte sie.
»Großartig«, sagte er gähnend. »Ich war noch am Leben, als ich heute wach wurde, den Zeitungen zufolge habe ich meine Stellung noch, und der Ruhestand scheint erreichbar. Wie geht es Ihnen?«
»Mittelprächtig.«
»Sonderberaterin, wie?«
»Ja . . . Es war schmeichelhaft, das Angebot zu bekommen.«
»Ganz sicher.« Er rieb sich die Augen mit ihren Tränensäcken und gähnte wieder. Lydia hatte zu einer Freundin einmal gesagt, Jenkins sähe aus wie Walter Matthau *nach* einer durchwachten Nacht. Sie betrachtete ihn und erkannte, wie treffend diese Behauptung gewesen war. Er war in Hemdsärmeln. Das Jackett hatte er einfach auf einen Aktenschrank geworfen. Er hatte schwarze, dichte Haare, die keine Schütterkeit erkennen ließen. Hautfalten hingen von Kinn, Wangen und Hals. Seine Augen waren groß und wässerig und hatten den Blick eines traurigen Jagdhunds, der schon seit Tagen nicht mehr gefüttert worden war. Er war groß

und breit und setzte leicht Fett an, obwohl das bei seiner Größe nicht so sehr störte.

»Also, Lydia, dann erzählen Sie mal, was ein braves, anständiges Mädchen wie Sie im Senat treibt.«

»Meine Pflicht erfüllen, hoffe ich. Außerdem bin ich gar nicht so brav, das wissen Sie. Und Mädchen schon gar keines mehr.«

»Für mich immer noch. Ich werde nicht vergessen, wie Sie sich vor Gericht hingestellt und diese Typen verteidigt haben. Sie gefallen mir so gut wie damals . . . und was machen die Geschäfte in Radio und Fernsehen?«

»Okay, Horace, sparen wir uns das Gerede. Ich bin hier, wie gewünscht, und ich nehme an, Ihre Einladung hängt mit dem Mord an Caldwell zusammen.«

»Ja, nun, ich wollte Ihnen ersparen, daß Sie sich mit jemand von den Trotteln abquälen müssen, die für mich oder über mir arbeiten.« Er beugte sich vor, was seinen Sessel zu einem protestierenden Quietschlaut veranlaßte, und stützte sich auf die Ellenbogen. »Sie sehen sicher ein, daß das unangenehm ist . . . ich vernehme Sie zur Ermordung des Senators, während Sie Rechtsberaterin für einen Ausschuß sind, der dazu ebenfalls Untersuchungen anstellt –«

»Routinesache, ich weiß. Außerdem war ich ja bei dem Fest und könnte theoretisch zu den verdächtigen Personen gezählt werden – aber Sie und ich werden eng zusammenarbeiten müssen, Horace. Schließlich haben wir dasselbe Ziel.«

Er gab einen Knurrlaut von sich und drückte auf eine Taste seines Sprechgeräts.

»Nein, verdammt, das ist nicht das, was ich wollte.« Er schwieg kurze Zeit. »Dann macht es noch einmal. Stört mich jetzt nicht, ich habe mit der Caldwell-Sache zu tun.« Seine Augen glitzerten belustigt, als er Lydia ansah. »Was sagten Sie eben?«

»Ich nehme an, wir werden in der Sache Caldwell eng zusammenarbeiten.«

»Das werden wir nicht. Ein Senatsausschuß, der mir in die Quere kommt, ist das letzte, was ich brauche. Der Mord an Caldwell ist Sache der Polizei, und dabei bleibt es, Senator hin, Senator her.«

»Ich wußte gar nicht, daß Sie über den Senat zu verfügen haben.«

»Ich bin Polizist, Lydia. Mord ist Sache der Polizei, gleichgültig, wie hochgestellt einer gewesen sein mag. Ich weiß einfach nicht, was ihr mit einem weiteren Ausschuß auf Kosten des

Steuerzahlers zu erreichen hofft. Der Fall liegt ganz einfach. Caldwell wird von seiner Frau eine Party gegeben. Sie lädt zweihundert Figuren ein, und eine davon dreht durch und rammt dem Ehrengast einen Eisstichel in die Brust ... Ich möchte eine Frage stellen.«

»Nur zu.«

»Haben Sie ihn umgebracht?«

»Nein.«

»Gut. Das Verhör ist vorbei. Hören Sie auf meinen Rat, Lydia, kümmern Sie sich wieder um Sendelizenzen und sagen Sie Ihren Freunden vom Senat, sie sollen sich wieder mit der Politik befassen.«

»Ich werde Ihre Einstellung ganz gewiß zu Gehör bringen, besonders bei dem Ausschuß, der die Gelder für den District of Columbia bewilligt. Ich möchte Sie außerdem daran erinnern, daß der Untersuchungsausschuß nun einmal besteht. Er ist vorhanden, und er soll den Mord an Cale Caldwell untersuchen.«

»Ja, und er ist so notwendig wie Titten am Hintern. Entschuldigung.«

»Schon verziehen. Ich bin kein kleines Mädchen mehr, wie ich schon sagte ... Wenn Sie fertig sind, dann gehe ich.«

»Sicher. Hören Sie, Lydia, ob Sie es glauben oder nicht, ich wünsche Ihnen dabei alles Gute. Ich habe Sie immer bewundert für Ihre Arbeit als Strafverteidigerin. Ich sehe nur sehr ungern, daß Sie sich auf etwas einlassen, das nichts Gutes bringen kann –«

»Ich weiß das zu schätzen.« Sie stand auf und reichte die Hand über den Schreibtisch. Er griff danach und schnalzte mit der Zunge.

»Wenn ich jünger wäre, würde ich mich ranmachen an Sie.«

»Danke. Ich bin Frau genug, um das gern zu hören, selbst von einem alten Herrn wie Ihnen.«

»Ja, alter Herr, hm, hat mich gefreut. Wissen Sie übrigens, wie ich die Sache sehe?«

Sie blieb an der Tür stehen.

»Wie denn?«

»Dieser verkommene Sohn, der Sektenfanatiker.«

»Haben Sie ihn vernommen?«

»Klar. Wir forderten ihn auf, hier in der Stadt zu bleiben, aber er ist zu seiner Sekte zurückgegangen. Ich habe jemanden hingeschickt, um ihn zurückzuholen. Er führte sich auf und schrie etwas von Religionsfreiheit und der Trennung von Kirche und Staat.«

»Und?«

»Wir haben ihn dortgelassen.«

»Dann muß er Ihnen wohl nicht so verdächtig vorgekommen sein.«

»So verdächtig wie jeder, verdächtiger als die meisten. Zunächst einmal. Ich ging jedenfalls davon aus, daß er von seinen Mitirren weniger leicht wegläuft als hier aus der Stadt.«

»Kann ich die Vernehmungsprotokolle sehen?«

Jenkins schüttelte den Kopf.

»Wir werden sie gerichtlich anfordern, Horace.«

»Alles hübsch der Reihe nach, Lydia ... Sie sehen wirklich gut aus. Wie gesagt, wenn ich jünger wäre, würde ich –«

»Schönen Tag noch, ja?«

»Ja, für Sie auch.«

Sie bezwang ihre Verärgerung, bis sie die Straße erreichte, atmete ein paarmal tief ein und begann vor sich hinzumurren. Vor Jahren, bei ihrer Tätigkeit als Strafverteidigerin, hatten ihr die täglichen Kämpfe mit der Polizei Spaß gemacht. In Wirklichkeit hatte sie so oft verloren wie gewonnen, aber es war immer wieder eine neue, anregende Herausforderung gewesen.

Statt einer Herausforderung spürte sie jetzt nur tiefe Enttäuschung. Sie hatte schon lange nicht mehr in dieser Arena gestanden, sondern behaglich an ihrem Schreibtisch gesessen und von dort aus die fährnisreichen Gewässer des Senderechts befahren, im Auftrag von Klienten, die für ihr Wissen und ihre Erfahrung hohe Honorare zahlten. Alle Nahkämpfe wurden mit gepolsterten Handschuhen ausgefochten. Beim Strafrecht gab es überhaupt keine Handschuhe. Das hatte sie beinahe vergessen. Die Erkenntnis jagte ihr einen Schauer über den Rücken, gegen den der böige Nordwind in der Straße nicht aufkam. Sie zog den Mantelkragen fester zu und ging mit raschen Schritten zu ihrem Büro, wo sie Telefongespräche führte, ihrer Sekretärin einen Schriftsatz diktierte und sich dann auf den Weg zu Senator Wilfred MacLoon machte, der zum Vorsitzenden des Caldwell-Ausschusses gewählt worden war.

Die Wahl von MacLoon hatte Lydia sehr entmutigt, aber sie beschloß, sich bei ihrer Arbeit davon nicht beeinflussen zu lassen. Sie hatte aber bei Veronica Caldwell ihre Zweifel zur Sprache gebracht, ob es klug sei, einen geschworenen politischen Gegner ihres Mannes an der Spitze eines Ausschusses zu wissen, der seine Ermordung untersuchen sollte. Veronicas Antwort ergab Sinn. Da man wisse, daß MacLoon und Caldwell sich nicht gemocht hatten, könne das die Zuversicht der Öffentlichkeit, man werde die Angelegenheit gründlich aufklären, nur stärken. MacLoon stehe unter Zwang, jeden persönlichen Groll beiseite zu lassen, und werde die Ermittlungen um so mehr vorantreiben. Jedenfalls der Theorie nach.

Lydia mußte in MacLoons Vorzimmer eine Viertelstunde warten, bevor ein Mitarbeiter sie ins Arbeitszimmer des Senators führte, wo er einer jungen Journalistin ein Interview gab.

»Bin gleich soweit«, sagte er zu Lydia und winkte ihr zu. Er wandte sich wieder an die Reporterin. »Es wird die Pflicht des Ausschusses sein, die amerikanische Öffentlichkeit davon zu überzeugen, daß der Mord an Senator Caldwell in keiner Weise mit irgendeiner staatlichen Stelle in Verbindung gebracht werden kann, daß es keinerlei Hinweise oder Andeutungen gibt, die Bezug darauf haben könnten. Das wäre alles.«

»Gut. Vielen Dank, Senator.«

MacLoon grinste breit, stand auf und drückte der Reporterin die Hand.

»Stehe jederzeit zur Verfügung. Für Sie ist die Tür immer offen.«

Die Journalistin nickte Lydia zu, als sie das Zimmer verließ.

»Verzeihen Sie, daß ich Sie warten ließ«, sagte MacLoon. »Setzen Sie sich, bitte.«

Lydia ließ sich in einem Polstersessel vor seinem Schreibtisch nieder.

»Ist es nicht ein wenig verfrüht, schon Interviews zur Arbeit des Ausschusses zu geben?«

»Das finde ich nicht. Es hat keinen Zweck, der Presse etwas vorzumachen. Ich möchte einen offenen, aufrichtigen Ausschuß, in den Presse und Öffentlichkeit Vertrauen haben können. Keine Heimlichkeiten. Halten Sie das nicht für sinnvoll?«

»Selbstverständlich . . . in vernünftigem Rahmen.« Sie beobachtete MacLoon, als er seinen Schreibtischsessel herumdrehte und in einer Schublade kramte. Sie hörte seine schweren Atemzüge, die von einem Leben mit Zigarren und Zigaretten herrührten, sah seinen Bauch, der den Gürtel zu sprengen drohte. MacLoon war fast völlig kahlköpfig und hatte ein volles Gesicht, was um so mehr auffiel, als der Hemdkragen zu eng zu sein schien.

Er fand, was er suchte, schlug eine Akte auf und blätterte darin.

»Senator MacLoon, ich weiß, daß Sie sehr beschäftigt sind, aber ich bin es auch. Vielleicht können wir über den Ausschuß und meine Rolle darin sprechen. Ich nahm an, Sie hätten mich aus diesem Grund hergebeten.«

»Ja, gewiß. Augenblick noch.« Er zog die Brauen zusammen, während er ein Aktenblatt überflog, dann rief er durch die offene Tür: »Margaret, bitte.« Eine seiner Mitarbeiterinnen, eine vollbusige, junge Frau, die stark geschminkt war, kam herein. MacLoon gab ihr das Blatt. »Kopieren und sofort an Markovich.«

Lydia zügelte ihre Ungeduld und räusperte sich.

»Ich komme wieder, wenn Sie mehr Zeit haben.«

MacLoon hob den Kopf und wirkte überrascht.

»Nur keine Aufregung, ich bin gleich soweit. Wie wär's mit einem kleinen Mittagsimbiß? Ich lasse etwas heraufschicken –«

»Nein, danke. Senator MacLoon, ich habe diese Stellung auf den Wunsch von Veronica Caldwell angenommen. Allerdings mit gemischten Gefühlen. Einerseits freue ich mich, etwas zur Lösung dieses tragischen Falles beitragen zu können. Auf der anderen Seite habe ich eine recht erfolgreiche Anwaltspraxis, die während meiner Abwesenheit in Schwierigkeiten geraten wird. Ich möchte, daß Sie sich darüber im klaren sind.«

Er sah sie an wie eine auf Abwege geratene Tochter.

»Miss James, wir wollen uns doch vertragen. Offen gesagt, als Veronica Sie unbedingt als Rechtsberaterin haben wollte, war ich dagegen. Für mein Gefühl brauchten wir einen Juristen ohne direkte Bezüge zu der Sache, der hinter den Kulissen zu arbeiten versteht und sich in ein Team einfügen kann, das nach einem klaren Aktionsplan vorgeht –«

»Ich komme eben von Horace Jenkins, und er redet ähnlich wie Sie.«

»Sie brauchen nicht gereizt zu sein, Miss James«, sagte er. »Schließlich arbeiten wir doch zusammen.«

»Gegen Ihre Einwände.«

»Richtig. Nachdem Veronica mir das genauer auseinandergesetzt hatte, kam ich zu dem Schluß, es wäre vielleicht doch keine so schlechte Idee, Sie in der Mannschaft zu haben. Ihr Ruf ist gefestigt, es gibt nichts offenkundig Belastendes gegen Sie, Ihre Beziehungen zur Familie sind eng, und Sie haben Verständnis für Caldwell und seinen Kunstunfug gehabt.«

Lydia bewegte die Schultern.

»Ich darf Ihnen gleich erwidern, daß ich das nicht für Unfug halte, Senator. Ich hatte selbst damit zu tun und bin dadurch mit Veronica Caldwell bekannt geworden.«

»*Senatorin* Veronica Caldwell«, sagte er.

»So ist es. Im Zusammenhang mit den Künsten bin ich auch gut Freund mit *Ihrer* Frau geworden.«

»Mit dem Unterschied, Miss James, daß die Privatinteressen meiner Frau niemals meine Tätigkeit im Senat beeinflußt haben.«

»Wollen Sie behaupten, daß das bei Veronica Caldwell anders war?«

»Sie wissen das. Es interessiert Sie vielleicht auch zu hören, daß Senator Caldwell im Begriff stand, deshalb in Schwierigkeiten zu geraten. Der Paragraph über die Kunst im letzten Budget des Innenministeriums hat viele Leute hier beunruhigt. Dasselbe trat ein, als er hinter den Kulissen tätig war, um einen Gesetzesantrag zu unterbinden, diese verdammten Sekten und ihre Gehirnwäschemethoden unter die Lupe zu nehmen. Das gehörte zu den Dingen, die Jimmye MacNab den Caldwells entfremdet haben.«

Lydia wußte nicht, ob sie einräumen sollte, daß sie von den Dingen, die er vortrug, nichts wußte, oder ein Halbwissen vortäuschen sollte, damit er weitersprach. Sie beschloß, stumm zu bleiben. Es half nichts. MacLoon blickte auf die Uhr.

»Passen Sie auf, Miss James. Ich habe viel zu tun. Einer meiner Leute soll Ihnen das Büro zeigen, das wir für Sie freigemacht haben. Nichts Besonderes, aber es muß genügen. Wir leiden im ganzen Haus an Platzmangel.«

»Ich bin sicher, das es ausreichend ist. Und wie steht's mit Personal?«

»Ist im Budget vorgesehen. Ich sorge dafür, daß man Sie genau informiert. Ich möchte gleich damit anfangen, damit wir das hinter uns bringen.«

»Ich werde alles tun, was in meiner Kraft steht, um für gründliche und wirksame Ermittlungen zu sorgen. Ich mache mir allerdings Gedanken über undichte Stellen der Presse gegenüber. Ich halte es für entscheidend, daß wir in Ruhe tätig sein können.«

»Über diese Dinge können wir uns später unterhalten.« MacLoon wickelte eine Zigarre aus und biß die Spitze ab. »Hoffentlich stört es Sie nicht, mit einem Zigarrenraucher zusammenarbeiten zu müssen.«

»Durchaus nicht.«

Er hielt eine Streichholzflamme an die Zigarre und paffte. Als blaue Rauchschwaden zur Decke emporstiegen, sagte er, ohne sie anzusehen: »Über eines wollen wir uns gleich klarwerden, Miss James. Die Untersuchung im Senat hat nichts mit der Aufklärung des Mordes an Cale Caldwell zu tun.«

»Wie bitte?«

Er sog an der Zigarre, stand auf, ging um den Schreibtisch herum und beugte sich zu ihr vor.

»Morde sind von der Polizei aufzuklären. Die Aufgabe dieses Ausschusses besteht darin, dem amerikanischen Volk die Gewißheit zu geben, daß der Mord mit seinem Staat nichts zu tun hatte.«

Sie bog sich ein wenig zurück.

»Ich hatte den Eindruck schon aus Ihren Worten gegenüber der Journalistin gewonnen«, sagte sie, »nahm aber zunächst an, das sei nur eine von mehreren Aufgaben, die sich der Ausschuß gestellt hat. Jetzt muß ich davon ausgehen, daß Sie die Beruhigung der Öffentlichkeit als Ihre einzige Aufgabe ansehen.«

»Das ist richtig.« Er lehnte sich an den Schreibtisch.

»Ich kann Ihnen da leider nicht zustimmen.«

»Das wird sich mit der Zeit noch ändern.«

Sie stand auf.

»Vielen Dank für Ihre Mühe, Senator. Ich möchte jetzt mein Büro sehen.«

Er wies einen jungen Mann, der im Vorzimmer Zeitung las, an, Lydia zu begleiten und dafür zu sorgen, daß sie an Büromaterial, Möbeln und Mitarbeitern bekam, was sie brauchte. Der junge Mann stellte sich als Rick Petrone vor, teilte mit, daß er schon seit über einem Jahr für Senator MacLoon tätig sei, und führte sie durch einen langen Flur und über eine Treppe zu einem Büro. Lydia erkannte sofort, daß es sich dabei um eine größere ausgeräumte Besenkammer handelte. In der Mitte des Raumes stand ein alter Schreibtisch aus Metall. Schmutzspuren an den Wänden zeigten, wo Regale gestanden hatten. Zwei kleine Fenster waren schmutzverkrustet, das bißchen Licht, das hereindrang, wirkte gelblich-grau.

»Sie brauchen nur zu sagen, was Sie haben wollen«, sagte Petrone. Lydia mochte ihn auf Anhieb. Er war hochgewachsen und ohne Zweifel sehr gut aussehend. Die braune Haarmähne wirkte ungekämmt, sein Lächeln echt. Er trug einen braunkarierten Anzug mit Weste und eine helle Strickkrawatte.

»Da fällt mir vieles ein«, sagte sie leichthin, ein wenig überrascht und sogar verärgert über ihren eigenen Tonfall.

Er zog Block und Bleistift aus der Tasche.

»Machen wir gleich eine Liste.«

Zwanzig Minuten später war die Liste fertig. Sie dankte ihm für seine Freundlichkeit und sagte, sie müsse wegen eines Termins in ihre Kanzlei zurück.

»Wenden Sie sich jederzeit an mich, Miss James«, sagte er. »Ich finde, ich wäre nicht ganz offen zu Ihnen, wenn ich nicht zugeben würde, daß ich hoffe, bei den Ermittlungen dabeisein zu können. Ich habe voriges Jahr das juristische Examen gemacht und die Stelle bei Senator MacLoon angenommen, um in die Politik hineinzuriechen. Verstehen Sie mich nicht falsch. Es hat mir Spaß gemacht und war sehr interessant. Aber ich möchte wieder mehr zur Juristerei hin. Ich will Ihnen nicht zur Last fallen, aber –«

»Vielleicht kann ich erreichen, daß Sie mir für die Dauer der Ermittlungen zugeteilt werden. Ich schlage das dem Senator vor, wenn Sie wollen.«

»Dafür wäre ich Ihnen wirklich dankbar, Miss James, das dürfen Sie mir glauben.«

»Also gut, abgemacht.«

Sie gingen miteinander durch den Flur. Lydia ging mit schnellen Schritten, und Petrone mußte sich beeilen, um mitzukommen. In dem kleinen behelfsmäßigen Büro war ihr aufgegangen, daß sie nichts anderes verdiente, als genauso behandelt zu werden wie hier – als kleines, hilfloses Mädchen, das Scheu vor männlicher Autorität hat. Sie hatte eine ungerechtfertigte Angst davor empfunden, die ruhige Behaglichkeit und Sicherheit ihrer Anwaltspraxis zu verlassen und sich wieder in das Getümmel von Kongreß und Strafrecht zu wagen. Sie schämte sich ihrer Unentschlossenheit. Ihr verstorbener Vater hatte einen Lieblingsspruch gehabt: »Fahr so, als gehörte dir das Ding«, und die schöne Erinnerung an ihn und sein Drängen, in allen Lebensphasen stets Hervorragendes anzustreben, erregten auf einmal Schuldbewußtsein in ihr, aber auch die Entschlossenheit, sich mit aller Kraft in die neue Aufgabe zu stürzen.

»Vergessen Sie nicht«, sagte Petrone, als er ihr die Hand drückte, »Sie können mit allem zu mir kommen. Ich möchte helfen, wo ich kann.«

»Danke, das weiß ich zu schätzen.« Sehr sogar, fügte sie im stillen hinzu.

Petrone kehrte in MacLoons Büro zurück, wo er seine Zeitung weiterlas, bis der Senator zurückkam.

»Ist alles geregelt?« fragte MacLoon.

»Denke schon. Wir haben eine Liste von allem aufgestellt, was sie braucht.«

»In Wirklichkeit braucht sie einen Mann«, sagte MacLoon. »Schaffen Sie das?«

Petrone lächelte.

»Immer. Sie will Sie bitten, daß Sie mich ihr für die Dauer der Untersuchung zuteilen.«

»Ich werde Einwände machen, aber sie kann Sie haben. Achten Sie nur darauf, daß Sie ihr nicht von den Fersen gehen und mich über alles, was sie tut, auf dem laufenden halten.«

»Kein Problem, Senator. Ich möchte helfen, wo ich kann.«

Kapitel 10

Die folgenden beiden Wochen vergingen für Lydia schnell. Rick Petrone erwies sich als sehr hilfreicher und tüchtiger junger Mann, und Lydias Büro wurde zu einem brauchbaren, bequemen Arbeitsraum. Petrone beschaffte nicht nur die erforderliche Einrichtung und das Büromaterial, sondern sorgte auch für zusätzliche Kleinigkeiten – frische Blumen, Drucke an den Wänden, ein Radiogerät und eine Polsterbank, die Lydia immer häufiger benützte, während sie die wachsenden Aktenstöße bewältigte.

Wenn sie sich Illusionen darüber gemacht hatte, ihre Zeit zwischen der Arbeit für den Ausschuß und ihre eigene Anwaltspraxis teilen zu können, verflogen sie angesichts der Anforderungen durch den Ausschuß bald. Jeden Tag fand eine Vollsitzung statt, mit sechs Senatoren, deren Mitarbeitern und Lydias neuem Mitarbeiterstab, zu dem außer Rick Petrone ein Anwalt aus Lydias Kanzlei und drei von MacLoon zugeteilte Kräfte – zwei Sekretärinnen und eine Rechercheurin, die Ginger Johnson hieß –, gehörten.

Lydias erste Reaktion auf Ginger war nicht eben begeistert gewesen. Sie wirkte zu jung und zu leichtsinnig, um das leisten zu können, was Lydia von ihr erwartete. Klein, ein wenig mollig, mit langen roten Haaren, die dauernd nach einem Kamm verlangten, war Ginger Lydia durch MacLoon als ehemalige Rechercheurin beim Nachrichtenmagazin *Time* vorgestellt worden. Sie hatte an der Universität Missouri Journalistik studiert und war zuletzt im Gesundheitsministerium angestellt gewesen. Sie schien nicht alt genug für soviel Erfahrung zu sein, und Lydia nahm sich in der ersten Woche die Zeit, sie eingehend zu befragen. Gingers Antworten und zusätzliche diskrete Nachforschungen ergaben, daß alles zutraf, was MacLoon und Ginger behauptet hatten. Nach der zweiten Woche sah Lydia ein, daß Ginger eine harte, tüchtige Ermittlerin war, gute Detailkenntnisse besaß und nicht davor zurückschreckte, die Ärmel hochzukrempeln und Ordnung in die Papierstapel zu bringen, die das Büro bald zu überfluten drohten.

Die Freitagssitzung am Ende der zweiten Woche dauerte bis sechs Uhr abends. Sie befaßte sich in der Hauptsache mit Routineangelegenheiten, bis Lydia von ihrem Entschluß berichtete, alle Umstände der unaufgeklärten Ermordung von Jimmye MacNab aufzuhellen.

»Warum?« fragte man.

»Ich halte das für sinnvoll«, erwiderte sie. »Und selbst wenn es nicht von Belang sein sollte, wäre es ein Pflichtversäumnis, der Sache nicht nachzugehen und mögliche Zusammenhänge mit der Mordsache Caldwell zu untersuchen –«

Sie sprach nicht davon, daß ihr erneutes Interesse am Mordfall MacNab durch einen langen Artikel in einem landesweit verbreiteten Skandalblatt, dem *National Voyeur,* geweckt worden war. Ginger Johnson hatte den Artikel mit in ihre Akten aufgenommen und das Lydia gegenüber einmal beiläufig erwähnt. Lydia hatte zwar auch gelacht, sich aber am vorhergehenden Abend ausführlich mit diesen und anderen Unterlagen befaßt. Der Verfasser hatte freilich sämtliche Aspekte der beiden Mordfälle sensationell aufgeputzt, wie das in der Zeitschrift üblich war, aber während Lydia sich durch den schwülstig geschriebenen Artikel und die angreifbare Ursachenkette gearbeitet hatte, die der Autor vorlegte, war ihr beinahe wider Willen klargeworden, daß an der Sache doch etwas sein konnte . . . Zwei Menschen waren ermordet worden. Jimmye MacNab, Fernsehjournalistin, war von dem anderen, Senator Caldwell, seit frühester Kindheit aufgezogen worden.

Lydia hatte lange darüber gegrübelt, ob sie vorschlagen sollte, den Fall MacNab mit in die Ermittlungen einzubeziehen, weil sie davor zurückscheute, alte Narben wieder aufzureißen. Nach einer schlaflosen Nacht war sie jedoch zu dem Schluß gekommen, daß ein Zusammenhang zwischen beiden Fällen zumindest im Bereich der Möglichkeit lag.

Ihre Empfehlung veranlaßte einige Senatoren an dem ovalen Tisch, unbehaglich auf ihren Stühlen herumzurutschen und den Blick auf Wilfred MacLoon zu richten. Er saß als Vorsitzender am Kopfende, sein Stuhl hatte eine höhere Rückenlehne. Die Zigarre zwischen seinen Zähnen war erloschen, sein Bartschatten verlieh ihm ein mürrisches Aussehen. Er starrte Lydia scharf an.

»Ich sehe keine Notwendigkeit, die Aufgaben dieses Ausschusses über den Tod von Senator Caldwell hinaus zu erweitern.«

»Das verlange ich auch nicht«, gab Lydia zurück. »Unsere Satzung verlangt, daß wir die Begleitumstände von Senator Caldwells Ermordung aufklären. Wenn auch nur die entfernteste Möglichkeit besteht, daß die Untersuchung der Ermordung von Jimmye MacNab in irgendeiner Beziehung dieses Vorhaben fördern könnte, sehe ich nicht, wie wir darauf verzichten können.«

MacLoon lehnte sich zurück und kaute an seinem Zigarrenstummel.

»Nein, der Fall MacNab hat mit uns nichts zu tun.«

Lydia sah die anderen an. Sie wäre nicht so verstört gewesen, wenn MacLoon die Frage wenigstens zur Diskussion zugelassen hätte, aber diese knappe Zurückweisung ... Sie zog den Text des Gesetzes Nr. 66-107 aus der Akte, nach dessen Bestimmungen der Ausschuß eingesetzt und finanziert worden war.

»Ich möchte nicht darauf herumreiten«, sagte sie, »aber unsere Satzung besagt, wir sollen ...« Sie las vor: »... *alle Einzelheiten und Begleitumstände des Todes von Senator Cale G. Caldwell untersuchen, dazu alle verfügbaren Mittel, Stellen und Personen einsetzen, die in Beziehung zu besagtem Todesfall stehen könnten, und einen vollständigen, unparteiischen und zutreffenden Bericht für den Kongreß der Vereinigten Staaten und das amerikanische Volk verfassen.«*

MacLoon richtete sich abrupt auf und tippte mit seinen kurzen, breiten Fingern auf die Tischplatte.

»Was in der Satzung steht, wissen wir sehr gut, Miss James. Was sie nicht enthält, worauf es hier aber ankommt, ist, wie ich schon zu Ihnen sagte, daß es nicht Sache des Senats sein kann, den Mord als solchen aufzuklären. Sie schlagen praktisch vor, daß wir eine alte Sache ausgraben, die mit unserer Aufgabe nichts zu tun hat. Das wäre eine Verschwendung von Steuergeldern und, wie ich hinzufügen darf, unserer Zeit. Wenn Sie damit anfangen und wir Zeugen zur Vernehmung vorladen, brauchen wir das Kennedy Center, um sie unterzubringen. Lassen Sie alles beiseite, was nicht unmittelbar mit dem Tod des Senators zusammenhängt. Ist das klar genug?«

Lydia sah zu Senator Jack Markowski hinüber, dem jüngsten Ausschußmitglied, mit dem sie sich am besten verstand. Ein Lächeln huschte über seine Lippen, und seine Augen schienen sie aufzufordern, nicht nachzugeben.

Sie richtete den Blick auf MacLoon.

»Als Rechtsberaterin für den Ausschuß kann ich guten Gewissens nichts unbeachtet lassen, was für den Ausgang unserer Bemühungen bedeutungsvoll sein könnte, Senator MacLoon. Vielleicht kommt meine Anregung zu früh. Wenn das der Fall sein sollte, stelle ich zwingendere Gründe dafür zusammen und lege sie später noch einmal vor. Wenn es soweit ist, halte ich eine Abstimmung darüber, ob die Ermittlungen sich auch damit zu befassen haben, für angemessen.«

MacLoon schien einer Explosion nahe zu sein. Sein Gesicht färbte sich dunkelrot, sein Atem ging schneller, und sein Bauch hob und senkte sich.

»Also gut«, sagte er. »Kommen Sie nächste Woche mit Gründen, die dafür sprechen, daß die Ermordung von MacNab einbezogen wird, dann höre ich sie mir an. *Sonst* noch etwas?« Er schaute sich in der Runde um. Da niemand mehr etwas zu sagen hatte, vertagte er die Sitzung auf den kommenden Montag um drei Uhr.

Ginger Johnson und Rick Petrone saßen in Lydias Büro, als sie zurückkam. Lydia ließ sich auf die Polsterbank sinken.

»Ich denke überhaupt nicht daran, halbe Sachen zu machen –«

»He«, sagte Petrone, »was war denn?«

Lydia berichtete. Als sie fertig war, sagte Ginger: »Ich habe mir schon so etwas gedacht. Ich nehme mir am Wochenende die Akten über MacNab vor.«

Lydia nickte.

»Danke, Ginger. Ist das viel?«

»Eine ganze Menge. Ich habe aus Archiven viele alte Zeitungen beschafft und habe eine Liste von Artikeln in Zeitschriften. Morgen mache ich Fotokopien.«

»Macht er es Ihnen schwer?« sagte Petrone zu Lydia.

»Senator MacLoon? Ja, wenngleich er wohl nur das tut, was er für richtig hält. Das wird man ihm zugute halten müssen. Ich weiß, daß das nicht der einzige Ausschuß im Kongreß ist und er den Kopf nicht nur mit der Sache Caldwell voll hat.«

»Was kann ich tun?« fragte Petrone.

»Sie fahren heim und erholen sich«, sagte Lydia. »Ich glaube, wir brauchen alle ein, zwei Tage, um an andere Dinge zu denken. Egal, an was.«

»Vielen Dank, Herrschaften«, sagte Ginger. »Während ihr zwei euch amüsiert, rackere ich mich ab.«

»Schieben Sie das auf bis Montag –«

»Nein, mich interessiert das zu sehr, und außerdem lebe ich mit meinem Freund im Streit. Das Wochenende wäre ohnehin nichts geworden ... Ach, Lydia, ein Mr. Foster-Sims ... ganz vornehmer Name! . . . hat angerufen, während Sie in der Sitzung waren.«

»Hat er eine Nachricht hinterlassen?«

»Ja. Er sagte, er hätte es satt, immer wieder zu hören, daß Sie beschäftigt seien, und besteht darauf, Sie heute abend zum Essen auszuführen.«

Lydia lachte. »Ich bin ja so müde –«

»Gehen Sie nur«, meinte Ginger. »Das wird Ihnen guttun.«

»Das wird sich ja zeigen. Zieht ihr nur ruhig ab. Ich rufe bei ihm an, und wir sehen uns am Montag wieder.«

Sie ließen Lydia im Büro allein. Sie nahm sich vor, am Montag jemanden zu bitten, daß die Fenster abgedichtet wurden. Die ständige Zugluft machte das Büro unangenehm und kalt. Sie griff nach dem Telefon, wählte und erreichte Clarence.

»Ein Nein will ich nicht hören«, sagte er sofort, als er ihre Stimme erkannte. »Abendessen und eine kleine Nachtmusik.«

»Ich bin doch gar nicht fähig –«

»Ich tue alles, um dich zu stützen. Emlyn Edwards spielt im Caldwell Center Rachmaninoff, soviel ich weiß, auch das Präludium in Cis-moll und zwei von den vier Klavierkonzerten. Und hinterher . . . du merkst doch, wie ich lechze, oder?«

»Clarence, ich –«

»Keine Widerrede. Wenn du so weitermachst, bist du Ende des Jahres alt und grau. Ich will dich, solange von dir noch etwas da ist. Ich hole dich um sieben ab. Wir gehen ins Konzert, essen hinterher, und dann . . .«

»Na gut«, sagte sie. »Vielleicht ist Rachmaninoff das, was ich brauche.« Dabei wußte sie, daß sie etwas viel weniger Höchstehendes brauchte und er auch das zu geben bereit war.

Sie fuhren direkt zum Caldwell Center. Der Konzertsaal war nicht voll. Lydia schaute sich nach vertrauten Gesichtern um und entdeckte ein paar. Jason DeFlaunce tänzelte hinter einer Trennwand am Bühneneingang hervor und stritt mit einem Inspizienten, bevor er ebenso schnell wieder verschwand wie er aufgetaucht war.

»Also, wie steht es in den Hallen des Kongresses?« fragte Clarence, nachdem er das Programm überflogen hatte.

»Es geht hektisch zu. Anstrengend, aber auch interessant.«

»Du erzählst mir alles beim Abendessen.«

Das Konzert dauerte nicht lange. Als es vorüber war, holten sie im Foyer ihre Mäntel und wollten gehen.

»Lydia!« Sie drehte sich um und sah Jason heraneilen. »Das

freut mich aber«, sagte er. »Hallo, Clarence. Lydia, könnten wir kurz miteinander sprechen?«

»Ja, gewiß . . .«

»Gleich jetzt, meine ich. Es dauert nicht lange.«

Clarence zuckte die Achseln und nickte ihr zu.

Sie folgte Jason in einen Garderobenraum am Foyer, der jetzt leer war. Er warf einen Blick über die Schulter.

»Ja, Jason?«

»Ich kann nicht glauben, was ich gehört habe«, sagte er im Bühnenflüsterton, »und Veronica geht es genauso.«

»Was meinen Sie?« Auch sie flüsterte und kam sich albern dabei vor.

»Daß Sie den Tod der armen Jimmye mit in die Untersuchung hineinziehen wollen.«

»Jason, ich . . .« Sie verstummte, als ihr aufging, wie rasch sich die Nachricht verbreitet hatte. »Jason, wie haben Sie davon erfahren?«

»Das tut nichts zur Sache«, erwiderte er. »Worauf es ankommt, ist, daß Sie sich so etwas auch nur überlegt haben.«

Lydia schaute zur Tür hinaus. Clarence lehnte an der Wand, den Mantel über dem Arm. Er wirkte ungeduldig.

»Ich möchte nicht unhöflich sein, Jason, aber was im Ausschuß geschieht, geht Sie nichts an –«

»Und was ist mit Veronica? Wollen Sie etwa behaupten, sie ginge das auch nichts an? Mein Gott, Lydia, die arme Frau hat schon genug durchgemacht, ohne daß eine gute Bekannte, der man Vertrauen geschenkt hat, auch noch alte Wunden aufreißt. Offengestanden, ich hätte Sie nie für fähig gehalten, so etwas –«

»Jason, Veronica hat mich gebeten, diesen Posten zu übernehmen. Ich habe lange nachgedacht, bevor ich einverstanden war. Jetzt muß ich mich bemühen, alles zu tun, was in meiner Kraft steht, gleichgültig, was –«

»Auch wenn es für Veronica qualvoll ist?«

»Ich bin sicher, Veronica weiß, daß mir das völlig fern liegt. Aber wenn Jimmyes Tod irgendeine Beziehung zu dem von Cale hat, dann *muß* man sich damit befassen. Tut mir leid, Jason, aber wenn Veronica das mit mir besprechen will, stehe ich jederzeit zur Verfügung. Gute Nacht.«

Als sie den Raum verließ, sagte er betont unfreundlich: »Enttäuschen Sie uns nicht, Lydia.« Sie blieb stehen, drehte sich um und sah ihn scharf an. Sie wollte etwas sagen, überlegte es sich anders und ging ins Foyer, wo sie nach Clarences Arm griff.

»Worum ging es denn?« fragte er im Auto.

»Eigentlich um gar nichts. Das heißt, ich weiß es nicht genau. Nun ja, ich habe Jason noch nie gemocht, und das wirkt sich wohl auf meine Reaktionen aus.«

»Was hat er zu dir gesagt? Man sieht ja, daß du durcheinander bist.«

Sie schüttelte den Kopf und zwang sich zur Ruhe.

»Wo wollen wir essen?«

»Eigentlich wollte ich einen Tisch im *Le Lion d'Or* bestellen, aber da wird es zu laut sein. Ich möchte alles über deine beiden ersten Wochen im Ausschuß wissen, deshalb habe ich bei *Aux Beaux Champs* reservieren lassen. Ich habe Lust auf Rindfleisch.«

»Da wird es auch voll sein.«

»Nicht annähernd so voll wie im anderen«, sagte er, als er in die Pennsylvania Avenue einbog und zum Hotel *Four Seasons* fuhr, wo das Restaurant lag. »Außerdem wird Doug McNeill dafür sorgen, daß zwei Schotten einen ruhigen Ecktisch bekommen.«

Fast während der ganzen Mahlzeit – Filetsteak für Clarence, das dem Lokalbesitzer Doug MacNeill zufolge vier Wochen abgehängt worden war, und Babylachs mit Trüffeln und Pistazien für Lydia – vermieden sie es, über die Arbeit im Ausschuß zu sprechen. Sie unterhielten sich über Musik, die Konzertsaison in Washington, und erwogen, irgendwann später nach New York zu fliegen, falls Lydia die Zeit erübrigen konnte, um sich Theaterstücke am Broadway anzusehen und einfach beieinander zu sein.

Beim Nachtisch brachte Lydia endlich zur Sprache, was in den vergangenen zwei Wochen geschehen war. Clarence hörte geduldig zu und bemerkte eine Festigkeit in ihrer Stimme, die vor zwei Wochen noch gefehlt hatte. Sie war voll erkennbarer Zweifel über ihre Fähigkeit gewesen, die Aufgabe erfüllen zu können. Auf der einen Seite hatte Clarence ihren Mangel an Zuversicht erfrischend gefunden. Daß diese schöne kluge vierzigjährige Frau Demut und Bescheidenheit zeigte, war ihm nicht ganz unangenehm gewesen. Im Dickicht von Washington kam dergleichen selten vor. Aber er hatte sich auch Sorgen gemacht. Ihrer Tätigkeit für einen Ausschuß, der die Ermordung eines mächtigen Mannes untersuchen sollte, konnte es nicht förderlich sein, wenn sie sich unterwürfig und zurückhaltend gab. Das hier war schließlich kein Konzertauftritt. Er begrüßte die Veränderung in ihr. Wenn er ganz ehrlich sein wollte, war er sogar sehr stolz auf sie.

Sie berichtete von ihren Zusammenstößen mit Wilfred MacLoon, von der vorherrschenden Stimmung im Ausschuß, die vermuten ließ, das Ganze diene nur dazu, der Öffentlichkeit Sand in die Augen zu streuen, und von Jasons Bemerkungen in der Garderobe, wonach Veronica Caldwell durch ihren Entschluß, sich auch mit dem Fall Jimmye MacNab zu befassen, verstimmt sei.

»Sehr seltsam ausgedrückt«, sagte Foster-Sims, nachdem sie Jasons Worte wiederholt hatte. »›Enttäuschen Sie *uns* nicht.‹ Ganz schön anmaßend von dem Kerl.«

»Ich weiß nur eines, Clarence, und auch das könnte anmaßend sein: Wenn der Ausschuß wirklich etwas erreichen will, muß der Anstoß dazu von mir und meinen Leuten kommen. Die Senatoren sehen den Ausschuß als ein notwendiges Übel an. Sie wollen sich gar nicht engagieren. Man kann es ihnen wohl nicht verdenken, weil sie ja andere Sorgen haben, aber zum Teufel noch mal, *mir* ist die Verantwortung übertragen worden, dafür zu sorgen, daß eine vollständige und umfassende Untersuchung stattfindet. So habe ich Veronica auch verstanden, als sie darauf drängte, einen Ausschuß einzusetzen, und unbedingt mich als juristische Beraterin haben wollte.«

»Vielleicht hat sie es sich anders überlegt. Seit sie Senatorin ist, denkt sie vielleicht anders –«

»Es wird am besten sein, wenn ich mit Veronica selbst spreche, um zu sehen, was sie denkt.«

»Das wäre sinnvoll. Und deine Freunde bei der Polizei?«

Sie seufzte.

»Meine sogenannten Freunde waren leider sehr wenig hilfreich. Sie weigern sich, über den Mordfall irgendwelches Material herauszugeben. Ich muß diese Woche Vorladungen zustellen lassen. Können wir gehen, Clarence? Ich bin plötzlich furchtbar müde.«

»Natürlich, aber du kommst erst bei mir vorbei, bevor du für heute Schluß machst.«

»Oh . . . ich kann nicht . . .« Sie umklammerte seinen Unterarm. Sie hoffte sehr, daß er Verständnis aufbringen würde.

»Ich habe dir zu Ehren deiner neuen Verantwortung ein besonderes Geschenk besorgt. Es steht zu Hause –«

»Morgen?«

»Nein. Ich verspreche, daß ich dich nicht lange aufhalte.« Nun ja, geflunkert hatte er immer schon gern, dachte er bei sich.

Das Geschenk war ein schöner, neuer Kassettenrecorder mit zwei Zusatzlautsprechern.

»Für dein Büro«, sagte er. »Und die gehören dazu.« Das Paket, das er ihr gab, enthielt Musikkassetten von vielen ihrer Lieblings-Jazzmusiker – Ellington, Bill Evans, das Modern Jazz Quartett.

»Ich hoffe, dadurch kommst du mit dem ganzen Gedudel im Kongreß besser zurecht. Entschuldige . . . ein Kalauer –«

»Clarence, ich danke dir von ganzem Herzen, nicht nur für die Geschenke, sondern dafür, daß du –«

»Hör mal, du bist nun mal meine Lieblingsfrau, auch wenn du als Klavierstudentin durchgefallen bist.«

Sie schlang die Arme um ihn. Wortlos gingen sie zum Schlafzimmer. »Ich will heute nacht bei dir bleiben«, sagte sie. Die Worte bestätigten nur, was offenkundig war, aber es tat ihr gut, sie auszusprechen.

Das Bett wurde ein Mittelpunkt von Wärme und Liebe, ihre Zärtlichkeiten waren sanft und auf den anderen bedacht. Die Stille wurde nur von den Lauten ihrer Erfüllung unterbrochen.

Kurz vor dem Einschlafen dachte sie noch, daß manche Dinge einfach zu wichtig waren, um Störungen zu dulden, auch nicht vom Senat der Vereinigten Staaten.

Draußen saß ein massiger Mann im dunklen Anzug in einem schmutzigen, grauen Auto. Er blickte auf einen Stenoblock auf seinem Schoß, wo er notiert hatte, wann die beiden die Wohnung betreten hatten, und auch die Zeit, als Lydia gesagt hatte: »Ich will heute nacht bei dir bleiben.« Er drehte den Kopf an einem starken Empfänger unter dem Armaturenbrett. Das Gerät war eingestellt auf die Ultrakurzwellensignale eines winzigen Mikrofons in Foster-Sims' Schlafzimmer. Stille. Der Mann streckte sich und kratzte sich am Bauch. Er schaute auf die Uhr. Das würde eine lange Nacht werden. Er hoffte nur, daß sie wach werden und noch etwas sagen würden, irgend etwas, und sei es nur, um die Langeweile zu vertreiben. Das haßte er am meisten an diesen Aufträgen, die Monotonie und das endlose Sitzen.

Kapitel 11

Quentin Hughes ging mit schnellen Schritten durch die Ankunftshalle am O'Hare-Flughafen von Chicago. Seine Maschine von Des Moines hatte Verspätung gehabt, und er hatte nur zwanzig Minuten Zeit, den Anschluß nach Washington zu erreichen.

Er blieb an einem Wandtelefon stehen, gab der Vermittlung die Nummer seiner Kreditkarte und wartete auf die Verbindung. Christa nahm im Sender den Hörer ab.

»Ich habe nur ganz kurz Zeit. Gibt es irgend etwas Neues? Hat jemand angerufen?«

»Alle möglichen Leute. Eine Ginger Johnson ... vom Senatsausschuß, der den Mord an Caldwell untersucht. Sie recherchiert für die Sonderberaterin. Sie möchte dich sprechen.«

»Sonst noch jemand?«

»Nichts, was nicht Zeit hätte.«

»Ich muß gehen. Ich komme wahrscheinlich gerade noch rechtzeitig zur Sendung.« Er griff nach einer kleinen Reisetasche, die er am Boden abgestellt hatte. Ein 20 x 20 cm großes Päckchen, in braunes Papier eingewickelt, steckte nach wie vor unter seinem Arm. Er preßte es noch fester an sich, als er zum Flugsteig ging.

»Ich kann das Päckchen ins Fach legen«, sagte eine Stewardess, als sie in der Luft waren.

Hughes schüttelte den Kopf.

»Nein, danke, das behalte ich.«

Sie sah ihn schärfer an.

»Sind Sie Quentin Hughes?«

»Ja.«

»Ich habe Sie im Fernsehen gesehen.«

»Sind Sie in Washington zu Hause?«

»Ja. Im Radio habe ich Sie auch gehört.«

»Augen und Ohren also in Ordnung. Und wie steht es mit dem Rest?«

»Alles funktioniert.« Sie lächelte nicht, während sie das sagte. »Entschuldigen Sie mich, ich muß mich um die anderen Fluggäste kümmern.«

Sie überging ihn während des ganzen Fluges betont, was die erwünschte Wirkung erzielte. Sie gefiel ihm äußerlich – mittelgroß, dunkelbraune Haare, strahlend weiße Zähne, wie es in den Anzeigen hieß, ein wenig breit in den Hüften, was aber erst in Jahren ein Problem werden würde. Als sie zur Landung auf dem National Airport ansetzten, stand sie neben ihm.

»Zwei volle Tage frei. Ich glaube, das muß ich feiern.«

»Mit jemand Bestimmten?«

»Bis jetzt noch nicht.«

»Läßt sich das bei einem Abendessen besprechen?«

»Ein Mädchen muß essen.« Sie kam kurze Zeit später zurück und gab ihm einen Zettel, auf den sie Adresse und Telefonnummer gekritzelt hatte ...

»Ich fahre Sie nach Hause«, sagte er. »Zeitlich habe ich Probleme, leider. Ich muß heute abend eine Sendung machen.«

Er war um 23.45 Uhr im Sender. Er und die Stewardess hatten sich chinesische Speisen in die Wohnung bringen lassen und waren dort geblieben, bis er hatte gehen müssen. Er hatte ihr versprochen, am nächsten Tag bei ihr anzurufen, wußte aber schon, daß er es nicht tun würde.

Nach der Sendung unterhielt er sich noch kurz mit dem Gast, einem Geologieprofessor an der George-Washington-Universität. Aus dem Augenwinkel sah er, wie Christa den Tisch abräumte, auch das Päckchen, das er aus Des Moines mitgebracht hatte. Es hatte die ganze Zeit neben dem Mikrophon gelegen.

»Nicht anrühren«, sagte er laut.

»Oh, Verzeihung. Was ist denn drin, eine Bombe?«

Er entschuldigte sich bei dem Professor, riß das Päckchen an sich und ging in sein Büro. Christa folgte ihm.

»Ich wollte doch nur abräumen, mehr nicht«, sagte sie. »Was ist denn so wichtig an dem Paket, Quentin?«

»Nichts. Etwas Persönliches.« Er blickte auf den Zettel, wo Ginger Johnsons Anruf vermerkt war. »Soll ich zurückrufen?«

»Ja, sobald wie möglich.«

Er steckte den Zettel ein.

»Was machst du jetzt?« fragte er.

»Ich fahre heim und gehe zu Bett, wie jedes brave, kleine Mädchen in Washington.«

»Ich komme mit.«

Sie spürte einen Stich der Verärgerung, sogar des Zorns, weil das für ihn so selbstverständlich war, aber wider ihren Willen war das von einem Kitzel der Erwartung begleitet. Sie fühlte sich in gewisser Beziehung sogar geschmeichelt. Offenkundig hatte er keine Lust auf das hirnlose junge Ding, mit dem er zusammenlebte . . .

Sie machte ihm Rührei, wie er es mochte, locker verrührt, ohne Butter, während er unter die Dusche ging. Sie bemerkte, daß das Päckchen nicht im Schlafzimmer lag. Er kam in einem Morgenmantel aus dem Bad, den er seit Jahren hier hängen hatte, das Päckchen unter dem Arm. Er ließ sich auf das Bett fallen und wartete darauf, daß sie ihm das Tablett mit den Rühreiern brachte. Sie tat es und schlüpfte zu ihm hinein.

»Warum der plötzliche Ausflug nach Des Moines, Quentin?«

Er sprach mit vollem Mund.

»Um meine Mutter zu besuchen, es geht ihr nicht so gut . . .«

»Oh? Dabei klang ihre Stimme so kräftig, als sie vorige Woche anrief –«

»Hör auf damit, Christa ... Die Sendung heute abend war gut, ja?«

Sie boxte seinen Arm.

»Das ist sie immer, und du weißt es auch.«

»Ja, richtig ... Mann, ich bin wirklich fertig, Christa, okay? Weck mich um elf. Morgen ist ein großer Tag ...«

Sie griff unter seinem Mantel nach ihm, aber er drehte ihr den Rücken zu. Sie hatte Zeit. Sie nahm das Tablett mit und saß im Wohnzimmer vor dem Fernsehapparat, bis es elf Uhr wurde. Dann weckte sie ihn. Er rieb sich die Augen, gähnte und zog sie auf sich. Der Teufel sollte ihn holen, das Warten lohnte sich ...

Eine Stunde später erhielt Ginger Johnson einen Anruf von Quentin Hughes.

»Danke für den Rückruf«, sagte sie, dann schilderte sie ihre Aufgabe beim Ausschuß und erklärte, sie müsse ihn wegen seiner Beobachtungen beim Empfang der Caldwells sprechen, um zu sehen, ob seine lange Bekanntschaft mit der Familie der Aufklärung des Falles dienlich sei.

»Ich habe das doch schon alles bei der Polizei –«

»Das weiß ich, aber Mrs. James dachte –«

»Wie geht es ihr?«

»Gut, sehr gut. Also, Mr. Hughes, ich müßte Sie nur eine Stunde beanspruchen.«

»Also gut. Wie wäre es beim Abendessen?«

»Ich dachte an –«

»Das ist für das nächste halbe Jahr mein einziger freier Termin.«

»Tja, wenn das so ist, muß ich wohl Überstunden machen. Irgendein bestimmtes Restaurant?«

»Übernimmt der Ausschuß die Kosten?«

»Ich denke doch.«

»Gut, dann bei *Petitto*'s, Ecke Connecticut und Northwest. Wir sehen uns um sieben Uhr.«

Ginger berichtete Lydia von ihrem Gespräch mit Hughes.

»Abendessen? Vorsicht, er ist ein Schürzenjäger.«

»Das ist in meinen Augen gar nicht so schlimm, wenn ich bedenke, wie es mit Harold geht – oder nicht geht.«

»Nur eine Warnung ... Haben Sie ihn nach der Aufzeichnung seines letzten Interviews mit Senator Caldwell gefragt?«

»Dazu hatte ich keine Gelegenheit, aber ich bringe das beim Essen zur Sprache. Sie sagten, Sie wollen über den Mord an Jimmye

MacNab sprechen, bevor ich Hughes befrage.«

Lydia nickte.

»Gerüchten zufolge hatten Jimmye und Hughes ein Verhältnis miteinander. Das wäre nichts Ungewöhnliches, nur behaupten manche Leute, das sei eine der wenigen echten, auf Gegenseitigkeit beruhenden Beziehungen gewesen, die es bei ihm je gegeben hat. Ich erzähle Ihnen beim Mittagessen, was ich weiß. Kommen Sie, das geht auf meine Rechnung.«

Als Lydia und Ginger das Büro verließen und zum Mittagessen gingen, betrat Quentin Hughes seine Wohnung, legte das braune Päckchen in eine feuersichere, am Boden verschraubte Kassette in einem Schrank und hängte den Schlüssel wieder in sein Versteck an einen Haken hinter dem Kühlschrank. Er legte sich auf das Sofa, zog die Schuhe aus und dachte über die vergangenen vierundzwanzig Stunden nach. Nach einiger Zeit stand er auf und rief seine Mutter in Des Moines an.

»Ich habe mir Sorgen um dich gemacht«, sagte sie. »Du hast gesagt, du rufst an, wenn du gut nach Hause gekommen bist. Du weißt, wie ich das Fliegen hasse.«

»Ja, ich weiß, Mama, aber ich hatte zuviel zu tun. Es war schön, dich zu sehen.«

»Du kommst nicht oft genug.«

»Ja, nun, vielleicht habe ich in zwei Monaten mehr Zeit. Danke für die Aufbewahrung des Pakets.«

»Ich habe es genauso gemacht, wie du wolltest. Ich habe es unter den vielen Decken im Schrank versteckt und nie einem Menschen etwas davon erzählt. Ich frage nicht einmal mehr, was es enthält. Das ist wohl deine Sache. Danke für das Geld. Das Haus zu beheizen, wird von Tag zu Tag teurer. Ich habe den Monteur angerufen, aber er sagte –«

»Ich muß mich beeilen, Mama. Noch einmal vielen Dank. Ich rufe bald an.«

»Das sagst du immer, tust es aber nicht, außer du brauchst etwas.«

»Adieu, Mama.«

Er legte sich hin und schlief, bis Christa ihn um fünf Uhr anrief. Er duschte und rasierte sich, dann machte er sich auf den Weg zum Abendessen mit Ginger Johnson. Während er zu dem Lokal fuhr, überlegte er, wie sie wohl aussehen würde. Nun gut, er war ein Halunke . . . aber wenigstens mochte er Frauen, was man nicht von der Mehrheit der Männer in Washington behaupten konnte.

Kapitel 12

Lydia besaß zwar die Vollmacht, gerichtliche Vorladungen auszustellen, beschloß jedoch, einen letzten Versuch zu unternehmen, um Horace Jenkins zur Zusammenarbeit zu bewegen. Sie rief ihn an und bat um eine Unterredung. Offenbar hatte sie ihn bei guter Laune erwischt, weil er sie sofort einlud, zu ihm in sein Büro zu kommen . . .

»Was kann ich für Sie tun, Lydia?« fragte Jenkins, nachdem sie Platz genommen und von einer Angestellten Kaffee bekommen hatte. Er schmeckte gut und war heiß. Jenkins und die Polizei hatten auch ihre guten Seiten.

»Mir mitteilen, welche Fortschritte Sie im Fall Caldwell machen.« Sie schlürfte den Kaffee.

»Aber gern. Also, wir haben nun endlich alle Leute verhört, die auf der Party waren.«

»Und?«

»Ungefähr die Hälfte scheidet aus.«

»Aus welchen Gründen?«

»Instinkt, Verbindung zum Toten oder keine, bekannte Einstellung zu ihm, Nähe zum Tatort, Zeugen, die mit jemandem zusammen waren, als es geschah, und so weiter. Wie schmeckt der Kaffee?«

»Köstlich.«

»Na ja, das ist unser Kundendienst . . . Sie werden vermutlich wissen wollen, wer weiterhin auf der Liste steht.«

»Doch, ja.«

Er forderte eine Akte an, sah Lydia über den Schreibtisch hinweg an und lächelte. »Ein hübsches Kleid, das Sie da anhaben. Meine liebe Frau sollte so etwas auch tragen . . .« Er zog die Schultern hoch. »Sie nimmt umfangmäßig ein wenig zu, wenn Sie verstehen, was ich meine. Bei Frauen kommt das ja vor.«

»Bei den Männern schon auch«, sagte Lydia.

Er sah an sich herunter und nickte.

»Es ist aber nicht das gleiche. Ich habe einmal ein Stück gesehen, wo jemand sagt, die Männer sähen im Alter besser aus und die Frauen würden den Männern ähnlicher.«

»Wie hieß das Stück?«

»Ich kann mir das nie merken«, erwiderte er achselzuckend.

Die Akte wurde gebracht, und Jenkins gab Lydia sechs Schreibmaschinenseiten.

»Darf ich das gleich lesen?« fragte sie.

»Wann sonst? Das kommt nicht aus dem Haus.«

Sie legte die Blätter auf den Schreibtisch und beugte sich vor.

»Warum immer wieder derselbe Unsinn? Ich will die Befugnisse des Senats zu gerichtlichen Vorladungen nicht anwenden, aber Sie zwingen mich dazu.«

»Vorschrift des Hauses, Lydia, das wissen Sie auch.«

»Sie geben mir keine Kopien?«

Er verzog den Mund und legte die Hand aufs Herz.

»Was wollen Sie, Lydia, mich meiner Pension berauben?«

Sie sagte nichts und sah ihn nur an.

Er ließ die Hand sinken.

»Gut, gut, Sie bekommen welche.« Er griff in die Akte und reichte ihr die Kopien. Es war offenkundig, daß er von Anfang an bereit gewesen war, sie ihr zu geben, und die Sache nur hatte hinziehen wollen. Leichte Siege waren gegen Jenkins nicht zu erringen.

»Ich möchte mir das trotzdem gleich hier ansehen«, sagte sie.

»Bitte.«

Sie überflog rasch die Liste und erkannte viele der Namen, darunter die der beiden Söhne Caldwells, Veronica Caldwell, Jason DeFlaunce, Quentin Hughes, Caldwells Mitarbeiter Richard Marvis, Boris Slewokian, Charles, der zweite Direktor des Restaurants im Senatsgebäude, verschiedene Mitglieder im Beirat des Caldwell Centers, Senator Wilfred MacLoon mit Ehefrau, der Pianist, der bei der Party gespielt hatte, und Clarence Foster-Sims.

»Einige von den Namen sind ja lächerlich«, meinte sie.

Er blies eine Backe auf und fuhr mit dem Finger an seinem Ohrläppchen entlang.

»Wieso?«

»Clarence Foster-Sims, Boris Slewokian, der Pianist.«

»Was ist los, Lydia, sind Sie wild auf ältere Musiker?«

»Ich will nicht aussprechen, was ich denke«, sagte sie. »Veronica Caldwell? Weshalb sollte sie ihren Mann umbringen wollen?«

»Ich habe nicht behauptet, daß alle, die auf der Liste stehen, unbedingt auch einen Grund hatten, ihn umzubringen. Ich sagte nur, daß diese Liste die Möglichkeiten einengt. Jeder, der dort steht, hatte für den Augenblick, als es passierte, keinen Zeugen, wo er sich aufgehalten hat . . . Okay, die Liste haben Sie. Was noch?«

»Die Protokolle der Aussagen aller Festgäste.«

»Wieso aller? Wir haben die Zahl schon halbiert.«

»Das haben *Sie* getan, richtig. Ich hatte noch keine Gelegenheit, solche Entscheidungen zu fällen.«

»Das ist nicht mein Problem, Lydia. Sie wollen doch nur, daß die Polizei Ihnen die Arbeit abnimmt. Wenn Sie Protokolle wollen, müssen Sie die selber anfertigen.«

Sie seufzte und zog den Rocksaum ein wenig tiefer über die Knie. Er löste den Blick davon und blickte auf etwas hinter ihr.

»Hören Sie, Chief«, sagte sie, »ich begreife nicht, warum Sie mich und den Ausschuß als Gegner betrachten. Ich bin der Ansicht, daß man viel Zeit und Geld sparen könnte, wenn wir uns gegenseitig helfen würden. Finden Sie das nicht auch sinnvoll?«

»Sicher, wenn Sie etwas anzubieten haben. Ist das der Fall?«

»Ich hoffe, sehr bald schon. Wir gehen Hinweisen und eigenen Vermutungen nach. Mein Stab ist klein. Wir tun alles, was wir können, aber mit Ihrer Hilfe ginge es viel leichter. Warum wollen Sie nicht mittun?«

»Weil das eine ganz einseitige Sache ist, Lydia. Dazu kommt, daß wir unter starkem Druck von allen Seiten stehen. Wenn in D. C. jemand umgebracht wird, verlangt man von uns, daß wir das aufklären. Tun wir das nicht, gelten wir als Versager. Niemand läßt sich gern so nennen, geschweige denn, daß man wirklich einer sein möchte. Nehmen Sie noch dazu, daß das Opfer ein Senator war, und alle Schwierigkeiten vervielfachen sich. Erinnern Sie sich an den Fall MacNab? Liegt zwei Jahre zurück, und wir haben nichts in der Hand, nicht die kleinste Spur. Haben Sie vor ein paar Tagen den Leitartikel in der Zeitung gelesen? Der Witzbold, der ihn geschrieben hat, tritt auf einmal als Sherlock Holmes auf und behauptet, es müßte ein Zusammenhang zwischen Caldwell und MacNab bestehen.«

Sie war froh darüber, daß er das Thema Jimmye MacNab angeschnitten hatte.

»Besteht denn nicht die Möglichkeit eines Zusammenhangs?« fragte sie. »Jimmye MacNab ist schließlich von Senator Caldwell seit frühester Kindheit aufgezogen worden –«

»Ja, das weiß ich, aber das heißt doch nicht, daß die Morde an ihnen miteinander in Verbindung stehen.«

»Vielleicht doch. Jedenfalls gehen wir der Sache nach –«

»Da kann ich nur viel Glück wünschen, Lydia. Nach allem, was ich höre, ist Mrs. Caldwell – Verzeihung, Senatorin Caldwell – nicht gerade glücklich darüber, daß die beiden Morde miteinander in Verbindung gebracht werden. Sie will, daß die Sache nicht mehr aufgerührt wird, genauso wie der Senator das wollte.«

Lydia dachte kurz nach, dann sagte sie verwundert: »Soll das heißen, Senator Caldwell wollte erreichen, daß die Ermittlungen an dem Mord an Jimmye MacNab eingestellt werden?«

»Das habe ich nicht gesagt, Lydia. Ich meine nur, daß sie alle beide tiefunglücklich waren. Kann man ihnen das verdenken? Es ist schon schlimm genug, wenn einem die Tochter von einem Irren im Park umgebracht wird, ohne daß sich das auch noch in den Zeitungen und im Fernsehen endlos hinschleppt! Wir sehen da nicht gut aus, wie?«

»Fast wie Versager.«

»Richtig. Die MacNab war doch eine bekannte Fernsehjournalistin. Auch wenn die Familie nicht darauf drängte, den Mord aufzuklären, haben das viele andere Leute getan und tun es noch.«

»Sie deuten schon wieder an, daß Senator und Mrs. Caldwell die Ermittlungen nicht gefördert haben.«

»Sie war ja nicht die richtige Tochter.«

»Weiß ich. Sie könnte es aber ebensogut gewesen sein.«

Jenkins warf einen Blick auf die Wanduhr.

»Tut mir leid, aber ich muß weitermachen. In einer halben Stunde muß ich zum Chef.«

»Im Fall Caldwell?«

»Wer weiß? Zufrieden?«

»Nein.«

»Was möchten Sie denn dann?«

»Die Vernehmungsprotokolle und Gelegenheit, mir die Akten im Fall MacNab anzusehen.«

Er schüttelte den Kopf.

»Dann müssen wir sie eben doch gerichtlich anfordern.«

»Soll ich ganz ehrlich sein, Lydia?«

»Das wäre eine Abwechslung.«

»Kommen Sie, Lydia, ich habe eine Aufgabe zu erfüllen, genau wie Sie, nur geht es bei mir um mehr. Sie und der Ausschuß tun das Nötigste und teilen dann mit, Sie hätten nichts gefunden, was den Staat oder irgendeinen seiner Diener mit dem Mord an Caldwell in Verbindung bringen könnte. Ich stehe dann immer noch da, während alle mir über die Schulter schauen und verlangen, daß wir das Verbrechen aufklären.«

Lydia mußte zugeben, daß er zum großen Teil recht hatte, und brachte auch ein gewisses Mitgefühl für ihn auf. Sie und der Ausschuß befaßten sich als Amateure mit einem Verbrechen, sie waren Dilettanten in einem schmutzigen Spiel, an dem er jeden Tag beteiligt war und weiterhin mitwirken mußte, bis er entweder in den Ruhestand trat oder tot umfiel.

Sie wußte aber ebensogut, daß sie sich von ihrem Mitgefühl nicht beirren lassen durfte. Sie steckte die Kopien in eine dünne Ledertasche. Jenkins sah ihren enttäuschten Gesichtsausdruck und hob die Hände, als wollte er sagen: Ich kann doch nichts dafür.

»Vielen Dank für Ihr Entgegenkommen«, sagte sie kühl.

»Wollen Sie die Protokolle?«

»Ich bekomme sie so oder so.«

»Bleiben Sie noch.« Er drehte sich mit dem knarrenden Stuhl herum, öffnete die Schiebetür eines Schranks und lehnte sich zurück, damit Lydia hineinsehen konnte.

»Da liegt alles. Das ist zu schwer für Sie. Sie können das nicht schleppen. Schicken Sie jemand, der sie mitnimmt.«

Sie lächelte.

»Danke. Ich weiß das wirklich zu schätzen.«

Sein Gesicht wurde hart. Er richtete den Zeigefinger auf sie.

»Aber ich warne Sie, Lydia. Ihr Ausschuß, für den Sie arbeiten, hat, wie jeder dieser Ausschüsse, so viele undichte Stellen, daß jedes Schiff damit untergehen würde. Wenn ich ein einziges Wort über das höre, was ich Ihnen gebe, ist endgültig Schluß, und zwar für immer.«

»Ich werde daran denken«, sagte sie und meinte es ernst. Seine Sorge war gerechtfertigt, und sie nahm sich vor, alles in ihrer Macht Stehende zu tun, um zu verhindern, daß etwas an die Öffentlichkeit drang. »Ich schicke heute nachmittag jemand herüber.«

»Okay.«

»Was ist mit der Akte MacNab? Kann ich sie sehen?«

»Ja, aber nur hier. Keine Kopien.«

»In Ordnung. Wann?«

»Rufen Sie an, wann Sie wollen.« Er schnitt eine Grimasse. »Verdammte Arthritis. Muß nicht richtig gelegen haben.«

»Nehmen Sie eine Tablette.«

»Danke, Doktor. He, wissen Sie, was ich in einer der vornehmen Zeitschriften gelesen habe, die meine Frau kauft?«

»Nein, was denn?«

»Daß Sex das beste Heilmittel für Arthritis sei.«

»Davon habe ich keine Ahnung.«

»Eine hübsche Frau wie Sie?«

»Ich habe keine Arthritis.«

Lydia kehrte zu ihrem Büro im Senatsgebäude zurück und veranlaßte, daß ein Bote sie am Nachmittag zum Polizeipräsidium begleitete, um die Kopien der Protokolle in ihre Wohnung zu schaffen. Sie hatte ursprünglich vorgehabt, Rick Petrone zu beauftragen und ihn zu bitten, die Unterlagen ins Büro zu bringen, aber Jenkins' Warnung vor undichten Stellen beunruhigte sie. Bis sie persönlich Gelegenheit gefunden hatte, sich die Protokolle anzusehen, hatte es keinen Sinn, sie in einem Büro aufzubewahren, wo viele Leute an sie herankonnten.

Sie bemerkte, daß Ginger den ganzen Vormittag nicht erschienen war, und begann sich Sorgen zu machen. Um ein Uhr rief Ginger an und sagte, sie sei in der Bücherei aufgehalten worden und käme gegen drei Uhr. Lydia fragte sie nach dem Abendessen mit Quentin Hughes und erhielt die Versicherung, sie werde nach ihrer Rückkehr alle Einzelheiten erfahren.

Lydia ließ sich aus der Küche des Senatsrestaurants etwas zu essen heraufschicken. Sie hatte anfangs damit gezögert, dann aber beschlossen, sich dieser Einrichtung zu bedienen, weil das Zeit sparte. Sie gab dem Kellner, der Quiche Lorraine, Salat und schwarzen Kaffee brachte, ein Trinkgeld. Sie wußte zwar nicht, ob das im Senat üblich war, aber die Bereitwilligkeit, mit der er es annahm, entschied die Frage.

Ginger erschien gegen vier Uhr, gerade als Lydia gehen wollte, um sich in Horace Jenkins' Büro mit dem Boten zu treffen.

»Entschuldigen Sie die Verspätung«, sagte sie atemlos. Ihre roten Haare hingen strähnig ins Gesicht. »Ich war in meine Arbeit ganz vertieft und habe nicht auf die Zeit geachtet. Wo gehen Sie hin?«

Lydia teilte es ihr mit und bat um eine kurze Schilderung des Gesprächs mit Hughes.

»Schnell geht das nicht«, meinte Ginger. »Ich habe jede Menge Notizen gemacht, als ich heimkam. Und das ist der Grund für meine Verspätung.« Sie gab Lydia die Kopie eines Zeitungsartikels, auf der sie einen unteren Abschnitt mit Rotstift eingekreist hatte.

Lydia überflog den Text.

> »Chief Jenkins wurde gefragt, ob man bei dem Opfer eine Leichenöffnung vorgenommen habe. Er teilte mit, das sei nicht der Fall gewesen, und erklärte, die Todesursache sei so eindeutig gewesen, daß die Polizei darauf habe verzichten können.«

»Das glaube ich einfach nicht«, murmelte Lydia. »In Mordfällen ist eine Obduktion selbstverständlich.«

»Offenbar nicht in der Mordsache Jimmye MacNab«, gab Ginger zurück. »Ich fand das merkwürdig, deshalb habe ich es angestrichen.«

»Ich bin froh darüber. Ich muß los.«

»Brauchen Sie Hilfe?«

»Nein, danke.« Das Telefon schrillte, als Rick Petrone zur Tür hereinkam. Er nahm den Hörer ab und hielt ihn Lydia hin. »Senatorin Caldwell.«

Lydia griff nach dem Hörer.

»Hallo, Veronica.«

»Hallo, Lydia, wie steht es?«

»Wir kommen voran. Wie geht es dir?«

»Gut. Ich wollte wissen, ob wir uns heute abend sehen können.«

Lydia wußte, daß ihr nicht viel anderes übrigblieb, als zuzustimmen, obwohl sie den Abend gern zu Hause mit den Vernehmungsprotokollen verbracht hätte.

»In Ordnung«, sagte sie.

»Würdest du zu uns kommen?«

»Ja, natürlich. Welche Zeit?«

»Ich werde hier nicht vor sechs Uhr wegkommen. Sagen wir halb acht. Wir essen zusammen.«

»Gut, wir sehen uns dann.«

»Kann ich für Sie heute abend noch irgend etwas tun?« fragte Rick, als sie aufgelegt hatte.

»Nein, danke, Rick. Ich esse mit Mrs. Caldwell zu Abend.«

»Was war heute los? Ich bin bei Senator MacLoon hängengeblieben und hatte keine Gelegenheit, herüberzukommen.«

»Ich dachte, Sie gehören zu mir.«

»Das dachte ich auch, aber er meinte, es würde Ihnen nichts ausmachen, mich für einen Tag abzugeben. Die Abstimmung über das Talsperrenprojekt in Wyoming fand statt, und auf einmal war der Teufel los. Was habe ich verpaßt?«

»Tja, ich glaube, die Polizei arbeitet endlich mit uns zusammen.«

Seine Miene verriet, wie beeindruckt er war.

»Was hat man Ihnen gegeben?«

»Ach, nicht viel, nur Lektüre für ein paar Nächte.« Sie ging zur Tür. »Sie und Ginger schließen ab?«

»Sicher. Schönen Abend noch.«

Erst als sie in ihrem Buick saß und sich in den Verkehr einreihte, fiel ihr ein, daß sie ihren Mitarbeitern schon zuviel erzählt hatte. Sie versuchte sich zu erinnern, ob sie speziell davon gesprochen hatte, daß ihr die Vernehmungsprotokolle überlassen worden waren, kam zu dem Schluß, daß das nicht der Fall gewesen war, und fühlte sich ein wenig wohler. Außerdem hatte sie viel Vertrauen in die Leute, mit denen sie zusammenarbeitete.

Sie fuhr direkt zum Polizeipräsidium, wo zwei junge Männer von einem Kurierdienst warteten. Fünfundvierzig Minuten später trugen sie die Kisten mit den Protokollen in ihr Wohnzimmer und gingen. Sie warf einen Blick auf die Kisten, widerstand der Versuchung, eine davon zu öffnen, und ging zur Dusche.

Punkt halb acht Uhr erreichte sie, bekleidet mit grauem Kaschmirpulli und grün-blauem Karo-Faltenrock, im Gesicht ungeschminkt, die Haare zu einem Knoten am Hinterkopf zusammengebunden, das Haus der Caldwells in Mount Vernon.

Kapitel 13

Erst nach dem Abendessen verfiel Veronica in einen Monolog darüber, daß sie Cales Sitz im Senat eingenommen hatte. Es war nichts Rührseliges daran, und sie würzte ihre Schilderung sogar mit humorvollen Bemerkungen über ihre Senatskollegen.

»Trinken wir drüben noch Kaffee?« meinte sie schließlich.

»Sehr gern«, sagte Lydia.

Das Kaminfeuer war fast ausgegangen. Veronica warf zwei kleine Scheite auf die Glut und sagte: »Cale hat das mit dem Kaminfeuer so gut gekonnt. Es lag wohl daran, daß er es nie ganz aus den Augen, also nie ausgehen ließ.«

Lydia ließ sich in einen Sessel sinken und sah Veronica zu, als sie auf einem Servierwagen das Kaffeegeschirr zurechtstellte. Wie früher schon so oft, fiel ihr auf, wie selbstsicher und gewandt Veronica sich in Gesellschaft bewegte. Sie war freilich in eine Welt hineingeboren worden, wo gutes Benehmen verlangt wurde. Eine gute Gastgeberin ließ niemals Anzeichen von Nervosität oder Unbehagen erkennen. Veronica hatte ihre Lektion gut gelernt.

Abgesehen von einem Zug der Erschöpfung um die Augen, sah sie, wie immer, großartig aus. Sie trug einen weiten pflaumenfarbenen Rock und eine weiße Bluse mit Rüschen, hochgeschlossen. Ihr kastanienbraunes Haar wellte sich weich an den Schläfen und schimmerte im flackernden Schein des Kaminfeuers wie alter Cognac, der das Licht einer Kerzenflamme in sich aufglühen läßt. Ihre schlanke Figur war nach wie vor fest und biegsam, obschon bei genauer Betrachtung zu erkennen war, daß die Taille an Umfang leicht zugenommen hatte.

»Möchtest du etwas in den Kaffee?« fragte Veronica.

»Nein, lieber nicht.«

»Aber ich, glaube ich. Das hat mir Cale beigebracht.« Sie entkorkte eine Flasche Cognac und gab ein paar Tropfen in ihre Tasse. Sie setzte sich auf das Sofa, schnupperte an ihrem Kaffee und trank einen Schluck.

»Also, wo waren wir?«

»Du hast aus dem Nähkästchen geplaudert«, sagte Lydia.

»So wird man es wohl nennen können. Wenn Cale nach Hause kam, saßen wir oft noch lange zusammen, während er mir erzählte, was untertags geschehen war. Du liebe Güte, Lydia, der Senat ist eine ganz sonderbare Mixtur von Individuen, jedes mit seiner eigenen Anschauung. Ein wahres Weltwunder, daß dort überhaupt je etwas zustande gebracht wird.«

»Ich weiß schon, was du meinst. Ein Labyrinth.«

Veronica schlürfte ihren Kaffee.

»Genau, ein Labyrinth von widersprüchlichen Bedürfnissen und Forderungen. Cale sagte immer, alles laufe auf Verhandeln hinaus, Verhandeln und Kompromisse schließen. Ich stritt manchmal mit ihm, wenn er mit sich selbst Kompromisse geschlossen hatte, um ein Gesetz durchzubringen oder Einigkeit in einem Ausschuß zu erzielen. Hätte ich das nur nicht getan . . .« Einen Augenblick lang schien es, als wolle sie in Tränen ausbrechen. »Ja, Lydia, der Kompromiß ist der Schlüssel zu allem, auch zu deiner Arbeit im Ausschuß.«

»Gewiß«, sagte Lydia. »Das ist mir völlig klar. Ich mußte bisher noch nicht viele schließen, aber ich bin sicher, daß kein Weg daran vorbeiführt –«

»Vielleicht ist es schon soweit, Lydia.«

»Wieso?«

»Dieser Vorschlag, Jimmyes Tod in die Untersuchung mit einzubeziehen.«

»Tja . . . Jason hat angedeutet, daß dich das beunruhigt, Veronica. Ich bin froh, daß du das ansprichst. Ich finde, wir sollten uns darüber unterhalten.«

Veronica stellte die Tasse auf den Servierwagen zurück.

»Lydia, ich glaube, es gibt nicht sehr viel zu reden, was diesen

Punkt angeht. Offen gesagt, wenn ich auch persönliche Gefühle beiseite lasse, kann ich beim besten Willen nicht einsehen, was es für einen Wert haben soll, sich noch einmal mit dem Mord an Jimmye zu beschäftigen. Das war ein völlig für sich stehender Fall. Er trat zufällig in einer Familie ein, die eine zweite Tragödie über sich ergehen lassen mußte. Jimmye ist von einem Wahnsinnigen erschlagen worden, vermutlich von einem Rauschgiftsüchtigen oder einem Geisteskranken. Zu diesem Schluß ist jedenfalls die Polizei gekommen. Cale wurde von jemand ermordet, der offenbar aus einem Motiv politischer oder finanzieller Gewinnsucht handelte oder ein solches zu haben glaubte.« Ihr Lachen klang gezwungen. »Ich hätte einfach nicht geglaubt, daß jemand, der die Dinge so klar sieht wie du sonst, auch nur auf den Gedanken käme, die Aufgabe eines ganzen Senatsausschusses so herabzuwürdigen. Meine Familie tritt nicht in einem Rührstück auf.«

Lydia war entgeistert über diesen Ton. Sie sagte eher widerstrebend: »Ich würde meine Arbeit für den Ausschuß wohl kaum als Rührstück bezeichnen, Veronica. Ich halte das für ungerecht.«

Veronica beugte sich vor und hob die Hände.

»Bitte, verzeih mir, Lydia. Ich habe das nicht so gemeint, wie es klingt. Ich habe einen langen, anstrengenden Tag hinter mir, und meine Zunge will offenbar nicht so recht gehorchen.«

Lydia nickte.

»Das passiert jedem von uns einmal. Vergessen wir es.«

»Ja.«

»Aber ich möchte über Jimmyes Tod und die Möglichkeit reden, daß ein Bezug zu den Ermittlungen im Ausschuß bestehen könnte. Ich habe Senator MacLoon und der Vollsitzung des Ausschusses vorgeschlagen, das zu prüfen, und bin immer noch der Meinung, daß das richtig ist. Selbstverständlich bin ich bereit zu –«

»Einem Kompromiß?«

»Nun ja, es mir anders zu überlegen, wenn es einen guten Grund dafür gibt anzunehmen, ich hätte mich geirrt.«

»Ist die Tatsache, daß ihr Tod so offenkundig nichts mit der Sache zu tun hat, nicht ausreichend, um den Vorschlag fallenzulassen? Der Ausschuß hat einen sehr begrenzten Auftrag, Lydia. Er soll den Mord an Cale untersuchen und feststellen, daß staatliche Stellen damit nicht das geringste zu tun haben. Oder, wenn es anders käme, die Verbindung nachzuweisen, damit der Senat seine Arbeit fortsetzen kann und eine zufriedengestellte Öffentlichkeit hinter sich hat, die nicht mehr von solchen Zweifeln geplagt wird, wie das nach Kennedys Ermordung der Fall war.«

»Das verstehe ich, Veronica, wirklich. Aber was kann es schaden, wenigstens zu prüfen, ob Jimmyes Tod irgendein Licht auf den Mord an Cale werfen könnte? Ich denke ja nicht an eine langfristige Untersuchung, die sich weiß Gott wie lange hinzieht, sondern nur an eine Überprüfung der Fakten.«

Veronica erstarrte. An ihrer Stimme war das allerdings nicht zu erkennen. Sie sagte leise: »Wenn du nicht einsehen kannst, wie richtig das ist, was ich sage, Lydia, wäre es vielleicht angemessen, persönlicher auf die Dinge einzugehen. Offen gesagt, ich bin nicht sicher, ob ich es aushalten kann, wenn im Zusammenhang mit Jimmyes Tod die schmutzige Wäsche noch einmal gewaschen wird. Kannst du das nicht verstehen?«

»Ja, natürlich. Du hast mehr durchgemacht, als die meisten Menschen überhaupt zu ertragen vermögen. Das sehe ich ein, darauf gehe ich auch ein ... vielleicht mehr, als du glaubst. Der Gedanke, die Geschichte mit Jimmye noch einmal aufzurollen, muß gräßlich für dich sein. Aber ich muß dich daran erinnern, Veronica, daß du diejenige gewesen bist, die auf der Einsetzung eines Untersuchungsausschusses bestanden hat, und die unbedingt wollte, daß ich als juristische Beraterin mitwirke.«

»Das ist mir klar. Um ganz ehrlich zu reden, einer der Gründe dafür, warum ich gerade dich haben wollte, war der, daß ich auf deine Anständigkeit und deinen Takt vertraut habe. Ich habe dich nur als außerordentlich empfindsamen Menschen gekannt, Lydia, als einen sehr mitfühlenden. Ich möchte jetzt einen Beweis dafür sehen.«

»Selbst wenn das bedeutet, daß ich meine Pflicht nicht erfülle?«

»Wir geben alle irgendwann nach, Lydia, im Namen der Anständigkeit, aus Achtung für unsere Freunde und ihre Empfindungen.«

Lydia war verwirrt. Was Veronica sagte, ergab Sinn, und trotzdem lehnte sich in ihr etwas dagegen auf, ihr Vorhaben, sich mit Jimmyes Tod zu befassen, einfach aufzugeben.

»Ich habe Schwierigkeiten, mir darüber klarzuwerden, was ich fühle, Veronica. Entschuldige bitte, aber es ist so. Wenn ich verspreche, mir gründlich zu überlegen, ob ich Jimmye mit in die Ermittlungen einbeziehe, genügt das, wenigstens für heute abend?«

»Es wird genügen müssen, nicht?« Ihre Antwort klang frostig. »Lydia ... es geht um mehr, als ich bisher habe durchblicken lassen.«

»Ich habe mir schon Gedanken gemacht ... ich würde gern

mehr erfahren.«

»Ich hatte gehofft, ich würde nicht so direkt sein müssen, aber es ist vielleicht doch besser, keine Umschweife zu machen. Senator MacLoon ist sehr unglücklich mit dir als Sonderberaterin. Er hat das Gefühl, du hättest nicht die politische Erfahrung, um den Sinn eines solchen Ausschusses und seine Rolle im Kongreß zu begreifen. Wie du weißt, ist er entschieden dagegen, die Untersuchung auf Jimmyes Tod auszuweiten. Wenn du darauf bestehst, obwohl es nicht den geringsten Anlaß dafür gibt, fürchte ich, daß deine Stellung beim Ausschuß in Gefahr geraten könnte.«

»Die Tätigkeit beim Ausschuß ist nicht mein Lebenswerk«, sagte Lydia gepreßt. »Ich bin beteiligt, weil mich Menschen darum gebeten haben, die mir sehr viel bedeuten. Ich habe die Aufgabe übernommen, weil ich sie für wichtig halte. Außerdem ist sie eine Herausforderung. Selbstverständlich möchte ich nicht geschaßt werden, aber« – sie zuckte die Achseln und zwang sich ein Lächeln ab – »wenn das die Folge ist, weil ich etwas tun will, das ich für richtig halte, nun, bitte . . .«

Veronica schloß die Augen und ließ sich in die Polster zurücksinken.

»Du hast natürlich recht«, sagte sie so leise, daß Lydia sich vorbeugen und sie bitten mußte, ihre Worte zu wiederholen. »Ich sagte, du hast recht. Du mußt mir verzeihen, Lydia, ich habe das vielleicht ganz falsch angefangen. Das kommt, wie man weiß, bei Leuten vor, die angesichts einer Tragödie besonders tapfer sein wollen und nie zulassen, daß sie sich auch innerlich auswirkt und zum Ausbruch kommt.« Sie begann zu weinen. Lydia setzte sich zu ihr und legte den Arm um ihre Schulter.

»Es tut mir leid«, sagte Veronica.

»Nein. Du hast recht. Man muß dem einmal freien Lauf lassen. Wein ruhig! Das muß heraus.«

Sie tat es. Nach einer Viertelstunde standen die beiden Frauen in der Vorhalle.

»Danke, Veronica . . . für einen guten Abend.«

»Ich danke dir, weil du dagewesen bist, als ich dich brauchte. Ich muß dich bei Jimmye um eines bitten, Lydia.«

»Ja?«

»Was du auch vorhast, tu es vorsichtig und diskret.«

»Darauf kannst du dich verlassen.«

»Ich wußte es . . . fahr vorsichtig!«

»Gewiß.« Sie küßte sie auf die Wange und ging.

Sie kam ohne Erinnerung an die Rückfahrt in ihre Wohnung.

Ihre Gedanken hatten sich nur mit Veronica beschäftigt. Sie war ganz automatisch gefahren, ohne die anderen Autos wahrzunehmen, hatte auch nicht bemerkt, daß eine graue Limousine ihr gefolgt war, seitdem sie die Fernstraße in der Nähe des Caldwell-Besitzes erreicht hatte.

Der Fahrer hielt einen Häuserblock von Lydias Haus entfernt und wartete, bis sie ihr Schlafzimmer erreicht und Licht angeknipst hatte. Er drückte den Knopf einer billigen Digitaluhr; das Zifferblatt leuchtete auf. Er notierte den Zeitpunkt ihres Eintreffens, zündete sich eine Zigarre an und trommelte mit den Fingern auf das Lenkrad. Er würde den Rest der Nacht hier zubringen. Auftrag war Auftrag. Wenn seine Frau sich darüber beklagte, daß er oft die ganze Nacht fort sei, pflegte er zu sagen: »Man kann davon leben. Du beschwerst dich auch nicht, wenn du die Schecks einlöst.«

Kapitel 14

Lydia brauchte zwei Nächte, um die Vernehmungsprotokolle zu überfliegen, und fand wenig Bedeutsames darin. Mark Adam Caldwells Aussage war die auffälligste. Er hatte zwar nichts kraß Feindseliges gegen seinen Vater geäußert, aber Lydia las zwischen den Zeilen eine schwelende Feindseligkeit heraus und fragte sich, ob das Jenkins ebenfalls aufgefallen war. Sie kam auf den Gedanken, sich zu erkundigen, ob die Vernehmungen auf Tonband aufgenommen worden waren. Sie vermutete es. Man konnte gewiß sehr viel mehr herausfinden, wenn man die Sätze hörte, statt sie nur auf dem Papier zu lesen.

Sie rief Clarence an und fragte ihn, ob der Vernehmungsbeamte ein Tonbandgerät benutzt habe.

»Ja, das hat er. Warum fragst du?«

»Nur so, Clarence.« Sie war nahe daran, ihm zu verraten, daß sie die Protokolle in Händen hatte, aber je weniger Menschen davon wußten, um so besser war es. So, wie die Dinge standen, wußten nur Jenkins und sie selbst, daß sie in ihrem Besitz waren. Zu einem späteren Zeitpunkt würde sie natürlich den Ausschuß unterrichten müssen, aber zunächst einmal war es beruhigend, ganz allein darüber zu verfügen.

Sie hatte noch nicht entschieden, ob sie sich wirklich mit Jimmye MacNab befassen sollte. Wenn sie es tat, würde sie dem Ausschuß gute Gründe dafür vorlegen müssen, das stand fest. Damit konnte sie sich aber erst befassen, sobald sie die Akten über den Fall bei Jenkins eingesehen hatte.

Alles war eine Frage der Zeit, dachte sie, als sie im Senatsbüro an ihrem Schreibtisch saß und eine provisorische Liste der Zeugen zusammenstellte, die vor dem Ausschuß aussagen sollten, sobald dieses Stadium erreicht war. Sie mußte beim jetzigen Stand alles selbst erledigen, hatte sich das aber natürlich selbst eingebrockt, weil sie die Protokolle in ihre Wohnung hatte bringen lassen und damit einverstanden gewesen war, die Akten über Jimmye persönlich durchzugehen.

Sie rief Horace Jenkins in der Polizeizentrale an. Er war mürrisch. Als sie sagte, sie wolle sich am Donnerstag die Akten im Fall MacNab ansehen, knurrte er: »Machen Sie sich bloß klein dabei.«

Ginger kam vom Mittagessen zurück, hängte ihre Matrosenjacke an den Haken und schloß die Tür.

»Kann ich Sie kurz sprechen?«

»Sicher.«

Die junge Frau – sie trug eine beige Cordsamthose, deren Beine in hellen Cowboystiefeln steckten, einen dicken, dunkelroten Rollkragenpullover und eine schwere, auffallende Halskette aus Silber- und Kupfermünzen – setzte sich auf einen Stuhl vor Lydias Schreibtisch und schüttelte den Kopf.

»Je älter ich werde, desto seltsamer werden die Leute.«

Lydia mußte lachen.

»Wie alt sind Sie, Ginger, achtundzwanzig?«

»Aber eine alte Achtundzwanzigjährige. Bevor ich zum Mittagessen ging, rief mich jedenfalls Quentin Hughes an.«

»Was wollte er?«

»Mit mir zu Abend essen.«

»Und –?«

»Und diesmal hat er mich in seine Wohnung im Watergate eingeladen.«

»Gehen Sie hin?«

»Nur, weil ich mich so für den Ausschuß einsetze.« Lydia lächelte, aber Ginger schwenkte den Finger. »Im Ernst. Quentin Hughes ist nicht mein Typ. Na ja, ich hatte ohnehin nichts vor. Harold sagt, er braucht immer noch Bedenkzeit, wie es mit uns weitergehen soll. Also habe ich angenommen. Der springende Punkt ist nur der: Wie wichtig ist es für Sie, mehr über Hughes und seine Beziehung zu Jimmye MacNab zu erfahren?«

Lydia blickte auf den Papierwust vor sich und seufzte.

»Ich weiß es nicht«, sagte sie. »Sie haben mir nach dem letzten Zusammensein mit ihm erzählt, er habe eine solche Beziehung nie zugeben wollen, nicht?«

»Stimmt. Aber die Art, wie er auswich, macht mir den Eindruck, daß etwas zwischen ihnen war, vielleicht sogar mehr, als die Gerüchte wissen wollen.«

»Das Problem ist folgendes, Ginger: Das mag zwar von irgendeinem Belang für den Mord an Caldwell sein, aber ich kann nicht rechtfertigen, daß Sie der Sache weiter nachgehen. Um ganz ehrlich zu sein, es scheint im Augenblick keine Rolle zu spielen. Wenn Hughes ein Verhältnis mit ihr hatte, kann das nicht auf greifbare Weise mit dem zusammenhängen, was uns beschäftigt. Ich würde Sie gern ermuntern, weil mich das wirklich fasziniert und ich das Gefühl nicht loswerden kann, die beiden Fälle hingen doch miteinander zusammen. Aber man hat mich wissen lassen, es könnte mich die Stellung kosten, wenn ich den Fall MacNab mit hineinziehe.«

»Vielleicht liegen Sie da gar nicht so falsch. Deshalb wollte ich eigentlich mit Ihnen reden. Ich war gestern abend mit einem alten Freund verabredet, mit einem sehr netten Mann, der frisch geschieden ist. Eigentlich nicht mein Typ, aber was soll eine Frau machen? Ich sage Ihnen seinen Namen nicht, weil ich sein Vertrauen nicht enttäuschen möchte. Verstehen Sie?«

»Ich weiß nicht recht . . . Erzählen Sie weiter.«

»Okay. Jack ist beim FBI. Ich fand das ganz toll, bis ich erfuhr, was er wirklich macht. Er nimmt Buchprüfungen vor, liest Akten und so weiter. Hm. Es war schon eine herbe Enttäuschung, als mir klarwurde, daß er nicht derjenige war, der Dillinger erschossen hat. Jedenfalls erzählte ich ihm, daß ich für den Caldwell-Ausschuß arbeite – ich hoffe, das geht in Ordnung –, ich erzählte es ihm, und er stellte mir Fragen. Ich habe sie nicht alle beantwortet, weil ich nichts ausplaudern wollte. Als ich aber Jimmye MacNab erwähnte, lächelte er schief und sagte – jetzt passen Sie auf –, es hätte Gerüchte gegeben, wonach Senator Caldwell mit ihr liiert gewesen sei –«

Lydia hob die Hand, als wolle sie abwehren.

»Ich mache keine Witze«, sagte Ginger.

»Woher soll der Mann so etwas wissen, selbst wenn es zuträfe, was ich einfach nicht glaube?«

»Kanäle.«

»Von der Polizei zum FBI?«

Sie nickte.

»Über die Quelle und die Umstände war er seiner Sache nicht sicher, aber er erinnerte sich an Behauptungen, Senator Caldwell hätte . . . wie drückte er sich aus? . . . hätte ›intime Beziehungen‹ zu Jimmye MacNab gehabt.«

»Unsinn. Caldwell war ihr Vater oder praktisch ihr Vater. Sie war die Nichte seiner Ehefrau. Sie hatten sie aufgezogen wie ein eigenes Kind –«

»Aber juristisch war sie es nicht.«

»Das spielt keine Rolle. Ich kannte den Mann und seine Familie. Es ist einfach zu weit hergeholt, auch nur solche Spekulationen anzustellen.« Oder doch nicht? fragte sie sich wie unter Zwang. Sie hatte das Gefühl gehabt, daß eine Verbindung bestand. Aber *das* . . .?

Ginger zupfte an einem abgebrochenen Fingernagel und warf Lydia einen Blick zu, der ganz deutlich sagte: Denk, was du willst.

»Ich gebe ja nur weiter, was ich gehört habe. Und er ist halt doch beim FBI –«

»Hat er sonst noch etwas gesagt, was eine Bestätigung dafür sein könnte?«

»Nein.«

»Das ist einfach alles zu –«

»Was?«

»Zu sehr wie in einem Rührstück.« Lydia bedauerte die Antwort sofort, als sie daran dachte, daß Veronica ihr Interesse an der Ermordung Jimmyes so eingestuft hatte.

»Manche Leute behaupten, ganz Washington sei ein einziges Rührstück.«

»Nicht für mich, und für Sie auch nicht. Sie sind zu jung für Zynismus.«

»Na ja, der springende Punkt ist der, daß es vielleicht doch einen Zusammenhang zwischen den Morden gegeben hat . . . wollen Sie meinen Rat hören?«

»Natürlich.«

»Gehen Sie der Sache nach. Fragen Sie herum. Bei Caldwells Söhnen, bei seiner Frau. Ich glaube, daß es wahr ist.«

»Ich nicht.« Aber halb war sie selbst überzeugt davon. Es half das Gefühl zu erklären, das sie schon so lange bedrängte und nicht zu erklären gewesen war. »Kommen wir auf Quentin Hughes zurück. Sie sagten, er sei bereit, die Video-Aufzeichnung des Interviews zu schicken, das er mit Senator Caldwell geführt hat.«

»Richtig. Ich frage ihn heute abend noch einmal.«

»Ginger, seien Sie heute abend vorsichtig.«

»Vorsichtig? Warum?«

Lydia bereute, ihren mütterlichen Instinkten nachgegeben zu haben. Sie sagte leichthin: »Sie wissen ja, daß er ein Wüstling ist.«

»Alte Lebemänner wie der sind nie ein Problem.«

Daß ich nicht lache, dachte Lydia, sprach es aber nicht aus. Als Ginger gegangen war, dachte sie über das Gespräch nach, vor allem darüber, was Ginger über Caldwell und Jimmye MacNab gesagt hatte.

»Absurd«, sagte sie laut, von ihrer eigenen Ungläubigkeit nicht überzeugt.

Ein Anruf von Senator MacLoon unterbrach ihre Grübelei. Er verzichtete auf Vorreden.

»Haben Sie schon eine Zeugenliste?«

»Ich bin gerade damit beschäftigt, Senator. Sie hängt von Entscheidungen ab, die der Ausschuß diese Woche treffen muß. Ich wollte sie in der morgigen Sitzung vorlegen.«

»Ich wünsche, daß die Liste bis Freitag abgeschlossen ist, weil ich sie bei einer Pressekonferenz bekanntgeben möchte.«

»Pressekonferenz?«

»Ich glaube, es ist an der Zeit, daß wir mitteilen, welche Fortschritte wir gemacht haben. Einwände?«

»Ich halte das für verfrüht. Zuerst sollte die Frage der Ermordung von Jimmye MacNab geklärt werden.«

»Sie sagten, Sie würden Ihre Gründe dafür dem Ausschuß vortragen. Wir warten.«

»Ich versuche das am Freitag zu tun. Ich finde, eine Pressekonferenz sollte bis Mitte nächster Woche verschoben werden.«

Er gab sich herablassend und nachsichtig.

»Also gut, aber schließen wir das am Freitag ab ... eine Zeugenliste, die Regelung des Falles MacNab, alles. Sind Sie damit einverstanden?«

»Ich muß wohl, Senator.«

Er legte auf. Lydia befaßte sich wieder mit der Liste der in Frage kommenden Zeugen. Sie umfaßte Senatskollegen und -mitarbeiter ebenso wie Caldwells Familie, persönliche Freunde des Toten und Beamte der Polizei von Washington.

Sie suchte die Nummer des Büros von Cale Caldwell junior heraus, wählte sie und erklärte der Frau, die sich meldete, sie wolle Mr. Caldwell sprechen.

»Ach, hallo, Miss James, hier ist Joanne Marshall. Wir haben uns in Mrs. Caldwells Haus kennengelernt. Augenblick noch.«

Cale meldete sich.

»Hallo, Lydia, entschuldigen Sie, daß Sie warten mußten.«

»Macht nichts. Ich wollte wissen, ob wir uns heute treffen können.«

»Der Tag ist schon fast vorbei.«

»Ich weiß, aber es hat eine Verschiebung im Plan gegeben, so daß ich mich beeilen muß. Ich wäre wirklich sehr dankbar, wenn ich Sie sprechen könnte, und wenn es nur eine halbe Stunde wäre.«

»Tja, ich kann heute nachmittag hier nicht weg, könnte aber nach der Arbeit ein Glas trinken gehen.«

»Das wäre fein.«

»Wie wär's mit *Hogate's*? Um sechs?«

»Gut. Bevor Sie auflegen – ich hätte noch gerne gewußt, ob Sie mir helfen können, Ihren Bruder zu erreichen.«

»Na ja, ich . . . könnte ihn anrufen.«

»Ich weiß, aber ich möchte lieber, daß Sie ein Zusammentreffen für uns arrangieren, möglichst vor dem Freitag.«

»Das wird nicht so leicht sein, Lydia. Er ist . . . Sie wissen, er lebt sehr zurückgezogen bei seinen Freunden. Er bleibt ganz für sich.«

»Ich will ehrlich sein, Cale. Ich stelle die Zeugenliste für den Ausschuß zusammen. Sie und Mark stehen natürlich darauf. Ich hätte es für nützlich gehalten, wenn ich wenigstens kurz mit Ihrem Bruder sprechen könnte, bevor er dem vollen Fragenkatalog im Ausschuß ausgesetzt wird. Ich schlage das um seinetwillen vor, aus keinem anderen Grund. Ich möchte behilflich sein.«

»Das weiß ich zu schätzen, Lydia. Passen Sie auf. Ich setze mich mit ihm in Verbindung und schlage vor, daß er sich mit Ihnen trifft. Ich wüßte nicht, was ich sonst tun könnte. Ich habe über meinen Bruder schließlich nicht zu bestimmen.«

»Das ist mir klar, Cale. Ich wäre für alles dankbar, was Sie vermitteln können.«

»Ich sage Ihnen, was ich erreicht habe, wenn wir uns sehen. Bis später.«

Eine Stunde später bekam sie einen Anruf von einem Mann, der sich als Francis Jewel vorstellte, geschäftsführender Direktor des »Zentrums für Inneren Glauben«, der Sekte, bei der Mark Adam Caldwell Mitglied war.

»Ich höre, daß Sie einen unserer Brüder sprechen wollen, Mark Adam.«

»Ja, das ist richtig. Hat sein Bruder Sie angerufen?«

»Ja. Wir achten darauf, unsere Brüder und Schwestern vor dem weltlichen Leben zu schützen, so gut es geht. Da wir eine gesetzestreue Kirche sind, legen wir natürlich Wert darauf, in berechtigten Fällen entgegenkommend zu sein . . .«

»Das ist sehr erfreulich, Mr. Jewel. Rufen Sie an, um das Zusammentreffen zu vereinbaren, um das ich gebeten hatte?«

»Widerstrebend. Unser Bruder hat offenkundig eine sehr unkluge Entscheidung getroffen, als er an der Party teilnahm. Man hatte ihm davon abgeraten, aber er setzte sich über die Wünsche seiner Brüder und Schwestern und seines Gottes hinweg. Ich sehe ein, daß es gewisse Verpflichtungen gibt, die er nun im Hinblick auf die Untersuchung über den Tod seines Vaters zu erfüllen hat. Man muß für seine Fehler stets bezahlen. Sein Bruder teilte mir mit, daß Sie ihn vor den Ausschuß zu laden gedenken, vorher aber zwanglos mit ihm sprechen wollen.«

»Das ist richtig.«

»Es ist Ihnen sicher klar, daß es keinen zwingenden Grund für seine Zustimmung gibt.«

»Natürlich.« Seine Art begann ihr auf die Nerven zu gehen. »Er kann in einer solchen Frage doch selbst entscheiden, nicht?«

»Offenkundig gehören Sie zu denen, die glauben, was sie darüber lesen, wie wir unsere Mitglieder behandeln.«

»Ich habe manches gehört, Mr. Jewel. Ich urteile nicht voreilig. Kann ich mit Mark Adam Caldwell zusammentreffen?«

»Unter bestimmten Bedingungen. Was mit ihm geschieht, wirkt sich natürlich auf unsere ganze Kirche aus. Ich gebe meine Zustimmung zu einem Gespräch mit ihm, aber ich bestehe darauf, dabeizusein. Wenn Sie damit einverstanden sind, können wir Tag und Zeit festlegen.«

»Warum müssen Sie dabei sein?«

»Um seine Interessen zu schützen.«

»*Seine* oder *Ihre*?«

»Vielleicht beide. Wann möchten Sie ihn sprechen?«

»Morgen vormittag?«

»Zehn Uhr?«

»Gut.«

»Sie wissen, wie Sie uns finden können?«

»Ich finde schon hin.«

Guter Gott! dachte sie.

Cale Caldwell junior wartete an der Bar von *Hogate's*, als Lydia eintraf. Er begrüßte sie besonders freundlich und bestellte bei dem vielbeschäftigten Barmann.

»Vielen Dank, daß Sie für mich bei der Kirche Ihres Bruders angerufen haben.«

»Hat man sich bei Ihnen gemeldet?«

»Ja, ein Mr. Jewel. Ich mochte ihn nicht, und die Umstände behagen mir ganz und gar nicht, aber ich kann wohl nichts dagegen tun. Mr. Jewel besteht darauf, bei unserem Gespräch anwesend zu sein.«

Cale lächelte. »Ich gebe Ihnen natürlich recht, aber ich habe mich wohl schon daran gewöhnt. Seit Mark sich dem Zentrum für Inneren Glauben angeschlossen hat, mußte sich die ganze Familie mit solchen Dingen abfinden. Leider läßt sich daran nichts ändern. Man ist dort eben so, und wenn man von den Leuten etwas will, muß man sich an ihre Regeln halten.«

Lydia nippte an ihrem Glas und starrte auf die glatte Bartheke.

»Es ist schlimm, Cale, wie diese Sekten ihre Mitglieder in der Gewalt haben. Eine echte Bedrohung. Man sollte diese Dinge genauer unter die Lupe nehmen –«

»Schwierig«, meinte Cale. »Wenn man anfängt, sich mit Religion zu befassen, oder auch mit dem, was sich als religiöse Gruppierung ausgibt, läuft man Gefahr, der Intoleranz beschuldigt zu werden, der Untergrabung von Verfassungsrechten ... na, Sie sind ja Juristin, Sie wissen doch Bescheid.«

Sie nickte.

»Trotzdem, nach Jonestown ... Wissen Sie eigentlich, was Ihren Bruder dort so angezogen hat?«

Er lehnte sich an die Bar und rückte etwas näher heran, damit ein Mann hinter ihm nach seinen Gläsern greifen konnte.

»Mark ist ... tja, Mark ist immer anders gewesen, Lydia. Er hat etwas Intensives an sich, das früher einmal für Papa und Mama sehr positiv war. Er befaßte sich mit irgend etwas, und alles andere wurde bedeutungslos. Es spielte keine Rolle, ob er vom Verstand her erkannte, daß es gefährlich war. Ganz so, als gerate er in einen Trancezustand. Jedes vernünftige Urteil war ausgeschaltet. Immerhin, man konnte nicht ernsthaft etwas dagegen haben. Schließlich war er bei allem, was er tat, an erster Stelle. Er wurde der beste Ringer in der Oberschule, der beste Gewichtheber, der begabteste Astronom. Bei Mark gab es keine halben Sachen. Wenn er sich auf etwas festlegte, existierte alles andere für ihn nicht mehr. Ich habe ihn, offen gesagt, um diese Zielstrebigkeit oft beneidet, allerdings nur, bis ihn das zu dieser verdammten Sekte geführt hat.«

Lydia schaute sich um. Die Bar war voll attraktiver Menschen, die sich angeregt miteinander unterhielten, während prüfende, abschätzende Blicke hin- und hergingen.

Jemand erkannte sie und winkte. Sie erwiderte den Gruß und wandte sich wieder Cale zu.

»Cale, glauben Sie, daß Ihr Bruder fähig gewesen wäre . . . seinen Vater umzubringen? Halten Sie es für möglich, daß er einen Grund dafür hatte?«

Einen Augenblick glaubte sie tatsächlich, er werde sie ins Gesicht schlagen. Er umklammerte sein Glas, daß die Knöchel weiß hervortraten, und preßte die Lippen zusammen. Dann schien er sich plötzlich zu entspannen.

»Ja.«

Nun starrte sie ihn an.

»Es ist Ihnen doch klar, daß ich nicht behaupten will, er hätte es getan.«

»Sie sagten ›fähig‹ . . . ja. Mein Bruder, so sehr ich auch an ihm hänge, ist ein gestörter Mensch. Im Lauf der Jahre ist das immer schlimmer geworden. Selbstverständlich haben alle in der Familie das bestritten. Wozu ist eine Familie denn da? Ob ich wirklich glaube, daß Mark seinen Vater umgebracht hat? Natürlich nicht . . .«

»Irgendwelche Ideen?« fragte sie, weil ihr auffiel, daß seine Worte eher wie ein Einwand klangen, nicht wie eine Verneinung.

»Sie wissen soviel wie ich. Ich wette, daß die Polizei nie eine befriedigende Antwort finden wird, und für Ihren Ausschuß gilt dasselbe. Das wird ein unaufgeklärter Mordfall mehr bleiben, wegen Papas Stellung bedeutsamer als die meisten, aber unaufgeklärt . . . und das wird natürlich der schwerste Schlag für Mutter sein, keine Antwort zu finden. Ich hoffe, daß es nicht so kommt, würde aber viel darauf verwetten.«

»Ich möchte noch etwas trinken, Cale.«

»Ich auch.«

Nachdem sie bedient worden waren, wollte ihn Lydia noch weiter über seinen Bruder ausfragen.

Er richtete sich auf und lächelte freundlich.

»Wenn es Ihnen nichts ausmacht, würde ich lieber nicht mehr darüber reden, Lydia.«

»Entschuldigen Sie. Und wie steht es mit Ihnen?«

»Persönlich oder beruflich?«

»Beides.«

»Beruflich erstklassig. Persönlich schwankend. Wie bei den meisten Menschen.«

»Das mag schon stimmen. Beruflich scheint man die Dinge leichter ins Lot zu bekommen als persönlich.«

»O ja.« Er zuckte die Achseln. »Nichts ist komplizierter als eine Zweierbeziehung, nicht wahr?«

»Richtig.«

»Treffen Sie sich mit Clarence?« fragte er.

»Wir sind alte und gute Freunde.«

Er trank einen Schluck.

»Ich dachte, es steckt vielleicht mehr dahinter.«

Sie ging nicht darauf ein.

»Ich habe mit Ihrer Mutter zu Abend gegessen«, sagte sie schließlich.

»Sie hat es mir erzählt. Es sei ein schöner Abend gewesen, sagte sie.«

»Ja . . . sie ist eine erstaunliche Frau, Cale, so stark, sie wird mit allem fertig . . . Ich habe es erlebt, als Jimmye starb, und jetzt wieder mit Ihrem Vater.«

Er schnitt eine Grimasse, als Jimmyes Name fiel. Sie beschloß nachzusetzen.

»Cale, könnten Sie sich irgendeine Verbindung zwischen den beiden Morden vorstellen?«

Er sah ihr in die Augen und sagte mit fester Stimme: »Nein.«

»Offenbar die meisten Menschen nicht, Ihre Mutter eingeschlossen. Sie war ganz durcheinander, als ich vorschlug, das vom Ausschuß untersuchen zu lassen.«

Er nickte.

»Sie hat es mir gesagt.«

»Wie stehen Sie dazu?«

»Genau wie meine Mutter. Wir möchten alle, daß Jimmyes Tod eine Sache der Vergangenheit bleibt. Es ist zu quälend, als daß man es wieder aufrollen sollte, und erfüllt keinen erkennbaren Zweck.«

Lydia legte den Kopf auf die Seite.

»Ich hätte trotzdem gedacht, die Familie einer ermordeten Tochter würde nicht . . . würde nicht aufhören, zu drängen, bis ihr Mörder gefaßt ist –«

»Bei Jimmye ist das etwas anderes –«

»Warum?«

»Na ja, sie war schließlich keine Caldwell –«

»Juristisch nicht, aber in jeder anderen Beziehung.«

»Lassen Sie das sein, Lydia, um meiner Mutter willen. Um unser aller willen.«

»Ich kann nicht, jetzt noch nicht. Ich habe versprochen, es mir zu überlegen, aber . . .« Sie dachte an Gingers Mitteilung über ihren Freund beim FBI, erwähnte natürlich nichts davon. »Ist Ihnen übrigens klar, daß bei Jimmye keine Obduktion vorgenommen worden ist?«

»Davon weiß ich nichts.« Er drehte sich halb herum.

»Wissen Sie, warum?«

Er wandte sich ab.

»Ich sagte, davon weiß ich nichts.«

»Schon gut, Cale, ich wollte kein heikles Thema ansprechen –«

»Es ist kein heikles Thema, nur . . .«

Sie wartete darauf, daß er weitersprach.

»Hören Sie, es hat mit Jimmye Probleme gegeben, von denen außerhalb der Familie niemand wußte, und so sollte es auch bleiben.«

»Ich gebe zu, daß Familienangelegenheiten in der Familie bleiben sollten, wenn sie nicht mit einem Mord zusammenhängen.« Sie wartete auf eine Antwort. Er warf einen Blick auf die Nachbarn an der Bar, starrte in sein Glas und fuhr mit der Fingerkuppe über den Glasrand, bevor er sie mit zusammengekniffenen Augen ansah.

»Jimmye und mein Bruder hatten miteinander ein Problem, das uns beinahe alle zugrundegerichtet hätte.«

»Was für ein Problem?«

»Ein sehr persönliches. Worum es genau ging, spielt keine Rolle. Die Sache ist nur die: Das jetzt alles wieder ans Licht zu zerren, bewirkt nichts, als daß alte Wunden aufgerissen werden. Das ist nicht fair, Lydia, es ist nicht recht.«

»Cale, Sie müssen mir glauben, wenn ich sage, daß ich nicht darauf aus bin, mich in Ihre Familienangelegenheiten einzumischen. Ganz im Gegenteil. Ich verstehe Sie und empfinde mit Ihnen, wirklich . . . Aber ich frage Sie noch einmal: Gibt es Ihres Wissens *irgend* etwas, das rechtfertigen würde, angesichts des Todes Ihres Vaters den Mord an Jimmye zu untersuchen? Wenn es so wäre, so wäre es, um Ihre eigenen Worte zu gebrauchen, nicht fair oder recht, es zu verschweigen.«

»Nein, es gibt nichts.«

»Dieses persönliche Problem zwischen Jimmye und Ihrem Bruder, von dem Sie sprachen. Kann man das so verstehen, daß irgendeine Verbindung mit ihrem Tod besteht?«

»Natürlich nicht.« Er schüttelte den Kopf. »Um Himmels willen, Lydia, wie können Sie das so verdrehen?«

»Cale, ganz gleichgültig, wie Ihnen zumute ist, bitte, berücksichtigen Sie doch wenigstens, daß ich auf den Vorschlag Ihrer Mutter hin Sonderberaterin für einen Ausschuß bin, der die Aufgabe hat, aufzuklären –«

»Ich weiß, ich weiß . . . noch ein Glas zum Abschied?«

»Nein, danke. Ich bin Ihnen dankbar dafür, daß Sie Zeit für mich gefunden und ein Gespräch mit Ihrem Bruder arrangiert haben. Es tut mir leid, wenn ich Sie aus der Ruhe gebracht habe –«

»Ich möchte mithelfen, Lydia. Das wollen wir alle. Was Mark angeht, so vergessen Sie auf keinen Fall, daß Sie es mit einem gestörten jungen Mann zu tun haben. Erschrecken Sie nicht bei dem, was er sagt oder tut. Nehmen Sie ihn nicht zu wörtlich.«

Lydia fuhr zu ihrem Stadthaus, duschte sich, schlüpfte in einen Bademantel, machte rasch einen Schinken-Käse-Toast und befaßte sich wieder mit den Vernehmungsprotokollen, vor allem mit denen von Mark Adam, Caldwell jr. und Quentin Hughes. Vielleicht veranlaßte sie die Tatsache, daß Ginger Johnson in diesem Augenblick mit Hughes zu Abend aß, auch seine Aussage noch einmal hervorzuholen und durchzulesen . . .

Später schob sie Mark Adams Aussage in ihren Aktenkoffer, zog eine Landkarte von Virginia aus dem Schreibtisch und studierte die Route zu ihrem Ziel am nächsten Morgen. Das Zentrum für Inneren Glauben befand sich am Occaquan Creek, knapp über eine Meile von einem kleinen Flugplatz entfernt, der Woodbridge Airport hieß. Sie konnte sich nicht verhehlen, daß die bevorstehende Reise und ihre Absicht, Mark Adam auf dem Gelände der Sekte gegenüberzutreten, sie nervös machten. Sie überlegte sich sogar, am Morgen anzurufen und das Treffen abzusagen. Schließlich hatte niemand verlangt, daß sie mit irgendeinem Verdächtigen persönliche Gespräche führen sollte – ganz im Gegenteil. MacLoon würde hochzufrieden sein, wenn sie sich an die Regeln hielt, eine knappe, akzeptable Untersuchung durchführte und zu der erwünschten Schlußfolgerung kam, daß niemand im offiziellen Washington für den Mord am Mehrheitsführer des Senats verantwortlich oder in irgendeine Verbindung damit zu bringen war. Bring es hinter dich, dachte sie, halte dich an MacLoons Wünsche, genieß das Rampenlicht und kehr wieder zurück in deine Privatpraxis, die infolge des öffentlichen Aufsehens nur noch größer werden konnte. Eine ganze Schar von künftigen Mandanten hatte sich schon an ihre Kanzlei gewandt, nachdem man die Artikel über sie in den Zeitungen gelesen hatte. Ein großes Magazin hatte angerufen, weil das Blatt einen ausführlichen Bericht über sie bringen wollte. Die Werbeagentur für eine führende schottische Whiskymarke hatte sich erkundigt, ob sie daran interessiert sei, an einer Werbekampagne mitzuwirken, die kluge, hübsche und erfolgreiche junge Frauen in den Vordergrund stellen sollte.

Sie war in einer Stadt, wo es von Berühmtheiten wimmelte, berühmt geworden.

Sie schob all diese Gedanken beiseite, knüllte ein Kissen unter dem Kopf zusammen und zwang sich zum Schlafen.

Etwa zur selben Zeit, als Lydia nach Schlaf suchte, mußte Ginger Johnson ihre ganze Willenskraft einsetzen. Quentin Hughes war unangenehm geworden, nachdem sie ihm zum zehnten – oder schon zum fünfzigstenmal? – klargemacht hatte, daß sie die Nacht nicht mit ihm verbringen wollte.

Er hatte mit Bedacht angefangen, war ein charmanter und unterhaltsamer Gastgeber gewesen. Er hatte ihr erzählt, die Frau, mit der er zusammenlebe, hätte ihn vor kurzem verlassen, und er suche nach einer neuen »sinnvollen und dauerhaften Beziehung«. So hatte er sich wirklich ausgedrückt. Er hatte vor dem Essen einen trockenen Weißwein serviert und zu den Filets Mignon mit Spinatsalat und aufgebackenem französischem Weißbrot mit Butter eine Flasche Rotwein entkorkt. Als Nachspeise hatte es frische, gekühlte Ananasscheiben gegeben.

Während der Mahlzeit hatte Ginger Fragen zur Mordsache Caldwell gestellt. Hughes schien sich für das Thema nicht erwärmen zu können. Als sie erneut auf die Video-Aufzeichnung des Interviews mit Cale Caldwell zu sprechen kam, antwortete er, er habe es sich anders überlegt. Wenn jemand sie sehen wolle, müsse er ins Studio kommen.

»Ich habe beschlossen, es im letzten Augenblick abzusetzen. Schlechter Geschmack, das Gespräch mit einem Toten zu bringen.«

Ginger wußte, daß Hughes eben das schon öfter getan hatte, und fragte ihn, weshalb das im Fall Caldwell anders sei. Er umging die Frage, trat auf sie zu, legte die Hände auf ihre Schultern und küßte sie auf den Hals. Sie machte sich los. Sie gingen ins Wohnzimmer. Von diesem Augenblick an wurde aus dem Abend ein immer hektischerer Verführungsversuch, bis Ginger endlich sagte: »Ich mag Männer eigentlich nicht, die sich nicht bremsen können.« Hughes fauchte zurück: »Und ich mag Weiber nicht, die einen heiß machen und dann sitzenlassen.«

Es gab keine Frage, wann der Abend vorbei sein würde. Hughes mußte gehen, um seine die ganze Nacht dauernde Radiosendung zu machen. Er saß zusammengesunken in einem Sessel und bat Ginger zu bleiben, bis er zurückkäme. Sie sagte, sie werde das wohl kaum tun.

»Sie haben Ihre Chance gehabt, wissen Sie«, sagte er, als sie ihren Mantel aus dem Schrank nahm.

»Wozu?«

»Mit mir.«

»Ich bin sicher, ich werde es mein Leben lang bereuen, Mr. Hughes ... Also, danke für das Essen. Bleiben Sie sitzen. Ich finde schon hinaus.«

Sie fuhr mit dem Lift zur Halle hinunter, nickte dem Portier zu und trat auf die Straße hinaus. Sie hatte Glück gehabt, nur zwei Nebenstraßen entfernt einen Parkplatz zu finden, und ging nun darauf zu, Richtung Potomac und Kennedy Center ... Sie wurde sich bewußt, daß jemand hinter ihr ging, blickte über die Schulter und sah die Gestalt eines Mannes, die sich ihr im Schatten rasch näherte. Sie beschleunigte ihre Schritte, bis sie fast zu laufen begann.

»Ginger.«

Die Stimme brachte sie zum Stehen. Sie drehte sich um.

»Harold?«

»Was hast du im Watergate gemacht?«

»Ich ... das geht dich gar nichts an. Was machst du, spionierst du mir nach?«

»Keine Spur. Ich wollte nur wissen, was so wichtig ist, daß du mich nicht mehr sehen wolltest.«

»Ich? Du warst derjenige, der behauptet hat, er brauche Zeit, um sich über uns klarzuwerden. Ich kann es immer noch nicht fassen: Du hast mir tatsächlich nachspioniert.«

»Du spinnst. Ich habe nur zufällig dein Auto gesehen und –«

»– und einfach gewußt, daß ich im Watergate bin.«

»Ich war in der Nähe und –«

»Verschwinde, Harold.«

»Bitte, Ginger, laß uns miteinander reden. Ich habe dir einiges zu sagen.«

»In meinem Alter muß ich mich bespitzeln lassen.«

»Ich sage doch, ich bin dir nicht nachgegangen.«

»Hör mal, ich will dich nie wiedersehen. Hast du verstanden?«

Er packte ihren Arm und versuchte sie davonzuziehen.

»Laß mich los, verdammt.«

»Nur eine Stunde. Ich habe mir alles durch den Kopf gehen lassen und –«

Sie riß sich los und stürzte davon, um zu ihrem Auto zu gelangen.

»Was hast du da oben gemacht?« rief er ihr nach. »Bei wem bist du gewesen?«

»Bei den Washington Redskins, bei der ganzen Mannschaft«, sagte sie, ohne sich umzusehen.

Bis sie ihr Auto erreicht hatte, war sie ein wenig besänftigt. Offensichtlich war Harold eifersüchtig, also bedeutete sie ihm doch sehr viel. Sie nahm sich vor, in Ruhe darüber nachzudenken. Das mit der Footballmannschaft war aber doch eine Gemeinheit von ihr gewesen, entschied sie. Witzig, aber bösartig ...

Sie lächelte schon beinahe wieder, als sie die Autotür aufsperrte, sich ans Steuer setzte, den Motor anließ und in den Rückspiegel schaute, um festzustellen, ob sie fahren konnte. Es war frei, und sie gab Gas, um langsam auf die Straße hinauszurollen. Sie war keine drei Meter weit gefahren, als sie erkannte, daß etwas nicht in Ordnung war. Sie stieg aus und ging nach hinten. Der Hinterreifen an der Fahrerseite war platt.

»Verdammt«, fluchte sie und schaute sich nach Hilfe um. Sie ging zum Kofferraum und wollte ihn gerade öffnen, als sie sah, daß auch der zweite Reifen ohne Luft war.

Diesmal fluchte sie ernsthaft. Es war ihr klar, daß sie das Auto nicht mitten auf der Straße stehenlassen konnte, wollte aber auch nicht mit den platten Reifen fahren. Doch es blieb ihr wohl nichts anderes übrig. Ein paar Autos waren schon im weiten Bogen um sie herumgefahren, und ein Fahrer hatte etwas von Frauen am Steuer gebrüllt, die den ganzen Verkehr aufhielten. Blöder Kerl, dachte sie.

Sie wollte eben einsteigen und in die Parklücke zurückfahren, als ein Mann, der vom Schatten eines Gebäudes aus zugesehen hatte, plötzlich heraustrat, hinter ihr herankam und seine Faust wuchtig auf ihren Hinterkopf niedersausen ließ. Sie stürzte auf das Pflaster. Er stieg über sie hinweg, öffnete die Autotür, packte ihre Handtasche und rannte davon.

Eine Frau, die das beobachtet hatte, lief auf Ginger zu.

»Alles in Ordnung?« fragte sie, während Ginger sich hochzusetzen versuchte.

»Mein Kopf«, sagte Ginger. »Mein Gott . . .«

»Ich habe alles gesehen«, erklärte die Frau, während sie Ginger auf die Beine half.

»Wer war es?« fragte Ginger.

»Ich konnte sein Gesicht nicht sehen, das ging alles so schnell.«

Ginger schwankte plötzlich und hielt sich an der Frau fest.

»Mein Kopf«, stöhnte sie.

Die Frau ließ sie auf den Boden sinken und drängte ein paar Zuschauer, die sich eingefunden hatten, einen Krankenwagen zu rufen.

Er traf zwanzig Minuten später ein.

Kapitel 15

Das »Zentrum für Inneren Glauben« bestand aus einem großen Haupthaus und vier Nebenbauten auf fast vierzehn Hektar sanft hügeligen Geländes, das hinunterführte zum Ufer des Occaquan Creek. Der Boden rings um das Haus war mit verfilztem Unkraut überwachsen. Verkrümmte Bäume formten bizarre Umrisse an einem zinnfarbenen Himmel.

Ein magerer, gelber Hund, der am Eingang geschlafen hatte, hob den Kopf und schaute zu Lydias Wagen hinüber, der auf dem ungeteerten Zufahrtsweg langsam dem Haus entgegenrollte. Die Straße war voll Schlaglöcher und uneben, und sie mußte darauf achten, den größeren Vertiefungen auszuweichen.

Ein junger Mann mit rasiertem Schädel, der ein langes, schmutzig-weißes Gewand trug, hatte an einem der vorderen Fenster gesessen. Auch er sah ihr Auto, richtete sich auf und schob das Kleinkalibergewehr auf seinen Knien zurecht.

Lydia hielt zwanzig Meter vor dem Gebäude, drehte den Zündschlüssel herum und ließ den Blick in die Runde gehen. Sie sah fassungslos auf die trostlose Umgebung. Wenn das »Zentrum für Inneren Glauben« wirklich eine Kirche war, legte man offenbar keinen Wert darauf, das bekanntzugeben. Es gab keine Schilder, keine Kreuze. Nichts als einen alten Bauernhof mit verwitterten Gebäuden und vernachlässigtem, wild überwuchertem Land.

Als Lydia ausstieg, bemerkte sie den jungen Mann am Fenster. Sie klemmte die Aktentasche unter den Arm und ging zur Veranda. Der Hund knurrte nicht, stand aber auch nicht auf, um sie zu begrüßen. Er blieb liegen, den Kopf erhoben. Er wirkte traurig – oder bildete sie sich das nur ein?

»Hallo, du«, sagte Lydia, als sie die verfallenden Holzstufen hinaufstieg. »Brav.« Beruhige dich, sagte sie sich. Sie brauchte es mehr als der Hund ... nein, falsch, er auch.

Ein leises, kehliges Knurren erschreckte sie.

»Schön brav, mein Kleiner ... ich bin doch deine Freundin –«

Die Eingangstür ging plötzlich auf, und der junge Mann, der sie beobachtet hatte, stand vor ihr, das Gewehr lässig in einer Hand.

»Miss James?« sagte er mit hoher Stimme.

»Ja.«

Er trat zurück, um sie hereinzulassen. Sie warf einen hastigen letzten Blick auf den Hund und betrat das Haus. Auf der rechten Seite befand sich ein großer Raum, eingerichtet wie ein Bürozimmer. In einem offenen Kamin loderten Scheite. Hinter einem geschnitzten Schreibtisch saß ein Mann. Auch sein Schädel war rasiert. Er war beträchtlich älter als der Bursche, der sie hereingelassen hatte, und kleiner. Als er aufstand, wirkte er neben dem Riesenschreibtisch beinahe zwergenhaft.

»Ich bin Francis Jewel, Miss James. Bitte, kommen Sie herein und wärmen Sie sich am Feuer.«

Sie betrat das Zimmer. Jewel streckte die Hand aus. Sie drückte sie. Die Berührung war nicht angenehm. Er hatte eine kleine, kalte Hand, die sich wie Wachs anfühlte.

»Danke, daß ich kommen durfte.«

»Wir hatten kaum eine andere Wahl«, erwiderte er und wies auf einen Stuhl mit leiterförmiger Rückenlehne neben dem Schreibtisch. »Möchten Sie Kaffee oder Tee? Ich würde den Tee empfehlen. Wir trinken ihn mit Zimt, Kräutern und Honig.«

»Klingt gut.« Jewel gab dem jungen Mann an der Tür einen Wink und ließ sich wieder hinter dem Schreibtisch nieder. Er lehnte sich zurück, die kleinen Hände auf der Brust gefaltet, ein schwaches Lächeln um den Mund.

»Sie wollen jetzt also mit Mark Adam sprechen.«

Lydia nickte.

»Ich lasse ihn gleich rufen. Vorher muß ich aber fragen, ob Ihr Interesse an ihm nur dem Tod seines Vaters gilt, oder ob Sie ein ähnliches Interesse auch für unsere Kirche aufbringen.«

Lydia verstand nicht ganz und sagte ihm das.

»Eine durchaus naheliegende Frage, Miss James. Wenn man

seit Jahren versucht, Gott zu dienen, trotz gemeiner Angriffe solcher Menschen, die unseren Glauben nicht teilen und sich davon bedroht fühlen, neigt man dazu ... wie soll ich mich ausdrükken? ... nun, man wird mißtrauisch.«

Lydia schlug ihre Beine übereinander.

»Ihr Glaube bedroht mich nicht, Mr. Jewel. Ich bin hier, weil ich für einen Senatsausschuß tätig bin, der den Mord an Senator Caldwell untersucht. Jedes persönliche Interesse an Ihrer Kirche, wenn es eines gäbe, würde auf Neugier beruhen.«

»Sie haben die Unwahrheiten über uns gelesen, nehme ich an, sie im Fernsehen gehört.«

»Einiges, ja.«

»Und?«

»Wie ich darauf reagiert habe? Wohl wie die meisten Menschen. Ich stelle allerdings manche Methoden in Frage, von denen ich gehört habe, die Art und Weise der Geldbeschaffung, die angebliche Kontrolle über Kirchenmitglieder.« Sie hätte statt »Kirche« beinahe ›Sekte‹ gesagt und war froh, es nicht getan zu haben. Sie war auch enttäuscht von sich selbst, weil sie sich so rasch in eine Diskussion über die Sekte hatte verwickeln lassen. »Ich möchte eigentlich nicht über die Kirche sprechen, wenn Ihnen das recht ist. Deshalb bin ich nicht hier.«

»Aber Sie werden gewisse Eindrücke von uns mitnehmen. Ich halte es nur für fair, wenn ich als geschäftsführender Direktor die Gelegenheit wahrnehme, einige Dinge zurechtzurücken ... Ah, hier kommt unser Tee.« Er wurde aus einer sehr schönen silbernen Teekanne in echte Porzellantassen gegossen. Lydia nippte und nickte zufrieden.

»Freut mich, daß er Ihnen schmeckt, Miss James. Das wäre alles, Richard.«

Der junge Mann verließ das Zimmer und zog eine Schiebetür hinter sich zu.

»Also, Miss James, während wir den Tee und das Kaminfeuer genießen, erlauben Sie mir, daß ich Ihnen ein wenig über das ›Zentrum des Inneren Glaubens‹ erzähle. *Ich* werde Ihnen die Wahrheit sagen. Ich hoffe, Sie sind bereit, sie sich anzuhören.«

»Ich weiß nicht recht, ob es darauf ankommt oder nicht.«

Zwanzig Minuten später hatte er eine offenbar einstudierte Rede gehalten, voll von positiven Ansichten über das Zentrum und seine Ziele. Er wies darauf hin, daß Sektenmitglieder in ihrer Bewegungsfreiheit keineswegs eingeschränkt seien. Solange sie den Glaubenssätzen treu blieben, erklärte er Lydia, seien sie völlig frei, und man ermutige sie sogar, sich mit der Außenwelt zu befassen und ihren Glauben weiterzugeben.

Lydia sah ein, daß er zumindest theoretisch recht hatte. Man sah in der Stadt oft Sektenmitglieder, die Broschüren verteilten, Passanten aufhielten, um ihnen ihre Ansichten zu vermitteln und sie, natürlich, um Spenden anzugehen. Zumindest äußerlich schienen einige der Leute frei zu sein. Das Ausmaß geistiger Steuerung war eine andere Sache. Sie ließ das Thema auf sich beruhen.

Jewel erklärte außerdem, er sei nur der Verwaltungsleiter der Kirche, ihr geistiger Kopf, Pfarrer Sylvan Quarles, sei der Dreh- und Angelpunkt des Ganzen.

Lydia wußte über Quarles, was sie in den Zeitungen gelesen hatte. Er war Ende Sechzig, groß und charismatisch, mit Stentorstimme und blumigem Wortschatz, ging stets elegant gekleidet. Seine Augen glühten, so hieß es, wenn er spreche. Ferner wurde behauptet, er könne seine Zuhörer hypnotisieren, auch wenn ein befreundeter Psychiater Lydia einmal erzählt hatte, das hänge schon in erster Linie vom Zuhörer ab.

Sie nickte während des Vortrags, sobald es ihr angemessen erschien, stellte ein paar Fragen und wartete geduldig darauf, daß er fertig wurde, um mit Mark Adam Caldwell sprechen zu können.

»Sonst noch Fragen, Miss James?« sagte Jewel abschließend.

»Nein.«

»Diese Verwaltungszentrale ist einer von vier Tempeln in Virginia. Wir haben Zentralen in elf weiteren Bundesstaaten und haben eben weitere in Deutschland und Frankreich eröffnet.«

»Sehr eindrucksvoll. Ich würde das gerne ein andermal mit Ihnen weiterdiskutieren. Heute ist meine Zeit leider knapp. Könnte ich jetzt bitte Mark Adam Caldwell sprechen?«

Jewel ging zur Tür und sagte etwas zu dem jungen Mann, der in der Diele wieder Wache hielt. Dann kehrte Jewel an den Schreibtisch zurück. Einige Augenblicke später kam Mark Adam herein. Er trug das gleiche Gewand wie der andere junge Mann, allerdings war das seine frisch gewaschen und gebügelt.

»Hallo, Mark«, sagte Lydia. Sie war aufgestanden.

Sein Gesicht blieb leer, während er zwei Schritte auf sie zutrat, die Hand ausstreckte und kurz nickte.

»Setzen Sie sich, Mark«, sagte Jewel. Der junge Mann ließ sich auf einem Stuhl an der anderen Schreibtischseite nieder und starrte geradeaus, vorbei an Jewel, hinaus zum Fenster.

»Ich habe dir gesagt, daß Miss James dich sprechen möchte«, fuhr Jewel fort, »und daß ich damit einverstanden bin. Ich werde die ganze Zeit dabeisein.«

Lydia hatte den Eindruck, daß Mark Adam entweder unter Drogeneinfluß stand oder irgendeine Bewußtseinsveränderung durchgemacht hatte. Sie kam sich vor wie in einer Nervenheilanstalt, wo sie einen Patienten zu besuchen hatte.

»Wie geht es Ihnen?« sagte sie zu Mark.

Er drehte langsam den Kopf und sah sie an, so, als versuche er festzustellen, wer sie war. Dann sagte er mit fast völlig monotoner Stimme: »Es geht mir sehr gut, danke. Ich bin sehr glücklich. Wie geht es Ihnen?«

»Mir geht es gut, Mark. Es ist schön, Sie wiederzusehen.«

Er richtete den Blick wieder auf das Fenster.

»Mark, fühlen Sie sich wohl?«

»Mark leistet hier großartige Arbeit«, sagte Jewel. »Er hat eine zunehmend enge Bindung zu Gott gefunden und dient ihm mit ganzer Kraft. Ist es nicht so, Mark?«

»Ja. Gott gibt mir den Tag und die Nacht, und ich nütze sie zu seinem Ruhm.«

Lydia räusperte sich, öffnete ihre Aktentasche und zog einen linierten Schreibblock heraus, auf dem sie ihre Fragen notiert hatte.

»Mark, wie Sie vielleicht wissen, bin ich als juristische Beraterin einem Senatsausschuß beigeordnet worden, der den Mord an Ihrem Vater untersucht. Deshalb bin ich heute hier. Sie werden in der nahen Zukunft eine Vorladung erhalten, vor dem Ausschuß auszusagen, aber ich wollte vorher mit Ihnen reden. Sie brauchen das nämlich nicht zu tun, wissen Sie. Wenn Sie wollen, können Sie verlangen, nur in Gegenwart eines Rechtsanwalts auszusagen, wenn Sie sich zum Tod Ihres Vaters äußern sollen.«

»Das weiß ich.« Seine Stimme klang etwas lebhafter als zuvor.

»Ich habe das mit Mark besprochen«, warf Jewel ein, »und er ist sich über seine Rechte im klaren. Wir haben hier nur sein Bestes im Auge. Wir sind eine einzige große Familie.«

Lydia beachtete Jewel nicht.

»Mark, kennen Sie einen Menschen, der den Tod Ihres Vaters gewollt haben könnte?« fragte sie.

Er schüttelte den Kopf.

Sie zögerte, bevor sie mit sachlicher Stimme fragte: »Wollten Sie seinen Tod?«

Seine Miene belebte sich wieder ein wenig. Er sah ihr ins Gesicht.

»Nein.«

»Sie haben Dinge zur Polizei gesagt, Mark, die man als . . . nun, als feindselig Ihrem Vater gegenüber auslegen könnte. Würden Sie bestätigen, daß Sie wütend auf ihn gewesen sind?«

»Natürlich war er das«, sagte Jewel. »Mark Adams Vater war wohl kaum jemand, den man als aufrichtig und gottesfürchtig hätte bezeichnen können.«

»Mr. Jewel, ich wäre dankbar, wenn Sie zulassen könnten, daß Mark die Fragen selbst beantwortet. Sie dabeizuhaben ist eine Sache, wenn Sie für ihn antworten, eine andere.«

Jewel spitzte die Lippen, was seine kleine Nase noch schärfer hervortreten ließ. Er strich mit einem Finger über seine Wange und wollte antworten. Lydia wartete das nicht erst lange ab. Sie sah Mark an und fragte: »Begreifen Sie, warum ich diese Fragen stelle, Mark? Ich bin eine alte Bekannte Ihrer Familie und möchte helfen, so gut ich kann. Außerdem habe ich die Pflicht, nach der Wahrheit zu forschen. Ich möchte die Wahrheit finden, ohne den Menschen weh zu tun, die mir wichtig sind, und Sie gehören zu ihnen.«

»Bis er hierherkam, hat sich niemand um ihn gekümmert«, sagte Jewel.

Wieder ignorierte sie ihn.

»Mark, manche Leute glauben, der Mord an Jimmye könnte auf irgendeine Weise in Zusammenhang mit dem Tod Ihres Vaters stehen. Was halten Sie von dieser Meinung?«

Jewel schob sich im Sessel hoch.

»Im Ernst, Miss James, ist eine solche Grausamkeit wirklich nötig? Der Junge hat nicht nur seinen Vater, sondern auch seine Schwester verloren. Ich finde es unzumutbar, dieses traurige Vorkommnis wieder auszugraben.«

»Mark, ich frage Sie noch einmal, glauben Sie, daß Jimmyes –«

»Jimmye war eine Dirne, eine *Messalina hetaira.*«

»Was?«

»Sie hat gesündigt und wurde bestraft, wie es sich gehört.«

»Sie war wie eine Schwester, Mark.«

»Sie war eine Schwester des Teufels«, sagte er mit seiner eintönig klingenden Stimme. »Sie hat ihren Körper dem Teufel hingegeben.« Er rutschte auf dem Stuhl hin und her und legte die großen Hände flach auf den Schreibtisch. Der stämmige, muskulöse Körper unter dem fließenden Gewand begann zu zittern. »Jene, die gegen den Vater sündigen, müssen bestraft werden.«

Oder mit dem Vater? fiel ihr ungewollt ein . . .

»Ich glaube, das reicht«, sagte Jewel. Er tätschelte Marks Unterarm. »Ich nehme an, Miss James hat keine weiteren Fragen mehr an dich. Du kannst zu deinen Pflichten zurückkehren.«

»Nein, ich bin noch nicht fertig«, sagte Lydia. »Ich möchte wissen, warum er nach so vielen Jahren der Entfremdung an dem Fest für seinen Vater teilgenommen hat. Ich möchte Bescheid wissen über Jimmye und seine Beziehung zu ihr. Ich –«

Aber Mark Adam war schon aufgestanden, hatte sich umgedreht und das Zimmer verlassen.

»Ich bin nicht einverstanden mit der Art, wie das abgewickelt worden ist«, sagte Lydia zu Jewel. »Der Junge scheint in einer ganz anderen Welt zu sein. Was hat man mit ihm gemacht?«

»Wir haben ihm Frieden und Hoffnung gegeben, etwas, das Sie wahrscheinlich nicht verstehen werden, Miss James. Er kam aus einer Familie von Sündern, reiche und mächtige Leute, die ihre Stellung hier auf Erden mißbraucht haben, die an jedem Tag ihres Lebens Gott trotzten. Hier ist Mark mit jenen zusammen, die das Weltliche, das Materialistische, die Sünden der Gesellschaft verabscheuen. Hier kann er dem Vater dienen, Miss James.«

»Sein Vater ist tot, Mr. Jewel. Sein Vater ist ermordet worden.«

»Guten Tag, Miss James.«

Sie schob die Unterlagen in ihre Aktenmappe, zog den Reißverschluß zu und verließ das Haus. Der bewaffnete junge Mann ließ sie keine Sekunde aus den Augen.

Sie fuhr nach Washington zurück, so schnell es ging, suchte kurz ihre Kanzlei auf, wo man sie über die Ereignisse während ihrer Abwesenheit informierte, diktierte eine Reihe von Briefen auf Band, während sie ohne Appetit an einem Hühnersalat-Sandwich herumkaute, das von einem Feinkostgeschäft geliefert worden war, rief Clarence an, traf ihn aber nicht zu Hause an, und telefonierte schließlich mit ihrem Büro im Senatsgebäude. Rick Petrone meldete sich.

»Wie steht's?« fragte sie mit vollem Mund.

»Wo sind Sie gewesen?«

»Ich habe den Vormittag leider mit Verrückten verbracht.«

»Ginger scheint den Abend mit einem zusammengewesen zu sein.«

»Was heißt das?«

»Sie ist gestern nacht überfallen und beraubt worden –«

»*Was*? Mein Gott . . . ist alles in Ordnung mit ihr?«

»Sie hat eine Gehirnerschütterung. Liegt im Doctors-Hospital. Es heißt, daß es ihr gutgeht. Der Kerl hat sie niedergeschlagen und ihre Handtasche geraubt. Nachdem er ihr beide Hinterreifen zerschlitzt hatte.«

»Du guter Gott. Ich bin in einer Stunde da. Werden Sie noch da sein?«

»Ich warte so lange.«

»Anrufe?«

»Ungefähr ein Dutzend. Wo waren Sie denn heute früh?«

Sie berichtete kurz von ihrer Fahrt zu den Sektenbrüdern.

»Von dergleichen sollten Sie sich fernhalten.«

»Da haben Sie sicher recht. Bis nachher.«

Zwanzig Minuten danach betrat Senator MacLoon das Senatsbüro von Veronica Caldwell und schloß die Tür hinter sich.

»Das mit Lydia James läuft völlig aus dem Ruder. Sie hält sich für Philip Marlowe und Sherlock Holmes in einer Person.«

»Wie kommen Sie darauf?«

MacLoon, der durch Rick Petrone unterrichtet worden war, schilderte Lydias Besuch bei der Sekte und ihr Gespräch mit Mark Adam.

Veronica preßte die Lippen zusammen.

»Ich kann nur eines sagen, Will, wenn es ein Fehler von mir war, Lydia James als Rechtsberaterin vorzuschlagen: Ich habe es nur gut gemeint. Ich sprach neulich mit ihr und dachte eigentlich, ich hätte ihr klargemacht –«

»Was haben Sie ihr gesagt?«

»Ach ... nur, daß der Ausschuß eine begrenzte Aufgabe hat und alle anderen Aspekte von Cales Tod Sache der Polizei sind.«

»Offenbar hört sie nicht so gut.«

»Ich spreche noch einmal mit ihr.«

»Bitte, tun Sie das. Ich wünsche, daß der Ausschuß innerhalb eines Monats seine Arbeit beendet, und das wird nie zu erreichen sein, wenn ich ihren Unfug hinnehme. Haben Sie übrigens das von ihrer Mitarbeiterin Ginger Johnson gehört?«

»Nein.«

MacLoon gab weiter, was er von Rick Petrone erfahren hatte.

»Also ... Ich hoffe nur, daß sie gesund wird.«

»Das ist bestimmt der Fall. Ich habe noch nicht zu Mittag gegessen. Heute ist der Oregon-Tag. Man hat Lachssteaks eingeflogen. Kommen Sie mit?«

»Sehr gern. Danke, Will.«

Kapitel 16

Harold brachte Ginger am nächsten Tag mit dem Auto von der Klinik nach Hause. Die Ärzte betonten, daß sie eine Gehirnerschütterung davongetragen habe und ein paar Tage das Bett hüten solle. Sie protestierte, aber Harold bestand darauf, daß sie sich daran hielt. Widerstrebend kroch sie ins Bett, während er in die Küche ging, um eine Dose Tomatensuppe heißzumachen. Als er in das kleine Schlafzimmer zurückkam, telefonierte sie mit Lydia.

»Du sollst keine langen Reden halten«, sagte er laut.

Sie legte den Finger an die Lippen und sagte zu Lydia: »Ich bin schon wieder ziemlich in Ordnung. Ich wollte nur hören, was sich getan hat.«

»Nichts, was nicht Zeit hätte. Vor allem müssen Sie sich ausruhen, damit Sie wieder ganz auf dem Damm sind, wenn Sie zur Arbeit zurückkommen. Aber noch ein Punkt, bevor ich auflege. Was ist mit Quentin Hughes' Video-Aufzeichnung von seinem Gespräch mit Cale Caldwell.«

»Ach ja. Er sagt, wir können es uns im Sender ansehen.«

»Okay. Ich rufe ihn an und vereinbare einen Termin. Ginger, Sie tun, was Harold sagt, und wenn Sie etwas brauchen, melden Sie sich.«

»Das mache ich, Lydia. Vielen Dank.«

Lydias Anruf beim Fernsehsender von WCAP wurde von Hughes' engster Mitarbeiterin Christa angenommen. Lydia machte ihr klar, was sie wollte. Christa versprach, sich bei Hughes zu erkundigen und zurückzurufen. Eine Stunde später tat sie es und schlug Lydia vor, um fünf Uhr nachmittags ins Studio zu kommen.

Nachdem Lydia in der Empfangshalle des Senders zehn Minuten gewartet hatte, wurde sie von Christa abgeholt und zu einem kleinen Vorführraum im Keller geführt. Dort warteten Quentin Hughes und eine junge Frau, die man nicht vorstellte, die sich aber mit den Geräten auszukennen schien.

Hughes beachtete Lydia kaum.

»Können wir?«

»Ja.«

»Dann los«, sagte er. Die junge Frau drückte auf ein paar Tasten. Zwei Fernsehmonitoren leuchteten auf.

Eine halbe Stunde später endete die Aufzeichnung mit Hughes' Verabschiedung von seinen Zuschauern und seinem Dank an den

Mehrheitsführer des Senats für sein Kommen.

»In Ordnung?« sagte Hughes zu Lydia, als das Licht wieder anging.

»Ja, danke. Es war so ... traurig, ihn auf dem Bildschirm zu sehen, so lebendig und munter –«

»Tja, das ist er ja nun nicht mehr.«

»Nein. Ich will mir das vielleicht ein zweites Mal ansehen. Ich nehme an, das wird möglich sein.«

»Ja, ich denke schon. Rufen Sie an.«

Sie stand auf, und Christa begleitete sie wieder hinauf.

»Wenn ich sonst irgend etwas tun kann, um Ihnen und dem Ausschuß zu helfen, Ms. James, geben Sie mir bitte Bescheid«, sagte Christa. »Das meine ich ganz ernst.«

Als sie sich verabschiedeten, fragte Lydia: »Sind Sie dabeigewesen, als das aufgezeichnet wurde?«

»Ja, natürlich. Wieso?«

»Ach, nichts. Da war etwas an Senator Caldwells Verhalten, an seinem Äußeren, das ... nun ja, ein wenig sonderbar wirkte, das ist alles.«

»Ich kann mich nicht an etwas Ungewöhnliches erinnern«, sagte Christa.

»Wahrscheinlich bilde ich mir das nur ein. Noch einmal vielen Dank.«

»Gern geschehen.«

Sie fuhr direkt zu ihrem Büro im Senat, schaltete ein Tonbandgerät ein und wollte ihre Eindrücke von dem Interview diktieren, das sie eben gesehen hatte, als es klopfte. Veronica öffnete die Tür und kam herein. Lydia legte das Mikrofon weg.

»Hallo, Veronica. Das ist aber eine nette Überraschung.«

»Ich wollte gerade gehen und schnell vorbeischauen, um mich zu erkundigen, wie es Miss Johnson geht. Ich habe davon erfahren und war entsetzt. Wie geht es ihr?«

»Gut. Ich habe heute mit ihr gesprochen. Sie ist zu Hause und liegt im Bett.«

»Gott sei Dank. Und wie geht es dir?«

»Viel zu tun ... Ich komme eben vom Sender. Ich habe das Interview gesehen, das Cale mit Quentin Hughes gemacht hatte.«

»Oh? Warum?«

»Teilweise aus Neugier, aber vor allem, um jede Gelegenheit zu nutzen, besser zu verstehen ... Ich vermute, das wird seltsam klingen, aber etwas, das mir aufgefallen ist ... es war das erstemal, daß Cale nicht wie aus dem Ei gepellt wirkte ...

»Was heißt das?«

»Na ja, er zupfte während des ganzen Gesprächs an einem nicht vorhandenen Knopf an seinem Hemdkragen herum. Es sieht Cale gar nicht ähnlich, daß er irgendwo so auftritt, geschweige denn im Fernsehen –«

»Wirklich?«

»Ja ... daß er zu einer Fernsehaufzeichnung geht mit einem fehlenden Knopf am Hemd ...«

»Aber das stimmt gar nicht.«

»Was?«

Veronica lachte.

»Natürlich nicht. Ich erinnere mich sehr genau an den Tag. Er hatte eben eine neue Lieferung von Wendley in New York bekommen. Er bestellte seine Hemden nur dort, man hat seine Maße. Er mochte die Hemden so gern, vor allem die mit Knopfkragen. Als er zu der Fernsehaufzeichnung fuhr, nahm er ein neues Hemd. Ich weiß es noch genau, weil er es mir vorführte. Es hatte sämtliche Knöpfe.«

Lydia lachte ebenfalls.

»Jedenfalls hat er einen verloren, bevor die Aufzeichnung anfing. Na ja ...«

»Wie ich höre, bist du bei Mark Adam gewesen ...«

»Ja.«

»Wie geht es ihm?«

»Gut, er ... ach, warum sage ich ›gut‹? Ich war tief bedrückt von dem, was ich sah. Er schien Drogen genommen zu haben oder was weiß ich. Offen gesagt, ich war entsetzt.«

Veronicas Gesicht wurde hart. Sie zupfte an ihrer Handtasche.

»Ich weiß, es muß schrecklich für dich sein, zu sehen, in welche Lage er sich gebracht hat. Es tut mir so leid ...« Sie zwang sich ein Lächeln ab. »Bei Kindern weiß man nie, Lydia. Man zieht sie auf, gibt ihnen alles und tut sein Bestes. Dann werden sie erwachsen, und auf einmal spielt man keine Rolle mehr ... Sie gehen ihren eigenen Weg ... Zum Glück hat der junge Cale einen anderen eingeschlagen. Sein Vater war sehr stolz auf ihn.«

»Das glaube ich ... Ich bringe das ungern zur Sprache, Veronica, aber da du schon einmal hier bist –«

Veronica hob abwehrend die Hand.

»So, wie du das gesagt hast, wäre ich lieber nicht hier.«

Lydia unterdrückte eine Regung, nicht auf das einzugehen, was sie beschäftigte, und sprach weiter: »Soviel ich weiß, gab es irgendein persönliches Problem zwischen Jimmye und Mark Adam.«

Veronica schien sie nicht zu hören.
»Was war das für ein Problem, Veronica?«
»Lydia, ich habe keine Ahnung, wovon du redest.«
»Ich kann das nicht glauben, schon gar nicht nach dem, was Mark selbst über sie gesagt hat. Bitte, Veronica, das muß einen Bezug haben zu dem, was mit Jimmye und Cale geschehen ist. Ich frage doch nicht aus Neugier, du weißt es . . .«
Veronicas Zorn war unverkennbar. Sie stand auf.
»Ich habe einen schweren Fehler begangen, als ich dir vertraute, Lydia. Ich bin entsetzt über das, was du andeutest.«
Lydias ursprüngliche Verlegenheit ging in ihrem eigenen aufsteigenden Zorn unter, der sich nicht nur auf Veronica bezog, sondern auf alle enttäuschenden Erlebnisse seit Beginn ihrer Arbeit für den Ausschuß. Man übertrug ihr eine Verantwortung, und dieselben Leute, die sie ihr auferlegt hatten, schienen den größten Wert darauf zu legen, sie zu behindern. Als Veronica die Tür erreichte und sie gerade öffnen wollte, beschloß sie, jegliche Rücksicht fallenzulassen . . .
»Und was war mit Cale und Jimmye?«
Veronica blieb stehen und drehte sich langsam um.
»Ich habe jetzt genug. Du bist entschieden zu weit gegangen. Aus Gründen, die du selbst am besten kennst, hast du alles, was an meiner Familie Gutes ist, völlig verzerrt, um irgendein absurdes Bedürfnis zu befriedigen, das ich in dir nie vermutet hätte. Du hast das Vertrauen der Öffentlichkeit mißbraucht und dich auf Skandalmacherei versteift. Ich kann dir versichern, daß du in Zukunft dazu nicht mehr in der Lage sein wirst.«
Sie warf die Tür hinter sich ins Schloß.
Lydia saß wie gelähmt in ihrem Sessel. Sie grub die Fingernägel in ihre Handfläche. Wie konntest du nur? sagte eine Stimme in ihr. Noch nie zuvor in ihrem Leben hatte sie so unüberlegt gehandelt, ohne jede Rücksicht auf die Empfindungen eines anderen Menschen dahergeredet. Sie war voll und ganz im Unrecht. Veronicas Reaktion war begreiflich und zu erwarten gewesen. Sie erwog, ihr nachzueilen, um sich zu entschuldigen, tat es aber nicht. Am besten einen Tag warten und dann anrufen . . .
An diesem Abend wollte sich der Schlaf nicht einstellen, und am nächsten Morgen war sie unausgeschlafen und bedrückt. Sie sollte zur Polizei fahren, um die Akten im Fall Jimmye MacNab durchzugehen, hätte das Ganze aber am liebsten abgesagt. Nach dem gestrigen Abend . . .
Sie zog einen Morgenmantel an, setzte Wasser auf und ging zur

Haustür, wo die Zeitung lag. Sie warf sie auf den Küchentisch und duschte, am Ende ganz kalt, um einen klaren Kopf zu bekommen. Sie nahm den pfeifenden Wasserkessel vom Herd und machte sich eine Tasse schwarzen Pulverkaffee.

Als sie sich an den Tisch setzte und die Zeitung auseinanderfaltete, fiel ihr Blick zunächst auf die Schlagzeilen, aber gleich als nächstes fiel ihr eine kleine, eingerahmte Meldung ganz unten auf. Die Überschrift lautete: ENTSCHEIDENDE WENDUNG IM MORDFALL CALDWELL.

Der Artikel wurde im Inneren der *Washington Post* fortgesetzt, aber die eineinhalb Absätze auf Seite 1 teilten das Wesentliche mit.

Gestern abend gab der stellvertretende Leiter der Washington Metropolitan Police, Horace Jenkins, eine Wendung im bisher ungeklärten Mordfall des Mehrheitsführers im Senat, Cale Caldwell, bekannt. Jenkins machte die Mitteilung bei einer zwanglosen Pressekonferenz in seinem Büro.

Jenkins lehnte es trotz des Drängens der Reporter ab, genauere Einzelheiten mitzuteilen. Er stellte lediglich fest: ›Die Mordsache Caldwell hat die intensivsten Ermittlungen in der Geschichte dieser Behörde ausgelöst, und das scheint sich ausgezahlt zu haben.‹ Chief Jenkins beschäftigte sich im weiteren Verlauf mit bestimmten Ein-

Forts. siehe Seite 22

Der Rest des Artikels beschäftigte sich mit den Umständen von Caldwells Ermordung und den nachfolgenden Ereignissen.

Lydia zog sich an und fuhr zum Präsidium. Vor Jenkins' Büro drängten sich die Journalisten und forderten lauthals ein Gespräch mit ihm. Lydia erklärte einem der Beamten im Einsatzraum, daß Jenkins ihren Besuch erwarte. Der Mann kam kurze Zeit später zurück und sagte: »Er läßt fragen, ob Sie nicht heute nachmittag wiederkommen könnten.«

»Nein.«

Einige Reporter traten auf Lydia zu und fragten sie nach den gemeldeten neuen Erkenntnissen bei den Ermittlungen.

»Ich weiß nur, was ich heute früh in der Zeitung gelesen habe, das ist alles«, sagte sie.

»Kommen Sie, Miss James, warum sind Sie hier, wenn Sie nicht eingeweiht sind?«

»Glauben Sie mir, ich war ebenso überrascht wie –«

Der junge Beamte kam zum zweitenmal aus Jenkins' Büro und winkte Lydia heran.

»Guten Morgen«, sagte Lydia, als sie eintrat.

»Nichts an dem Morgen ist gut, meine Liebe.«

»Nach den Berichten in der Zeitung sollten Sie eigentlich feiern.«

»Das wird nachgeholt. Wollen Sie die Akte MacNab immer noch sehen?«

»Sie sagten, ich dürfte.«

»Dinge ändern sich. Sie vergeuden Ihre Zeit.«

Lydia seufzte und richtete sich kerzengerade auf.

»Wissen Sie, Chief, ich habe es wirklich langsam satt, daß die Leute mir alle erzählen, ich vergeude meine Zeit.«

»In ein paar Tagen spielt es ohnehin keine Rolle mehr.«

»Wieso?«

»Ach, nichts. Hören Sie, der Fall Caldwell ist in Kürze abgeschlossen. Darauf können Sie sich verlassen. Es wird kein Senatsausschuß mehr nötig sein, weil es nichts mehr zu ermitteln gibt.«

»Worin besteht diese sogenannte entscheidende Wendung?«

»Das würde ich Ihnen nicht verraten, selbst wenn mein Leben davon abhinge. Das ist sogar der Fall.« Er beugte sich über den Schreibtisch und sagte im Verschwörerton: »Glauben Sie wirklich, ich würde Ihnen oder sonst irgend jemandem verraten, was wir haben? Lydia, ich mag kein Genie sein, aber blöd bin ich auch nicht. Das ist der größte Fall, mit dem ich je zu tun hatte, und ich würde es nicht als sehr intelligent betrachten, das Verdienst für die Aufklärung mit jemandem zu teilen.«

»Sie wissen, wer es getan hat?«

»Kein Kommentar.«

»Ich bin nicht von den Medien, ich –«

»Ich muß jetzt weg, Lydia.«

»Wann rechnen Sie mit einer Festnahme?«

»Bald. Viel Spaß.«

»Ich gehe nicht, bis ich die Akten im Fall MacNab gesehen habe.«

»Ich sagte schon, das können Sie vergessen.«

»Wenn Sie wollen, gehe ich hinaus und teile der Presse mit, daß die Polizei sich weigert, mit dem Senat zusammenzuarbeiten. Ich erkläre –«

»Drohen Sie mir nicht. Ich möchte Sie anders im Gedächtnis behalten. Tut mir leid, aber mehr Zeit habe ich nicht.«

Lydia griff nach Hand- und Aktentasche, stieg die Treppe hinunter und verließ das Gebäude.

Als sie das Ende der Straße erreichte, bog ein Auto, in dem vier Männer saßen, um die Ecke und verfehlte sie knapp. Sie blieb am Randstein stehen und sah zu, wie zwei Männer ausstiegen und darauf warteten, daß ein dritter durch die offene Fondtür herauskam. Zwei Reporter, die sich am Nebeneingang des Präsidiums herumgetrieben hatten, gingen auf das Fahrzeug zu. Der Fahrer sprang hinaus und vertrat ihnen den Weg.

Augenblicke später kam der vierte Mann langsam aus dem Wagen heraus. Er trug Handschellen. Die beiden anderen Männer ergriffen seine Arme und führten ihn zum Eingang. Er drehte den Kopf und blickte die Straße hinunter dorthin, wo Lydia stand, dann blickte er zum Himmel hinauf. Die Hautfalten unterhalb seines rasierten Hinterkopfs und am Hals quollen über den weiten Kragen seines weißen Gewands.

Bevor Lydia den Namen Mark Adam flüstern konnte, wurde er vor den anstürmenden Journalisten weggerissen und durch die Tür gestoßen.

Kapitel 17

Lydia und Clarence saßen auf einem Sofa in seiner Wohnung und starrten auf den Fernsehschirm, auf dem ein Moderator auftauchte.

»Die Schlagzeilen werden heute von einem Geständnis im Mordfall Caldwell beherrscht«, sagte er. »Weitere Einzelheiten in Kürze.«

Laute, dissonante Marschmusik, Titelvorspann der Nachrichtensendung, Werbespots für Gefrierschutz und Deodorant folgten. Dann ging es weiter:

»Guten Abend, hier spricht Richard Bourne. Heute wurde im Eisstichel-Mord am Mehrheitsführer des Senats, Cale Caldwell, ein Geständnis abgelegt. Der stellvertretende Leiter der Polizei teilte heute vormittag in seinen Diensträumen folgendes mit . . .«

Man sah Jenkins an seinem Schreibtisch sitzen, umringt von Reportern. Er las von einem Blatt Papier ab: »Mark Adam Caldwell, der älteste Sohn des ermordeten Mehrheitsführers im Senat, Cale Caldwell, hat den Mord an seinem Vater gestanden. Er befindet sich hier in Untersuchungshaft . . .«

Eine Flut von Fragen.
Jenkins hob die Hand.
»Ich kann in diesem Augenblick nicht mehr mitteilen, meine Damen und Herren. Die Aufklärung dieses Mordes ist die Folge von überaus gründlichen und mühsamen Ermittlungen dieser Behörde. Es handelt sich um einen delikaten Fall, und alle, die damit zu tun haben, sind entschlossen, die Integrität der Untersuchung und die Rechte des Beschuldigten zu wahren.«
Der Moderator erschien wieder auf dem Bildschirm.
»Informierte Kreise teilen uns mit, daß das Geständnis von Mark Adam Caldwell umfassend war. Das Motiv für den Mord an seinem Vater geht auf ein altes Problem innerhalb der Familie Caldwell zurück.«
Ein Werbespot folgte.
»Clarence, das kann einfach nicht sein –«
»Warum nicht?«
»Das ist zu . . . zu einfach, zu passend. Und wenn Mark Adam seinen Vater wirklich umgebracht hat, warum gesteht er es? Oder warum hat er bis jetzt gewartet? Nein, das kaufe ich den Leuten nicht ab.«
»Ich schon. Mord will an den Tag, es ist vorbei, und jetzt kannst du wieder mehr Zeit für mich – für uns – erübrigen. Wie du weißt, denke ich nur an mich.«
Sie brachte ein Lächeln zustande, legte die Arme um ihn – und das Telefon schrillte.
Clarence meldete sich, zuckte die Achseln und hielt Lydia den Hörer hin.
»Hallo.«
»Was ist mit Jimmye MacNab?« fragte eine Frauenstimme.
»Wer sind Sie?«
»Glauben Sie nicht, was Sie hören.«
Die Verbindung war unterbrochen.
Lydia berichtete Clarence.
»Du hast ihre Stimme nicht erkannt?«
»Nein. Aber es klang so, als wollte sie ihre Stimme verstellen und sie tiefer erscheinen lassen.«
Clarence sah sie von der Seite an und legte eine Platte der Cembalospielerin Wanda Landowska mit den Tanzsuiten von Bach auf.
»Landowska als Retterin. Hör auf zu denken und hör zu.«
Lydia seufzte, lehnte sich zurück und schloß die Augen, als die vibrierenden Klänge des Cembalos an ihr Ohr drangen und sie im

Innersten berührten.

Nach einer Weile sagte sie: »Clarence, ich bin völlig erschöpft und ausgelaugt. Ich möchte nach Hause und mich ins Bett legen. Entschuldige ...«

Sie stand nicht sofort von dem bequemen Sofa auf. Er streckte die Hand aus und streichelte ihr Haar und ihre Stirn.

»So tiefe, dunkle Gedanken«, sagte er leise. »Deine Stirn ist ganz zerfurcht.«

»Das wird wohl noch länger so sein.« Sie sah ihn an. »Erinnerst du dich an die Nacht von Cales Ermordung, als wir von der Quintenfolge sprachen?«

»Sicher. Auch Mord muß wie ein Musikstück zur Auflösung kommen. Es fing an in der Tonart C und ist dorthin zurückgekehrt, zum Grundakkord.«

Sie lächelte und stand auf.

»Es sei denn, wir sind zu einer Septime gekommen.«

»Übertreib nicht.«

»Ein C-Septimenakkord, nicht ein einfaches C. Wenn man die Septime dazuspielt, bleibt der Akkord hängen und sucht nach seinem Grundakkord.«

Er stand ebenfalls auf und legte die Hände auf ihre Schulter.

»Wenn es ein Septimenakkord in C ist, statt des Grundakkords, beginnt eine andere Tonart.«

»Genau. Sie könnte sich zu F auflösen, und das Stück wäre vorbei. Aber der Septimenakkord könnte auch der zweite in einer neuen Tonart sein, die wir spielen.«

»Wenn das zuträfe, wäre die ›Caldwell-Sonate‹ noch lange nicht vorbei.«

»Das ist es, was mich erschreckt, Clarence. Ich habe mir eine der Kassetten angehört, die du mir geschenkt hast. Die Melodie war ›Und der Haifisch, der hat Zähne ...‹. Die Gruppe spielte zwölf Variationen, jede in einer anderen Tonart. Sie fing mit C an und ging jedesmal eine halbe Tonstufe höher, bis man wieder bei C war.«

»Und?«

»Und *ich* glaube, daß Mark Adams Geständnis nur eine halbe Stufe in einer langen Reihe von Tonartveränderungen ist.«

»Ich will dir nicht widersprechen«, sagte er, als er ihr in den Mantel half. »Ich möchte lieber mit dir schlafen, aber du siehst wirklich erledigt aus. Willst du nicht doch lieber hierbleiben?«

»Danke, ja ... aber auch nein. Ich rufe dich morgen an.«

Während des ganzen Heimwegs dachte sie an den Anruf und

den Hinweis der Unbekannten auf Jimmye MacNab. Die Gedanken ließen sie auch nicht los, als sie in der Badewanne saß und spürte, wie sich ihre Muskeln entspannten. Sie frottierte sich heftig ab, zog einen langen, braunen Kapuzenmantel an und schaltete das Fernsehgerät ein. Sie schlief ein und wurde wach, als die Elfuhr-Nachrichten kamen. Sie rieb sich die Augen und versuchte zu erkennen, was auf dem Bildschirm vorging. Die ersten Worte des Sprechers rissen sie aus ihrer Lethargie. Sie fuhr auf dem Sofa hoch.

»Im Mordfall Caldwell gibt es ganz ungewöhnliche Ereignisse, meine Damen und Herren. Der ältere Sohn des toten Senators, Mark Adam Caldwell, hat nicht nur den Mord an seinem Vater gestanden, sondern auch den an der Journalistin Jimmye MacNab. MacNab war, wie Sie sich vielleicht erinnern werden, nicht nur eine der geachtetsten Fernsehreporterinnen Washingtons, sondern auch von frühester Kindheit an in der Familie der Caldwells aufgewachsen. In Kürze weitere Details.«

Das Telefon läutete. Es war Rick Petrone, der Mitarbeiter von Senator Wilfred MacLoon.

»Haben Sie gehört?«

»Ja. Ich bin fassungslos.«

»Das sind wohl alle. Senator MacLoon möchte jedenfalls für neun Uhr eine Sitzung des Caldwell-Ausschusses anberaumen. Können Sie das schaffen?«

»Ja, natürlich. Haben Sie übrigens etwas von Ginger gehört?«

»Sie hat angerufen. Es geht ihr gut. Sie wird morgen früh da sein.«

»Sie sollte sich länger ausruhen.«

»Dafür wird bald Zeit genug sein.«

»Was heißt das?«

»Die Polizei hat den Mord an Caldwell aufgeklärt. Ein Ausschuß ist nicht mehr nötig.«

»Ich bin nicht so sicher . . .«

»Okay, Sie Meisterdetektivin, ganz, wie Sie wollen. Wir sehen uns um neun Uhr.«

Die Sitzung fand in einem großen Konferenzraum statt, nicht weit von MacLoons Büro entfernt. Lydia war überrascht, daß außer den Ausschußmitgliedern und verschiedenen Mitarbeitern Veronica Caldwell und Horace Jenkins anwesend waren. Sie sagte zu Veronica, daß sie mit ihrem Erscheinen nicht gerechnet habe.

»Warum nicht, Lydia? Du solltest ja mit dir sehr zufrieden sein.

Du hattest offenbar recht. Es gab einen Zusammenhang zwischen Cales und Jimmyes . . .« Sie wandte sich ab.

Lydia zögerte kurz, bevor sie ihr nachging und sie an der Tür einholte.

»Hör zu, Veronica, ich möchte mich für einige Dinge entschuldigen, die ich gesagt und gedacht habe, aber ich möchte noch etwas hinzufügen, was du vielleicht gerne hören wirst.«

»Dann sag es doch endlich. Sag es, geh wieder in deine schöne Kanzlei und laß mich und meine Familie in Ruhe.«

»Ich glaube nicht, daß Mark Adam getan hat, wofür er sich schuldig bekennt.«

»Wenn das nur wahr wäre –«

»Ich weiß.« Sie berührte Veronicas Arm. »Nimm das nicht einfach hin, Veronica, um deinet- und deiner Söhne willen. Du hast einen Ausschuß verlangt, um den Dingen auf den Grund zu gehen. Laß nicht zu, daß er sich auflöst, weil Mark Adam Dinge gesagt hat, die nicht stimmen müssen. Er ist nicht gesund, Veronica, nicht verantwortlich. Du könntest doch wenigstens . . .«

»Das genügt jetzt aber, Lydia. Das fehlt mir zu meinem Glück noch, daß du eine Laienanalyse meines Sohnes vorbringst.« Sie wandte sich ab und ging zu einer Gruppe von Ausschußmitgliedern. Lydia kam sich sehr verloren vor.

Als sie in den Sitzungsraum zurückkehrte, war Wilfred MacLoon eben eingetroffen und hatte den Vorsitz übernommen. Die anderen nahmen ihre Plätze ein. Lydia setzte sich ans andere Tischende zwischen Senator Jack Markowski und Horace Jenkins.

MacLoon zündete sich eine Zigarre an, schlug eine Akte auf und sah sich in der Runde um.

»Freut mich, daß alle kommen konnten. Ich möchte ganz besonders Senatorin Caldwell und Chief Jenkins begrüßen. Ich bin sicher, wir fühlen alle mit unserer Kollegin, Senatorin Caldwell. Das einzig Positive dabei ist, daß die Qual ein wenig gelindert wird, weil wir die Gerüchte in der Öffentlichkeit begraben können, die aus dem Ganzen einen Medienzirkus gemacht haben.« Er blickte zu Lydia hinüber. »Kommen wir zur Sache und tun wir, was getan werden muß und worüber wir uns sicher alle einig sind. Da die Polizei ihre Pflicht getan hat, sind zwei Morde aufgeklärt. Ich gratuliere der Metropolitan Police und ganz besonders Ihnen, Chief Jenkins, für eine exemplarische Leistung.«

»Danke«, sagte Jenkins.

Freu dich nicht zu früh, dachte Lydia.

MacLoon sprach weiter.

»Chief Jenkins und ich haben gestern nacht miteinander gesprochen und sind zu der Überzeugung gelangt – für Sie muß das ja sehr qualvoll sein, Veronica –, daß den Geständnissen Glaube geschenkt werden kann. Ist das richtig, Chief?«

Jenkins räusperte sich und rieb seine Augen.

»Das ist zutreffend, Senator.« Er sah Veronica Caldwell unglücklich an. »Ich spreche sehr ungern davon, wenn Mrs. Caldwell dabei ist, aber die Tatsache, daß sie sich unter uns befindet, zeigt wohl, was für eine Frau den Namen Caldwell trägt. Sie haben mehr innere Stärke als jede andere Frau, die ich kenne«, sagte er mit stockender Stimme.

»Danke«, sagte Veronica. »Sie haben recht, das ist wahrhaftig qualvoll und nahezu unerträglich, aber ich habe Senator MacLoon versichert, daß ich in meiner Situation selbstverständlich bereit bin, persönliche Gefühle hintanzustellen, wo es um die Gerechtigkeit geht. Ich überwinde diese private Belastung, weil ich eine Aufgabe zu erfüllen habe. Ich liebe meinen Sohn sehr und kann hier sagen, daß ich alles tun werde, um ihm zu helfen, ihn zu verteidigen ... Er ist ein verstörter junger Mann, und ohne Rücksicht darauf, was er getan hat ... meine Liebe zu ihm bleibt bestehen. Ich bin sicher, daß Sie das verstehen werden.«

Jenkins räusperte sich.

»Sie sehen selbst, wie einmalig diese Frau ist.« Er wandte sich an MacLoon. »Das Geständnis des jungen Mannes für beide Taten ist vollständig, und seine Rechte sind durchwegs gewahrt worden, so daß keine Gefahr besteht –«

»Hat er einen Anwalt?« fragte Lydia.

Ihre Frage veranlaßte alle Anwesenden, sich ihr zuzuwenden. Jenkins beantwortete ihre Frage mit einer Stimme, die gereizt klang.

»Selbstverständlich«, sagte er.

»Wen?«

»Seinen Bruder.«

»Cale junior?«

»Richtig. Er beabsichtigt, zu gegebener Zeit noch einen anderen Anwalt beizuziehen, aber er war sofort zur Stelle, als wir zu der Sekte fuhren und seinen Bruder festnahmen. Wie gesagt, seine Rechte sind vollauf gewahrt worden, nicht nur von einem qualifizierten Juristen, sondern von seinem eigenen Bruder.«

Jenkins schloß seine Erklärung mit dem Hinweis ab, daß Mark Adam nicht nur gestanden, sondern alle Einzelheiten beider

Morde mitgeteilt habe, die in keiner Weise zu den ermittelten Fakten in Widerspruch ständen. Vielmehr würden sie dadurch bestätigt.

»Ich schlage vor, daß wir die Arbeit in diesem Ausschuß sofort beenden und eine entsprechende öffentliche Erklärung abgeben«, sagte MacLoon.

Es blieb einige Zeit still.

»Ist das nicht ein wenig verfrüht, Will?« fragte Senator Markowski schließlich. »Der Verdächtige ist ja noch nicht einmal verurteilt.« Er sah Chief Jenkins an. »Bei allem Respekt, Chief, die bloße Tatsache, daß jemand von der Polizei behauptet, der Mordfall, mit dem wir uns befassen, sei aufgeklärt, scheint mir kein ausreichender Grund dafür zu sein, daß ein Senatsausschuß sich auflöst und nach Hause geht.«

»Ich bin anderer Meinung. Dies ist kein Gerichtshof –«

»Senator MacLoon«, fuhr Markowski fort, »die Polizei in Dallas hat den Mord an John Kennedy auch aufgeklärt, nicht wahr? Aber das hinderte den Kongreß nicht daran, weitere Untersuchungen anzustellen.«

MacLoon kaute an seiner Zigarre und funkelte den jungen Kollegen an.

»Wenn später jemand hergehen und einen neuen Ausschuß einsetzen will, kann er das tun. Für mich ist die Arbeit dieses Gremiums abgeschlossen.«

»Als Rechtsberaterin für den Ausschuß muß ich Senator Markowski zustimmen«, erklärte Lydia. »Das Mindeste, was wir für die amerikanische Öffentlichkeit tun können, die wir hier doch vertreten, ist, unsere Arbeit fortzusetzen, bis ein Urteil vorliegt. Dann können wir, nachdem wir die kompletten Akten der Polizei und der Gerichtsverhandlung geprüft haben, feststellen, daß keine staatliche Behörde oder irgendeiner ihrer Mitarbeiter beteiligt war.«

»Miss James, es sollte Ihnen eigentlich eine Genugtuung bedeuten, daß ein Zusammenhang zwischen dem Mord an Senator Caldwell und jenem an Jimmye MacNab, den Sie vermutet haben, nachgewiesen wurde. Mit diesem Sieg in Ihrer Tasche können wir uns vielleicht alle wichtigeren Dingen zuwenden.«

»Ich nehme Anstoß an dieser Bemerkung, Senator. Nicht an Ihrem Benehmen, auf das es nicht ankommt, sondern an der Andeutung, daß ich es auf Siege oder persönliche Rechtfertigung abgesehen hätte. Das ist unzutreffend, und ich glaube, das wissen Sie auch. Wir sollten uns also wirklich wichtigeren Dingen als Sarkasmus und billigen Seitenhieben zuwenden.«

»Eine hübsche Rede, Miss James. Nur schade, daß es hier keine Geschworenen gibt.« Er wandte seine Aufmerksamkeit den anderen Anwesenden zu. »Vom Rat der Juristin abgesehen, möchte ich vorschlagen, daß wir die Arbeit des Ausschusses beenden. Selbstverständlich muß ein Bericht angefertigt werden. Er kann in Zusammenarbeit mit Chief Jenkins und seinen Leuten verfaßt werden.«

»Ich finde doch, daß wir zumindest so langsam vorgehen sollten, daß wir Schritt mit der Polizei und dem Gerichtsprozeß halten«, erklärte Markowski. »Ich gebe Ihnen insoweit recht, als es wenig Wert zu haben scheint, den ganzen Ausschuß weiterhin tätig sein zu lassen, aber der Stab sollte unter Lydias Leitung noch einige Zeit weiterarbeiten.«

Ein anderer Senator, der sich während der endlosen Debatten im Ausschuß zurückgehalten hatte, sagte nun: »Ich glaube, Jack hat recht. Ich bin durchaus dafür, Schluß zu machen, aber wenn wir das voreilig tun, kommt es zu denselben Gerüchten und Verdächtigungen wie nach der Ermordung Kennedys. Miss James und ihr Stab sollen sich daran machen, den Bericht zu verfassen. Ich bin sicher, Chief Jenkins wird mit ihr gern zusammenarbeiten.«

Sein Einwurf überraschte Jenkins. Er schaute sich um, warf Lydia einen prüfenden Blick zu und sagte: »Richtig. Mit dem Kongreß besteht immer eine gute Zusammenarbeit.«

Lydia zog die Brauen hoch und schob ihre Unterlagen in den Aktenkoffer.

Jenkins fing sie vor dem Konferenzraum ab und lud sie zu einer Tasse Kaffee ein.

»Danke, nein«, sagte sie und schaute auf ihre Uhr.

»Kommen Sie schon, ich habe etwas mit Ihnen zu bereden.«

Sie fuhren zu einem nahen Café und ließen sich in einer Nische nieder.

»Also, was gibt es?«

»Ich habe ernst gemeint, was ich in der Sitzung sagte.«

»Okay. Und –?«

Jenkins zuckte die Achseln, trank seinen Kaffee und sagte in die Tasse hinein: »Ich wollte Ihnen nur klarmachen, daß nichts nachgetragen wird, Lydia. Ich habe die Sache bereinigt, und Sie können tun, was von Anfang an Ihre Aufgabe war, nämlich, der amerikanischen Öffentlichkeit einen Bericht vorlegen.«

Eine Spur von Sarkasmus in seiner Stimme?

»Das genau habe ich auch vor.«

Jenkins leerte seine Tasse und lehnte sich zurück.

»Bei der Anklage werden vermutlich Dinge herauskommen, die eigentlich unter Freunden bleiben sollten, wenn Sie mich verstehen. Ich rede von persönlichen Dingen, von Familienangelegenheiten. Der springende Punkt ist der, daß Sie einiges erfahren und in Versuchung kommen werden, dies in Ihren Bericht aufzunehmen.«

»Und Sie wollen mir sagen, daß ich das nicht tun soll?«

»Ich empfehle es. Ich glaube nicht, daß etwas gewonnen ist, wenn schmutzige Wäsche gewaschen wird.«

Lydia betupfte die Mundwinkel mit einer Papierserviette und griff nach ihrem Aktenkoffer.

»Beruhigen Sie sich doch«, sagte Jenkins, als sie aus der Nische herausrutschte. Er griff über den Tisch und packte ihr Handgelenk. »Was sind Sie denn gleich immer beleidigt? Sie tun so, als hätten Sie einen ganz anderen Ausgang erwartet und sind böse auf die Welt, weil nicht alles so gekommen ist, wie Sie das wollten . . .« Er schaute sich im Lokal um und beugte sich vor. »Wenn Sie ein paar saftige Dinge hören wollen, können Sie die erfahren, Lydia. Ich hätte, offen gesagt, nicht gedacht, daß Sie auf so etwas abfahren.«

Reg dich nicht auf, sagte sie sich. Ruhig weiterspielen. Sie atmete tief ein, zauberte ein Lächeln hervor und kehrte an ihren Platz zurück.

»Also gut, ich habe mich beruhigt.« Sie lächelte breiter. Er grinste.

»Das hat mit Ihrem Bericht nichts zu schaffen«, sagte er, »obwohl es nichts schaden kann, wenn es hineinkommt. Caldwell hätte ohnehin bald sterben müssen.«

Sie legte den Kopf schief.

»Was meinen Sie damit?«

»Sie wissen ja, daß das Ergebnis der Leichenöffnung geheim gehalten wurde. Die Familie bestand darauf. Er hatte Krebs.«

»Wie schlimm?«

»Letztes Stadium. Der Arzt, der die Obduktion ausführte, hätte ihm noch sechs Monate gegeben.«

»Wußte Senator Caldwell, daß er Krebs hatte?« fragte sie weniger Jenkins als sich selbst.

Er zog die Schultern hoch.

»Möglich. Es spielt ja eigentlich keine Rolle, nicht?«

»Wohl nicht.« Sie hing einige Augenblicke ihren Gedanken

nach. Schließlich sagte sie: »Es ist interessant, wie die Caldwells ihre Beziehungen spielen lassen, wenn es um Obduktionen geht.«

»Wieso? Ich kann es der Familie gar nicht verdenken, daß sie Einzelheiten nicht in den Skandalblättern ausgebreitet sehen will.«

»Ich meinte nicht die Obduktion des Senators, Horace. Ich sprach von der Leichenöffnung bei Jimmye MacNab, die nie stattgefunden hat.« Sie hob den Kopf. Als er nicht reagierte, setzte sie nach. »Warum ist keine Obduktion bei ihr erfolgt?«

Jenkins winkte der Kellnerin, um zu bezahlen.

»Warum hat Cale Caldwell verhindert, daß bei Jimmye MacNab eine Obduktion durchgeführt wurde?«

»Wer sagt, daß er das getan hat?« fragte Jenkins, als er bezahlt hatte.

»Ich und ein paar andere Leute. Woran lag es?«

Er schüttelte den Kopf.

»Na ja, Caldwell hat ein wenig Druck auf die Behörde ausgeübt, keine Obduktion zu veranlassen. Warum? fragen Sie. Man spricht davon, daß der hochgeschätzte Senator Caldwell eine ganze Weile mit Miss MacNab intim war, wie man so schön sagt. Wer weiß, vielleicht war sie sogar schwanger von ihm. Na und? Sie sind beide tot. Wenn es so wichtig wäre, welche gewählten Volksvertreter sich Seitensprünge geleistet haben, nachdem sie gestorben oder zurückgetreten sind, hätten die Zeitungen kaum noch Platz für etwas anderes . . .«

Er setzte sie vor dem Senatsgebäude ab.

»Vergessen Sie das mit Jimmye MacNab, Lydia. Es ist endgültig vorbei. Verfassen Sie einen schönen Bericht, verbeugen Sie sich und verdienen Sie weiter Geld. Wenn ich irgend etwas tun kann, rufen Sie mich an. Wie gesagt, die Zusammenarbeit mit dem Kongreß ist für uns eine Selbstverständlichkeit.«

Kapitel 18

Es war in den frühen Morgenstunden, die Quentin-Hughes-Show lief immer noch. Christa Jones stellte fest, daß ihr Chef bei dem Gespräch mit seinem Gast nervöser wirkte als sonst.

Es war ein anstrengender Tag gewesen, obschon nicht schlimmer als so mancher andere in der letzten Zeit. Sie war eine Woche in Hughes' Wohnung im Watergate geblieben und untertags nur heimgefahren, um andere Sachen anzuziehen und ihre Katzen zu füttern. Der Anfang der Woche mit Hughes hatte Gutes versprochen; in den allerersten Tagen war er sogar sehr guter Laune gewesen, wie sie das bei ihm kaum kannte. Früher freilich hatte sie ihn von seiner besten Seite erlebt. Diese Zeit in Des Moines gehörte zu den schönsten Erinnerungen in Christas Leben.

Ihr Vater hatte die Familie im Stich gelassen, als Christa noch ganz klein gewesen war. Ihre Mutter, eine fleißige Frau ohne Schulbildung, hatte getan, was sie konnte, um Christa und ihren zwei jüngeren Schwestern ein schönes Heim zu bieten, aber unter dem Druck war sie schließlich zusammengebrochen. Nach einem halben Jahr in einer staatlichen Nervenheilanstalt war sie heimgefahren, hatte ein paar Sachen eingepackt und zusammen mit einem Fernfahrer, den sie erst Tage vorher kennengelernt, davongebraust. Da es keine Verwandten gab, waren die drei Jones-Mädchen in ein Waisenhaus gebracht worden.

Wenn sich Christa an die Zeit in diesem Heim erinnerte, konnte sie heute noch in Tränen ausbrechen. Sie hatte eine Stellung gefunden und Abendkurse belegt; sie war stets eine begeisterte Leserin gewesen und hatte sich vor allem für die Nachrichtenmedien interessiert.

Hughes, in Des Moines zum erfolgreichsten und bekanntesten Rundfunkmann geworden, hielt eines Abends in der Schule einen Vortrag. Für die verwaiste Christa war es Liebe auf den ersten Blick gewesen. Sie war verzaubert von seiner Selbstsicherheit, seiner Gabe, jeden in seinen Bann zu ziehen, von seinem guten Aussehen. Als sie sich nach dem Unterricht unterhielten, schienen seine schiefergrauen Augen sie zu durchbohren. Er war die Verkörperung von Macht und Autorität.

Bis zu Quentin Hughes hatte Christa sich nie sonderlich für ihr Aussehen und ihre Kleidung interessiert. Nach diesem Abend jedoch gab sie sich größte Mühe, stets so gut auszusehen, wie es ihr möglich war. Sie wußte, daß sie gut aussah: groß, mit einer Figur, die so proportioniert war, daß sie anerkennende Blicke auf der Straße anzog. Nun tat sie alles, was sie konnte, um ihre Attraktivität noch mehr herauszustreichen. Sie fuhr zu dem Funkhaus, in dem Hughes arbeitete, bat, ihn sprechen zu dürfen, und wurde zu ihrem Erstaunen sofort in sein Büro geführt.

Er stellte sie sofort ein, als Ersatz für eine junge Frau, die seine engste Mitarbeiterin gewesen war und nun einen Mann aus einer anderen Stadt heiratete. Die Bezahlung war nicht sehr gut, aber darauf kam es Christa nicht an. Die Stellung brachte ihr viele Vorteile, ganz zu schweigen von dem Stolz, den sie empfand, weil sie sich in der aufregenden Welt von Funk und Fernsehen bewegen durfte. Und nicht die geringste Rolle spielte die Tatsache, daß sie jeden Tag ganz nah bei Quentin Hughes sein konnte.

Sie war Jungfrau, als sie die Stelle bei Hughes in Des Moines annahm. Das hielt noch zwei Tage. Bald lebten sie zusammen, obwohl Hughes darauf bestand, daß sie »der Leute wegen«, wie er sagte, ihre eigene kleine Wohnung beibehielt. Sie hatte nicht widersprochen, sondern sich nur auf die Zeit gefreut, in der sie in einem Haus am Stadtrand beisammen sein würden, sechs Straßenzüge von dem Haus entfernt, wo er geboren worden war und seine Mutter immer noch lebte.

Christa hatte angenommen – sich eingebildet, hätte Hughes gesagt –, daß sie eines Tages heiraten würden. Hughes war verheiratet gewesen, bevor er sie kennengelernt hatte, und in der Zeit, während sie zusammen waren, geschieden worden. Christa begriff, daß es ein Fehler gewesen wäre, ihn zu drängen. Sie sagte deshalb wenig, ließ nur gelegentliche Anspielungen einfließen, in der Hoffnung, er werde darauf eingehen. Er tat es nicht. Ab und zu traf er sich auch mit anderen Frauen und erklärte zu Christas Entsetzen eines Tages, er werde eine von ihnen heiraten. Sie ging eine ganze Woche lang nicht in das Funkhaus und lag die meiste Zeit in ihrer Wohnung im Bett. Hughes besuchte sie schließlich, um ihr zu sagen, daß er jemanden für die Regie brauche. Wenn sie aufhören wolle, müsse er sich jemand anderen suchen.

Es fiel nicht leicht, aber sie ging wieder an die Arbeit. Hughes behandelte sie gut, erhöhte ihr Gehalt immer wieder und schien Verständnis dafür zu haben, daß sie gelegentlich ausflippte und dann mehrere Tage hintereinander der Arbeit fernblieb.

So war es die ganzen Jahre hindurch gegangen. Christa war immer da in der Zeit, als er eine Frau nach der anderen hatte, die oder jene heiratete, mit den meisten nur schlief. All das während seines Aufstiegs bei Funk und Fernsehen bis zu seiner jetzigen Position in Washington. Nicht, daß Christa nonnenhaft gelebt hätte, wenn er nicht verfügbar war. Sie traf sich mit einer ganzen Reihe von Männern, aber irgend etwas schien stets an ihnen – oder ihr – zu fehlen . . . Sie wußte, daß sie schwach war, aber . . . Die einzige echte Freundin, die sie je gehabt, hatte ihr einmal erklärt, sie werfe ihr Leben weg, wenn sie bei Hughes bleibe und um ihn herumtanze. Christa mußte ihr rechtgeben, aber Gefühl und Verstand zu trennen, war eine andere Sache. Ohne eigentlichen Anlaß glaubte sie immer noch, Quentin werde eines schönen Tages seinen Fehler einsehen und zu ihr zurückkehren. An dieses Hirngespinst klammerte sie sich verzweifelt.

Sie löste sich aus ihrer Versunkenheit und betrachtete ihr Spiegelbild in der Glasscheibe zwischen Sende- und Regieraum. Sie wußte, daß sie wieder ein wenig in die frühere Gleichgültigkeit dem eigenen Aussehen gegenüber zurückgefallen war. Vor allem im Lauf des vergangenen Jahres. Ihre Haare wirkten ungekämmt. Der blaue Rollkragenpullover hatte an der linken Brustseite einen Kaffeefleck. Der schwarze Rock war zerknittert und mit Katzenhaaren übersät. Sie war nicht geschminkt und stellte fest, daß an der linken Hand ein schwarzer Tintenfleck zu sehen war. Mein Gott, Christa, du siehst schrecklich aus, dachte sie. Sie erwog, ein Valium aus der Handtasche zu holen, kämpfte aber gegen das Bedürfnis an. Sie nahm ohnehin zu viele Tabletten, zum Aufputschen und zum Beruhigen, irgend etwas mußte es immer sein, damit sie ihre Depressionen oder Erregungen lindern konnte. Auch andere Drogen hatte es gegeben, die Hughes ab und zu benützte, vor allem, um den sexuellen Genuß zu steigern. Auf Christa hatten sie nicht gewirkt, obwohl sie nie widersprach, wenn er darauf bestand, daß sie das Zeug ebenfalls nahm.

Und dazu der Alkohol. Obwohl sie wußte, wie gefährlich die Verbindung von Tabletten und Alkohol war, trank sie mehr denn je. Erst vor zwei Tagen hatte sie sich ernsthaft betrunken und einen ganzen Tag mit qualvollen Nachwirkungen verbracht.

Nach einem aufgezeichneten Werbespot tönte Hughes' Stimme aus dem Lautsprecher.

»Wie wär's mit Kaffee?«

Christa ging in einen kleinen Nebenraum, füllte zwei Becher und trug sie in den Senderaum.

»Danke, Schatz«, sagte Hughes.

Sie nickte, kehrte in den Regieraum zurück und blieb dort bis zum Ende der Sendung.

Als sie im Büro standen und gehen wollten, sagte sie: »Ich muß meine Katzen füttern.«

»Die überstehen das schon.«

»Setz mich kurz ab. Das dauert zehn Minuten, und mir ist wohler.«

»Auch gut«, sagte er, während er Briefe überflog und in den schon vollen Papierkorb warf.

Sie erreichten den Watergate-Komplex. Er stellte den Wagen in der Tiefgarage ab. Sie fuhren mit dem Lift zu seiner Etage hinauf.

»Möchtest du etwas?« fragte sie in der Wohnung.

»Nein, danke«, sagte er, zog die Schuhe aus und legte sich auf das Sofa.

»Ich werde etwas trinken«, sagte sie.

»Du trinkst viel zuviel«, erwiderte er.

»Nein.« Doch, dachte sie. »Willst du wirklich nichts?«

Er antwortete nicht. Sie ging in die Küche, goß Gin über Eiswürfel, kehrte ins Wohnzimmer zurück und setzte sich zu ihm aufs Sofa. Hughes starrte vor sich hin.

»Woran denkst du?«

»An dich.«

Das gefiel ihr. Sie berührte seinen Arm.

»Das ist lieb. Hoffentlich sind es schöne Gedanken.«

Er starrte weiter ins Leere. Schließlich sagte er: »Ich glaube, es wird Zeit, daß du weiterziehst, Christa.«

Im ersten Augenblick wußte sie nicht, was er meinte. Er drehte den Kopf und sah ihr in die Augen.

»Hast du nicht gehört? Ich sagte, es wird Zeit, daß du weiterziehst.«

Sie lachte aus Nervosität und trank einen großen Schluck Gin.

»Weiterziehen? Was heißt das? Aus meiner Wohnung? Aus der Stadt?« Sie wußte ganz genau, was er meinte, war aber zu entsetzt, um es vor sich selbst zuzugeben.

Er starrte ihr weiter in die Augen, und so sehr sie sich auch bemühte, sich von dem Blick zu lösen, sie brachte es nicht zustande.

»Ja, ich meine wirklich weiterziehen«, sagte er. »Wir sind schon zu lange zusammen, Christa. Ich finde, du solltest weg vom Sender, weg aus Washington. Es wird dir nicht schwerfallen, irgendwo anders unterzukommen. Ich kann das mit einem Anruf regeln.«

Ihr Magen verkrampfte sich. Es fiel ihr schwer, den Gin auszutrinken. Oft, wenn sie stritten, spürte sie eine ähnliche Lähmung. Am liebsten hätte sie geweint, geschrien, ihm weh getan, die Arme um seinen Hals geschlungen. Sie war zu nichts imstande.

Sie ging in die Küche und füllte das Glas randvoll. Sie umklammerte die Tischkante und versuchte das Zittern zu unterdrücken. Sie trank, griff nach ihrer Handtasche und schluckte ein Valium.

»Was machst du?« rief Hughes aus dem Wohnzimmer herüber.

Sie ging hinter ihm vorbei und stützte sich mit der Hand am Sofa ab.

»Setz dich hin, verdammt«, sagte er und drehte den Kopf, um zu ihr hinaufsehen zu können.

Sie ließ sich auf den Stuhl am Couchtisch sinken.

Er kniff die Augen zusammen.

»Wir hatten eine schöne Zeit, Christa. Irgendwann hört alles auf.« Er schob sich nach vorn und ergriff ihre Hand. Sie zog sie weg. Sie wußte, wie sie in diesem Augenblick aussah. Ihre Mutter hatte auch oft so ausgesehen ...

»Beruhige dich«, sagte Hughes. »Ich sorge dafür, daß du einen guten Job bekommst. Und du kannst dich darauf verlassen, daß du hier mit genug Geld weggehst –«

»Du bist ein furchtbarer Mensch«, sagte sie leise.

»Was hast du gesagt?«

»Und außerdem liebe ich dich. Mein Gott, weißt du das denn nicht?«

Er legte den Arm auf die Sofalehne, schlug die Beine übereinander und wippte mit den bestrumpften Füßen.

»Liebe. Das ist etwas für Halbwüchsige, Christa. Werd mal erwachsen.«

»Ich war halbwüchsig, als ich dich kennenlernte.« Ein großer Kloß steckte in ihrer Kehle und wollte nicht verschwinden. »Ich bin die ganzen Jahre nur geblieben, weil ich dich liebe –«

»Das ist dein Problem. Ich habe das nie von dir verlangt. Ich habe dir nie etwas versprochen. Das war dein eigener Wille. Ich sage noch einmal: Werd erwachsen, Christa.«

Sie stand auf und schüttete ihm den Gin ins Gesicht.

»Ja, verdammt, das bin ich eben geworden.«

Er brauchte einen Augenblick, um sich von dem Schock zu erholen. Er schüttelte den Kopf, stand rasch auf, zog ein Taschentuch heraus und wischte sich das Gesicht ab. Im nächsten Augenblick stand er vor ihr, packte sie mit einer Hand an der Kehle, holte aus und schlug ihr mit der anderen Hand ins Gesicht. Er hielt sie am Kinn fest und zwang ihren Kopf nach oben, damit sie ihn ansehen mußte.

»Du bist krank, Christa. Ich sage dir das schon lange. Du bist krank und brauchst Hilfe. Willst du Hilfe von mir, Christa? Soll ich dafür sorgen, daß man dich dort unterbringt, wo man dir helfen kann?« Er wußte natürlich ganz genau, was mit ihrer Mutter geschehen war.

Sie kannte nichts mehr außer Entsetzen. Sie brach zusammen, bettelte ihn an, ihr zu verzeihen, nicht darauf zu beharren, daß sie krank sei. Er ließ sie endlich los. Sie sank auf dem Teppich zusammen und blieb regungslos liegen, während er im Schlafzimmer verschwand.

Als er zurückkam, war er umgezogen.

»Ich bin eine Weile fort. Wenn ich zurückkomme, bist du nicht mehr da. Fahr nach Hause, besauf dich, friß deine Pillen und schlaf zwei Tage. Wenn du wieder in den Sender kommst, habe ich alles für dich geregelt. Neue Stellung, neue Stadt, neues Leben. Das ist der Haken bei Menschen wie dir, Christa. Ihr könnt nicht unterscheiden, was gut und was schlecht ist. Ich mache das um *deinet*willen, aber du bist entweder zu dumm oder zu krank, um das begreifen zu können.« Er verließ die Wohnung und warf die Tür hinter sich zu.

Fünfzehn Minuten später stand Christa Jones an dem großen Fenster mit dem Blick auf ganz Washington. Sie hatte die ganze Zeit dort gestanden, die Gedanken wirbelten ihr im Kopf herum, ihr Atem ging in kurzen Stößen, und in der Brust wühlte der Schmerz, der dort schon so viele Jahre zu Hause war.

Sie entfernte sich vom Fenster und ging ins Schlafzimmer, zu einem der Schränke, die Hughes' kostspielige Garderobe enthielten. Sie ging in die Knie und fand am Schrankboden, was sie suchte, seine feuersichere Kassette. Sie ging rasch in die Küche, tastete hinter dem Kühlschrank herum, fand den Schlüssel, kehrte ins Schlafzimmer zurück und sperrte den eingebauten Tresor auf. Er war voll mit Papieren, Bargeld, Schmuck. Nichts davon interessierte sie. Sie nahm ein in braunes Packpapier gewickeltes Päckchen heraus, sperrte die Kassette wieder ab und hängte den Schlüssel hinter den Kühlschrank. Sie zog den Mantel an, schaute sich noch einmal in der Wohnung um und ging.

Draußen winkte sie einem Taxi und fuhr zu ihrer eigenen kleinen Wohnung, das Paket auf dem Schoß wie ein Lebewesen. Sie sperrte die Tür hinter sich ab, zog den Mantel aus und machte Licht. Sie zitterte vor Angst. Sie füllte ein Glas mit Wasser und nahm noch eine Beruhigungstablette. Im Spülbecken stand neben dem schmutzigen Geschirr eine leere Ginflasche. Sie fand in einem Küchenschrank eine fast leere Flasche Cognac und goß den Rest in ein Glas, ging zurück ins Wohnzimmer, wo das braune Paket neben ihrem Telefon stand. Sie fand einen Zettel, auf dem eine Rufnummer stand, griff nach dem Hörer und wählte. Sie ließ es fünfzehnmal läuten, bevor sie auflegte.

Lydia James hatte ihre Wohnung eben verlassen, um sich mit Cale Caldwell junior zu treffen. Sie hörte ihr Telefon läuten und überlegte, ob sie zurückgehen und sich melden sollte. Sie tat es nicht. Wenn es etwas Wichtiges war, würde man sich wieder melden, dachte sie, während sie zu ihrem Wagen ging.

Christa Jones legte auf. Eine ihrer beiden Katzen sprang auf ihren Schoß und miaute. Das Tier rieb sich an ihr und begann zu schnurren.

Christa blickte hinunter und lächelte.

»Ja, ja, Schätzchen«, sagte sie und streichelte die Katze. »Brav bist du. Mami liebt dich. Du bist so lieb . . .«

Kapitel 19

Cale Caldwell junior hatte Lydia am frühen Vormittag angerufen und sie gebeten, in sein Büro zu kommen, um etwas Wichtiges zu besprechen. Sie hatte seit dem Abend in der Bar bei *Hogate's* kein Wort mehr mit ihm gewechselt.

Joanne Marshall, Cales Sekretärin, saß an einem Schreibtisch und stand auf, als Lydia das Vorzimmer betrat.

»Cale wird gleich frei sein, Miss James. Bitte, nehmen Sie Platz.«

Lydia ließ sich auf einer alten Betbank mit roten Polstern nieder. Sie sah sich im Zimmer um. Der Einfluß von Veronicas Geschmack war nicht zu übersehen. Das Vorzimmer sah aus wie ein altes Schulzimmer. Die Holztäfelung war dunkel, am Boden lag ein grüner Teppich mit Bildern aus der amerikanischen Geschichte.

Augenblicke später kam Cale durch eine andere Tür herein und lächelte.

»Kommen Sie, Lydia. Ich freue mich, daß Sie da sind.«

Cales Arbeitszimmer glich dem Vorraum, war aber viermal so groß. An einer Wand hingen viele gerahmte Fotografien, es gab eingebaute Bücherregale, einen kleinen, runden Konferenztisch mit hohen Stühlen. Cales Schreibtisch war schwer und alt. Brandspuren an der Tischkante verrieten, daß ein früherer Besitzer dort Zigaretten oder Zigarren hatte verglimmen lassen.

Cale trat an ein Fenster und schaute hinaus. Er drehte sich um und lehnte sich an das Fensterbrett.

»Lydia, ich weiß, daß Sie viel zu tun haben. Ich überlege mir schon geraume Zeit, ob ich mit Ihnen reden soll. Was ich zu besprechen habe, ist nicht erfreulich, jedenfalls nicht für mich, aber je mehr ich darüber nachgedacht habe, desto klarer wurde mir, daß Sie ein Anrecht darauf haben, zu erfahren, was mich beschäftigt.«

»Das ist mal etwas anderes, Cale. Ich hatte schon das Gefühl, daß mir kein Mensch mehr etwas sagen will.«

»Ich kann Sie verstehen. Es muß schwer für Sie gewesen sein.« Er ging zum Schreibtisch zurück und blieb stehen.

»Es ist noch nicht alles vorbei«, sagte Lydia. »Ich stecke immer noch mittendrin. Sie werden ja wissen, daß ich einen Bericht schreiben soll, gestützt auf das, was die Polizei vorlegt.«

»Ja. Ich bin immer noch Mark Adams Anwalt, will aber in den nächsten Tagen einen Kollegen beiziehen. Über die Verteidigung von Mark Adam muß die Familie entscheiden. Wenn wir die berühmtesten Anwälte nehmen würden, sähe das vielleicht nicht so gut aus. Ich denke an Patty Hearst. F. Lee Bradley ist zwar ein Genie, aber für sie war er wohl nicht der Richtige. Wenn ein Anwalt berühmt wird, sehen die Geschworenen es oft recht gern, daß er unterliegt.«

Lydia mußte ihm recht geben. Offenkundig wollte man auf Unzurechnungsfähigkeit ausgehen, und es gab Anwälte, die für eine solche Verteidigung besser geeignet waren.

Caldwell brach das Schweigen.

»Bei jedem Verteidiger, der für Mark Adam auftreten soll, möchte ich durchsetzen, daß der ganze Komplex Jimmye MacNab weggelassen wird. Ein Teil der Vereinbarung mit der Metropolitan Police bezog sich übrigens auf diesen Punkt. Das wissen nur wenige. Mehr wollte man uns nicht zugestehen, aber ich halte das für sehr wichtig. Mark Adam hat im Austausch dafür, daß Jimmyes Fall ohne weitere Untersuchung zu den Akten gelegt wird, beide Morde eingestanden. Das Zugeständnis durch die Polizei war dabei gar nicht so groß. Mark Adam wird nur des Mordes an seinem Vater angeklagt. Jimmyes Mord aufgeklärt zu haben, stellt für die Polizei einen zusätzlichen Erfolg dar. Man klärt ja bei weitem nicht genug Fälle auf, so daß man froh ist, wieder eine Sache abschließen zu können.«

Lydia brauchte einen Augenblick, um zu verdauen, was er gesagt hatte. Sicherlich war die Vereinbarung nicht gerade ungewöhnlich. Bei mehrfachen Morden klagte man den Beschuldigten häufig nur wegen einer Tat an. Woran lag es dann, daß sie skeptisch reagierte, ja fast zornig? Vielleicht daran, daß man so oft versucht hatte, sie daran zu hindern, sich mit dem Mord an Jimmye zu befassen?

Caldwell sprach weiter.

»Ich habe erfahren, daß Sie immer noch daran interessiert sind, dem Mord an Jimmye nachzugehen. Ich verstehe, ehrlich gesagt, nicht, warum Sie das tun wollen, Lydia. Viel Sinn ergibt das nicht. Soviel ich weiß, hat der Ausschuß im Senat praktisch nichts mehr zu tun. Sie brauchen nur noch einen Bericht zu verfassen. Wenn Sie vorher Fragen dazu hatten, wie Jimmyes Tod mit dem meines Vaters zusammenhängen könnte, sollten sie aber nun wirklich der Vergangenheit angehören.«

Sie beschloß, keine Umschweife zu machen.

»Cale, ich kann nichts Konkretes vorlegen, aber ich vermag Mark Adams Geständnis einfach nicht zu akzeptieren.«

Cale schüttelte den Kopf.

»Sie sind eine erstaunliche Frau, Lydia. Sie lassen in manchen Dingen einfach nicht locker, egal, wie die Tatsachen sind. Hören Sie, wir sind eine Familie. Wir wünschen uns natürlich alle, daß Mark Adam nicht getan hätte, was er eben doch getan hat. Wir hätten es alle sehr viel lieber, wenn er ein normaler, vernünftiger Mensch wäre. Aber das ist nicht der Fall. Er ist ernsthaft gestört. Er hat unseren Vater aus einem tiefen Haßgefühl heraus umgebracht, das schon sehr lange bestand. Viele junge Männer mögen ihre Väter nicht. Jeder wird auf seine Art damit fertig. Mark Adam war dazu nicht fähig, so traurig das auch sein mag. Als er zu Vaters Feier kam und den Mann, den er seit früher Jugend haßte, wiedersah, nun . . . es war einfach zuviel für ihn.«

Lydia wollte etwas sagen, aber er kam ihr zuvor.

»Lydia, bedenken Sie, wie Mutter und mir zumute ist, weil wir Mark Adam praktisch gezwungen haben, an der Party teilzunehmen. Er und sein Vater hatten lange keinen Kontakt mehr miteinander gehabt. Wir hätten es einfach nicht tun dürfen. Aber hinterher ist man immer klüger, nicht? . . . Sie haben mich in der Bar gefragt, ob ich wüßte, warum bei Jimmye keine Obduktion durchgeführt wurde.«

Lydia sah ihn scharf an.

»Ja, ich erinnere mich . . . Warum bringen Sie das jetzt zur Sprache?«

»Weil ich weiß, daß Sie es tun werden, Lydia, wenn ich Ihnen nicht genug Gründe nenne, es zu unterlassen. Das läßt sich wohl nur erreichen, wenn ich Ihnen die Wahrheit sage. Ich bewundere Menschen, die einen Drang zu Wahrheit haben, auch wenn sie einem manchmal auf die Nerven gehen.« Er griff nach einem Bleistift und begann auf einen Block Männchen zu malen. »Es ist richtig, daß die Familie Druck auf die Polizei ausgeübt hat, um eine Obduktion von Jimmye zu verhindern. Seine Stellung im Senat hat es Vater ermöglicht.«

»Warum? Was wollten Sie verbergen?«

Er drückte mit dem Bleistift so fest auf das Papier, daß die Spitze abbrach.

»Weil sie ... schwanger war, Lydia. Jimmye ist schwanger gewesen, als sie umgebracht wurde –«

»Mein Gott ... wie furchtbar –«

»Für wen?« Er hob den Kopf und sah sie an. »Sie trug das Kind meines Bruders.«

Das Kind von Mark Adam? Ja ... es war nicht das, was Chief Jenkins angedeutet hatte – aber ein Caldwell war mit Jimmye verbunden gewesen. Sie wäre trotzdem nie auf den Gedanken gekommen, daß es Mark Adam gewesen war.

»Aber ... er war doch schon lange bei der Sekte, bevor Jimmye umgebracht wurde«, sagte sie. »Wie ...?«

Es blieb still, während er mit dem abgebrochenen Bleistift spielte, ihn auf den Tisch warf, die Taschenuhr herauszog und sie anstarrte, nicht als ob er die Zeit wissen wollte, sondern als ob er sich darin verkriechen wollte. Er behielt die Uhr in der Hand, als er weitersprach: »Ich habe Ihnen schon so viel gesagt, Lydia, daß ich noch einen Schritt weitergehen will. Als wir uns in der Bar trafen, sprach ich von einem Problem in der Familie, das sich aus der Beziehung meines Bruders zu Jimmye ergeben hatte. ›Beziehung‹ dürfte der richtige Ausdruck sein. Jimmye und Mark Adam waren schon lange vor seinem Eintritt in die Sekte zusammen. Das gehört zu den Dingen, die jede Familie gern unter den Teppich kehrt. Denken Sie, wie das auf eine Familie wie die unsrige wirken mußte. Ein Senator und seine Frau, die zu den bekanntesten Förderern der Kunst in Amerika zählt. Sie nehmen ein kleines Mädchen auf, das mit der Ehefrau verwandt ist, und ziehen es groß wie eine eigene Tochter, bieten ihr alle Vorteile, behandeln sie genauso wie ihre eigenen Söhne. Was macht sie am Ende? Sie steigt mit einem der Söhne ins Bett, und das nicht nur einmal, sondern fortlaufend.«

Cale tat Lydia in diesem Augenblick sehr leid. Seine Augen baten um Verständnis nicht nur für die Geschichte, die er berichtete, sondern für die Schwierigkeiten, die es ihm machte, sie in Worte zu kleiden.

Er begann mit einem langen Monolog über die Vorgänge im Haus der Caldwells rings um die Entdeckung, daß Jimmye und Mark Adam miteinander intim gewesen waren.

»Sie müssen berücksichtigen, daß Mark Adam ein sehr verbissener Mensch ist. Gewiß, eine junge Frau mag den Eindruck haben, daß das Dynamik sei, und sich davon angezogen fühlen. Leider muß man sagen, daß die Ambitionen unserer Jimmye, von der Lust einmal abgesehen, nicht ohne Grund auf den ältesten der Caldwell-Söhne gerichtet waren . . .

Ich werde nie in meinem Leben vergessen, wie das war, als Mutter Jimmyes Zimmer betrat und die beiden im Bett fand. Mein Gott, Lydia, für die Familie war das wie ein Alptraum –«

»Was haben Ihre Eltern unternommen? Sie müssen doch versucht haben, dem ein Ende zu machen.«

»Natürlich. Sie haben Ratschläge gegeben, gefleht, gedroht – alles. Mehrmals sah es so aus, als sei die Sache vorbei. In die Familie schien wieder Ruhe einzukehren. Aber dann ging es wieder von vorne los. Es war die Hölle.«

Lydia ließ die Schultern hängen. Sie wurde das Bild nicht los, wie der untersetzte, verschlossene Mark Adam und Jimmye MacNab . . . Sie hatte Jimmye eigentlich nicht sehr gut gekannt, sie aber gemocht, und war von dem jungen Mädchen sehr beeindruckt gewesen. Keine Frage, Jimmye war ein außerordentlich schönes Mädchen gewesen – großgewachsen, schlank und biegsam, mit einer großen Haarmähne.

Lydia erinnerte sich auch, daß Jimmyes Ehrgeiz in ihrem Leben eine große Rolle gespielt hatte. Veronica hatte bei Gelegenheit gesagt, Jimmye werde ohne jeden Zweifel alles erreichen können, was sie wolle – ob es ihr nun darauf ankomme, die bekannteste Fernsehjournalistin in Amerika zu sein oder die beste Gehirnchirurgin. Das Mädchen sei sehr klug, hochbegabt und sehr zielbewußt . . .

»Es muß schrecklich gewesen sein«, sagte sie jetzt.

»Furchtbar für uns«, sagte Cale. »Jede Familie wird wohl vor eine Probe gestellt. Das war die unsere, eine sehr harte. Sie zeigte aber auch, daß die Caldwells viel aushalten. Ich kenne viele Leute, die unter dem Druck zusammengebrochen wären.«

»Was geschah, als Mark Adam in die Sekte eintrat? Man möchte meinen, damit hätte die Sache ein Ende gehabt.«

»Nein. Es schien vorher schon vorbei zu sein. Jimmye hatte das Haus verlassen und kannte andere Männer. Wir hatten den Verdacht, daß Mark Adam sie ab und zu noch traf, aber davon wurde nie gesprochen. Meistens sind sich Brüder so nah, daß sie solche Geheimnisse miteinander teilen, aber bei Mark Adam und mir war das nie so. Wir sind zwei vollkommen verschiedene Menschen. Wie das manchmal so ist . . . Wir konnten natürlich nur vermuten, daß das Erlebnis mit Jimmye auf irgendeine Weise dazu beigetragen hatte, daß mein Bruder beschloß, sich einer Sekte anzuschließen. Wer weiß, welches Schuldbewußtsein er mit sich herumschleppte? Wie auch immer, es genügte, ihn zu dem Mord an Jimmye zu treiben. Er sah sie wohl als eine böse Kraft, die er austreiben mußte, oder wie sich die Leute dort ausdrücken.«

»Und Jimmye selbst?« fragte Lydia. »Hatte sie denn keine Schuldgefühle in diesem Zusammenhang? Eine junge Frau in ihrer Lage, die von einer Familie liebevoll aufgenommen und genauso behandelt worden war wie die eigenen Kinder, muß doch ein Ehrgefühl gehabt haben, eine innere Bindung zu dieser Familie.«

»Ich fürchte, Jimmye ließ sich von solchen Überlegungen nicht hemmen. Wir hatten sie alle sehr lieb, und auf ihre Art hing sie wohl auch an uns. Aber ... nun, wir wissen, wie der Ehrgeiz sich auswirken kann. Bei Jimmye war er in Skrupellosigkeit ausgeartet. Ich weiß nicht, ob Sie davon etwas bemerkt haben.«

»Nein. Nicht in diesem Ausmaß. Ich wußte, daß sie sehr zielbewußt war und den Erfolg anstrebte, aber ... offen gesagt, Cale, für mich ist das alles ein schwerer Schlag. Ich weiß nicht, ob ich das so auf Anhieb verdauen kann.«

»Mir ist das nie ganz gelungen.«

Bevor Lydia ging, fragte sie ihn noch, warum er beschlossen hatte, sie ins Vertrauen zu ziehen.

»Wie ich vorher schon sagte, ist unsere Familie durch Jimmyes Verhalten tief getroffen worden. Mark Adam sah sie, nachdem er bei der Sekte war, offenbar immer wieder. Oder sie legte es darauf an. Er erzählte mir auch, daß Jimmye damit gedroht habe, zu unseren Eltern zu gehen und ein gewisses Entgegenkommen zu erzwingen –«

»Entgegenkommen?«

»Geld. Ich sagte ja, Jimmye kannte keine Rücksichten mehr. Mein Bruder, der von Natur aus schon sehr labil war, reagierte sehr heftig darauf. Wir hatten mit Jimmye soviel durchgemacht, daß wir das gar nicht mehr für so ungeheuerlich hielten, wie er es sah. Ich habe keinen Zweifel daran, daß auch die Sekte mit ihrer Mystik sich auf ihn auswirkte. Vielleicht fühlte er sich nicht nur als Retter der Familie, sondern als eine Art Racheengel. Die Sekte bestärkt die Menschen darin, solche Wahnvorstellungen zu pflegen ... Die Sache ist einfach die: Jimmye ist tot, und mein Bruder hat sie umgebracht, Gott sei ihm gnädig. Es gibt nur ganz wenige Menschen, denen ich das anvertraut habe ... Ich weiß, Sie behalten es für sich.«

»Weiß Ihre Mutter, daß Sie vorhatten, mir das alles mitzuteilen?« fragte sie.

Er zögerte.

»Ja«, sagte er schließlich. »Und sie war dafür.«

»Was ist an den Gerüchten, Ihr ... nun, Ihr Vater hätte ebenfalls intime Beziehungen zu Jimmye gehabt? Es tut mir leid, daß ich das fragen muß, aber wenn wir schon ganz offen reden –«

Er streckte die Hände in die Luft.

»Das ist Unsinn, Lydia. Gemeine Verleumdungen. Ich will mich nicht aufregen. Nein, der einzige Caldwell – und einer ist schon zuviel –, der sich mit ihr einließ, war mein Bruder.«

Lydia stand auf, griff nach ihrer Aktentasche und ging zur Tür. Unterwegs blieb sie stehen und drehte sich um.

»Danke, Cale. Es freut mich, daß Sie soviel von mir halten, um mir das anzuvertrauen.«

Er ging um den Schreibtisch herum und gab ihr die Hand.

»Mutter und ich waren uns darin einig, daß Sie das Vertrauen verdienen. Und wir hoffen nicht zuletzt auch auf Ihre Einsicht, daß nichts davon weiter untersucht oder in Ihren Bericht eingehen sollte.«

Lydia nickte. Unter den Umständen gab es gar keine andere Wahl. Sie sagte aber nichts, sondern ging.

Als sie fort war, griff Cale Caldwell nach dem Telefon und rief im Büro seiner Mutter an.

»Wie lief es?«

»Sehr gut, Mutter. Ich glaube, Lydia begreift endlich, daß unsere Familiengeheimnisse nicht an die Öffentlichkeit gelangen dürfen. Sie ist eine Freundin, Mutter, und, wie ich glaube, eine gute.«

»Ja, ich habe das immer gewußt«, erwiderte Victoria. »Ich hätte sie nie für den Posten im Senat vorgeschlagen, wenn ich nicht dieser Meinung gewesen wäre. Ich danke dir sehr, Cale. Mir ist ein wenig wohler. Vielleicht findet das alles doch einmal ein Ende.«

»Bestimmt, Mutter. Weißt du, als ich mit Lydia sprach, spürte ich wieder den Stolz darauf, ein Caldwell zu sein. Du –«

Seine Mutter seufzte.

»Das ist am Ende alles, was einem bleibt, Cale, der Stolz auf die Familie ...«

Erst spät abends, als Lydia wieder zu Hause war, in aller Ruhe gebadet und sich vor den Fernseher gesetzt hatte, um die Spätnachrichten zu sehen, fand sie endlich Zeit, sich mit den eigenen Reaktionen auf Cale Caldwells Eröffnungen zu befassen. Sie empfand Mitgefühl für alle Beteiligten, nur nicht für Jimmye MacNab. Aber nun stellten sich andere Überlegungen ein. Sie wollte sich damit befassen, als das Telefon läutete.

»Wie geht's dir?«fragte Clarence.

»Ich bin durcheinander. Und dir?«

»Gut. Hoffentlich habe ich dich nicht geweckt.«

»Nein. Ich habe nachgedacht, und das ist ja bekanntlich nicht sehr erholsam.«

»Stimmt. Ich war am Nachmittag im Sportclub.«

»Das war sicher angenehmer als bei mir.«

»Warum machst du nicht mit, Lydia? Joga, Gymnastik, Tanz . . . die Muskeln danken es einem.«

Lydia konnte sich von ihren wirbelnden Gedanken nicht lösen. Als sie nicht antwortete, sagte Clarence: »He, bist du noch da?«

»Ja, entschuldige. Ich habe nur über deine Bemerkung mit dem Tanzunterricht nachgedacht . . . ich glaube, ich bin den ganzen Nachmittag herumgetanzt.«

Er lachte.

»Im Ernst, Clarence«, sagte sie. »Mir ist eben aufgegangen, daß man mich in ein Caldwell-Ballett eingebaut haben könnte. Aber vielleicht leide ich schon an Wahnvorstellungen. Am besten trete ich auch einer Sekte bei . . .«

»Wenn du das machst, bring' ich dich um, Liebes. Sehr zärtlich, versteht sich.«

»Gute Nacht, Clarence. Jetzt kann ich wenigstens etwas Schönes träumen.«

Kapitel 20

»Steh auf«, schrie John Coneglis Frau aus einem der Zimmer ihres kleinen Reihenhauses in Rockville, Maryland.

Er stand mühsam auf, weil er wußte, daß er zu seinem Auftraggeber mußte.

Marie war in der Küche.

»Guten Morgen«, sagte John mit einem breiten Gähnen.

»Wieder die ganze Nacht unterwegs –«

»Fang nicht schon wieder an, Marie. Als ich noch bei der Polizei war, ging das auch nicht anders.«

»Da hast du auch mal einen freien Tag gehabt. Wir hatten ein regelmäßiges Einkommen. Aber du mußt dich hinauswerfen lassen und ein großmächtiger Privatdetektiv werden.«

Er wollte widersprechen, überlegte es sich aber anders.

Als er angezogen war, sagte er: »Wie sehe ich aus?«

Sie drehte sich am Spülbecken um, verengte die Augen und sah ihn von oben bis unten an.

»Du siehst müde aus.«

»Bin ich auch. Wenn ich nicht zu dem Klienten müßte, wäre ich gar nicht erst aufgestanden.«

Sie wischte sich die Hände ab, kam heran und küßte ihn auf die Wange.

»Du bringst dich noch um, wenn du nicht genug schläfst.«

»Ja, ich weiß, aber es bringt Geld ein, nicht?« Er erwiderte den Kuß und fühlte sich wohler, weil er nicht im Unfrieden aus dem Haus gehen mußte.

Auf der langen Fahrt von Rockville zu seinem Ziel in Virginia hatte er viel Zeit zum Nachdenken. Er war dem Auftraggeber erst einmal begegnet, und das war, als er angeworben wurde. Conegli hatte zunächst erwogen, den Auftrag abzulehnen. Seitdem er seine eigene Detektei betrieb, hatte er versucht, sich an bestimmte Grundsätze zu halten. Den allerersten Auftrag hatte er in der Tat abgelehnt – eine Ehefrau hatte gewünscht, daß er ihren ungetreuen Ehemann beschatte. »Keine Ehesachen«, hatte Conegli erwidert. Den nächsten Fall nahm er aber dann doch. Ein Ehemann wollte seine Frau beobachten lassen. Das war einfach etwas anderes, sagte sich Conegli. Ein Mann durfte sich kleine Seitensprünge leisten, eine verheiratete Frau aber nicht. Außerdem war die Miete für sein kleines Büro fällig, er brauchte das Geld. Bald nahm er alles, was ihm angetragen wurde, auch alle Ehesachen, gleichgültig, wer mit wem was trieb.

Dieser Fall jetzt war anders. Er hatte ihn ablehnen wollen, sich vom Geld aber dann doch verlocken lassen. Er hatte weit mehr verlangt als sonst, ohne daß der Auftraggeber Einspruch erhoben hätte.

Er dachte an seinen Auftraggeber und was er vertrat. Seine Bedenken stellten sich wieder ein, während er weiter nach Süden fuhr. Als Polizist hatte er sich an die Grundregeln gehalten; bei Prostitution, Glücksspiel und ähnlichen Dingen, wo es nur um

Ablenkung für die Menschen ging, durfte man nehmen. Wer hat schon einen Schaden davon? hatte der Grundsatz gelautet. Bei Drogen war das freilich etwas anderes. Jeder Polizist hatte selbst Kinder, und Conegli war stolz darauf, nie von einem Dealer auch nur einen Cent angenommen zu haben. Deshalb fand er es auch so ungerecht, daß er aus dem Dienst der Metropolitan Police entlassen worden war. Er hatte »sauberes« Geld genommen, was nicht alle, die ihn verurteilt hatten, von sich behaupten konnten.

Aber das war lange her. Vorbei. Seine Frau jammerte schon genug für beide ...

Er fuhr auf einer schmalen Straße durch hügeliges Land und am Occaquan Creek entlang, bis er die Zufahrt zum »Zentrum des Inneren Glaubens« erreichte. Vor dem Haupthaus standen ein paar von den glattrasierten Burschen in ihren weißen Gewändern.

»Sind doch alle nicht bei Trost«, murmelte er vor sich hin, während er die graue Limousine vor dem Gebäude zum Stehen brachte. Er schob sich hinter dem Lenkrad hervor, warf die Tür zu und ging zum Haus. Zwei junge Männer vertraten ihm den Weg und wollten wissen, was er hier zu suchen habe.

»Ich soll Mr. Jewel aufsuchen«, sagte Conegli. Er ärgerte sich darüber, die Auskunft geben zu müssen. Er spürte das Gewicht des Polizeirevolvers an seiner Hüfte. Am liebsten hätte er die Waffe gezogen.

Im Vorraum mußte er zehn Minuten warten. Schließlich kam ein junger Mann herein, schloß die Tür hinter sich und sagte: »Kommen Sie bitte mit. Mr. Jewel ist noch einige Minuten beschäftigt.«

Er wurde in ein kleines, karg eingerichtetes Büro an der Rückseite des Hauses geführt. Es gab einen Stahlschreibtisch, drei Klappstühle und eine Reihe von alten Karteischränken. Der junge Mann schloß die Tür und ließ Conegli allein. Er trat ans Fenster. Eine Glasscheibe war zersprungen und wurde mit Klebeband zusammengehalten. Am schmutzigen Vorhang hingen Spinnweben. Conegli schaute hinaus. Draußen gingen einige Sektenmitglieder ihrer Arbeit nach.

Nach etwa einer Viertelstunde stellte er wütend einen der Stühle ans Fenster und ließ sich nieder. Er klopfte seine Jacke ab, griff hinein und zog eine Zigarre heraus. Er zündete sie an, legte die Füße auf den Schreibtisch und wünschte sich, zu Hause im Bett zu liegen, und sei es selbst mit Marie.

Während Conegli im Hinterzimmer wartete, führte Francis Jewel, der geschäftsführende Direktor, ein schwieriges Gespräch mit dem Gründer und geistigen Führer der Sekte, dem Pfarrer Sylvan Quarles. Der Reverend war am Vorabend eingetroffen und über Nacht geblieben. Die Diskussion hatte bald nach dem Erscheinen des Guru begonnen und bis in die frühen Morgenstunden gedauert, bis Jewel erschöpft vorgeschlagen hatte, ein paar Stunden zu schlafen und dann das Gespräch am Vormittag wieder aufzunehmen, was nun geschehen war.

». . . er ist jetzt da«, sagte Jewel zu Quarles.

»Und ich frage Sie noch einmal, Mr. Jewel: Was hat er getan, außer unser Geld zu nehmen?«

Jewel rutschte unbehaglich auf seinem Stuhl hin und her. Der Pfarrer stand überlebensgroß vor seinem Schreibtisch.

»Wir tun, was wir können, Sir«, sagte er. »Es ist äußerst wichtig, daß wir langsam und mit Bedacht vorgehen, um keinen Argwohn zu erregen –«

»Vielleicht sind Sie zu vorsichtig gewesen, Mr. Jewel«, sagte Quarles. »Ich frage mich manchmal, ob Sie wirklich begriffen haben, wie bedeutsam die Sache ist. Sie sehen doch ein, nicht wahr, daß es ernste und dauerhafte Folgen für unsere Mission hätte, wenn jemand in den Besitz des Bands käme?«

»Reverend Quarles, wir unternehmen alles, um das Band wieder zu beschaffen. Ich bin sogar so weit gegangen, Leute nach Iowa zu schicken, wo Quentin Hughes' Familie lebt. In ein, zwei Tagen erhalte ich Bericht. Wir behalten alle Personen scharf im Auge, die in Hughes' Wohnung ein- und ausgehen. Und selbstverständlich besteht direkter Kontakt zur Familie Caldwell und zum Kongreß. Sie wissen, daß wir hochgestellte Freunde haben, dank meiner Bemühungen, wenn ich das erwähnen darf. Überhaupt war das einer der wesentlichen Gründe dafür, daß ich den jungen Caldwell ermuntert habe, zu uns zu kommen.«

»Was dabei herausgekommen ist, sehen wir jetzt«, erwiderte Quarles. Er ging durch das Zimmer, griff in ein Regal und zog ein Exemplar von Jimmye MacNabs Buch über Gehirnwäsche und Gedankenkontrolle heraus. Er ging zum Schreibtisch zurück und knallte den Band auf die Tischplatte. »Das hat es uns eingebracht, Mr. Jewel. Sie hätten die Probleme voraussehen müssen, die uns der junge Caldwell brachte, weil er eine Schwester hatte oder was sie sonst war, die als Journalistin arbeitete, und einen Vater im Senat.«

»Aber das war doch der springende Punkt, oder? Sie haben uns vor Jahren schon erklärt, wenn die Kirche in der feindseligen Umwelt Amerikas bestehen solle, müßten wir alles Menschenmögliche tun, um jene Männer und Frauen zu uns zu holen, die in der Lage sind, unsere Ziele zu fördern. Der junge Caldwell paßte da doch sehr gut, oder nicht?«

»Jetzt spielt das keine Rolle mehr, nicht wahr, Mr. Jewel? Was Sie dachten, hat sich als falsch herausgestellt.«

Jewel verzog den Mund.

»Wir sind aber doch dem Ziel, dieses Problem zu lösen, nähergekommen, nicht? Der junge Mann ist fort und hat zwei Morde eingestanden, eingeschlossen den an der Schwester, von der Sie sprachen, und die uns solche Schwierigkeiten gemacht hat. Ich zweifle nicht daran, daß man ihn für ... geisteskrank befinden und er den Rest seines Lebens in einer Heilanstalt verbringen wird. Gleichgültig, was er in Zukunft auch sagen wird, kein Mensch wird darauf achten.«

Quarles schüttelte den Kopf.

»Sie enttäuschen mich, Francis. Sie scheinen einen Fehler nach dem anderen zu begehen und dann das Positive daran entdecken zu wollen. Es hat jedenfalls nicht zu einem guten Eindruck von uns beigetragen, daß eines unserer Mitglieder gesteht, seine Schwester und den eigenen Vater umgebracht zu haben, der auch noch Mehrheitsführer im Senat gewesen ist.« Seine Stimme wurde lauter.

»Bitte, Reverend Quarles, ich meinte nicht –«

»Ich habe es satt, daß mein Werk auf dieser Erde durch Unfähigkeit behindert wird. Ich muß jetzt gehen und mich um andere Dinge kümmern, Mr. Jewel. Ich verlasse Sie mit einem Auftrag, von dem ich annehme, daß er nicht mißverstanden wird. Ich empfehle, daß Sie mir ganz genau zuhören.« Er trat an den Schreibtisch, stützte sich darauf und beugte sich weit vor. »Ich wünsche, daß die Sache sofort bereinigt wird. Ich weiß nicht, ob Sie verstanden haben, was ich meine, Mr. Jewel, ich auf jeden Fall schon, und unser Gott auch. Unser Gott ist reich an Vergebung, aber Unfähigkeit duldet er nicht. Ich kann Ihnen versichern: Wenn das Tonband bis zu meiner Rückkehr nicht gefunden und wieder in unserem Besitz ist, werden Sie die göttliche Strafe erleiden, die Sie sich verdient haben.«

Jewel sah dem selbsternannten Geistlichen zu, als dieser seinen Kamelhaarmantel von einem Haken nahm und nach seiner Aktentasche griff. Quarles drehte sich noch einmal um und sagte: »Irgendwelche Fragen?«

»Nein, Sir.«

»Guten Tag, Mr. Jewel.«

Francis Jewel brauchte mehrere Minuten, um sich zu erholen. Schließlich holte er einen der Sektenanhänger und wies ihn an, Mr. Conegli zu holen.

Nachdem Jewel den Detektiv gehörig gerüffelt hatte, sagte er: »Also, Mr. Conegli, wo ist das Band?«

Conegli schlug die Beine übereinander. Man sah den weißen Unterschenkel zwischen Hosenbein und schwarzer Socke.

»Rom ist nicht an einem Tag erbaut worden«, antwortete er. »Ich habe getan, was ich konnte, und bin allen Ihren Hinweisen nachgegangen. Ich habe im Auge behalten, wer in Hughes' Wohnung aus- und eingeht. Sie sagten, die Rothaarige, die für den Ausschuß arbeitet, könnte das Band bekommen haben, also versuchte ich es bei ihr, aber das war 'ne Fehlanzeige –«

»Und ich war sehr unzufrieden mit Ihnen, weil Sie Gewalt angewendet haben, Mr. Conegli. Es ist Ihnen gesagt worden, keine Gewalt, wenn es nicht unbedingt erforderlich ist.«

»Gewalt? Das war keine Gewalt. Ich hab' ihr eins auf den Kopf gegeben, na und? Soviel ich weiß, fehlt ihr nichts mehr, sie geht schon wieder zur Arbeit und fühlt sich wohl. Ich bin wirklich allem nachgegangen, was Sie mir angegeben haben. Ich habe, wie von Ihnen gewünscht, eine Wanze bei dem Klavierlehrer installiert, damit wir über die James etwas in Erfahrung bringen, aber da hat sich noch nichts ergeben. Bei ihr könnte ich auch abhören, aber das würde etwas schwieriger werden. Wenn Sie etwas Besseres wissen, nur heraus damit.«

»Haben Sie die Wohnung von Hughes durchsucht?«

»Die steht auf meiner Liste. Ich dachte, ich könnte auch nachsehen, wo die Frau wohnt, die für ihn arbeitet, und vielleicht sogar bei der James eine Wanze anbringen. Aber ich bin ganz allein und muß der Reihe nach vorgehen. Wenn es schneller gehen soll, müssen Sie eben mehr Geld ausgeben, damit ich ein paar Helfer einstellen kann.«

Jewel nickte grimmig.

»Ja, tun Sie, was Sie tun müssen, geben Sie aus, was sein muß, aber erledigen Sie das rasch.« Er dachte an Quarles' Befehl. »Auf der Stelle.«

»Okay, Mr. Jewel, aber ich schieße das nicht aus eigener Tasche vor. Außerdem ist für vorige Woche noch nicht bezahlt.«

Jewel verließ resigniert das Zimmer und kam Minuten später zurück. Er gab Conegli einen Briefumschlag mit zweitausend

Dollar in bar. Conegli zählte nach, nickte zufrieden und steckte das Geld ein.

An der Tür blieb er noch einmal stehen.

»Was ist denn auf dem Band so Wichtiges?« fragte er.

»Mr. Conegli, ich habe Ihnen schon zu Anfang erklärt, daß das –«

Conegli hob die Hände.

»Gut, gut, Sie brauchen das nicht zu wiederholen. In meinem Beruf muß man einfach Grundsätze haben. Ich arbeite nicht gern an einem Fall, wo ich nicht weiß, worum es eigentlich geht, wenn Sie mich verstehen.«

»Durchaus, Mr. Conegli. Ersparen Sie mir Ihre Grundsätze. Ich wünsche, daß Sie von jetzt an jeden Tag mindestens zweimal anrufen.«

»Gemacht, Mr. Jewel.«

Conegli dachte während der Rückfahrt nach Rockville immer wieder darüber nach, was auf dem Videoband sein mochte. Als er vor seinem Haus hielt, kam ihm der Gedanke, es könnte sich um pornographische Aufnahmen handeln. Er mußte grinsen, als er sich Francis Jewel mit nackten Mädchen vorstellte.

»Wie ist es gelaufen?« fragte Marie, als er das Haus betrat.

»Gut.« Er zog den Umschlag heraus. »Mit Prämie.«

Sie öffnete den Umschlag und zählte das Geld.

»Können wir gebrauchen.«

»Nicht so schnell. Ich muß auch was haben, damit ich weitermachen kann.«

»Und wir brauchen einen neuen Kühlschrank. Wieso eine Prämie?«

»Weil ich so gut bin.«

»Was ist das überhaupt für ein Auftraggeber?«

»Unwichtig, Marie . . . und ich will jetzt noch eine Belohnung.« Er tätschelte sie spielerisch am Po.

Die echte Liebe siegte.

Francis Jewel diktierte in ein Tonbandgerät auf seinem Schreibtisch, was an diesem Tag und am Abend vorher geschehen war. Er versuchte sich in Einzelheiten an das Gespräch mit Sylvan Quarles zu erinnern und schilderte außerdem sein Gespräch mit Conegli.

Er schaltete das Mikrofon ab. Ein Name beschäftigte ihn besonders. Er hatte ihn sich während der Unterhaltung mit Conegli notiert. Er wußte nicht genau, was er tun sollte, ob er die Person gleich anrufen oder erst in Ruhe überlegen sollte.

Schließlich griff er nach dem Telefon und wählte eine Nummer. Eine Stimme meldete sich: »Caldwell-Center. Kann ich Ihnen behilflich sein?«

»Bitte, Mr. Jason DeFlaunce.«

Einige Zeit später rief eines der jungen Sektenmitglieder an, die Jewel nach Des Moines in Iowa geschickt hatte.

»Es war nicht da.«

»Seid ihr sicher?«

»Ja. Wir waren bei der alten Dame. Kein Band.«

Jewel nahm die Brille ab und massierte die Nasenwurzel.

»Kommt sofort heim«, sagte er ins Telefon. Er legte auf, zog die unterste Schublade heraus, kramte unter Papieren und fand eine Pistole. Er starrte sie an, wog sie in der Hand und vergewisserte sich, daß sie geladen war. Er ging zu seinem Mantel an der Tür und schob die Waffe in die Tasche.

Kapitel 21

Es tat gut, wieder zu laufen. Der Morgen war hell und klar, in der Nacht war es milder geworden, und Lydia fragte sich, ob der Frühling endlich bevorstand. Sie betrachtete den Tag als gutes Omen, wieder mit ihren Morgenläufen anzufangen. Seit ihrer Berufung in den Caldwell-Ausschuß war sie nicht mehr dazu gekommen.

Sie war nicht die einzige Person, die an diesem Tag zum Reflecting Pool lief. Es gab mindestens zwanzig andere Jogger – Männer und Frauen, jung und alt, in Trainingsanzügen, in Turnhosen und Trikots. Lydia hatte einen ihrer beiden Laufanzüge angezogen, diesmal den königsblauen mit Kapuze.

Sie lief vier Runden um das Wasserbecken und beschloß, eine fünfte anzuhängen. Sie hatte die Hälfte hinter sich, als ein anderer Läufer sich ihr anschloß.

»Hallo, Lydia, wo sind Sie denn gewesen?«

Sie drehte den Kopf, ohne stehenzubleiben, und erkannte Sanford Bain, einen Psychiater, den sie schon seit Jahren kannte.

»Was gibt es Neues in Ihrem Beruf?« fragte sie, während sie weiterliefen.

»Nichts, was Freud billigen würde«, erwiderte Sandy. »Überall fliegt die Couch hinaus. Man geht jetzt immer schneller vor. Und was machen Sie? Schon gut, ich lese ja Zeitung. Sie sind regelrecht berühmt geworden.« Sie liefen stumm nebeneinander her, bis er schließlich fragte: »Glauben Sie wirklich, daß der Junge es getan hat?«

»Bin mir nicht sicher«, gab sie zurück. »Und Sie?«

Er zuckte die Achseln.

»Mir kommt es unwahrscheinlich vor, obwohl man hört, daß er starke Motive gehabt haben soll. Immerhin, das Geständnis eines Sektenbruders einfach als wahr zu unterstellen ...«

Sie liefen die Runde zu Ende. Sandy fragte, ob er sie mitnehmen könne.

»Nein, danke, ich bin mit dem Wagen da ... Sandy, Sie haben vorhin erklärt, man sollte das Geständnis eines Mannes wie Mark Adam Caldwell nicht unbedingt ernstnehmen. Könnten Sie da ein wenig genauer werden?«

»Ich will es versuchen ... Wir befassen uns an der Uni seit Jahren mit Gedankenkontrolle und Gehirnwäsche. Die Sekten und ihr Einfluß auf bestimmte Leute interessieren uns dabei auch. Jimmye MacNab hat sogar eine Weile mitgewirkt, als sie für ihr Buch zu dem Thema recherchierte. Schon seit Korea wird viel darüber geschrieben, aber eine echte Lösung hat noch keiner gefunden. Wir bemühen uns, das vorhandene Material aufzuarbeiten, aber das ist sehr mühsam. Die führenden Leute auf dem Gebiet haben verschiedene Auffassungen darüber, warum ein Mensch dem Einfluß eines anderen erliegt, der nächste aber nicht. London und Spiegel in New York vertreten eine Meinung, Borne in Pennsylvania eine andere. An der Stanford-Universität befaßt man sich seit Jahren damit. Egal, wo man anfängt, eines scheint klar zu sein: Es gibt Menschen, die auf Grund ihrer Erbmasse oder des Milieus oder auch der seelischen Verfassung oder eben aus allen drei Gründen große Gefahr laufen, einer Gehirnwäsche zu erliegen.«

»Glauben Sie, daß Mark Caldwell zu diesen Menschen gehört?«

»Die Tatsache, daß er sich einer Erscheinung wie dieser Sekte so total verschreiben konnte, läßt einen natürlich vermuten, daß er sehr leicht beeinflußbar ist. Jemand, der sich in einer Art Trancezustand befindet, der eine Bewußtseinsveränderung durchgemacht hat, ist zu jedem Geständnis zu bewegen ... Sie sehen mich so skeptisch an.«

»Mag sein«, sagte sie. »Ich kann begreifen, daß jemand leicht beeinflußbar ist und in bestimmten Situationen tut, was ein anderer will, aber einen Mord zu gestehen, den man nicht begangen hat ... das ist doch reichlich ausgefallen, nicht?«

Sandy zog die Schultern hoch.

»Erinnern Sie sich an den Fall Reilly in Connecticut?«

Sie schüttelte den Kopf.

»Ein junger Mann war angeklagt, seine Mutter ermordet zu haben. Man verurteilte ihn sogar dafür. Er legte ein umfassendes Geständnis ab und wurde deshalb auch bestraft. Arthur Miller, der Dramatiker, begann sich für den Fall zu interessieren und tat alles, damit der Fall wieder aufgenommen wurde. Er zog psychiatrische Fachleute bei. Nachdem sie den Jungen und die Umstände untersucht hatten, unter denen das Geständnis abgelegt worden war, kamen sie zu dem Schluß, daß er buchstäblich eine Gehirnwäsche hinter sich hatte, in diesem Fall durch die Polizei. Ich behaupte nicht, daß das bewußt geschehen war. Die Psychiater taten das übrigens auch nicht. Aber wenn man es mit einem sehr leicht beeinflußbaren Menschen zu tun hat und ihn stark unter Druck setzt, wenn der Druck von Menschen ausgeht, die er als Vaterfiguren strengster Art empfindet, kann er in eine Art Trance verfallen, um sich vor dem Druck zu schützen. Dann tut er möglicherweise bei fast allem mit und geht sogar auf die Behauptung ein, er hätte jemanden umgebracht. Reilly wurde übrigens erneut vor Gericht gestellt und freigesprochen.«

»Halten Sie so etwas bei Mark Caldwell auch für möglich?«

»Wer kann das beurteilen? Ich sage nur: Ich würde mich der Meinung der Polizei nicht so ohne weiteres anschließen, nur weil jemand wie Mark Caldwell, von dem man weiß, wie leicht er zu beeinflussen ist, einen Doppelmord gesteht.«

»Würden die Psychiater, die ihn untersuchen sollen, zu demselben Schluß kommen müssen?«

Er lächelte.

»Vermutlich nicht. Das kann so oder so ausgehen. Es gibt viele Psychiater, die noch zur alten Schule gehören, wo nicht viel Platz ist für diese neuen Wege. Sie werden eher zu einer Bewertung kommen, die sich an älteren Kriterien orientiert, ungelöster Ödipuskonflikt, Rivalität unter Geschwistern, verdrängte Wünsche, Zusammenstöße zwischen Über-Ich und Es. Wie ich immer sage, Lydia, es ist ein Glücksspiel, an welchen Arzt man da gerät ...«

Als Lydia wieder zu Hause war, war ihre Verwirrung nur noch größer geworden. Sie saß in der Küche und starrte zum Fenster hinaus. Mark Adam Caldwell schien dem Bild, das Sandy gezeichnet hatte, recht genau zu entsprechen. Sie hätte es gern gesehen, wenn Mark von jemandem wie Sandy untersucht worden wäre, aber sie hatte weder das Recht noch den Einfluß, um das durchzusetzen. Familie, Polizei und Öffentlichkeit schienen zufrieden zu sein – vom Senatsausschuß gar nicht zu reden.

Sie ging ins Wohnzimmer. Wenn Mark Adam wirklich einer Gehirnwäsche unterzogen worden war, damit er die Morde an seinem Vater und Jimmye MacNab auf sich nahm, stellte sich die Frage: Wer steckte dahinter? Die Polizei? Horace Jenkins hatte gewiß unter starkem Druck gestanden, die Fälle aufzuklären. Es wäre nicht das erstemal gewesen, daß ein Polizeibeamter ein Geständnis erzwungen hatte. So sehr sie es auch drehte und wendete, es blieb die beunruhigende Tatsache, daß ein junger Mann, aller Wahrscheinlichkeit nach seelisch schwer gestört, im Gefängnis saß und sich für zwei Morde verantworten mußte, die er möglicherweise gar nicht begangen hatte.

Kapitel 22

Der Lokalpolitiker, in dessen Interesse Senator MacLoon nach Utah geflogen war, wußte die Unterstützung des Senators im Feldzug um seine Wiederwahl sehr zu schätzen. Es war auf Messers Schneide gestanden, ob er wirklich kommen und eine Rede halten würde. Die Entscheidung war in letzter Minute gefallen.

»Für mich war das ungeheuer wichtig, Senator, daß Sie hergekommen sind, um mir zu helfen«, sagte der Politiker nach dem abendlichen Bankett zu seinen Ehren.

MacLoon schlug ihm auf die Schulter.

»Ach was, wenn wir einander nicht helfen, ist von uns bald überhaupt keiner mehr da.« Die Menschen, die sich um sie drängten, brachen in Gelächter aus.

»Noch etwas zu trinken, Senator?« rief jemand.

»Gern.« Er hatte schon auf dem Flug hierher ziemlich viel getrunken und das beim Bankett fortgesetzt, weil das Essen ungenießbar war.

»Meine Frau und ich würden uns maßlos freuen, wenn Sie zu einem Gutenacht-Schluck noch zu uns kommen würden, Will«, sagte der Politiker.

»Danke, aber ich habe im Hotel noch mehrere Besprechungen.«

»Ich weiß gar nicht, wie Sie das alles bewältigen, Senator«, flötete eine ältere Dame.

»Ich gebe mir Mühe«, sagte MacLoon, während er sich zum

Ausgang schob. Er hob die Hand, um die anderen zum Schweigen zu bringen, und sagte mit lauter Stimme: »Eines kann ich allen Bürgern von Utah versprechen – die Raketen werden auf jeden Fall hier stationiert.«

Jubel folgte ihm, als er den Saal verließ und zu seinem gemieteten Fahrzeug mit Chauffeur ging. Er ließ sich ein wenig mühsam auf dem Rücksitz nieder und freute sich auf seine bequeme Zimmersuite im Hotel *Little America* an der South Main Street. Während er sich zurücklehnte und die Straßen von Salt Lake City an sich vorbeiziehen ließ, dachte er darüber nach, mit welcher Heuchelei manche seiner Mormonen-Wähler zum Alkohol standen. Die Mormonenkirche beherrschte Utah, und das hieß, daß alle Restaurants und Bars nichts Stärkeres ausschenken durften als leicht alkoholartiges Bier. In der letzten Zeit war man etwas weniger streng. Bestimmte Lokale durften Cocktails in Form von Miniflaschen servieren, aber nur dann, wenn der Gast auch etwas zu essen bestellte. Dabei gab es in Utah wohl ebenso viele Alkoholliebhaber wie in den anderen Bundesstaaten. Getrunken wurde dann eben in privaten Klubs und bei Banketten wie dem gerade zu Ende gegangenen. MacLoon wußte auch, daß in seiner Suite ein paar Flaschen von seinem Lieblingswhisky bereitstehen würden. Quod licet jovi . . .

Einer von MacLoons Mitarbeitern, die ihn nach Utah begleitet hatten, war im Hotel geblieben. Er begrüßte seinen Chef und erkundigte sich, ob er ihm etwas zu trinken bringen dürfe.

»Ich brauche etwas zu essen«, sagte MacLoon knurrig, als er in das Schlafzimmer ging, um sich umzuziehen.

»Ich lasse etwas heraufschicken, Senator«, sagte der Mitarbeiter. »Was möchten Sie gern?«

»Was um diese Zeit noch schnell geht«, sagte MacLoon. »Haben Sie von Morgan und seinen Leuten gehört?«

»Ja, Sir«, sagte der Mann, als er ans Telefon ging, um die Bestellung aufzugeben. »Vor einer Stunde haben sie angerufen und mitgeteilt, daß sie sich eine halbe Stunde verspäten werden.«

»War zu erwarten«, sagte MacLoon, ließ sich in einen Sessel sinken und griff nach der Zeitung. »Sie müssen verschwinden, wenn sie kommen.«

Der Mitarbeiter wirkte enttäuscht. Er war oft fortgeschickt worden, wenn der Senator mit wichtigen Persönlichkeiten verhandelte. Er und Rick Petrone spaßten oft darüber, was bei Besprechungen vorgehen mochte, an denen sie nicht teilnehmen durften. Sie waren zu dem Schluß gekommen, daß durch die Hintertür ein paar Callgirls hereinkamen und sich um die hochgeachteten Parlamentarier bemühten, sobald die Helfer das Weite gesucht hatten.

MacLoon aß mit Genuß und war fast fertig, als ihm vom Empfang mitgeteilt wurde, daß die Besucher im Hotel seien.

»Brauchen Sie noch etwas, bevor ich gehe?« fragte der Mitarbeiter.

»Nein, aber gucken Sie in zwei Stunden herein.«

»Ja, Sir.« Der Mitarbeiter beschloß, an die Bar zu gehen, sich vor ein Glas Bier zu setzen und die Hoffnung nicht aufzugeben, es könnte irgend etwas Aufregendes passieren . . .

Die beiden Männer, die in MacLoons Zimmersuite erschienen, standen äußerlich in starkem Gegensatz zueinander. Jedediah Smith, der als erster hereinkam, war hochgewachsen und gutaussehend. Anfang Sechzig, obwohl er jederzeit für Fünfzig hätte gelten können, hatte er ein kantiges Gesicht, kurzgeschorene, graue Haare, war sonnengebräunt und ein wenig zerknittert, wie ein älterer Flugkapitän, der zu viele Stunden in die Sonne gestarrt hat. Er hatte breite, kräftige Schultern und einen kaum bemerkbaren Bauchansatz. Er trug maßgeschneiderte Western-Kleidung, hohe Stiefel aus Alligatorleder und den Stetson mit der breitesten Krempe, der aufzutreiben gewesen war. Seine Gürtelschnalle war schwer und aus massivem Silber, geziert von einem Adler und den Initialen J. S.

Jedediah Smith war einer der reichsten Industriellen von Utah. Er hatte seinen Vornamen bekommen, weil seine Mutter behauptet hatte, unmittelbar von dem legendären Jedediah Smith abzustammen, der 1826 von Nord nach Süd erforscht hatte, was einmal der Bundesstaat Utah werden sollte. Niemand hatte die Herkunft je genau nachweisen können, aber widerlegt worden war sie auch nicht.

Smith drückte MacLoon herzlich die Hand, ging zu einer kleinen Bar, die der Mitarbeiter des Senators aufgebaut hatte, und goß Bourbon-Whisky über Eiswürfel. Sein Begleiter Ted Proust war beträchtlich kleiner und schmaler als Smith. Er trug einen teuren grauen Anzug mit Weste, der für einen größeren Mann gemacht zu sein schien. Obwohl noch keine vierzig Jahre alt, hatte er den Großteil seiner schwarzen Haare schon verloren. Der Rest klebte an den Schläfen und quer über dem kahlen Schädel. Er hatte ein spitzes Gesicht, eine große Hakennase und dunkle Augen, die ständig in Bewegung zu sein schienen.

»Hallo, Ted«, sagte MacLoon zu Proust. »Stellen Sie Ihre Tasche ab und trinken Sie ein Glas.«

Die drei Männer setzten sich zusammen und tauschten Höflichkeiten aus, bis Smith sich aufrichtete. Seine Jacke ging auseinander und gab den Blick auf einen Revolver an seiner Hüfte frei.

»Wie war die Rede?« fragte er.

»Das interessiert Sie ja doch nicht, Jed. Sie haben mir am Telefon erklärt, daß Sie im Ungewissen seien, wie die Debatte über das Raketenabwehrsystem verlaufen würde. Ich habe geantwortet, Sie brauchten sich keine Sorgen zu machen, aber auf mich hören Sie ja nie.«

Smith lachte. Seine Zähne waren sehr weiß und ebenmäßig.

»Wer hat denn behauptet, man sollte auf Politiker hören, Will?«

Sie lachten alle.

»Die Sache ist die, Will. Ich und ein paar andere haben beunruhigende Berichte über das Raketensystem zu Gesicht bekommen. Ich rede nicht davon, wo es hinkommen soll, sondern ob das verdammte Ding nun überhaupt aufgebaut wird oder nicht.«

»Es wird gebaut, wenn ich etwas zu sagen habe«, erklärte MacLoon. Er bereute den Satz sofort. Das klang dürftig. Vielleicht hatte er doch zuviel getrunken. Er nahm sich vor, das Glas jetzt nicht mehr auszutrinken.

Smiths Miene spiegelte Mißbehagen wider. Er warf einen Blick auf Ted Proust und sah den Senator an.

»Wir sind der Meinung, daß wir schon zuviel investiert haben, um jetzt in aller Ruhe abzuwarten, was aus der Sache wird. Nach unserer Ansicht ist ein letzter Anstoß nötig, um das über die Hürden zu bringen und dafür zu sorgen, daß das System endgültig in Utah aufgestellt wird. Das Haupthindernis ist doch bei Gott entfallen, als der gute Senator Caldwell das Zeitliche segnete.«

MacLoon gefiel der Verlauf des Gesprächs immer weniger. Er hätte es vorgezogen, in Washington zu bleiben und sich für das System einzusetzen, ohne daß Smith sich einmischte.

Er wußte aber auch sehr genau, daß dieser Wunsch nichts half. Smith hatte sich an die Spitze einer privaten Vereinigung maßgebender Bürger gestellt, um durchzusetzen, daß das Raketensystem in Utah aufgestellt wurde. Die Gruppe hatte das Problem von vielen Seiten und auf mehreren Ebenen zugleich angepackt. Ein raffinierter Propagandafeldzug war eingeleitet worden, ausgerichtet auf die Parlamentarier, die darüber zu befinden hatten. In Utah entstanden Komitees, die den Bewohnern verdeutlichen sollten, welche Vorteile der Aufbau des Systems mit sich bringe. Es gab eine nicht unbedeutende Zahl von Leuten, die aus verschiedenen Gründen, nicht zuletzt aus solchen des Umweltschutzes, dagegen waren, aber ihre Bemühungen waren im Vergleich zu denen der Befürworter schon deshalb verblaßt, weil sie nicht annähernd solche Geldmittel aufzubringen vermochten.

»Wo ist das Problem, Jed?« fragte MacLoon. Er hatte ein wenig zu schwitzen begonnen.

»Das Problem liegt darin, Will, daß es nicht so zu laufen scheint, wie es soll. Ich wiederhole noch einmal: Wir gingen alle davon aus, daß nach Caldwells Ausscheiden der Widerstand gegen das System als solches und gegen die Aufstellung in Utah aufhören würde. Sie haben uns das auch mitgeteilt, gleich nach Caldwells . . . nun gut, es sieht jedenfalls nicht so aus, als liefe das in der gewünschten Richtung. Ganz bestimmt geht es nicht schnell genug.«

MacLoon mißachtete, was er sich vorgenommen hatte, griff nach seinem Glas und trank einen großen Schluck.

»Nun ja«, sagte er, »nach Caldwells Tod schien der Widerstand auch zu zerfallen. Das war anzunehmen gewesen, und es kam auch wie erwartet. Die Sache ist nur die, daß plötzlich ein paar andere Leute hervorgetreten sind, die da weitermachen, wo Caldwell aufgehört hatte. Ich mache mir ihretwegen keine allzu großen Sorgen. Ich glaube, daß sie zur Vernunft zu bringen sind, wenn es darauf ankommt. Sie sind an anderen Gesetzen stark interessiert, die für ihre Heimatstaaten bedeutsam sind, und in dieser Hinsicht werde ich meinen Einfluß geltend machen.« Er trank wieder und schüttelte den Kopf. »Nein, Jed, ich bin der Meinung, es läuft noch ganz so, wie wir uns das vorgestellt haben.«

Smith zog eine lange, dünne Zigarre aus der Brusttasche und zündete sie bedächtig an.

»Wollen Sie auch eine, Will?« fragte er.

»Nein, danke.«

»Ihr Problem«, sagte Smith, legte den Kopf zurück und blies den Rauch durch die Nase, »kubanische.« Er sog wieder an der Zigarre, beugte sich vor und sagte zu MacLoon: »Ich glaube, das haben Sie schon einmal gesagt, Will. Es genügt einfach nicht. Man kann nicht ein Haus fast fertig bauen und dann nicht einziehen, weil man nicht für Türen bezahlen will. Verstehen Sie, was ich meine, Will? Wir haben über sieben Millionen Dollar investiert, um dafür zu sorgen, daß das System hier aufgestellt wird, und ich habe nicht die Absicht, es mir wegen noch einer Million oder mehr aus der Hand nehmen zu lassen.«

MacLoon sah Proust an und hob hilflos die Hände.

»Was sollten eine Million oder auch zwei nützen?« fragte er. Proust senkte den Blick, so daß MacLoon wieder Smith ansehen mußte. »Wir haben das Geld an die Leute verteilt, auf die es ankommt, jedenfalls an solche, die es nehmen und zu schätzen wissen. Ihnen noch mehr zu geben, bringt nichts ein. Sie stehen schon auf unserer Seite.«

Smith spielte mit der Krawattennadel und spitzte die Lippen.

»Und die Neulinge, von denen Sie gesprochen haben?«

MacLoon schüttelte den Kopf.

»Es wäre ein Fehler, sich an sie auch nur zu wenden.«

»Wieso?«

»Ich glaube nicht, daß sie empfänglich wären. Ich bin ja nun schon sehr lange im Senat, Jed. Ich kann jemanden in dieser Situation recht gut einschätzen.«

»Wer sind die Leute?« fragte Smith.

»Da ist einmal Markowski. Dann Jennings und Hannigan.«

»Und andere Überlegungen?« fragte Smith. »Wer hat etwas gegen sie in der Hand?«

MacLoon lachte nervös.

»Das weiß ich wirklich nicht.«

»Sie sind doch keine Jungfrauen, oder?« fragte Smith.

Ted Proust lachte munter.

MacLoon zögerte.

»Ich kann mich bei der Metropolitan erkundigen, aber viel dürfte dabei nicht herauskommen. Die neuen Leute, die wir jetzt im Kongreß haben, sind kaum zugänglich. Sie lassen sich auf Verhandlungen nur in Dingen ein, die ihren Vorstellungen entsprechen, aber –«

»Quatsch«, sagte Smith. »Jeder hat seinen Preis, wie es so schön heißt. Sogar ein hochgeachteter Senator aus dem großen Staat Utah.«

MacLoon richtete sich steif auf. Er tat so, als hätte er die Bemerkung nicht gehört, und versicherte Smith, er werde versuchen, was er könne, um die Sache voranzubringen.

Smith sagte zu MacLoon: »Red hat Bonbons mitgebracht.« Sie wußten alle, daß damit Geld gemeint war. »Ich möchte, daß Sie nach Washington zurückgehen und noch ein paar Leute finden, die Bonbons mögen, Will. Suchen Sie außerhalb des Kongresses, wie wir es schon früher gemacht haben. Beteiligt sind viele Stellen, und die meisten Leute mögen Süßigkeiten. Ich auch. Und Sie.«

MacLoon wünschte sich das Ende des Gesprächs herbei.

»Keine Sorge, Jed. Ich werde noch einmal Druck machen, damit die Sache über die Bühne geht. Sie können auf mich zählen. Das dürfen Sie auch den anderen sagen.«

Smith drückte seine Zigarre aus, stand auf und legte die Hände auf MacLoons Arme.

»Will, es ist eine Freude und ein großer Vorzug, daß Sie den Staat Utah im Senat vertreten. Glauben Sie mir, wenn diese Frage zufriedenstellend gelöst wird, steht das Volk von Utah hinter Ihnen wie nie zuvor.«

»Das weiß ich zu schätzen, Jed. Soll ich Sie morgen anrufen?«

»Nein, rufen Sie in ein paar Tagen Ted an. Er fliegt dann nach Washington und verteilt die Bonbons an die Leute, die Sie vorschlagen. Übrigens haben wir eine alte Freundin für Sie mitgebracht, Will.«

»Wen denn?«

»Kommen Sie nur mit«, sagte Smith.

Die drei Männer verließen den Raum und gingen durch den Flur zu einer anderen Tür. Smith klopfte. Die Tür wurde von einem hochgewachsenen, üppig gebauten Mädchen in einem durchsichtigen Negligé geöffnet.

»Hallo, Senator.«

»Hol mich der Teufel«, sagte MacLoon, als er das Zimmer betrat. »Kitty . . .«

»Sollte mich nicht verwundern, Senator«, sagte Smith leise, als er mit Proust davonging.

Kapitel 23

Lydia hatte sich mit Senator Caldwells Arzt seit dem Augenblick in Verbindung setzen wollen, als sie von Horace Jenkins erfahren hatte, daß Caldwell schwer krebskrank gewesen sei. Der Arzt, der George Clemow hieß, würde sich zwar auf seine Schweigepflicht berufen, aber Lydia beschloß trotzdem, einen Versuch zu wagen. Als sie früh in ihrem Senatsbüro eintraf, wählte sie die Nummer.

Clemows Sprechstundenhilfe sagte, der Doktor spreche mit einem Patienten, werde aber zurückrufen. Eine halbe Stunde später tat er es.

Lydia hatte Clemow vor einigen Jahren kennengelernt. Er war schon seit Jahren Caldwells Hausarzt gewesen und öfter zu ihnen eingeladen worden. Clemow war Neuseeländer und sprach immer noch mit Akzent, obwohl er schon viele Jahre in den Staaten lebte.

»Ich hoffe, Sie erinnern sich an mich, Doktor Clemow«, sagte sie.

»O ja, gewiß. Und selbst, wenn nicht, würde ich Sie jetzt ganz bestimmt kennen. Sie haben bei den Medien große Aufmerksamkeit gefunden ... Wie geht es Ihnen?«

»Sehr gut. Ich bin Ihnen für den Rückruf dankbar, Doktor. Ich rufe natürlich wegen Senator Caldwell an.«

Es blieb kurze Zeit still, dann sagte er. »Eine furchtbare Sache. Schlimm genug, daß der Mann ermordet worden ist, aber sein eigener Sohn ... nicht zu fassen –«

»Ja ... Doktor Clemow, mir ist klar, daß Sie nicht im einzelnen über die Gesundheit von Senator Caldwell sprechen können, daß bestimmte Dinge vertraulicher Natur sind, aber eine recht zuverlässige Quelle hat mir mitgeteilt, daß die Obduktion bei Senator Caldwell Krebs ergeben hat –«

»Miss James, wie Sie selbst sagen, kann ich darüber nicht sprechen –«

»Ja, ich verstehe, Doktor, aber vielleicht könnten Sie mir irgend etwas sagen, das Sie nicht kompromittiert. Irgend etwas ...« Sie wußte selbst, daß das beinahe verzweifelt klang, aber was hatte sie zu verlieren? Sie tappte natürlich im dunkeln, aber angesichts der Tatsache, daß Mark Adam vor einem Prozeß stand und der Ausschuß einen Abschlußbericht vorlegen sollte, war alles zulässig. Außerdem sah sie gar keine andere Möglichkeit.

»Sie scheinen mit dem Verlauf der Dinge nicht ganz zufrieden zu sein –«

»Doktor, ich will indiskret sein und es Ihnen verraten. Es fällt mir außerordentlich schwer, an Mark Adams Geständnis zu glauben. Sie sagten selbst, es sei nicht zu fassen. Wenn also irgend etwas vorliegt, das dazu beitragen könnte –«

»Tja ... es gibt einen Punkt, den ich erwähnen könnte und von dem ich nicht glaube, daß er gegen die ärztliche Schweigepflicht verstößt –«

»Nämlich?«

»Senator Caldwell war über den Ausgang einiger Tests tief ... betroffen. Er erklärte mir, er halte es für richtig, einige Dinge in seinem Leben zu ordnen. Er verriet mir nicht, was er meinte ... und ich kann Ihnen nicht sagen, was bei den Tests herauskam ...«

Lydia spürte einen Anflug von Erregung ... ob der Fisch doch anbiß?

»Natürlich nicht, Doktor. Sonst noch etwas?«

»Tja, der Senator sagte, er wolle einen Brief schreiben, in dem er einige Dinge geradezurücken gedenke, und der Brief solle nach seinem Tod geöffnet werden.«

Lydia hielt den Atem an.

»Von einem solchen Brief habe ich nichts gehört –«

»Er sagte, daß er den Brief mir übergeben wolle. Das hat er nicht getan.«

»Vielleicht hat er ihn gar nicht zu Ende geschrieben. Er starb schließlich früher als erwartet –«

»Nein, Miss James, er hat den Brief geschrieben. Jedenfalls erzählte er mir das. Er war wütend über sich, weil er vergessen hatte, ihn mir mitzubringen, und wollte ihn mir bei seinem nächsten Besuch geben. Dieser Besuch hat leider nicht mehr stattgefunden.«

»Was glauben Sie, wer den Brief hat?«

»Das weiß ich nicht . . . seine Familie, nehme ich an. Aber es bedrückt mich, daß sein letzter Wunsch nicht in Erfüllung gegangen ist. Ich empfahl ihm, den Brief seinem Anwalt oder Veronica zu übergeben, aber er sagte, das gehe beides nicht. Sonderbar . . .«

Lydia zwang sich zu einigen beiläufigen Bemerkungen, dankte dem Arzt und legte auf.

Ginger Johnson kam herein. Die roten Haare hingen ihr ins Gesicht, und sie atmete schwer.

»Ich habe mich nicht verspätet, Lydia«, sagte sie, als sie ihren Mantel auszog und auf einen Stuhl warf. »Ich war schon um sieben hier.«

»Wieso das denn?«

»Ich konnte nicht schlafen. Das war eine Nacht! Wir sind die ganze Zeit wachgeblieben, Harold und ich, und haben über uns geredet. Er ist ja wirklich nicht richtig im Hirn, aber so lieb. Er möchte mich heiraten –«

»Das ist ja wunderbar.«

»Nein, ist es nicht. Er sagte, er wolle eine altmodische Frau, eine Mutter für seine Kinder, eine Frau, die seinen Haushalt führt, damit er sich seiner Laufbahn widmen kann und so weiter. Stellen Sie sich das vor, ich als Hausfrau mit der Schürze, beim Abwasch, beim Windelwaschen.«

Lydia lächelte.

»Kein Mensch wäscht mehr Windeln, Ginger. Die wirft man nach Gebrauch weg.«

Ginger kramte in ihrer großen Handtasche, die sie als Ersatz für die gestohlene gekauft hatte, zog ein Papiertaschentuch heraus und schneuzte sich.

»Ich weiß nicht, was ich tun soll, Lydia. Auf der einen Seite ist Harold so bürgerlich, daß er ein guter Ehemann sein könnte. Ich meine, ich würde nicht befürchten müssen, daß er andere Weiber hat. Aber genügt denn das? Was ich sagen will damit: Es gibt ja viele Männer, mit denen zusammenzusein Spaß macht. Harold ist . . . na ja, wenn ich ehrlich sein soll, Harold ist langweilig, aber nett.« Sie blies eine Haarsträhne aus der Stirn. »Was soll man als Frau machen? Ich bin völlig erledigt, weil ich die ganze Nacht nicht geschlafen habe, und deshalb war ich so früh hier . . . Haben Sie die Nachricht bekommen?«

»Welche Nachricht?«

»Christa Jones hat angerufen. Gleich, als ich hier ankam. Da, der Zettel liegt auf dem Tisch.« Sie wies auf den Schreibtisch, der unter einer Papierflut zu ersticken drohte.

Lydia kramte herum, bis sie den Zettel fand.

»Was wollte sie?«

»Das wollte sie nicht sagen. Sie hörte sich aber sehr aufgeregt an. Wie in Panik. Als ich ihr sagte, daß Sie nicht hier wären, gab sie zur Antwort, sie würde wieder anrufen, sobald sie könnte.«

»Ich versuche es gleich«, sagte Lydia. Sie griff nach dem Telefon und wählte die Nummer des Senders. Sie bat die Vermittlung um eine Verbindung mit Christa Jones' Büro.

»Bedaure, Miss Jones ist hier nicht mehr tätig.«

»Oh . . . wo kann ich sie erreichen?«

»Keine Ahnung. Tut mir leid.«

»Haben Sie gewußt, daß Christa Jones nicht mehr für Quentin Hughes arbeitet?« fragte Lydia, als sie auflegte.

»Nein.«

»Haben Sie eine private Rufnummer von ihr?«

»Die steht nicht im Buch.«

»Hoffentlich meldet sie sich wieder. Sie hinterließ bei mir einen starken Eindruck.«

»In welcher Beziehung?«

»Ich weiß nicht recht . . . Ich hatte das Gefühl, daß sie mir etwas sagen wollte, sich aber nicht dazu überwinden konnte.«

Als Ginger das Büro verließ, rief Lydia bei Cale Caldwell junior an und wurde von Joanne Marshall weiterverbunden.

»Ich bin froh, daß Sie anrufen, Lydia. Nach all dem, was ich Ihnen neulich erzählt habe, machte ich mir Sorgen darüber, wie Sie das aufnehmen würden. Sie wissen hoffentlich, daß es mir nicht leichtgefallen ist, Ihnen das über Mark und Jimmye zu erzählen, aber Mutter und ich halten sehr viel von Ihnen. Wir vertrauen Ihnen. Ende der Rede.«

»Ich weiß das wirklich zu schätzen, Cale ... Aber ich komme schon wieder als Ermittlerin daher ... entschuldigen Sie. Cale, wissen Sie etwas über einen Brief Ihres Vaters, der bei seinem Tod geöffnet werden sollte?«

»Ein Brief? Nein ... nie davon gehört.«

»Und Ihre Mutter?«

»Das glaube ich nun ganz und gar nicht, Lydia. Ich meine, wenn sie etwas wüßte, hätte sie mir doch davon erzählt.«

»Das ist sicher richtig, Cale ...«

»Warum fragen Sie? Hat Ihnen jemand erzählt, es gäbe einen solchen Brief?«

»Das gehört zu dem Sumpf aus Fakten, Halbwahrheiten und Gerüchten, in dem ich stecke, seitdem ich für den Ausschuß arbeite. Glauben Sie mir, ich kann mir gut vorstellen, was Sie alle durchgemacht haben müssen. Ihre Familie ist wahrlich zu bewundern.« – Er lachte geschmeichelt.

»Allerdings, Lydia. Ich bin auch stolz auf sie. Gleichgültig, was noch kommen mag, dafür muß man dankbar sein.«

Als nächstes rief sie in Quentin Hughes' Wohnung im Watergate an. Die Leitung war besetzt. Sie versuchte es fünf Minuten später noch einmal und hörte wieder das Besetztzeichen. Sie wollte Hughes fragen, wie sie seine ehemalige Mitarbeiterin erreichen könne. Als auch beim drittenmal noch belegt war, gab sie auf. Vermutlich war Christa wegen ihrer persönlichen Probleme mit Hughes gegangen, und ihm würde es wohl gleichgültig sein, ob jemand sie erreichen konnte oder nicht. Sie würde abwarten müssen, ob sie sich wieder melden würde.

Quentin Hughes ließ sich von seiner Mutter am Telefon berichten, was in Des Moines geschehen war. Zwei Männer waren, wie sie erzählte, in ihr Haus eingedrungen, hatten es von oben bis unten durchsucht und sie zu Tode erschreckt. Sie sei immer noch völlig durcheinander und habe sich sogar vom Arzt behandeln lassen müssen. Die Polizei sei zwar gerufen worden, aber nachdem sich herausgestellt habe, daß nichts gestohlen worden sei, hätte ihr Interesse merklich nachgelassen.

»... und du hast keine Ahnung, worauf sie es abgesehen hatten, Mama?« fragte Hughes.

»Nein. Es war furchtbar, Quentin. Wenn du nur hiergewesen wärst!«

»Gewiß. Ist der Schrank durchsucht worden?«

»Alles, Quentin. Es sah hinterher schrecklich aus.«

»Was waren das für Burschen?«

»Ach, das weiß ich nicht mehr genau. Einer war kahlköpfig und noch so jung . . . das fiel mir auf –«

»Hör mal, Mama, ich bin froh, daß dir nichts passiert ist. Tu, was der Arzt sagt, und gönn dir viel Ruhe. Vielleicht waren das nur zwei Verrückte, die Drogen suchten.«

»Drogen? Wieso in meinem Haus? Ich habe keine Drogen.«

»Ich weiß, ich weiß, Mama. Paß auf, ich muß Schluß machen. Ich komme, sobald ich kann.«

»Das sagst du immer, aber dann kommst du nie.«

»Ich war doch erst vor kurzem da.«

»Ja, ich weiß, aber nur ganz kurz. Du bist nur hergekommen, um das Paket zu holen.« Sie ächzte.

»Geht es dir nicht gut?«

»Glaubst du, daß sie das Paket gesucht haben?«

»Sei nicht albern. Ich sage doch, das waren zwei Verrückte. Ruh dich aus und paß gut auf dich auf. Laß die Schlösser an den Türen auswechseln. Das bezahle ich.«

»Ich bin so ungern ganz allein hier.«

»Wir unterhalten uns bald darüber. Adieu, Mama.« Er legte auf, ging rasch in die Küche, nahm den Schlüssel vom Haken hinter dem Kühlschrank und eilte ins Schlafzimmer. Er holte die Kassette heraus und öffnete sie nervös. Das braune Päckchen war verschwunden.

Er ging ins Wohnzimmer, packte die Schreibtischlampe und schleuderte sie in die Ecke. Mit geballten Fäusten blieb er stehen. Christa . . . der Teufel sollte sie holen . . .

Kapitel 24

Sie verfehlten einander nur um Minuten.

John Conegli hielt vor dem Haus, in dem Christa Jones wohnte, in eben dem Augenblick, als sie um die Ecke bog und ein Taxi suchte.

Er fuhr zweimal um den Block herum, bevor er einen Parkplatz fand. Er ging zu ihrem Gebäude, schaute die Straße hinauf und hinunter und betrat das Vestibül. Er nahm einen Schlüsselbund aus der Tasche und probierte sie der Reihe nach aus, bis er die Tür zum Hausinneren öffnen konnte. Er ließ sie hinter sich zufallen und lauschte. Den Briefkästen zufolge hatte Christa die Wohnung mit der Nummer 4. Er suchte nach einem Lift. Es gab keinen. Er fluchte halblaut vor sich hin, während er die Treppen hinaufstieg. Bis er oben ankam, keuchte er, und sein rechtes Bein, in dem er vor zwei Jahren eine Venenentzündung hatte, schmerzte.

Er blieb vor Christas Wohnungstür stehen und lauschte wieder. Schon der erste Schlüssel paßte.

Eine von Christas Katzen starrte ihn von einem Fensterbrett aus an, gähnte und ließ den Kopf wieder auf die Pfoten sinken. Die andere Katze kam aus der Küche und strich an Coneglis Bein vorbei. Er hob vorsichtig den Fuß und schob sie weg.

»Verschwinde.« Er hatte Katzen nie gemocht. Hinterlistige Geschöpfe.

Er blickte in das Badezimmer, in die Küche. Auf einer Reihe von Papiertellern lag Trockenfutter für Katzen, daneben standen zwei Schalen mit Wasser.

»Scheint für eine Weile weg zu sein«, murmelte er vor sich hin. »Aber offenbar kommt sie doch wieder.«

Er suchte die Wohnung systematisch ab. Er hätte schneller vorgehen können, wollte aber keine erkennbaren Spuren hinterlassen, mußte also alles wieder dort hintun, wo er es weggenommen hatte.

Zwei Stunden später saß er auf dem Sofa, legte die Füße auf den niedrigen Tisch und schloß die Augen. Fünf Minuten später verließ er die Wohnung, setzte sich in sein Auto und fuhr in Richtung der Wohnung von Clarence Foster-Sims. Er hatte neulich nachts ein Gespräch zwischen Foster-Sims und Lydia James mitgehört. Da es am Telefon stattgefunden hatte, war nur Foster-Sims' Stimme zu hören gewesen, aber immerhin hatte er erfahren, daß sie an diesem Abend bei Foster-Sims zu Abend essen wollten. Er hielt an einem Tabakgeschäft und kaufte Zigarren. Die Nacht würde sehr wahrscheinlich lang werden.

Das Telefon begann zu läuten, als Lydia in ihrer Handtasche nach dem Schlüssel zu ihrem Stadthaus suchte. Sie schloß rasch die Tür auf, hastete ins Wohnzimmer und riß den Hörer an sich.

»Hallo?«

Es blieb kurze Zeit still.

»Miss James?«

»Ja. Wer ist da?«

Stille.

»Hier ist Christa Jones«, sagte die Stimme nach einiger Zeit. »Ich war bei Quentin Hughes in der Regie tätig . . .«

»Ah, ja.« Lydia klemmte den Hörer zwischen Ohr und Schulter ein und ging kurz ihre Post durch. Neben Rechnungen und Werbung entdeckte sie einen größeren braunen Umschlag. Er war von Hand an sie adressiert, in der linken oberen Ecke stand: »C. Jones«.

»Nett, von Ihnen zu hören«, sagte Lydia. »Ich sehe eben meine Post durch und stelle fest, daß von Ihnen etwas dabei ist –«

»Miss James, ich –« Sie begann zu weinen.

»Miss Jones, ist etwas nicht in Ordnung?«

»Nein . . . doch. Ich störe Sie ungern und weiß, daß das nicht Ihr Problem ist, aber ich muß mit einem Menschen reden . . .«

»Ich unterhalte mich gern mit Ihnen. Was ist denn passiert? Hängt es mit dem Umschlag zusammen, den ich von Ihnen bekommen habe?«

»Ja, damit und mit anderen Dingen. Könnten wir uns heute abend sehen?«

Lydia sollte in einer Stunde bei Clarence sein. Sie hatte sich sehr auf den Abend gefreut. Aber wie sollte sie dem Drängen in Christas Stimme widerstehen? Sie konnte Clarence anrufen und ihm sagen, daß sie eine Stunde später kam . . . Sie fragte Christa, ob das, was sie zu sagen hatte, in irgendeiner Weise mit dem Fall Caldwell zusammenhänge.

Ein Zögern, längeres Schweigen. Nur Hintergrundgeräusche, die auf eine öffentliche Sprechzelle deuteten. Als Christa nicht antwortete, wiederholte Lydia die Frage.

»Ja . . . in gewisser Beziehung.«

»Wo sind Sie?«

»Am Busbahnhof im Zentrum.«

»Gut, aber es muß schnell gehen. Kann ich Sie gleich treffen?«

»Ja, *bitte*. Ich fahre in Kürze fort.«

Lydia rief rasch bei Clarence an, beruhigte ihn, so gut sie konnte, zog ihre Schuhe an, fuhr mit der Bürste durch die Haare und fuhr ins Stadtinnere.

Am Busbahnhof herrschte reges Treiben, ein Gewühl von eiligen Reisenden und den üblichen Pennern und Prostituierten, die durch ihre trägeren Bewegungen auffielen. Sie ging durch den Terminal und versuchte Christa Jones zu finden. Nachdem sie einmal hindurchgegangen war, ohne sie zu entdecken, ging sie zum Haupteingang zurück. Ob sie es noch einmal versuchen sollte? In diesem Augenblick sah sie Christa aus einer Toilette kommen. Sie trug einen alten Samsonite-Koffer und hatte einen langen, rotgelben Steppmantel an. Ihre Haare wirkten ungepflegt, ihr Gesicht spiegelte ihre Erregung wider.

»Ich wollte schon aufgeben«, sagte Lydia, als Christa herangekommen war.

»Entschuldigen Sie. Ich war dort drinnen.«

»Wir haben uns ja gefunden. Wo können wir uns unterhalten?«

Sie schauten sich in der Halle um. Fast alle Sitzplätze waren besetzt. Es gab keine freien Plätze nebeneinander.

»Wie war es in der Toilette?« fragte Lydia.

»Fast leer.«

»Kommen Sie.«

In der Toilette standen zwei Frauen, die aber bald gingen. Lydia und Christa waren allein.

Lydia zog einen Umschlag aus der Handtasche. Er hatte sich in dem großen braunen befunden und war mit Klebeband verschlossen. Auf der Vorderseite stand: »Drei Tage nach Erhalt öffnen«.

»Was ist das?« fragte Lydia.

»Etwas, das ich Ihnen geben wollte, für den Fall, daß mir etwas zustößt.«

Lydia zog die Brauen zusammen und fuhr mit den Fingerspitzen über den Umschlag. Er schien Papierblätter zu enthalten und einen harten Gegenstand ... einen Schlüssel?

»Christa, wie kommen Sie darauf, daß Ihnen etwas zustoßen könnte?«

»Darauf kann ich jetzt nicht eingehen.« Sie schaute auf ihre Uhr. »Ich muß bald zu meinem Bus. Bitte machen Sie den Brief nicht vor drei Tagen auf. Ich brauche Zeit. Ich hoffe, daß ich bis dahin wieder zurück bin. Wenn ja, machen wir ihn gemeinsam auf. Wenn nicht ... tun Sie es allein – und alles andere hängt von Ihnen ab ...«

»Warum ich, Christa?«

»Weil ich sonst keinen Menschen habe, Miss James.«

Zwei Frauen kamen herein, und sie unterbrachen ihr Gespräch. Als weitere Frauen auftauchten, schlug Lydia vor, hinauszugehen und dort weiterzureden.

Sie blieben vor einer Reihe von Verkaufsautomaten stehen. Als Lydia sich vergewissert hatte, daß niemand in ihrer Nähe stand, fragte sie noch einmal: »Warum glauben Sie, daß Ihnen etwas zustoßen könnte? Wer sollte Ihnen etwas tun wollen?«

Christa, die sich in der Damentoilette beruhigt zu haben schien, wirkte nun wieder erregt. Sie drehte an den Mantelknöpfen, schob mit der Schuhspitze einen Zigarettenstummel am Boden herum und blickte nervös um sich.

»Christa«, sagte Lydia und legte die Hand auf ihren Arm, »Sie haben es für richtig gehalten, sich an mich zu wenden. Es ist nicht fair, es ergibt auch keinen Sinn, wenn Sie jetzt so geheimnisvoll tun.«

»Ich weiß, ich weiß. Ich wollte Sie nicht mit hineinziehen ... Geben Sie mir den Umschlag zurück ... Es tut mir leid, ich war so durcheinander und konnte nicht klar denken –«

»Christa, ich will doch gar nicht meine Ruhe haben, aber wenn ich schon beteiligt bin, sollten Sie ehrlich zu mir sein. Ich habe Sie bei Ihrem Anruf gefragt, ob das mit dem Fall Caldwell zusammenhänge. Sie haben das bestätigt. Also?«

Christa lehnte sich an eine der Maschinen.

»O mein Gott, warum mußte das passieren?«

»Warum mußte was passieren?«

»Alles ... Jimmye MacNab, Quentin ... das war alles so überflüssig. Ich habe ihm gleich gesagt, daß er einen schrecklichen Fehler macht, daß sie nichts für ihn ist ...«

»Quentin Hughes und Jimmye MacNab?«

»Ja.« Ihr Gesicht nahm harte Züge an. »Ja, die beiden. Er sagte, er liebe sie mehr als jede andere Frau ... das hat er mit mir gemacht, daß er von anderen Frauen sprach ... Mein Gott, wie weh das getan hat ...«

»Aber trotzdem haben Sie ihn geliebt, nicht wahr?«

Sie schloß die Augen.

»Ja, und das Schlimmste ist, ich tue es immer noch.« Sie öffnete die Augen wieder. Sie wirkten angstvoll. »Sie war die schlimmste, Miss James.«

»Wer?«

»Jimmye MacNab. Sie war so grausam, aber das konnte er nicht erkennen, oder er wollte es nicht wissen. Oder es gefiel ihm sogar ... Sie nützte die Leute aus wie kein anderer Mensch, den ich kenne, und ich bin den seltsamsten Typen begegnet, glauben Sie mir. Die Ironie dabei ist, daß Quentin genau den gleichen Charakter hat. Vielleicht deshalb ... Ich wußte jedenfalls sofort, was sie vorhatte, was sie von ihm wollte.«

Lydia wußte, daß die Zeit ablief, daß Christas Bus bald abfuhr. Wieviel sollte sie glauben von diesen Dingen? Christa Jones war offenbar völlig durcheinander. Keine Zeit für Feinheiten ...

»Christa – hat Quentin Hughes Senator Caldwell umgebracht?

Oder Jimmye?«

Christa schien zu einer Statue zu erstarren.

»Wollten Sie mir das sagen?« drängte Lydia. »Daß Quentin Hughes aus Eifersucht –«

»Nein.«

»Was dann?«

»Sie hat den Tod verdient, Miss James. Ich habe sie mit jeder Faser gehaßt –«

»Sie?«

Christa sah sie verwirrt an.

»Haben Sie Jimmye MacNab – getötet?«

»Ich hätte es liebend gerne getan.«

Bevor Lydia weitere Fragen stellen konnte, sagte Christa, sie müsse zu ihrem Omnibus.

»Ich komme mit«, sagte Lydia. In Wirklichkeit wollte sie fort von hier, sich in die Stille und Geborgenheit von Clarences Wohnung flüchten, aber sie hatte auch Sorge, Christa fortgehen zu lassen ... verstört oder nicht, was Christa sagte, klang glaubhaft. Ihre Angst und ihr Zorn wirkten völlig echt.

»Nein, ich will alleine gehen. In drei Tagen bin ich wieder da. Wenn nicht, dann öffnen Sie den Umschlag. Bitte nicht vorher, Miss James. Ich brauche diese drei Tage zum Nachdenken. Ich muß mir überlegen, ob ich das Richtige mache. Ich habe eine gute Freundin, bei der ich bleiben kann.« Sie drückte Lydia fest die Hand und tauchte im Gewühl unter.

Lydia zwängte sich durch das Gedränge und sah den rotgelben Mantel in einem Omnibus verschwinden, auf dem »New York« stand. Christa schaute sich nicht um. Sie gab dem Fahrer, der an der offenen Tür stand, ihre Fahrkarte und verschwand im Inneren.

Im Auto versuchte Lydia Ordnung in ihre wirren Gedanken zu bringen. Sie ärgerte sich darüber, daß sie sich von Christa hatte hierherlocken lassen. Die junge Frau tat ihr leid, aber herausgekommen war bei der ganzen Sache nichts.

Sie ließ den Motor an, um zu Clarence zu fahren, als ihr Blick auf den Beifahrersitz fiel, wo Christas Umschlag lag. Sie berührte ihn, betastete den harten Gegenstand, drehte den Zündschlüssel wieder herum, riß den Umschlag auf und nahm einen Schließfachschlüssel heraus. Der Umschlag enthielt noch einen langen Brief, den sie aber nicht ganz las, denn der Anfang schien am wichtigsten zu sein:

»In einem Schließfach im Busbahnhof finden Sie ein Videoband. Das ist der Schlüssel zu dem Fach. Es erklärt so viel . . .«

Nun, sie war schon so weit gegangen . . . Sie kehrte in die Station zurück, fand das Fach und sperrte es auf. Im Inneren lag ein Paket, in braunes Packpapier gewickelt. Sie nahm es heraus, klemmte es unter den Arm, ging zu ihrem Auto und fuhr mit überhöhter Geschwindigkeit zu Clarences Wohnung.

»Was hältst du von der Sache?« fragte Clarence, als sie am Tisch im Eßzimmer saßen. Es gab – selbst von ihm gekocht – Huhn, Folienkartoffeln, grüne Bohnen und einen Tomatensalat mit Zwiebeln. Clarence war ein Schatz, dachte Lydia zufrieden.

»Sie schien mir mitteilen zu wollen, daß sie oder Hughes Jimmye MacNab umgebracht haben. Als sie mich anrief, sprach sie davon, daß es mit dem Fall Caldwell zusammenhänge, aber davon war keine Rede mehr . . . Sie ist offenbar völlig außer sich. Sie liebt Quentin Hughes seit Jahren, geradezu verzweifelt, wie es den Anschein hat, und offenbar, seitdem sie ihn kennt. Ich weiß, das ist schwer zu verstehen, erst recht für einen Mann, Clarence – aber es gibt Frauen, die sich so in einen Mann verknallen, daß sie ihm nachlaufen, wo er auch hingeht, gleichgültig, wie schlecht er sie behandelt. Ich fürchte, das gehört bei ihnen sogar mit dazu. Ich gebe so etwas nicht gerne zu, aber manche Frauen können sich da einfach nicht helfen.«

»Möglich. Weißt du übrigens, wo Christa hingefahren ist?«

»Ja, nach New York, zu Freunden.«

»Und sie behauptet, das Videoband liefere die Lösung für die ganzen Fragen . . . oder jedenfalls für einen Teil . . . Zeig mir noch einmal den Brief . . . Na gut, sie beschuldigt Quentin Hughes, Jimmye MacNab und Senator Caldwell ermordet zu haben, ohne irgendeinen Beweis dafür zu liefern.«

»Sie sagt, das Band werde alles erklären. Ich weiß nur nicht recht, was.« Sie zögerte. »Clarence, ich hatte das Gefühl, ich dürfte mich an die Abmachung nicht halten, und habe den Brief aufgemacht . . . aber das Band auch noch?«

»Hör mal, heute abend kannst du ohnehin nichts mehr tun. Für das Abspielen brauchst du ein Gerät. Lassen wir das vorerst auf sich beruhen.«

Es war genau das, was sie hören wollte.

»Weißt du, Lydia, ich kann noch verstehen, daß sie bei Hughes geblieben ist, obwohl, oder vielleicht sogar weil er ein Schweinehund ist. Aber es wäre ebenfalls logisch, davon auszugehen, daß Christa Jones Jimmye MacNab aus Eifersucht getötet hat –«

»Und Hughes?«

»Warum sollte er, wenn er so wild auf sie war?«

»Christa hat auch gesagt, Jimmye sei im Charakter genauso gewesen wie Hughes – jemand, der die anderen ausnützt –, sie könnte ihn bis zum Mord gereizt haben ... aber wie hängt das alles mit dem Mord an Senator Caldwell zusammen?«

»Iß, bevor es kalt wird. Wir klären das bei Kaffee und Nachspeise.« Er lächelte dazu.

Aber als sie fertig waren, fiel ihm etwas Besseres ein.

»Weißt du, Mord will ans Tageslicht, aber so etwas hat auch Zeit ... wie wär's mit Kaffee im Bett?«

Lydia sah zu ihm auf.

»Das beste Angebot des Tages.«

John Conegli saß in seinem Wagen vor Clarences Haus und beugte sich zu dem Lautsprecher vor, der einen Teil der Gespräche zwischen Lydia und Clarence übertrug. Er hatte Lydia sagen hören, daß Christa nach New York gefahren sei, und auch einen Hinweis auf das Videoband vernommen. Er vermutete, daß Christa das Band mitgenommen hatte, aber sicher war er nicht. Außerdem hatte Lydia einen Brief von Christa geöffnet und fühlte sich nicht sehr wohl dabei ...

Der Ton des Fernsehapparats und das Rascheln des Bettzeugs standen nun im Vordergrund. Er lehnte sich zurück und nagte an seiner Unterlippe. Er wäre am liebsten sitzengeblieben, um zuzuhören, aber er wußte, daß die Zeit drängte. Er stieg aus, ging zu einer Telefonzelle an der Ecke, zog ein kleines Notizbuch aus der Tasche und blätterte, bis er den gesuchten Namen fand. Er wählte die Vorwahl von New York und dann die Rufnummer. Zu seiner Erleichterung meldete sich die Person, die er sprechen wollte.

»Mensch, Johnny, wie geht's denn?« sagte die Stimme in New York.

»Nicht so gut, Hal. Hör mal, ich habe nicht viel Zeit. Ich bearbeite hier einen großen Fall und brauche deine Hilfe.«

»Ich bin ausgelastet.«

»Nur heute, Hal. In Kürze kommt eine Frau mit dem Bus aus Washington an. Ich weiß nicht genau, wie lange der Omnibus bis zu euch braucht, aber er müßte wohl bald kommen. Sie heißt Christa Jones. Sieht ein bißchen verwildert aus, groß, graue Strähnen im dunklen Haar, keine Schminke. Sie besucht eine Freundin. Ich möchte nur, daß du, wenn es nicht schon zu spät ist, hinfährst, ihr nachgehst und feststellst, wo sie in den nächsten drei Tagen wohnt.«

»He, Johnny, ich bin verabredet und –«

»Mein Auftraggeber zahlt gut, Hal. Du wirst dich nicht beklagen können. Außerdem bist du mir was schuldig.«

Hal gähnte.

»Gut, gut, ich mach' das. Die Beschreibung ist aber dürftig.«

»Tu dein Bestes und gib mir Bescheid.« Conegli ging zu seinem Wagen zurück und hörte weiter ab. Er hörte Geräusche, zu welchen er sich die entsprechenden Vorstellungen machte.

Schließlich wurde es im Schlafzimmer von Foster-Sims still. Das Fernsehgerät war abgeschaltet worden. Conegli blickte auf seinen Schreibblock. Das Wichtigste war wohl der Umschlag, den Lydia James bekommen hatte und den sie erst öffnen sollte, falls Christa Jones nicht nach Washington zurückkehrte.

Jetzt nach Hause und ein paar Stunden schlafen. Vorher hielt er aber noch an einem Imbißlokal in Maryland, wo er mit einem jungen Mann zusammentraf, der lange, schwarze Haare hatte und zu Jeans und Cowboystiefel eine Lederjacke trug.

»Ich hab' einen Auftrag für dich, Billy«, sagte Conegli, während sie an der Theke Kaffee tranken.

»Kann Arbeit gebrauchen.«

»Es ist diesmal wichtig.«

»Ist es doch immer, oder? Also, raus damit.«

Kapitel 25

Boris Slewokian war den Nachmittag über bei Foster-Sims gewesen und war mit ihm die Stücke durchgegangen, die er auf einer Tournee durch den Fernen Osten bringen wollte. Es hatte beträchtliche Anstrengung gekostet, Clarence zur Mitwirkung zu bewegen, und Clarence war von seiner eigenen Zustimmung noch mehr überrascht als Boris.

Seit Jahren hatte er zum erstenmal einen Flügel angerührt, und der Steinway war ihm zuerst wie ein gefährlicher Gegner vorgekommen.

Er unterbrach die Probe mit Boris – die ihm weniger schwerfiel, als er befürchtet hatte –, um Lydia anzurufen und ihr zu gestehen, daß er sich wieder an das verdammte Piano gesetzt hatte. Das würde ihr Freude machen.

»Lydia?«

»Hallo«, sagte sie, während sie sich weiter auszog, um Gymnastik zu treiben.

»Ich habe mir den ganzen Tag Sorgen um dich gemacht.«

»Warum?«

»Wegen des Briefes, den Christa Jones dir gegeben hat. Dir muß doch klar sein, daß gewisse Leute praktisch alles tun würden, um ihn dir wegzunehmen –«

»Clarence, niemand weiß von Brief oder Band außer dir, mir und Christa. Ich habe den Brief in einen Umschlag vom Senatsausschuß gesteckt und ihn Ginger gegeben, damit sie ihn in den Bürosafe legt, der voll von Unterlagen ist. Ich habe ihr nicht gesagt, was er enthält, und sie hat auch nicht gefragt. Sie räumt alle möglichen Papiere weg –«

»Du hast ihn Ginger gegeben? Hältst du das für klug?«

»Für klug und vernünftig. Ginger redet zwar viel, ist aber gar nicht dumm. Das Videoband habe ich außerdem höchstpersönlich in den Tresor gelegt. Im übrigen habe ich mich beim Fernsehstudio des Senats nach Abspielmöglichkeiten erkundigt. Man kann dort aber nur schmalere Bänder vorführen. Ich muß also wohl in ein TV-Studio, wo es die entsprechenden Vorführgeräte gibt.«

»Ich habe einen Bekannten, der selbst einen Videorecorder zu Hause –«

»Die sind auch zu klein. Ob ich will oder nicht, ich werde mich also an Christas Bitte halten müssen. Dafür bin ich eigentlich sogar dankbar. Und jetzt gehe ich mit Ginger essen. Ich mag sie sehr. Sie ist so lebendig ...«

»Nicht mein Geschmack, Schatz, aber gut ... Übrigens, stell dir vor – ich habe den ganzen Nachmittag Klavier gespielt.«

»Das ist ja wunderbar! Wie ist es denn dazu gekommen?«

»Durch Boris. Ich habe an einem neuen Stück gearbeitet, das er bei seiner nächsten Tournee spielen will. Die Finger sind recht steif, Lydia.«

Sie lächelte, als sie an ganz andersartige, persönliche Erfahrungen dachte.

»Clarence, Liebling, ich muß gehen ... Ich rufe dich an, wenn ich nicht zu spät nach Hause komme ...«

»Bitte tu das. Ich bleib lange wach.«

John Conegli, der eine Stunde früher vor Foster-Sims' Haus angekommen war, hatte Clarences Bemerkungen am Telefon belauscht und gehört, daß Ginger Johnson den Umschlag bekommen hatte. Das hieß für Conegli, daß er seine Pläne am Abend ändern mußte. Er fuhr sofort zu Gingers Wohnung, stellte an den Briefkästen fest, daß ihr Appartement die Nummer 14 F trug, verließ das Haus und ging zu einer Telefonzelle. Nach dem ersten Läuten meldete sich eine Frauenstimme.

»Geben Sie mir Billy.«

»Der iss nich da.«

»Wer spricht da?«

»Seine Mutter. Wer sinn Sie?«

»Ein Freund. Hat er gesagt, wo er hingeht?«

»Hat was zu tun.«

Conegli legte auf und verließ die Zelle. Er erwog, Billy selbst abzufangen, wollte aber ungern von hier fort. Nach Foster-Sims' Worten bestand die beste Aussicht, den Umschlag zu beschaffen, bei Ginger Johnson. Außerdem schadete es nichts, wenn Billy das Vereinbarte erledigte. Das war eine Art Rückversicherung.

Lydia saß in einer Nische von *Martin's Tavern* an der Wisconsin Avenue im Stadtteil Georgetown. Sie fand das Lokal typisch für diese Gegend – Nischen aus dunklem Holz, ältere Kellner in grünen Jacken, eine lange Bar aus Eiche mit einer schier endlosen Sammlung von Bierkrügen.

Lydia machte sich wegen Gingers Verspätung keine Sorgen. Sie war nie pünktlich. Während sie allein am Tisch saß und einen Aperitif trank, dachte sie an ihre Theorie über Menschen, die grundsätzlich zu spät kamen. Es war eine Methode, Aufmerksamkeit auf sich zu lenken, wenn man die anderen warten ließ.

Als wieder zwanzig Minuten vergangen waren, hörte Lydia auf zu philosophieren und begann sich Sorgen zu machen. Sie erwog, bei Ginger anzurufen, überlegte dann aber, daß sie vielleicht schon unterwegs war.

Eine Viertelstunde später rief sie doch in Gingers Wohnung an. Harold meldete sich.

»Hier Lydia James, Harold. Ich sollte Ginger zum Abendessen treffen, aber sie ist noch nicht gekommen. Ich mache mir Sorgen –«

»Mit Recht.« Seine Stimme klang gepreßt. »Eben hat die Polizei angerufen. Sie ist schon wieder überfallen worden.«

»Um Gottes willen! Ist ihr etwas passiert?«

»Ich glaube nicht. Man brachte sie gerade in die Klinik, als angerufen wurde. Ich hörte sie im Hintergrund brüllen, sie wolle nicht ins Krankenhaus. Ich bin aber froh, daß man darauf bestanden hat . . .«

Lydia bezahlte ihr Getränk und verließ das Lokal. Sie ärgerte sich darüber, daß sie in ihrer Betroffenheit nicht gefragt hatte, in welche Klinik Ginger gebracht worden sei. Jetzt blieb ihr nichts anderes übrig, als heimzufahren und auf einen Anruf zu warten.

Sie steuerte ihren Buick durch eine winzige Einfahrt auf die Rückseite ihres Stadthauses, stieg aus und ging um das Gebäude herum zum Eingang. In der Dunkelheit stolperte sie über eine Steinplatte, die sich gelockert hatte. Sie würde das wirklich reparieren lassen müssen, dachte sie, als sie weiterging.

»Keine Bewegung.«

Ein Mann trat hinter dem Gebüsch neben dem Haus hervor, schlang den Arm um ihren Hals und preßte die Spitze eines Messers in ihren Rücken.

Lydia war wie gelähmt.

»Ganz ruhig zum Eingang gehen.«

Sie tat es und sagte an der Tür: »Ich habe kein Geld im Haus. Es steckt in meiner Handtasche. Nehmen Sie sie und lassen Sie mich in Ruhe –«

»Halten Sie den Mund und schließen Sie auf.«

Ihr einziger Gedanke war, daß sie vergewaltigt werden sollte. Was sonst, wenn er es nicht auf ihr Geld abgesehen hatte? Während sie mit zitternden Fingern nach ihren Schlüsseln griff, versuchte sie sich daran zu erinnern, welche Ratschläge in den Medien für den Fall einer Vergewaltigung gegeben worden waren. Das hatte alles so klar und vernünftig geklungen. Angesichts der Wirklichkeit konnte davon keine Rede mehr sein . . . War es besser, sich zu wehren, oder sollte man ruhig bleiben und dem Mann das auszureden versuchen? Sie öffnete die Tür, und sie stolperten hinein. Er hatte sie nicht losgelassen. Mit dem Absatz stieß er die Tür zu, lockerte den Griff und stieß sie weg. Sie prallte mit dem Gesicht an die Wand und verspürte einen dumpfen Schmerz im Backenknochen.

»Nicht umdrehen.«

Sie tat es nicht, sah ihn aber in einem Spiegel. Er war jung und hatte lange, schwarze Haare. Über einem dunklen Hemd trug er eine Wildlederjacke mit Fransen.

Er schaute sich in der Diele um. Zum erstenmal sah sie das Messer. Es schien ein Jagdmesser zu sein und war sehr groß.

»Los, rein«, sagte er und wies mit dem Kopf in Richtung Wohnzimmer.

Lydia drehte sich herum.

»Wer sind Sie?« Unter den Umständen keine sehr intelligente Frage, fuhr es ihr durch den Kopf. Nimm dich doch zusammen, Lydia ...

Er grinste.

»Machen Sie keine Witze. Nur ganz ruhig, ich tue Ihnen nichts, wenn es nicht sein muß.«

Er wollte sie vergewaltigen. Sie nahm sich vor, sich auf jeden Fall zu wehren. Er würde schon sein Messer benützen müssen, um –

Er packte ihren Arm und stieß sie ins Wohnzimmer.

»Sie können mir eine Menge Zeit sparen. Geben Sie den Umschlag her, der so wichtig ist.«

Seine Forderung entsetzte sie. Weshalb wollte er Christa Jones' Umschlag? Woher wußte er überhaupt davon? Kannte er den Inhalt, oder führte er nur einen fremden Auftrag aus?

»Ich weiß nicht, wovon Sie reden –«

»Passen Sie auf, ich kann Sie auch festbinden und hier alles auf den Kopf stellen. Wenn Sie schlau sind, geben Sie mir den Umschlag und sparen uns Zeit und Mühe.«

Sie beschloß, die Wahrheit zu sagen, die oft am wenigsten überzeugend klang, wie jeder Jurist bestätigen konnte.

»Ich habe den Umschlag nicht, den Sie suchen. Ich habe ihn einem Mitarbeiter gegeben, er ist im Büro ...«

Natürlich glaubte er ihr nicht.

»Das hätte alles ganz glatt über die Bühne gehen können, aber Sie glauben mir ja nicht.« Er trat näher heran. Das Messer in seiner rechten Hand zielte auf ihren Bauch. Er packte ihre rechte Schulter und riß sie herum. Sie torkelte durch das Zimmer und fiel auf das Sofa. Er warf sich auf sie, drehte ihr den linken Arm auf den Rücken und drückte immer stärker. Sie schrie vor Schmerzen auf, wütend darüber, ihm diese Befriedigung zu verschaffen. »Hören Sie auf und sagen Sie mir, wo der Umschlag ist, sonst breche ich Ihnen den Arm –«

»Ich *habe* ihn nicht ... Lassen Sie mich los, dann sage ich Ihnen, wie Sie ihn bekommen können.«

Er ließ langsam ihr Handgelenk los, stand auf und stellte einen Fuß, der in einem abgewetzten Cowboystiefel steckte, auf den Couchtisch. Lydia schob sich in die Höhe, drehte sich herum und setzte sich auf die Sofalehne.

»Okay. Ich bin ganz Ohr.«

Sie schloß die Augen und biß die Zähne zusammen.

»Ich habe gesagt, der Brief ist in meinem Büro. Wir können hinfahren und ihn holen. Ich verspreche, daß Sie ihn dort bekommen –«

»Wie weit ist das?«

»Senatsgebäude –«

»Sie sitzen im Senat? Als Frau?«

»Ich arbeite dort, für einen Ausschuß.« Wieder die Wahrheit, die er wohl nicht glauben würde.

Er schien nachzudenken. Sie spürte, wie die Wut in ihr hochstieg. Keine Frage, wenn sie in diesem Augenblick einen Revolver gehabt hätte, wäre sie imstande gewesen abzudrücken. Mit Vergnügen. Sie hatte oft vor Gericht Menschen wie diesen Mann verteidigt, der nun vor ihr stand. Sie hatte sich für ihre Rechte eingesetzt, auf die Nachteile verwiesen, unter denen sie aufgewachsen waren, und oft Erfolg gehabt. Sie hatte an das geglaubt, was sie tat, sich ihren Mandanten verbunden gefühlt.

Damit war es vorbei. Wer hatte zugelassen, daß dieser Mann frei herumlief und sie mit dem Messer bedrohen konnte?

Er hatte seine Entscheidung getroffen.

»Aufstehen.«

»Was wollen Sie tun?« Er schlug ihr ins Gesicht. Sie wunderte sich darüber, wie wenig das schmerzte. »Wo ist das Schlafzimmer?«

Sie stand auf und führte ihn hinüber. Er knipste die Deckenlampe an.

»Hübsch«, sagte er. »Schön breit, das Bett.«

Sie schwieg und wartete. Er stand hinter ihr, das Messer erhoben.

»Also, wo versteckt eine wie Sie einen wichtigen Brief? Schwer ... Haben Sie einen Safe hier?«

»Nein.«

»Bestimmt nicht?«

»Bestimmt nicht, und der Brief ist auch –« Dann fiel ihr Blick auf den Nachttisch mit Lampe, Wecker und einer kleinen Schachtel Papiertüchern. Der Nachttisch besaß eine Schublade. Sie atmete tief ein. »Also gut, ich habe den Brief doch hier. Lassen Sie mich in Ruhe, wenn Sie ihn bekommen?«

»Weil Sie vernünftig geworden sind, werd' ich mir das überlegen.«

»Ich hole ihn.« Sie ging zum Nachttisch. Sie konnte den Mann nicht sehen, wußte ihn aber unmittelbar hinter sich. In der Schublade lagen Umschläge mit Schriftsätzen aus ihrer Kanzlei, die sie nachts durchgehen wollte.

Sie blieb stehen, beugte sich vor und zog die Schublade langsam heraus. Ihre linke Hand griff hinein und erfaßte einen großen, weißen Umschlag. Sie drehte sich rasch herum, schleuderte ihm den Umschlag hin und sagte: »Da ist Ihr Umschlag.« Während er danach griff, umfaßten ihre Finger ein zehn Zentimeter hohes Fläschchen voll CS-Tränengas, das in der Nachttischschublade lag. Sie hatte das Zeug vor einem Jahr von einem befreundeten Anwalt bekommen, der ihr erklärt hatte, sie benötige es, angesichts der Stadt, in der sie lebte, und der Menschen, die sie vertrat. Er hatte sie sogar dazu überreden wollen, einen Waffenschein zu beantragen, aber sie war stets dagegen gewesen. Das Tränengas hatte sie eigentlich nur genommen, um ihre Ruhe zu haben. Sie hatte den kleinen Behälter in die Schublade gelegt und bis heute fast vergessen. Sie wußte nicht einmal genau, welche Wirkung das Mittel auf Menschen hatte.

Ihr Daumen berührte den weißen Knopf auf dem Fläschchen. Während der Mann Blätter aus dem Umschlag zog und scharf fragte, ob das auch der richtige Brief sei, hob sie die linke Hand vor sein Gesicht und drückte den Knopf mit aller Kraft nach unten. Das Gas zischte hinaus und bedeckte das Gesicht des Mannes. Sein Mund öffnete sich; Lydia sprühte hinein.

Er stürzte zu Boden und wand sich in Krämpfen. Das Messer ließ er ebenso fallen wie den Umschlag mit seinem Inhalt. Lydia konnte nicht aufhören. Sie sprühte ihm den ganzen Inhalt der Dose ins Gesicht.

Dann kam die Ernüchterung. Sie spürte Ekel und war entsetzt über sich selbst. Er krallte die Finger in die Augen und heulte wie ein gequälter Hund.

Sie stürzte in die Küche, riß den Hörer von einem Wandtelefon und wählte die Nummer der Polizei. Ein Beamter meldete sich. Sie nannte Namen und Adresse und teilte mit, daß ein Eindringling in ihrem Haus sei. Er fragte, wie sie ans Telefon habe gelangen können. »Spielt doch keine Rolle«, stieß sie hervor. »Schicken Sie sofort jemanden her.« Sie ließ den Hörer einfach fallen und rannte zum Haus hinaus, über die Straße, lehnte sich an einen Laternenmast, preßte das Gesicht an das kalte Metall und wartete auf die Polizei . . .

Als erster sprang Horace Jenkins aus dem Wagen. Er sah Lydia und lief auf sie zu.

»Was ist passiert?«

Sie versuchte zu sprechen, brachte aber kein Wort heraus. Sie schlug die Hände vors Gesicht und brach in Schluchzen aus.

Zehn Minuten später traf ein Krankenwagen ein. Der Mann wurde fortgebracht.

Man führte Lydia ins Haus zurück. In einem kleinen Arbeitszimmer setzte sie sich auf eine Fensterbank und starrte nach draußen. Jenkins kam herein.

»Okay, es ist vorbei, Lydia. Der Kerl ist ein gewisser Billy Baulkis. Ellenlange Vorstrafenliste. Was hatte er vor ... eine Vergewaltigung?«

Lydia schüttelte den Kopf.

»Wollte er Geld?«

»Nein«, sagte sie so leise, daß man es kaum verstehen konnte. »Es spielt keine Rolle, oder?«

»Damit befassen wir uns später. Vermutlich nicht ... nichts passiert, zum Glück ... Wo hatten Sie übrigens das CS-Tränengas her?«

»Das war ein Geschenk. Verhaften Sie mich, wenn Sie wollen.«

»Ach was. Ich werfe das Ding weg. Alles wieder in Ordnung?«

»Ja, danke.«

»Vielleicht sollten Sie heute nacht nicht alleine hierbleiben.«

Sie versicherte ihm, daß sie sofort wegfahren und bei Bekannten übernachten wollte.

»Und noch einmal vielen Dank, Horace. Ich komme schon zurecht.«

»Bin froh, daß ich zufällig zur Stelle war«, gab er zurück. »Also, dann gute Nacht, Lydia. Lassen Sie sich nicht unterkriegen. Kerle wie ihn gibt es leider viel zuviele.«

Als er fort war, rief Lydia bei Clarence an. Sie berichtete rasch, was geschehen war, und sagte, sie wolle bei ihm die Nacht verbringen. Er befahl ihr, nicht selbst zu fahren. Zehn Minuten später erschien er mit einem Taxi vor ihrem Haus.

Viel später in dieser Nacht gab Clarence ihr die Medizin, die sie brauchte. Erst dann konnte sie schlafen ...

Als sie am frühen Morgen wach wurde, fiel ihr ein, daß der Überfall auf sie mit dem auf Ginger zusammengefallen war. Sie rief in Gingers Wohnung an.

»Wie geht es Ihnen?« fragte Lydia.

»Ich bin sauer. Tut mir leid, daß ich gestern nicht kommen konnte, aber das lag nicht an mir.«

»Na ja, wir hatten trotz allem einen gemeinsamen Abend, wissen Sie.«

»Wie das?«

»Das erzähle ich Ihnen, wenn wir uns sehen. Wie fühlen Sie sich?«

»Gar nicht so schlecht. Ich habe den Kerl und sein Auto wenigstens kurz sehen können. Ich habe wieder eine Beule am Kopf davongetragen und die zweite Handtasche verloren, aber es könnte schlimmer sein, wie es so schön heißt. Ich komme heute nachmittag ins Büro.«

»Ich auch«, sagte Lydia. »Ich glaube, wir haben einiges zu besprechen.«

Kapitel 26

Senator Wilfred MacLoon näherte sich dem Ende seiner Pressestunde. Er hatte es sich zur Gewohnheit gemacht, jede Woche mit ausgewählten Vertretern der Presse zusammenzutreffen, was dazu beitrug, daß sein Name in der Öffentlichkeit blieb und Medienkritik im Keim erstickt oder wenigstens gemildert wurde.

Er hatte sich mit einer Reihe wichtiger Themen befaßt, auch mit der Frage, ob das neue Raketenabwehrsystem den Kongreß passieren würde oder nicht. Er teilte den Journalisten mit, er sei davon überzeugt, und wies noch einmal darauf hin, daß allen Untersuchungen zufolge Utah das geeignetste Gelände für die Aufstellung biete.

Als letzten Punkt erwähnte er den Vorschlag des Senats, einen Untersuchungsausschuß einzusetzen, der sich mit den Praktiken religiöser Sekten befassen sollte. Er war entscheidend dafür verantwortlich gewesen, daß man derartige Ermittlungen mindestens ein Jahr lang schon aufgeschoben hatte. Die Abstimmung hatte am Vortag stattgefunden. Einer der Reporter fragte MacLoon, weshalb er sich für Sekten derart eingesetzt habe.

»Das ist eben das Problem mit euch«, sagte MacLoon. Seine Zigarre war ausgegangen. Er zündete sie wieder an. »Ich habe es getan, weil ich dagegen bin, daß der Kongreß der Vereinigten Staaten seine Nase in Angelegenheiten der Religionsausübung steckt, weil ich die Verfassung achte, die diesem Land gegeben worden ist. Das heißt nicht, daß ich *für* Sekten bin. Ganz im Gegenteil. Vieles, was ich darüber höre, erschreckt mich. Aber zu den heiligsten Grundsätzen dieser Demokratie gehört die Trennung von Kirche und Staat. Wenn der Staat sich in die Religion einmischt, heißt das, zu mißachten, was die Begründer unseres Staatswesens in ihrer Weisheit uns vermacht haben. Nein, ich trete nicht für die Sekten ein, meine Damen und Herren, sondern dafür, daß Kirche und Staat getrennte Wege gehen.«

Er schaute sich im Zimmer um.

»Sonst noch Fragen?«

Es gab keine mehr. Er bedankte sich, verließ zusammen mit Rick Petrone den Raum und ging in sein Büro zurück.

»Gut gemacht, Senator«, sagte Petrone.

Er nickte.

»Was tut sich ganz vorne?« Er meinte Lydias Büro.

»Nicht viel. Soviel ich weiß, arbeitet sie bei der Vorbereitung ihres Berichts mit der Polizei zusammen. Sie scheint nicht mehr so viel hierzusein.«

»Gut. Hat Ted Proust angerufen?«

»Ja. Zeit und Ort wie üblich, sagte er.«

MacLoon ärgerte sich über die Ausdrucksweise von Proust. Das klang wie in einem schlechten Kriminalfilm. Hoffentlich dachte Petrone sich nichts dabei. Er nahm sich vor, Proust seine Meinung zu sagen.

»Wenn Sie sonst nichts mehr für mich haben, Senator, möchte ich gern früh gehen«, sagte Petrone.

»Wer ist sie?«

»Meine Mutter. Sie ist ein paar Tage hier und möchte mit ihrem Lieblingssohn zusammen sein.«

»Beste Grüße von mir. Sie ist eine gute Frau und eine gute Mormonin.«

Als Petrone und die anderen gegangen waren, goß MacLoon sich einen großen Bourbon ein, lehnte sich in seinem Sessel zurück und dachte an den bevorstehenden Abend. Er sollte Proust in *Lee House* treffen, einem kleinen, behaglichen Hotel nicht weit vom Weißen Haus. MacLoon pflegte sich dort gelegentlich mit einer Freundin zu treffen und hatte Proust empfohlen, bei seinen Aufenthalten in Washington dort zu wohnen. Er mochte auch das kleine Lokal im Hotel, das den Namen *Durdy Annie* trug. Man führte dort alte Filme vor, und das Essen war gut und preiswert. Wilfred MacLoon, der eine Abneigung dagegen hatte, eigenes Geld auszugeben, wußte dergleichen zu schätzen.

Proust brachte eine Menge Geld mit. Leider war es MacLoon nicht gelungen, eine größere Liste von Leuten zusammenzubringen, die an der Entscheidung über das Raketensystem beteiligt und auch bereit waren, sich ein wenig unter die Arme greifen zu lassen.

Er machte sich Sorgen über das bevorstehende Zusammentreffen, hatte es ursprünglich überhaupt absagen wollen, dem Druck dann aber doch nachgegeben.

Er verließ sein Büro um 19.45 Uhr und hielt unterwegs an einem *MacDonald's.* Er trug eine Tüte mit zwei Big Macs, Pommes frites, Schokoladenmilch und heißem Apfelkuchen zu seinem Auto, verschlang das Gekaufte und fuhr weiter.

»Zum Teufel mit dem ganzen Verein«, knurrte er vor sich hin. »Die haben mich nicht in der Tasche. Niemand hat mich in der Tasche.«

Als er auf den Parkplatz vor dem Caldwell-Center fuhr, ließ ihn seine Zuversicht jedoch im Stich. In all den Jahren, in denen er es mit Lobbyisten zu tun gehabt hatte – und es hatte viele davon gegeben –, war ihm diese Sorte am unliebsamsten. Es ging nicht nur um die Gruppe als solche, sondern die Menschen, mit denen er sich abgeben mußte. Er verabscheute sie. Sie hatten nichts gemein mit den Männern, die er gewöhnt war, nicht das geringste.

Er ging zum Haupteingang hinein. Die Halle war leer, wie es, so hatte man ihm versichert, das ganze Center sein würde, abgesehen von einer Sitzung des Direktoriums in einem der oberen Konferenzräume. Die Sitzung würde bis nach Mitternacht dauern, hatte man ihm erklärt, so daß von hier keine Probleme zu erwarten waren.

Er schaute auf die Uhr. Der Mann verspätete sich. Er ging zu einer schweren Doppeltür, die ins Auditorium führte, öffnete sie und schaute hinein. Das Theater war dunkel, abgesehen von einer nackten Glühbirne, die im Bühnenbereich von der Decke baumelte.

Er blieb unbehaglich unter der Tür stehen und wünschte sich, alles möge anders, weniger kompliziert sein – so wie früher, als seine Kinder jünger gewesen waren und er sich sogar mit seiner Frau verstanden hatte. Der ältere Sohn war Arzt und lebte in Kalifornien, eine Tochter hatte einen höheren Posten bei einer Fluggesellschaft in Atlanta, und der jüngere Sohn studierte Jura. Er vermißte sie. Alles war anders gewesen, als er sie noch zu Hause gehabt hatte. Kein starker finanzieller Druck, der einen zwang, sich auf Dinge einzulassen, die ihm nicht behagten, mit Leuten umzugehen, die so widerlich waren wie –

»Guten Abend, Senator.«
MacLoon drehte sich um.
»Hallo, DeFlaunce. Sie kommen spät.«
»Ich bin aufgehalten worden«, sagte Jason. Sie sahen einander an. Es war unverkennbar, daß einer den anderen verabscheute.
Für Jason vertrat MacLoon all das, was mit den Mächtigen und Einflußreichen nicht in Ordnung war. Jasons Vater war Lokalpolitiker in einer Stadt in Massachusetts gewesen. Er hatte viel getrunken und viele Frauen gehabt. Jason hatte Kindheit und Jugend im Haß gegen seinen Vater verbracht. Haß, wenn er sah, wie seine Mutter behandelt wurde, die ihren Mann auch noch zu verteidigen pflegte. Jason hatte Schauspieler werden wollen. Er hatte studiert und seine Examen abgelegt, Hoffnungen auf eine Karriere als Darsteller aber aufgeben müssen. Statt dessen hatte er sich auf die geschäftliche Seite des Theaterlebens konzentriert und erfolgreich Geld für Aufführungen am Broadway beschafft. Er war nach Washington gegangen, um dort die Karriere zu machen, die ihm am Broadway versagt geblieben wäre. Rasch hatte er Zugang zu den Künstlerkreisen gefunden und mit Freude festgestellt, daß man gerne bereit war, sich auf seine Erfahrungen in der Theaterhauptstadt der Welt zu stützen.
Aus MacLoons Sicht war Jason DeFlaunce nicht mehr als ein Homosexueller, ein warmer Bruder.
»Okay, Mr. DeFlaunce, kommen wir zur Sache. Ich habe es eilig.«
DeFlaunce lächelte schwach und zog die Schultern hoch.
»Wie Sie meinen, Senator.« Er ging an MacLoon vorbei durch das dunkle Theater zur Bühne. MacLoon folgte ihm langsam.
»Warum hier?«
»Wieso nicht?« sagte Jason. »Hier stört uns niemand. Außerdem diskutiere ich wichtige Dinge gerne auf der Bühne.«
MacLoon spürte, wie die Galle in ihm hochkam. Er starrte auf die Glühbirne und preßte die Lippen zusammen.
»Was haben Sie mir zu sagen?«
Jason stieg die Stufen zur Bühne hinauf, überquerte sie und trat in die Seitenkulisse. MacLoon folgte ihm widerstrebend und drehte sich dabei einmal kurz um, starrte auf die leeren Sitze hinaus. Jason griff nach zwei Klappstühlen, die an der Wand lehnten, zog einen auseinander und setzte sich. MacLoon folgte seinem Beispiel.
»Ich bin kürzlich mit unserem gemeinsamen Freund zusammengetroffen«, sagte Jason.

MacLoon wußte, wen er meinte, fragte aber trotzdem: »Wen meinen Sie?«

»Francis Jewel, versteht sich.«

»Er sollte damit zufrieden sein, wie ich ... die Untersuchung seines Vereins abgeblockt habe. Hier traf sich einmal die innere Überzeugung mit –«

»Geschenkt, Senator ... Ja, ich glaube auch, daß es ihn freut. Die Leute freuen sich meistens, wenn sie für ihr ausgegebenes Geld etwas bekommen. Das war aber nicht der Punkt, über den ich mit Ihnen sprechen soll.«

»Was er sonst bereden möchte, interessiert mich nicht«, sagte MacLoon. »Und Ihre Unverschämtheit geht mir auf die Nerven. Ich habe getan, was ich für richtig hielt, wenn ich Kirche und Staat getrennt halten wollte. Das Geld, das er mir über Sie hat zukommen lassen, hat nichts damit zu tun. Sagen Sie ihm das. Ich kann ihn und seine verdammte Sekte nicht leiden, aber es geht hier um ein Grundrecht der Verfassung –« Jason lachte.

»Was immer Ihr Gewissen beruhigen mag, Senator.«

MacLoon fuhr hoch.

»Hören Sie, DeFlaunce, wenn ein Gewissen beruhigt werden muß, dann das Ihre.« Er ließ sich zurücksinken, zog eine Zigarre heraus und zündete sie an. »Ist das alles, was Sie mir zu sagen haben?«

Jason hob die Hand und fuhr damit an einem der vielen Bühnenseile entlang.

»Nein, es geht um viel Wichtigeres, als Einfluß auf eine Untersuchung im Kongreß zu nehmen«, sagte er. »Sie wissen, daß die Familieninteressen der Caldwells seit langer Zeit durch das Vorhandensein eines gewissen Videobandes gefährdet werden.«

»Wovon reden Sie?«

»Kommen Sie, Senator, ich kann nicht glauben, daß Sie von dem Band nichts gehört haben sollen.«

MacLoon sog an seiner Zigarre und beugte sich vor.

»So ist das bei eurer Sorte. Ihr spielt nur Rollen und wißt nicht mehr, was Wirklichkeit oder Wahrheit ist. Videoband? Ich weiß bei Gott nicht, was Sie meinen.«

Jason zuckte die Achseln.

»Wie dem auch sei, eben dieses Videoband, das den Caldwells so viel Sorgen bereitet, ist auch unseren Freunden im ›Zentrum für Inneren Glauben‹ ein Dorn im Auge.«

»Na und?«

»Na *und*? Senator MacLoon, Sie haben es für richtig gehalten, sich mit dieser Organisation direkt einzulassen.« Jason winkte ab, als MacLoon protestieren wollte. »Ich weiß, Sie sehen sich gern als aufopferungsvollen Staatsmann, der nur aus seiner Verpflichtung der Verfassung gegenüber für Mr. Jewel tätig ist«, fuhr er sarkastisch fort. »Aber in Wahrheit – und davon halten Sie doch sehr viel, nicht wahr? – sind Sie Mr. Jewel sehr verpflichtet. Sie werden mir sicher rechtgeben, wenn ich sage, daß es peinlich für Sie wäre, sollten Ihre hochgeachteten Kollegen oder Ihre Wähler erfahren, daß Sie sich nicht gescheut haben, von diesen Leuten – sagen wir Zuschüsse entgegenzunehmen.«

MacLoon richtete sich auf.

»Versuchen Sie nicht, mich einzuschüchtern, ich warne Sie. Mit Ihnen werde ich immer noch spielend fertig, merken Sie sich das!«

»Markige Worte, Senator. Aber mich schüchtern Sie nicht ein. Sie haben sich in der letzten Zeit sehr gehenlassen, und damit meine ich nicht nur Ihr Übergewicht. Ich weiß genau Bescheid darüber, daß Cale Caldwell einige Quellen Ihres Zusatzeinkommens entdeckt hatte, darunter die Beiträge von Mr. Jewel und seinen Leuten.«

»Sie sind verrückt –«

»Keine Spur. Senator Caldwell war dahintergekommen, daß Sie nicht nur von Mr. Jewel genommen haben, sondern er wußte auch von den Millionen, die aus Utah kommen.«

MacLoon bestritt die Beschuldigung, was nicht ganz einfach war. Caldwell hatte in der Tat einiges über ihn in Erfahrung gebracht und ihm das vorgehalten. Sie wären bei einer Gelegenheit beinahe aufeinander losgegangen, und Caldwell hatte an jenem Tag MacLoons Büro mit der Drohung verlassen, den ganzen Senat zu unterrichten . . .

MacLoon bewegte die Schultern und sog an seiner Zigarre. Sein Kragen wirkte eng. Er fuhr mit dem Finger darin entlang.

»Was hat das alles mit Ihnen und diesen Verrückten zu tun?« fragte er schließlich.

»So würde ich sie nicht nennen, Senator. Immerhin haben sie großzügige Beiträge an Sie geleistet –«

»An Sie auch –«

»Man muß leben, Senator. Ich bin gut zu meinen Freunden, sie sind es auch zu mir. Damit wäre ich eigentlich für den Senat geeignet, finden Sie nicht?«

»Hören Sie auf!«

Jason stand auf, drehte den Stuhl herum und setzte sich rittlings darauf.

»Egal ... Mr. Jewel hat mich angerufen, weil er dachte, ich könnte dabei behilflich sein, das Band zu finden.«

»Was ist denn auf dem Band?«

»Darauf kommt es nicht so an, Senator. Entscheidend ist, daß es existiert und größte Bedeutung nicht nur für Mr. Jewel, sondern für die Familie Caldwell hat. Es muß gefunden und vernichtet werden. Als Mr. Jewel mich das erstemal anrief, tappte er noch im dunkeln, was den Verbleib der Aufzeichnung anging. Heute am späten Nachmittag teilte er mir jedoch mit, daß das Band im Besitz von Lydia James oder ihrer Mitarbeiterin Ginger Johnson zu sein scheint. Es ist nicht Mr. Jewels Art, in Lydias Büro einzubrechen, um es zu suchen. Aber das erübrigt sich ohnehin, nicht? Sie brauchen das nur selbst zu tun, oder, wenn Ihnen das zuwider ist, einen Ihrer treuen Mitarbeiter zu beauftragen.«

»Ich bin kein Dieb –«

»Das hat man ähnlich von Mr. Nixon auch schon gehört ... ich wollte das auch gar nicht unterstellen. Aber wenn Sie das alles stört, könnten Sie es so betrachten wie die Durchleuchtung religiöser Sekten, nämlich im Zusammenhang mit Grundrechten oder, wenn Sie wollen, als Bedrohung der nationalen Sicherheit ... kommen Sie, Senator, Ihre fadenscheinigen Begründungen interessieren hier nicht. Das Band muß gefunden werden, nur darauf kommt es an. Wenn Sie es finden, wird sich das für Sie lohnen. Muß ich noch mehr sagen?«

Der Senator stand auf, zog den Hosenbund höher und schob den Stuhl mit dem Fuß an die Wand.

»Mr. Jewel wäre dankbar, wenn Sie das bis morgen fünf Uhr erledigen könnten«, sagte Jason sanft.

»Mr. Jewel soll sich zum Teufel scheren.«

»Wie Sie wünschen, Senator. Vielen Dank für Ihr Erscheinen.«

Jason wollte davongehen. MacLoon packte ihn vorne am Pullover, riß ihn herum und stieß ihn an die Wand.

»Sagen Sie Jewel, er bekommt das Band morgen, wenn es wirklich in Lydias Büro ist. Und wenn Sie wissen, was gut ist für Sie, lassen Sie sich bei mir nie mehr blicken.«

Jason lehnte an der Wand und sah MacLoon nach, als dieser über die Bühne ging, die Stufen hinunterpolterte und das Auditorium verließ. Er drehte sich um und fuhr mit den Händen an den Seilen auf und ab. Er hatte bei MacLoons Attacke nicht mit der Wimper gezuckt. Nun lächelte er schief. Er verließ den Theatersaal und ging zum Kassenraum, von wo er die Caldwells in Virginia anrief.

»Jason?«

»Ja. Ich habe mich eben mit Senator MacLoon getroffen.«

»Und?«

»Er wird bei der Suche nach dem Band behilflich sein. Aber eine Bemerkung von ihm fiel mir auf. Ich möchte mit Ihnen darüber reden.«

»Worum geht es?«

»Ist Cale da?«

»Ja.«

»Ich möchte zu Ihnen kommen.«

»Jetzt gleich? Ich würde lieber nicht –«

»Doch. Sofort.«

MacLoon fuhr zum Senatsgebäude zurück, ging in sein Büro und rief Rick Petrone zu Hause an.

»Ja, Senator, was kann ich für Sie tun?«

»Sofort herkommen.«

»Meine Mutter ist bei mir. Ich sagte schon, daß sie ein paar Tage in der Stadt ist und –«

»Dann sagen Sie ihr, daß man nicht auf Rosen gebettet ist, wenn man für einen Senator arbeitet. Sagen Sie ihr, was Sie wollen, aber kommen Sie her.«

Kapitel 27

»Hallo, Jason, kommen Sie herein«, sagte Veronica Caldwell kühl, als sie ihm die Tür öffnete.

»Es tut mir leid, aber das duldet keinen Aufschub, Veronica.«

Sie führte ihn ins Arbeitszimmer, wo Cale wartete.

»Kaffee?«

»Gern.« Ihre knappe Art enttäuschte und ärgerte ihn. Es war nicht das erstemal, daß sie ihn so behandelte. Er überging es, wie stets. Er machte sich nichts vor: In Wahrheit war er eine Art Familienfaktotum der Caldwells. Niemand sprach das aus, und er gab es vor sich niemals zu, aber so war es.

Veronica goß Kaffee ein.

»Wie geht es mit Mark Adams Verteidigung voran?« erkundigte sich Jason bei Cale.

»Gut«, sagte Cale mit einem Nicken. »Die Anwälte, die ich beigezogen habe, sind sehr willig und stimmen mit meinen Ansichten, wie das Ganze abzuwickeln ist, überein. Wenn sich nichts

Überraschendes ergibt, plädieren wir auf Unzurechnungsfähigkeit und müßten mühelos damit durchkommen.«

»Wie hält sich Mark Adam?«

»Recht gut ... Ich besuche ihn täglich. Seine geistige Verfassung hat sich etwas verschlechtert. Auf der einen Seite ist das natürlich traurig, aber für seine Verteidigung kann das nur von Vorteil sein.«

»Also, Jason«, sagte Veronica ungeduldig, »was ist so besonders wichtig?«

Jason, der mit beträchtlicher Zuversicht zum Haus gefahren war, hatte einen großen Teil davon verloren. Die Forderung, die er hatte stellen wollen, kam nun als Bitte heraus ...

»Veronica, ich brauche eine zusätzliche Versicherung, daß Senator Caldwells Brief niemals bekannt wird ...«

Veronica sah ihren Sohn an.

»Mutter hat Ihnen versichert, daß der Brief vernichtet worden ist, Jason«, sagte Cale.

»Ich weiß«, sagte Jason, »aber nach dem Gespräch mit MacLoon wurde mir klar, daß wir *alle* gefährdet wären, sollte der Brief jemals ans Tageslicht kommen.«

Cale ging zum Kamin, öffnete das schmiedeeiserne Gitter und stocherte in der Glut. Die Flammen schlugen wieder hoch.

»Wir können nicht mehr tun, Jason, darüber müssen Sie sich im klaren sein«, sagte er. »Mein Vater hatte bedauerlicherweise den Sinn für die Realität verloren. Er wußte, daß er todkrank war, und das hatte tragische Folgen für seinen Geisteszustand. Er verspürte das Bedürfnis, ›reinen Tisch‹ zu machen, wie er das nannte, zu sühnen, was er als Sünden seiner Familie bezeichnete, Sünden seiner Freunde, seine eigenen. Eigentlich sehr traurig, aber dergleichen kommt vor. Denken Sie an die vielen Berühmtheiten, die ihre Autobiographien schreiben, sobald sie älter werden. Das war im Grunde eigentlich alles, was mein Vater getan hat, Memoiren zu schreiben.«

Jason beugte sich vor und stieß mit der Hand die Kaffeetasse um.

»Verzeihung«, sagte er zu Veronica, die es gar nicht zu bemerken schien. Er sah Cale an. »Das weiß ich alles. Sie haben es mir schon gesagt, als der Brief entdeckt wurde. Aber es ist Ihnen doch klar, Cale, daß das Leben vieler Menschen zumindest, sagen wir, nachteilig beeinflußt werden würde durch das, was Ihr Vater über sie behauptet hat. Überlegen Sie. Infolge gewisser Umstände hätte Ihr Vater seinen eigenen Sohn, Ihren Bruder, ebensogut zugrunde richten können wie die Erinnerung an das Mädchen, das er wie seine eigene Tochter aufgezogen hatte. Auch über manche seiner Kollegen hielt er ein Damoklesschwert, vor allem über diesen Halunken MacLoon. Und was ist mit den Leuten außerhalb seines beruflichen und privaten Lebens, mit Leuten wie Quentin Hughes, der wegen seiner Beziehung zu Jimmye mit hineingezogen wurde, und mit dem ›Zentrum für den Inneren Glauben‹, das durch Mark Adams Beteiligung betroffen ist?«

»Und natürlich mit Ihnen, Jason, weil Sie mit unserer Familie in Beziehungen getreten waren –«

»Ja, mich eingeschlossen, Cale. Sehr wahr.« Der altvertraute Zorn stieg in ihm hoch. So sehr er sich auch Mühe gab, so treu er auch immer sein mochte, er war nach wie vor der Außenseiter, zweitklassig, ein Bekannter der Familie, nicht ein Teil davon ...

»Sie wirken verstört, Jason«, sagte Cale. »Alles, was mein Vater in seinem Brief preisgegeben hat, über Sie und über andere, existiert nicht mehr. Wir allein wissen davon ... und uns können Sie doch gewiß vertrauen. Sie sind sehr loyal gewesen, und wir danken Ihnen das. Was Sie für Francis Jewel tun wollen, ist wohl Ihre Sache –«

Jason wollte etwas sagen, aber Cale kam ihm zuvor.

»Und ich muß Sie daran erinnern, Jason, daß Sie auch beschlossen haben, Ihr eigenes kleines Spiel anzufangen, genau wie Jimmye –«

»Was für ein Spiel?«

»Uns andeutungsweise zu erklären, wenn wir finanziell nicht besser für Sie sorgen würden, sähen Sie sich vielleicht gezwungen, ein paar peinliche Familiengeheimnisse zu verraten. Abgesehen von dem Gehalt, das Sie für Ihre Arbeit im Center bekommen, hat es noch sehr viel mehr Geld für Sie gegeben, wenn Sie sich erinnern.«

»Das habe ich mir verdient mit dem, was ich durchgemacht habe. Ich mußte mich mit Jimmye befassen, die Familie vertreten. Niemand von Ihnen wollte etwas damit zu tun haben. Dafür hatte ich doch wohl einen Anspruch?«

Veronica war sichtlich verärgert.

»Genug, Jason. Niemand setzt Ihren Beitrag herunter. Der ganze Bestand dieser Familie war durch die, gelinde gesagt, indiskreten Handlungen einiger ihrer Mitglieder gefährdet. Mark Adams' Entschluß, dieser absurden Gruppe von Fanatikern beizutreten, löste eine ganze Kette von Ereignissen aus, die drohten, alles zu vernichten, was der Name Caldwell bedeutete.« Ihre

Stimme wurde ruhiger. »Sie sind ein sehr guter Freund gewesen, Jason. Ich betrachte Sie in gewisser Weise als einen Sohn und habe mich bemüht, Sie so zu behandeln. Aber bitte, vergelten Sie unsere Großzügigkeit nicht auf diese Weise. Alles wird gut werden, wenn wir Geduld bewahren . . . Noch Kaffee?«

»Nein, danke. Es tut mir leid. Die Begegnung mit Senator MacLoon war sehr strapaziös. Er hat mich behandelt . . .«

Cale reckte sich und gähnte.

»Ich bin todmüde. Ich muß wirklich nach Hause. Morgen habe ich einen anstrengenden Tag vor mir. Jason, vielen Dank für Ihr Kommen. Ich hoffe, Sie fühlen sich jetzt besser. Mutter hat recht, alle Probleme, vor denen wir standen – Jimmye, Hughes, Mark Adam und die Sekte, Vaters Tod –, das wird sich bald alles wieder einrenken.« Er trat auf Jason zu und tätschelte seinen Arm. »Fahren Sie nach Hause, schlafen Sie sich aus und vergessen Sie den Brief. Mutter hat ihn sofort vernichtet, als sie ihn entdeckte. Darauf können Sie sich verlassen. Denken Sie daran, das Wort der Caldwells war immer Gold wert. Das gehört mit zu dem Ruf, den wir wahren wollen.«

»Wir müssen jetzt ganz stark bleiben«, erklärte Veronica. »Ich weiß, daß Sie das können, und daß ich mich auf Sie verlassen kann, als wären Sie mein eigen Fleisch und Blut . . .«

Jason und Cale verließen das Haus und gingen zu ihren Autos.

»Haben Sie übrigens Neues über das Band gehört?« fragte Cale.

»Nein, aber Jewel verstärkt den Druck. Deshalb habe ich mich heute mit MacLoon getroffen, damit er bei Lydia James herausfindet, was möglich ist.«

»War er einverstanden?«

»Ja. Wenn Mark nicht so dumm gewesen wäre, hätte es das alles nicht gegeben –«

»Ich weiß«, sagte Cale. »Aber niemand hätte je gedacht, daß Jimmye sich uns gegenüber so verhalten würde. Es hat wohl keinen Sinn, zu bejammern, was in der Vergangenheit geschehen ist. Es kommt jetzt nur darauf an, die Sache zu bereinigen, und dazu muß das Band gefunden und vernichtet werden.«

Kapitel

28

»Hallo, Rick«, sagte Lydia, als sie das Licht im Senatsbüro ausknipsen und den Heimweg antreten wollte. »Was machen Sie so spät noch hier? Wollen Sie Gehaltserhöhung?«

Der junge Mann grinste und schob die Hände in die Taschen.

»Der Alte hatte mir einen Auftrag gegeben, Lydia. Ich bin eben fertig geworden und wollte noch einmal vorbeikommen, um mir die Notizen für den Abschlußbericht anzusehen.«

Lydia nickte, zog ihren Mantel an und griff nach ihrer Aktentasche.

»Wie geht es Ihrer Mutter?«

»Gut – also, dann gute Nacht, Lydia. Ich wünsche einen angenehmen Abend . . .«

Sie fuhr sofort zu Clarence. Er schlug vor, zum Essen auszugehen, aber sie war zu müde dazu.

»Ich wollte nur vorbeikommen und dir das geben.« Sie griff in ihre Aktentasche und gab ihm den Brief und das Videoband, das sie Augenblicke vor Rick Petrones Erscheinen aus dem Safe genommen hatte. »Willst du sie wirklich haben?« fragte sie.

Er wog die Bandkassette in der Hand.

»Unbedingt. Niemand käme auf den Gedanken, daß ein alternder Klavierlehrer derart wichtige Dokumente in seinem Besitz hat. Du weißt, daß Christas Frist morgen abend abläuft. Willst du dir die Aufzeichnung vor oder nach dem Konzert ansehen?« Er meinte ein Konzert im Caldwell-Center, in das sie hatten gehen wollen.

»Nachher. Ich weiß selbst noch nicht genau, wie das vor sich gehen soll. Ich könnte ja einen der Fernsehsender bitten, aber das wäre unangenehm . . . Ich will nicht, daß jemand anderer die Aufzeichnung sieht . . . Steck das jedenfalls an einen sicheren Ort und bring es morgen abend mit.« Sie küßte ihn, zuerst sanft, dann leidenschaftlicher. Er ging darauf ein, schob sie aber plötzlich weg.

»Genug von diesem Getändel. Entweder bleibst du hier oder du gehst, aber gleich. Du weißt, wofür ich bin.«

»Ich auch, aber ich muß wirklich fort . . . ich muß nachdenken und schlafen . . . das geht bei dir schlecht.«

»Ich fasse das als Kompliment auf.«

»Und ich komme auf das Angebot zurück.«

Kapitel 29

Christa Jones saß am Boden einer Wohnung an der 16. Straße in New York. Sie gehörte einer Freundin, Amy Upshur, die Christa schon von Des Moines her kannte. Amy war dort Christas einzige Freundin gewesen, der einzige Mensch, an den sie sich hatte wenden können, wenn das Verhältnis mit Quentin besonders qualvoll geworden war.

Amy war nach New York gegangen, hatte eine Zeit in Kaufhäusern und Kettenläden gearbeitet und schließlich eine eigene Kinderboutique eröffnet. Da sie von Christa lange nichts gehört hatte, war sie von ihrem Anruf sehr überrascht gewesen, hatte aber gleich gespürt, daß ihre Freundin in Schwierigkeiten sein mußte. Sie war sofort bereit gewesen, sie für einige Tage aufzunehmen.

Es war der Spätnachmittag am dritten Tag von Christas Besuch. Sie hatte Amy am Morgen erklärt, sie wolle nach dem Abendessen New York wieder verlassen, und Amy hatte darauf bestanden, ihr Geschäft früh zu schließen, damit sie in Ruhe miteinander essen konnten.

»Was magst du denn am liebsten, Christa?« fragte Amy.

»Ach, mir ist das gleich. Ich mag fast alles, bis auf indisches und mexikanisches Essen.«

Amy schüttelte den Kopf.

»Das ist ausgerechnet mir am liebsten. Paß auf! In der 49. Straße gibt es ein prima Lokal, *Antolotti*, norditalienisch. Ich war schon mit einem Bekannten dort. Ich lade dich ein, keine Widerrede.«

Christa schaute auf die Uhr. Es war 17 Uhr.

»Könnten wir gleich gehen, Amy? Ich habe Hunger und möchte so rechtzeitig am Flughafen sein, daß ich eine frühe Maschine bekomme.« Ihren Koffer hatte sie schon gepackt. Er stand neben der Tür.

»Das geht wirklich nicht, Schatz ... Ich erwarte ein paar Anrufe, darunter auch von dem Mann, der in meinem Leben eine große Rolle spielt und auf Geschäftsreise in Kalifornien ist. Machen wir es so. Ich reserviere einen Tisch und sage, daß du schon unterwegs bist. Du gehst hinein, verlangst Joe, gibst ihm einen großen Kuß auf die Backe von mir, ißt dich mit Antipasto voll und trinkst etwas. Ich komme nach, sobald ich kann. Was sagst du dazu?«

»Gut, aber es macht mir wirklich nichts aus, auf dich zu warten –«

»Nein, es gibt nichts Schlimmeres, als zuhören zu müssen, wie sich zwei Verliebte etwas vorflöten. Komm, nimm ein Taxi und fahr hin. Ich bin da, bevor du dich umsiehst.«

Christa war eigentlich froh darüber, eine Weile allein sein zu können. Der Tag hatte gut begonnen, aber im Lauf des Nachmittags war sie immer unruhiger geworden. Ein Spaziergang würde ihr guttun, vielleicht kam sie dann gleichzeitig mit Amy zu dem Lokal. Sie schlug noch einmal Antolottis Adresse nach, griff nach ihrem Koffer und verließ die Wohnung.

Es war dunkel geworden, und eine Kältewelle, die im Lauf des Nachmittags herangezogen war, hatte die Temperaturen sinken lassen. Christa stellte ihren Koffer ab und knöpfte den Mantel zu. Sie hatte nicht viel Kleidung mitgebracht, besaß eigentlich auch nicht sehr viel. Sie wagte einen optimistischen Gedanken und nahm sich vor, neue Sachen zu kaufen, und zwar ganz moderne. Sie griff wieder nach dem Koffer und ging in Richtung auf eine der Hauptstraßen. Sie beschloß, den Omnibus zu nehmen, weil sie gerne in Bussen und Zügen fuhr, wo man die Leute beobachten konnte.

Sie überquerte die Hauptstraße, ging zu einer Bushaltestelle, wo viele Leute standen, fragte jemanden, ob dort ein Bus halte, der bis zur 49. Straße fuhr, und hörte ein Ja. Sie stellte sich an und wartete, bis ein Bus in Silber und Blau über die Kreuzung kam und hielt. Christa las an der Tür, daß man das Fahrgeld abgezählt bereithalten mußte. Sie kramte in ihrer Handtasche nach den Münzen, die sie brauchte, und fand sie gerade noch rechtzeitig, bevor sie an der Reihe war, das Geld in einen Automaten zu werfen. Sekundenlang sah sie sich an einer kahlen Mauer vor einem Hinrichtungskommando stehen, für schuldig befunden, nicht die richtigen Münzen gehabt zu haben ...

Sie zwängte sich durch das Gedränge nach hinten. Der letzte Fahrgast stieg ein, und Christa wurde gegen jemanden gedrückt. Sie entschuldigte sich. Der Mann, die Nase in seiner Zeitung, schien sie nicht einmal zu bemerken.

Während der Bus langsam nach Norden fuhr, duckte sich Christa immer wieder, um die Straßenschilder zu lesen. Niemand sonst im Fahrzeug schien das zu tun, und sie kam sich sehr fremd vor.

Nach einer Ewigkeit erreichte der Omnibus die 49. Straße. Christa stieg hinter drei anderen Fahrgästen aus, ohne zu bemerken, daß andere auch vorne das Fahrzeug verließen, darunter ein

Mann, der an derselben Haltestelle eingestiegen war wie Christa, allerdings als letzter.

Sie schaute zum Straßenschild hinauf, um sich zu vergewissern, daß sie am richtigen Ort war, bog um die Ecke und ging auf der 49. Straße nach Osten. Der Mann, der sich hinter der Bushaltestelle versteckt hatte, blickte um die Ecke und folgte ihr. Hätte er sich umgeschaut, dann wäre ihm aufgefallen, daß ein zweiter Mann ihnen nachging. Er war im selben Omnibus gewesen.

Die 49. Straße war hier ziemlich leer. Ein paar Berufstätige, die eben heimgekommen waren, führten ihre Hunde spazieren. Einer hatte sogar ein kompliziertes Gerät dabei, mit dem er den Hundekot von der Straße entfernen konnte. Christa staunte. Eine alte Frau mit zwei Dackeln hatte eine Zeitung und eine kleine Plastiktüte für denselben Zweck dabei.

Christa erreichte einen eingezäunten Parkplatz, der zu einem Bürohaus gehörte. Sie schaute auf die abgestellten Autos und bewunderte einen silbernen Rolls-Royce. Sie stellte den Koffer ab, um sich auszuruhen, blickte die Straße hinauf und sah an einer Markise die Aufschrift *Antolotti's*. Das Lokal wirkte sehr einladend. Sie hob den Koffer auf und wollte auf das Restaurant zugehen, als ein Mann hinter ihr herankam.

Sie ließ den Koffer fallen, als sie sich umdrehte und in sein Gesicht starrte. O Gott ... Quentin Hughes!

Sie wollte aufschreien, brachte aber keinen Ton heraus. Er packte ihren Arm und stieß sie an den Zaun.

»Wo ist es, Christa?«

Sie war wie gelähmt.

»Was machst du hier?« stieß sie hervor.

»Das Band, Christa, gib mir das Band!« Er blickte auf den Koffer. »Ist es im Koffer?« Er wartete ihre Antwort nicht ab, riß ihr die Handtasche von der Schulter, packte den Koffer und wollte davongehen, als der Mann, der ihm nachgegangen war, auf ihn zutrat.

»Was bilden Sie sich eigentlich ein?«

»Wer, zum Teufel, sind Sie denn?«

»Lassen Sie die Dame in Ruhe.«

Hughes wollte an ihm vorbei. Der Mann rammte Hughes und schleuderte ihn an den Zaun. Hughes ließ den Koffer los. Der Mann riß Hughes Christas Handtasche weg und ließ sie auf das Pflaster fallen, packte Hughes an der Kehle und holte mit der Faust aus. Hughes versuchte, ihm das Knie zwischen die Beine zu rammen, hatte aber keinen Erfolg.

»Mach das, Freundchen, und du bist ein toter Mann.«

Christa packte Koffer und Handtasche und hetzte auf das Lokal zu. Sie blieb vor der Tür stehen, drehte den Kopf und schaute zum Zaun um den Parkplatz hinüber. Soviel sie erkennen konnte, hatte keiner der beiden Männer bemerkt, daß sie weggelaufen war. Jedenfalls hoffte sie das. Sie hetzte in das Lokal und sagte zu der erstbesten Person: »Kann ich telefonieren?«

»Gewiß –«

Christa fiel ein, daß Hughes, falls er sich von seinem Gegner befreien konnte, auf den Gedanken kommen mochte, daß sie hier hineingegangen war.

»Ich sollte mich mit jemandem treffen«, sagte sie zum Ober. »Amy Upshur. Ich habe es mir anders überlegt und muß fort. Können Sie ihr das sagen?«

»Miss Upshur hat angerufen. Können Sie wirklich nicht auf sie warten?«

Christa schüttelte den Kopf.

»Nein, ich muß sofort weiter. Sagen Sie ihr, es täte mir leid, ich schreibe ihr.« An der Tür drehte sie sich noch einmal um. »Sind Sie Joe?«

»Ja.«

Sie ging hin und küßte ihn auf die Wange.

»Von Amy.« Und jetzt auch von ihr selbst.

Die Maschine der Eastern Airlines nach Washington war voll. Man mußte eine Zusatzmaschine einsetzen. Christa lehnte sich in der Boeing 727 zurück und versuchte, ihre Fassung wiederzufinden. Es erschien ihr immer noch wie ein Alptraum, daß Quentin mitten in New York ihr entgegengetreten war. Sie konnte sich nicht erklären, woher er wußte, daß sie hier gewesen war. Darauf kam es auch nicht an. Auf jeden Fall stand fest, daß er den Verlust des verdammten Videobandes nicht hinzunehmen gedachte. Natürlich nicht, dachte sie, als das Flugzeug anrollte. Das Band bedeutet für ihn zuviel ...

Im Gegensatz zu ihrer Stimmung – ihrem ganzen Leben – verlief der Flug nach Washington glatt und ohne Zwischenfälle. Christa ging sofort auf eine Telefonzelle zu und wählte verschiedene Nummern, alle in der Hoffnung, Lydia James zu erreichen. Nirgends meldete sich jemand. Sie biß die Zähne zusammen und kramte in ihrer Handtasche, bis sie einen Zettel mit einer anderen Rufnummer fand. Sie wählte sie. Ginger Johnson meldete sich.

»Hier Christa Jones, Miss Johnson ... es tut mir leid, daß ich

Sie stören muß, aber –«

»Macht nichts«, sagte Ginger. »Ich weiß, daß Miss James dringend auf Ihren Anruf wartet. Was kann ich für Sie tun?«

»Wissen Sie, wo ich Miss James erreichen kann?«

»Ja. Sie sagte, sie und Mr. Foster-Sims wollten ein Konzert im Caldwell-Center besuchen –«

»Da sind sie jetzt?«

»Ich denke schon. Ich weiß nicht genau, wann das Konzert angefangen hat, aber das muß ungefähr jetzt sein. Kann ich Ihnen helfen, Miss Jones? Lydia und ich arbeiten eng zusammen, und –«

»Wer war das?« fragte Harold, als Ginger auflegte, nachdem das Gespräch so abrupt geendet hatte.

»Jemand, für den sich der Ausschuß interessiert hat.«

»Ich bin froh, wenn du mit den Leuten nichts mehr zu schaffen hast.«

Ginger, die nur einen blauen Frotteemantel trug, setzte sich zu ihm aufs Sofa. Sie fuhr mit der Fingerspitze über sein Ohr.

»Ich will jetzt nichts von Ausschüssen wissen. Tun wir was anderes, Harold?«

Er hatte nichts einzuwenden.

Kapitel 30

John Conegli kam zu spät zum Abendessen nach Hause, beachtete Maries Klagen nicht, wechselte sein Hemd, zog seinen Mantel an und wollte das Haus wieder verlassen, als das Telefon läutete. Er hörte seine Frau fragen, wer am Apparat sei, dann rief sie gereizt: »Für Sie, Hoheit. Jemand aus New York. Hal.«

Conegli griff nach dem Hörer.

»Hal, was ist los?«

Hal stand in einer Zelle Ecke 49. Straße und Third Avenue, den Kragen hochgeschlagen.

»Das war ehrlich das Irrste –«

»Hast du das Paket?«

»Nein. Ich laufe ihr schon die ganze Zeit nach, seit sie hier ist. Ich habe sie nie mit einem Paket gesehen. Jedesmal, wenn sie aus der Wohnung kam, hatte sie nichts in der Art dabei, und die Handtasche war nicht groß genug dafür . . . Heute kam sie jedenfalls mit Handtasche und Koffer raus. Ich gehe ihr nach. Sie steigt in einen Bus zur Neundundvierzigsten, steigt wieder aus und guckt in ein Schaufenster. Dann geht sie weiter. Ich hinterher. Sie bleibt stehen und guckt durch den Zaun auf einen Parkplatz. Auf einmal kommt einer daher und packt sie.«

»Packt sie? Aber –«

»In New York passiert das dauernd, Freund. Der Kerl – er war ziemlich groß und grauhaarig, drückt sie an den Zaun. Ich wollte zuerst einfach ihren Koffer nehmen und abhauen, aber das war ja schließlich ein Mädchen, nicht? Ich entschloß mich also, dem Kerl Bescheid zu stoßen. Das hab' ich dann auch getan. Die Kleine konnte zufrieden sein –«

Johnny schaute auf die Uhr. Er mußte weiter.

»Hör mal, was ist mit dem Koffer?«

»Ja ja, während ich mich mit dem Burschen abgebe, nimmt sie den Koffer und verschwindet.«

»Wohin?«

»Keine Ahnung.«

Conegli legte auf und verließ das Haus. Er fuhr auf dem schnellsten Weg zum Caldwell-Center. Er wußte, daß Lydia und Clarence dort ein Konzert besuchen wollten, und hatte sich vorgenommen, ihnen anschließend nachzufahren, auf die Chance hin, daß Lydia James ihn zu dem Paket führen mochte. Er fand den Wagen von Foster-Sims und parkte in der Nähe.

Er lehnte sich zurück und wartete.

Warten. Daraus bestand sein ganzes Leben. Immerhin verschaffte ihm das die Gelegenheit, seinen Phantasievorstellungen nachzuhängen. Jetzt stieg eine junge Frau gerade aus dem Badewasser – wie die im Fernsehen. Tropfnaß und nur für ihn da. Sie hatte keine Ähnlichkeit mit Marie. Von einem Tagtraum konnte man das wohl auch verlangen, dachte er.

Kapitel 31

Quentin Hughes war immer noch halb betäubt, als er auf dem New Yorker Flughafen La Guardia eine Maschine nach Washington bestieg.

Er wußte nicht genau, wohin Christa geflüchtet war, aber es lag nahe, daß sie nach Washington zurückgekehrt war. Auf jeden Fall mußte er nach Hause, um seine Sendung zu machen.

Er dachte über den Vorfall in der 49. Straße nach. Der Mann hatte einen Revolver aus dem Jackett gezogen und ihm die Mündung in den Bauch gestoßen. Offenbar ein Professioneller, dachte Hughes. Er hatte einen Vorwand gebraucht ... das sei seine Freundin, die eben aus der Wohnung gelaufen sei und allerhand mitgenommen habe ... Der Mann mit der Schußwaffe schien sich für seine Behauptung nicht sonderlich zu interessieren und ließ ihn schließlich gehen. Christa war natürlich inzwischen fortgewesen.

Sie zu finden, war ihm aussichtslos erschienen, bis am Vormittag Amy Upshur angerufen hatte. Er und Amy hatten in Des Moines ein kleines Techtelmechtel miteinander gehabt, ohne Christas Wissen. Amy hatte Hughes erzählt, daß Christa bei ihr sei und sehr merkwürdig wirke. Er hatte gefragt, was sie damit meine, und die Antwort bekommen: »Tja, es ist absurd, aber sie behauptet, du hättest etwas mit dem Tod von Senator Caldwell und der Journalistin zu tun – wie hieß sie gleich? –«

»Das ist allerdings absurd –«

»Deswegen rufe ich dich an. Aber auch ihretwegen. Christa ist ein wunderbarer Mensch. Ich möchte ihr niemals weh tun, aber ich habe Angst, daß sie selbst irgendeine Dummheit macht oder andere Leute ihr ...«

Hughes war mit der nächsten Maschine nach New York geflogen, hatte sich in ein Café gesetzt, das Amys Wohnhaus gegenüberlag, und gewartet. Es hatte nur eine Stunde gedauert, bis sie herausgekommen war.

In Washington fuhr er sofort zu Christas Wohnung und läutete. Nichts rührte sich. Er beschloß, zum Sender zu fahren und während der Nacht immer wieder bei ihr anzurufen, bis er sie erreichte.

Seiner neuen Mitarbeiterin erklärte er, daß eine Aufzeichnung eingespielt werden solle, falls er mitten in der Sendung plötzlich fortmüsse. Sie hatte rote Haare, grüne Augen und lange Beine.

»Warum?« fragte sie.

»Tun Sie, was ich sage.« Er ging in ein leeres Büro, um bei Christa anzurufen.

»Der Ton behagt mir nicht«, sagte sie.

»Halten Sie den Mund.«

»Ich kündige. Fristlos.«

Hughes hörte sie nicht, und es wäre ihm in diesem Augenblick auch gleichgültig gewesen.

Kapitel

32

Lydia und Clarence warteten auf den Beginn des Konzerts. Im Mittelpunkt sollte ein aufstrebender junger Cellist namens Victorio Pellin stehen. Außerdem sollte zu Clarences Befriedigung neben Sonaten von Beethoven, Schubert und Debussy das Streichquartett Nr. 2 von Alexander von Zemlinsky zur Aufführung kommen.

Er machte Lydia klar, daß Zemlinsky ein Lehrer von Gustav Mahler gewesen war, und daß seine Musik Ansätze zur Atonalität erkennen lasse. Lydia lächelte vor sich hin, weil es schön war, wenn Clarence sich in seinem Element fühlte. Sie konnte sich aber kaum konzentrieren, weil sie immer wieder an das Videoband denken mußte.

Sie warteten darauf, daß, wie üblich, Jason DeFlaunce auf die Bühne kam und das Programm ansagte, aber statt dessen erschien Veronica Caldwell. Sie wurde mit Applaus begrüßt.

»Ich freue mich sehr, daß ich heute hiersein und Sie in das Programm einführen kann«, sagte sie. »Es ist eine hohe Ehre, im Senat zu sitzen, aber dieses Center und die ganze Kunst in Amerika, vor allem in Washington, liegen mir besonders am Herzen. Wie der Glaube haben sie mich bei diesem tragischen Geschehen in unserer Familie aufrechterhalten. Ich war entschlossen, heute hierzusein, um zu betonen, wie wichtig mir die Arbeit in diesem Center ist. Ich kann Ihnen versichern, daß mich allenfalls eine Kriegserklärung hätte fernhalten können.«

Veronica verschwand hinter dem Vorhang. Die Beleuchtung erlosch. Der Vorhang ging auf. Der Cellist und sein Begleiter am Flügel erschienen. Lydia umklammerte nervös die übergroße Handtasche auf ihrem Schoß und spürte die Umrisse der Videokassette. Clarence hatte ihr Brief und Kassette gegeben, obwohl er der Überzeugung war, daß sie in seiner Wohnung besser aufgehoben gewesen wären. Lydia hatte aber auf der Übergabe bestanden.

Sie hatte das Gefühl, daß einiges bevorstand, nicht nur ein Konzert . . .

Wenigstens fehlt den Katzen nichts, dachte Christa, als sie ihre Wohnung betrat. Die beiden Tiere kamen auf sie zu und rieben sich an ihren Beinen. Lange konnte sie nicht bleiben. Quentin würde wohl heute noch nach Washington zurückkehren und würde sie gewiß suchen.

Sie schlug die Nummer des Caldwell-Centers nach und rief dort an. Als sie festgestellt hatte, daß das Konzert stattfand, überredete sie die Frau am Telefon, Lydia James zu finden und an den Apparat zu bringen. Dank des Aufsehens, das Lydia in der letzten Zeit erregt hatte, gelang es der Frau, sie zu finden.

»Hallo, hier Lydia James. Wer ist da? Was soll das?«

»Christa Jones.«

»Oh ... ich bin froh, daß Sie sich melden. Ist alles in Ordnung mit Ihnen? Sind Sie wieder in Washington?«

»Ja. Miss James, ich muß Sie sprechen.«

»Gut. Wann?«

»Sofort. Bitte.«

»Ich gehe hier weg, und wir können uns treffen, wo Sie wollen.«

Christa erwog, Lydia in ihre Wohnung zu bitten, wagte aber nicht, länger dort zu bleiben.

»Treffen wir uns bei *Luigi.*«

»In der 19. Straße?«

»Ja.«

»Ich komme.«

Lydia huschte in den dunklen Saal zurück und flüsterte Clarence zu, daß sie Christa bei *Luigi* treffen wolle.

Clarence ging mit hinaus ins Foyer.

»Kannst du das nicht nach dem Konzert machen? Ich begleite dich –«

Lydia schüttelte den Kopf.

»Ich hab' ihr versprochen, daß ich sofort komme. Ich muß gleich gehen, Clarence.«

»Ich komme mit.«

»Nein, bitte nicht. Wenn ich nicht alleine komme, erschrickt sie vielleicht und läuft weg. Hör dir das Konzert an und fahr nach Hause. Ich verspreche dir, daß ich anrufe, sobald ich kann. Sei lieb –«

»Hör mal, ich mache mir doch keine Sorgen um Christa Jones, sondern um dich.«

Sie küßte ihn.

»Ich melde mich.«

Als Clarence widerwillig in den Saal zurückkehrte und Lydia zum Ausgang ging, eilte Veronica Caldwell, die sie von einer Nische aus beobachtet hatte, in eine Garderobe, um zu telefonieren.

Joanne Marshall, Cales Sekretärin, meldete sich.

»Hier Veronica Caldwell. Ich möchte meinen Sohn sprechen.«

»Er schläft.«

»Wecken Sie ihn.«

Joanne ging in Cales Schlafzimmer und rüttelte ihn. »Aufwachen, Cale. Deine Mutter ist am Telefon.«

»Sag ihr, ich rufe zurück«, erwiderte er verschlafen.

»Sie ist wütend, Cale. Bitte komm.«

Er setzte sich auf und griff nach dem Telefon am Bett. »Mutter?«

»Ja.«

Er bat Joanne, den Hörer am Nebenapparat im Wohnzimmer aufzulegen. Als sie es getan hatte, sagte Veronica: »Komm sofort ins Center, Cale.«

»Mutter, ich liege im Bett. Ich –«

»Du kommst sofort. In zwanzig Minuten bist du hier.«

John Conegli sah Lydia aus dem Caldwell-Center kommen. Er rechnete damit, daß sie sofort zu ihrem Auto gehen würde, aber statt dessen eilte sie auf die Taxis zu und fuhr davon. Conegli nahm die Verfolgung auf, bis das Taxi vor *Luigi's Restaurant* hielt. Lydia bezahlte den Fahrer und hastete in das Lokal.

Sehr seltsam, dachte er. Sie fährt mit ihrem Freund ins Konzert, rennt ihm davon, nimmt ein Taxi und fährt zu einem italienischen Lokal.

Da Lydia ihn nicht kannte, sprach nichts dagegen, daß er das Restaurant betrat und sich ansah, mit wem sie zusammentraf. Außerdem hatte er ebenfalls Hunger.

Das Lokal war oben und unten fast voll. Conegli entdeckte Lydia an einem Ecktisch. Ihr gegenüber saß eine andere Frau . . . manchmal hatte man eben Glück, dachte er . . . er suchte auf dem Tisch nach dem Paket, sah aber nichts. Er bemerkte, daß die Handtaschen beider Frauen groß genug waren, um es aufzunehmen. Conegli wollte einen weit entfernten Tisch nehmen, als plötzlich in der Nähe der beiden Frauen ein Paar aufstand. Zweimal hintereinander im Glück, dachte er. Kommt selten genug vor.

Er ging sofort hinüber, setzte sich, bestellte Pizza und Rotwein.

Lydia und Christa warfen nur einen beiläufigen Blick auf Conegli, als er sich an den Nebentisch setzte, und sprachen weiter. Conegli beugte sich ein wenig hinüber, aber der Lärm im Lokal war so groß, daß er nicht mehr als Satzfetzen verstehen konnte. Immerhin, besser als nichts. Auf jeden Fall viel angenehmer, als im Auto herumzusitzen. Er trank seinen Wein und nahm sich vor, eine Blankorechnung zu verlangen, damit er Mr. Francis Jewel gesalzene Spesen vorlegen konnte.

»Ich verstehe immer noch nicht«, sagte Lydia. Sie hatten eine Karaffe Weißwein bestellt.

»Es paßt alles zusammen, Miss James –«

»Bitte nennen Sie mich Lydia.«

»Gut ... Sie haben nach dem Videoband gefragt, das von Quentin und Senator Caldwell gemacht wurde. Ich weiß noch, wie Sie zum Sender kamen, um sich das anzusehen. Sie sagten, es sei Ihnen etwas daran aufgefallen.«

»Richtig. Zum einen schon einmal, daß Senator Caldwell immer nach einer Stelle am Hemd griff, wo ein Knopf fehlte. Das kannte ich bei ihm überhaupt nicht. Seine Frau versicherte mir, er hätte ein ganz neues Hemd getragen, als ich sie danach fragte.«

»Das habe ich auch bemerkt, aber ich *wußte*, weshalb der Knopf fehlte. Kurz vor Beginn der Aufnahmen gerieten Senator Caldwell und Quentin in einen schrecklichen Streit ... Quentin packte den Senator sogar am Hemdkragen, und dabei sprang der Knopf ab.«

»Was kann die Ursache gewesen sein für den Streit?«

Christa warf einen Blick zu Conegli hinüber, der nach seinem Weinglas griff. Sie beugte sich über den Tisch.

»Jimmye MacNab.«

»Wieso?«

»Quentin war rasend vor Eifersucht wegen der Beziehungen des Senators zu Jimmye.«

»Dann stimmt das also doch«, sagte Lydia. »Ich hatte Gerüchte gehört, daß der Senator mit ihr intim gewesen sei, konnte das aber nicht glauben. Er hat sie doch als seine Tochter aufgezogen –«

»Aber die war sie eben nicht. Der springende Punkt war aber der, daß Quentin Jimmye heiß und innig liebte, von Anfang an. Als er dahinterkam, daß sie von Senator Caldwell schwanger war, wurde er halb wahnsinnig – ich hatte ihn noch nie so gesehen ...«

»Von Senator Caldwell? Sind Sie sicher, daß Sie nicht Mark Adam meinen?«

Christa schüttelte den Kopf und dachte an die Nacht, als Hughes ihr erzählt hatte, daß Jimmye ein Kind von Senator Caldwell erwarte. Sie erinnerte sich genau an die Szene, wußte, was sie zueinander gesagt hatten, erinnerte sich an die Tränen, die Wutschreie, das Zusammensein im Bett, viel zärtlicher als sonst ...

»Er ist das Gemeinste, was es gibt«, hatte Hughes gesagt. »Er war ihr Vater. Jedenfalls hat er sie aufgezogen wie seine Tochter, und dann hat er sie ausgenützt.« Hughes war gar nicht auf den Gedanken gekommen, welche Ironie dahintersteckte, daß er sich über solche Dinge ereiferte. Christa hatte nicht gewagt, darauf hinzuweisen.

Sie hätte gern von Jimmyes weniger angenehmen Seiten gesprochen, aber auch das getraute sie sich nicht. Sie und Hughes hatten auf dem Sofa in seiner Wohnung gesessen, er als rasender, enttäuschter, wehleidiger Liebhaber. Christa hatte diese ungewohnte Verwundbarkeit nicht ungern gesehen . . . vielleicht bedeutete sie, daß sie endlich gebraucht wurde.

»Ich habe gesagt, sie soll das Kind abtreiben lassen«, hatte Hughes erklärt, »aber sie lachte nur. Sie hat mir einfach ins Gesicht gelacht. Sie sagte, das Kind sei viel mehr wert als das ganze Band.«

Christa hatte bei dieser Gelegenheit zum erstenmal von dem Videoband erfahren und ihn danach gefragt. In der Nacht waren sie zum Sender gefahren, und er hatte ihr das Band vorgeführt. Hinterher hatte er gesagt, sie solle das wieder vergessen, er werde das Band sicher verwahren.

Sie waren in seine Wohnung zurückgekehrt und hatten sich geliebt. Zum erstenmal in ihrem Leben hatte Quentin geweint und sich von ihr trösten lassen.

Am Morgen beim Frühstück hatte Hughes auch erwähnt, daß Senator Caldwell krebskrank sei. Als Christa ihr Bedauern kundtun wollte, hatte er nur den Kopf geschüttelt und gesagt, der Senator verdiene keinen normalen, natürlichen Tod . . .

Christa sah Lydia jetzt mit verschleiertem Blick an.

»Da hatte ich die Ahnung, daß Quentin Senator Caldwell umbringen würde.«

»Aber es war Jimmye, die bald danach umgebracht wurde, nicht Caldwell«, wandte Lydia ein.

»Ich weiß. Quentin rief Jimmye an und verabredete sich mit ihr. Sie waren natürlich kein Liebespaar mehr, aber er war nie über sie hinweggekommen. Ich wußte, daß sie sich treffen wollten, weil ich ihn am Telefon belauscht hatte. Das war der Abend, an dem sie ermordet wurde. Er arbeitete bis zum frühen Abend im Büro und fuhr weg, um sich mit ihr zu treffen. Er kam zurück und machte seine Sendung. Mitten hinein kam eine Agenturmeldung über den Fernschreiber, daß man sie ermordet aufgefunden hatte –«

»Sie wußten, daß er sich mit ihr in der Tatnacht getroffen hatte, und haben nie ein Wort davon gesagt?«

Christa blickte auf den Tisch und biß auf die Unterlippe.

»Nein, ich habe zu keinem Menschen etwas gesagt. Ich hatte

doch gar keine Gewißheit, daß er sie umgebracht hatte. Die Tatsache, daß er mit ihr zusammengetroffen war, bedeutete ja noch nicht, daß er sie ermordet hatte –«

»Haben Sie ihn danach gefragt?«

»Nein . . . Ich wußte, daß er mit einem Wutanfall reagiert hätte. Ich wußte schon lange, daß man ihn nur wütend zu machen brauchte, um ihm die Gelegenheit dafür zu liefern, daß er einen hinauswarf. Ich weiß, ich weiß, ich hätte gehen sollen, aber ich war von ihm wohl ebenso besessen wie er von Jimmye.«

Lydia hätte Christa am liebsten gepackt und geschüttelt, empfand aber auch Mitgefühl für sie. Sie hatte offenbar in ständiger Angst davor gelebt, Hughes könnte sie fortschicken, wie er das bei so vielen Frauen in seinem Leben getan hatte, obwohl er es nicht ertrug, wenn einmal er an der Reihe war. Lydia widerstand der Versuchung, ihren Arm zu berühren.

»Aber Sie sind bei Hughes geblieben, obwohl Sie den Verdacht, ja, mehr als einen Verdacht hatten, daß er einen Mord begangen haben könnte.«

»Ich weiß, das stellt mir kein gutes Zeugnis aus, Miss James, aber das war bei mir wie eine Sucht. Es fing wohl an dem Tag an, als ich ihn in Des Moines kennenlernte. Für mich war er der aufregendste Mann überhaupt, der einzige Mann für mich. Ich empfand mich als etwas ganz Besonderes, wenn er bei mir war. Er schien so viel zu wissen, in jeder Situation Herr der Lage zu sein – ganz das Gegenteil von mir. Aber es war mehr als der berufliche Erfolg. Damals hatte er auch eine sanfte, zärtliche Seite, die er vor fast allen anderen Menschen verbarg . . . Ich habe sie gesehen. Er brachte mich sogar zum Lachen, Lydia. Ich glaube, ich . . . kenne ihn besser als jeder andere Mensch auf der Welt, ganz gewiß besser als jede andere Frau. Ich habe ihm immer beweisen wollen, daß ich die einzig richtige Frau für ihn sei. Schon vor langer Zeit war mir klar, daß ich alles für ihn tun würde, nur, um bei ihm bleiben zu dürfen. Ich hoffte immer, es würde der Zeitpunkt kommen, wo er genau so empfinden würde wie ich, und –«

»Warum sind Sie jetzt gegangen? Auf einmal?«

Sie lächelte müde.

»Ich bin nicht gegangen, Lydia, sondern er.«

»Es tut mir leid, Christa . . .« Aber was war mit der Andeutung Christas am Telefon, bevor sie sich am Busbahnhof getroffen hatten? »Christa, was hatte Jimmyes Tod mit dem Mord an Caldwell zu tun?«

»Ich glaube, Quentin hat Senator Caldwell schließlich ebenso umgebracht wie vorher Jimmye MacNab.«

»Und warum?«

»Mein Gott, ich sagte doch ... er war Jimmyes Liebhaber gewesen, sie erwartete ein Kind von ihm ...«

Lydias Aufmerksamkeit wurde von John Conegli abgelenkt, der seine Pizza bekommen hatte, sie aber nun kalt werden ließ. Er beugte sich auffällig weit herüber. Als Lydia ihn scharf ansah, begann er hastig zu essen.

»Ich finde, wir sollten weggehen«, sagte Lydia.

»Sie haben recht ... haben Sie den Umschlag, den Sie von mir bekommen haben?«

Lydia schoß das Blut ins Gesicht. Sie atmete tief ein.

»Ich habe ihn geöffnet, Christa, gleich, nachdem Sie fortgefahren sind. Ich habe das Schließfach aufgemacht und das Band herausgeholt.«

»Oh ... dann haben Sie es gesehen?«

»Nein. Ich wollte erst Ihre Rückkehr abwarten.« Das war eine Halbwahrheit, aber Lydia hielt sie für gerechtfertigt. Sie wußte allerdings nicht, wie sie Christas Gesichtsausdruck auffassen sollte. »Sind Sie wütend auf mich?«

Christa schüttelte den Kopf.

»Ich brauchte Zeit zum Nachdenken. Jetzt nicht mehr, nicht nach New York ... Fahren wir zum Sender. Ich kann Ihnen das Band dort vorspielen.«

»Ist das eine gute Idee? Sie sagten, Quentin hätte Sie in New York überfallen, Sie hätten um Ihr Leben gefürchtet. Wir laufen ihm doch in die Hände, wenn wir zu WCAP fahren.«

»Kaum. Zu dieser Zeit ist er im Radiogebäude. In den Fernsehstudios ist es ruhig. Wir können einen leeren Schneideraum oder ein Produktionsstudio nehmen ...«

Conegli, der einen Rückzieher hatte machen müssen, bekam davon nichts mit und war deshalb überrascht, als sie plötzlich aufstanden und zum Ausgang gingen. Er verzichtete ungern auf seine Pizza, aber die Pflicht hatte Vorrang. Er legte Geld auf den Tisch, schlängelte sich zwischen den Tischen hindurch und erreichte seinen Wagen gerade, als Lydia und Christa ein vorbeifahrendes Taxi aufhielten.

Während sie zu den Gebäuden und Studios von WCAP fuhren, fragte Lydia, was sie zu sehen bekommen werde.

»Das kann ich Ihnen nicht beschreiben ... Sie müssen es selbst sehen. Lydia, in gewisser Beziehung habe ich Sie vielleicht in die Irre geführt. Dafür bitte ich um Entschuldigung. Ich brauchte eine

Verbündete, ich hatte Angst ... Das Band beweist gar nicht, daß Quentin mit den Morden an Jimmye und dem Senator zu tun hat, aber ich glaube, es liefert Teile für das Puzzle, das Sie versucht haben, zusammenzusetzen. Ich hoffe, das wird genügen ...«

»Wenn das der Fall ist, genügt das vollkommen, Christa.«

Sie lehnte sich zurück und hing ihren Gedanken nach. Christa bat den Fahrer, nicht zum Haupteingang zu fahren, sondern über einen riesigen Parkplatz zu einem Hintereingang.

»Ich habe einen Schlüssel«, sagte sie zu Lydia. »Ich sollte die Schlüssel eigentlich abgeben, aber den habe ich behalten. Ich wollte einfach nicht alles aufgeben ...«

Als das Taxi vor einer Stahltür ohne Aufschrift hielt, brachte John Conegli auf dem Parkplatz seinen Wagen zum Stehen und schaltete die Scheinwerfer aus. Er sah die beiden Frauen aussteigen. Das Taxi fuhr davon, und er sah, wie Christa einen Schlüssel herauszog, die Stahltür aufsperrte und mit Lydia im Inneren verschwand.

Er stieg aus, ging zur Tür und drückte die Klinke herunter. Abgesperrt. Er erwog, zum Haupteingang zu fahren, wußte aber, daß man ihn nicht hineinlassen würde. Er ging zum Auto, ließ den Motor an und fuhr zu einer Telefonzelle, um Francis Jewel anzurufen. Er berichtete kurz, was geschehen war, hörte sich Jewels Anweisungen an, hängte ein und ging zum Parkplatz, wo er den Motor abstellte, sich eine Zigarre anzündete und die Tür anstarrte.

Kapitel 33

Clarence war seit einer halben Stunde wieder zu Hause, als Lydia anrief und mitteilte, sie sei im Sendegebäude von WCAP. Sie habe keine Zeit zum Reden, und er solle sie in ungefähr einer Stunde abholen.

Er hatte kaum aufgelegt, als das Telefon schon wieder läutete. Diesmal war es Ginger Johnson.

»Entschuldigen Sie, daß ich störe«, sagte sie, »aber ich mache mir Sorgen um Lydia.« Sie erzählte von Christas Anruf und fragte, ob Miss Jones Lydia im Konzertsaal erreichen habe können.

»Ja, das hat sie. Lydia verließ das Konzert sofort, um sich mit ihr zu treffen. Sie sind bei WCAP. Lydia will mich anrufen, wenn sie fertig ist.« Ginger schwieg kurze Zeit.

»Glauben Sie, daß nichts passieren kann, wenn sie mit Miss Jones zusammen ist?« fragte sie schließlich. »Ich meine, sie klang so . . . aufgeregt und verstört, als sie mich anrief. Ich habe das ungute Gefühl, daß eine Katastrophe bevorsteht, und Lydia steckt mittendrin.«

Clarence sprach nicht davon, daß er genau dasselbe befürchtete. Er sagte nur: »Vielleicht sollte ich lieber nicht erst auf Lydias Anruf warten und gleich hinfahren.«

»Ich würde zu gern mitkommen, wenn es Ihnen recht ist.«

»Ich hole Sie ab.«

»Machen wir es umgekehrt. Ich bin schon auf dem Weg zum Sender. In einer halben Stunde komme ich vorbei.«

Er bedauerte sofort, sich darauf eingelassen zu haben . . . Ach was, ermahnte er sich, du hast zu viele Filme gesehen. Er war nicht gut darin, sich selbst zu überzeugen.

Nachdem Lydia mit Clarence gesprochen hatte, führte Christa sie durch eine Anzahl von Fluren, bis sie im Keller ein kleines, dunkles Studio erreichten. Es war dafür eingerichtet worden, Interviews mit Prominenten und Berühmtheiten aufzuzeichnen, wurde aber selten verwendet.

Christa knipste ein paar Lampen an. Lydia fühlte sich danach ein bißchen wohler. Auf einem kleinen Podium in der Mitte des Studios standen zwei orangerote Drehsessel. Drei große Fernsehkameras waren aufgebaut, bizarre Statuen in der Welt der elektronischen Bilder. Lydia und Christa stiegen über dicke, schwarze Kabel, die sich wie Schlangen am Boden dahinzogen, und betraten den Regieraum. Christa riß die Verpackung von der Kassette.

»Ich wollte erst einen Schneideraum nehmen, wie bei der Vorführung des Interviews mit Caldwell, aber Sie sollten die Aufzeichnung ruhig auf dem größten Bildschirm verfolgen, den es hier gibt. In ein paar Minuten ist es soweit.«

Lydia beobachtete Christa, die mit gekonnten Griffen die Geräte bediente. Sie erklärte Lydia nebenher die Bedienung der Anlagen.

Als alles vorbereitet war, führte sie Lydia in das Studio zurück und wies sie zu einem der Drehsessel. Lydia setzte sich. Christa zeigte auf eine fahrbare Konsole neben dem Sessel.

»Das ist die Fernbedienung«, sagte sie. Lydia fuhr mit den Fingern zerstreut über die Tasten und Knöpfe.

»Ich steuere die Vorführung vom Regieraum aus«, sagte Christa. »Das geht ein bißchen einfacher. Außerdem wollen Sie gewiß lieber allein sein, wenn Sie das sehen. Zu erklären brauche ich nichts. Die Aufzeichnung spricht für sich. Ich will nur erwähnen, daß das Material aus zwei Quellen stammt. Ein Teil besteht aus 8-mm-Film, aufgenommen im ›Zentrum für den Inneren Glauben‹. Das übrige ist die Videoaufzeichnung eines Interviews, das Jimmye MacNab mit Mark Adam gemacht hat, nachdem der Schmalfilm gedreht worden war. Sie kennen die beiden Teile mühelos auseinander, weil die Bildqualität bei der Videoaufzeichnung natürlich unendlich viel besser ist. Ich muß Sie aber warnen, Lydia . . . was Sie zu sehen bekommen, ist weder hübsch noch angenehm.«

Lydias Magen verkrampfte sich. Sie spürte, daß sie etwas erfahren würde, das sie vielleicht gar nicht wissen wollte. Am liebsten hätte sie Christa gebeten, das Band nicht vorzuführen, am liebsten wäre sie davongelaufen und heimgefahren, um sich vor allem zu verstecken, was seit dem Mord an Senator Caldwell geschehen war. Sie tat es natürlich nicht. Sie war schon so weit gegangen, nun wollte sie nicht kurz vor dem Ziel aufgeben. Sie sah Christa in den Regieraum zurückgehen und sich an das große Pult setzen. Im Studio erlosch die Beleuchtung, eine große Bildwand, die von der Decke hing, wurde hell.

Die Bildwand war riesengroß und mit großen Lautsprechern ausgestattet. Lydia blickte zum Regieraum hinauf. Hinter der Glasscheibe war Christas Gesicht zu erkennen. Da das Licht es von unten erfaßte, hatte es sich in eine unheimliche Maske verwandelt.

Auf der Bildwand war das Innere des Hauptgebäudes der Sekte zu sehen. Der Filmer wollte offenbar zeigen, wo das Folgende sich abspielte, denn er hatte die ganze Umgebung aufgenommen.

Als nächstes waren mindestens hundert Sektenangehörige in ihren weißen Gewändern zu sehen, männliche und weibliche. Sie hatten sich am Flußufer versammelt. Lydia fiel auf, daß ein Mann einen Kassettenrecorder in der Hand hatte. Er gehörte wohl nicht in den Film, sondern war nur zufällig vor die Kamera geraten.

Bis zu diesem Augenblick war der Film stumm gewesen. Nun konnte man die Stimmen der Sektenmitglieder hören. Lydia beugte sich vor. Man hörte ein Singen, ein tiefes, rhythmisches Stöhnen, das lauter wurde.

Schlagartig hörte die Szene auf. Jimmye MacNabs Gesicht füllte die Bildwand. Lydia hatte ganz vergessen gehabt, wie schön sie gewesen war ... Ein Gesicht, wie jede Frau es sich erträumte. Lydia versuchte zu erkennen, wo Jimmye sich im Film aufhielt. Es schien ein Motel- oder Hotelzimmer zu sein. Jimmye saß auf einem Stuhl vor schweren, grünen Vorhängen und blickte in die Kamera.

»Hier spricht Jimmye MacNab«, sagte sie mit ihrer heiseren Stimme. »Wie manche von Ihnen wissen, habe ich mich als Reporterin für Gehirnwäsche und Gedankenkontrolle interessiert. Ich schrieb sogar ein Buch darüber. Ich mußte allen damit zusammenhängenden Fragen nachgehen, auch der Anwendung bestimmter Methoden in gewissen Sekten, die in der letzten Zeit bei uns aus dem Boden geschossen sind. Meine Arbeit führte mich zu der Schlußfolgerung, daß durch die führenden Persönlichkeiten dieser Organisationen in der Tat manche Personen ferngesteuert wurden.

Wie das bei jedem Journalisten der Fall ist, kommt es in erster Linie auf die Verbindungen an. In diesem Fall hatte ich besonderes Glück. Ich bin von einer großartigen und vornehmen Familie aufgezogen worden, der Familie von Senator Cale Caldwell. In diesem Haus lebten zwei junge Männer, die ich als meine Brüder betrachten lernte, Cale Caldwell junior und Mark Adam Caldwell. Ich habe heute bei mir einen dieser Brüder, nämlich Mark Adam.«

Die Kamera erfaßte nun auch Mark Adam, der rechts neben Jimmye auf einem Stuhl saß. Er trug das weiße Gewand seiner Sekte. Sein Kopf war glattrasiert, seine Augen wirkten leer.

»Was Sie nun sehen, wird Sie ohne jeden Zweifel sehr schockieren«, fuhr Jimmye fort. »Mir ging es so, und zwar in einem Maße, daß ich glaube, darüber nie hinwegzukommen. Aber Sie werden dieses schreckliche Ereignis nicht nur mit eigenen Augen sehen, sondern werden vom Hauptbeteiligten auch genau erfahren, warum es stattgefunden hat, und, wichtiger noch, weshalb er beteiligt war.« Sie sah Mark Adam an. »Du bist mein Bruder, Mark, und ich liebe dich, was auch immer sein mag.« Jimmye blickte wieder in die Kamera. »Ich muß noch einmal darauf hinweisen, daß das, was Sie sehen, Sie entsetzen und Ihren Zorn erregen wird, aber wenn Gehirnwäsche und der Gebrauch, welchen die Sekten davon machen, je richtig verstanden werden sollen, dann nur dadurch, daß solche Praktiken an die Öffentlichkeit gebracht werden.«

Die Bildwand wurde dunkel, wurde wieder hell, dann lief der flackernde Schmalfilm. Lydia starrte wie gebannt auf das Bild. Die Kamera befand sich mitten unter den am Fluß versammelten

Sektenmitgliedern. Sie bewegte sich ruckhaft zwischen den jungen Männern und Frauen, bis sie das Ufer erreichte. Dort standen vier junge Männer in weißen Gewändern. Sie hatten sich rund um eine junge Frau aufgestellt, die ein ebenso fließendes Gewand trug. Sie schien nicht älter als zwanzig Jahre zu sein. Ihr Gesicht war klar und schön. Ihr braunes Haar war kurzgeschoren, wie das der anderen Mädchen in der Sekte auch. Ihre Hände waren auf dem Rücken gefesselt. Sie starrte vor sich hin, aber trotz der erzwungenen Ruhe auf ihrem Gesicht war in ihren Augen Angst zu lesen.

Jimmyes Stimme sprach einen Kommentar dazu.

»Zu den wichtigsten Bestandteilen der Gehirnwäsche gehört, das Ichgefühl der Person zu beseitigen, sie völlig zu entwurzeln, alle Verbindungen zur Vergangenheit zu beseitigen und durch neue Ideen und Anschauungen zu ersetzen. Viel hängt natürlich von der betroffenen Person selbst ab. Nach meinen Ermittlungen liegt die Fähigkeit, gesteuert zu werden, letzten Endes in der Person selbst, und jemand, der eine starke Neigung zu fanatischen Sekten zeigt, unterliegt einer solchen Steuerung besonders leicht. Niemand weiß genau, weshalb die eine Person derartigen Manipulationen zugänglich ist, die andere aber nicht. Vielleicht handelt es sich um ein Zusammenwirken von Erbmasse, früher Ichformung und elterlichem Einfluß. Entscheidend ist: Diejenigen, die so mühelos zu verführen sind, machen es den Manipulatoren sehr leicht.

Manchmal weicht jemand aber von dem Verhalten ab, das erwartet wird. Dann tragen Strafen dazu bei, die Steuerungswirkung zu verstärken. Sie sehen eine solche Strafe in der extremsten Ausprägung. Es ähnelt dem islamischen Brauch, öffentlich Enthauptungen vorzunehmen oder jemandem die Hand abzuhacken, wobei die Anwesenheit des Volkes Pflicht ist. Ein abschreckendes Beispiel soll vorgeführt werden, damit die anderen es nicht wagen, von dem abzuweichen, was die Oberen ihnen vorschreiben.«

Das Mädchengesicht erschien in einer Nahaufnahme. Das Gemisch von Resignation und Furcht war noch deutlicher erkennbar. Jimmyes Worte hatten Lydia verkrampfen lassen. Sie war gelähmt und konnte den Blick von der Bildwand nicht abwenden. Nur einmal sah sie kurz zu Christa hinauf, die regungslos am Regiepult saß.

Die vier Männer um das junge Mädchen traten näher heran, bis sie zwischen ihnen buchstäblich eingeklemmt war. Einer griff nach ihrem Kragen und riß das Kleidungsstück herunter. Die

Menge, die den Vorgang beobachtete, war totenstill geworden. Der Gesang begann plötzlich von neuem, ein dissonantes Geheul, bei dem Lydia eine Gänsehaut nach der anderen überlief. Die jungen Männer traten zurück und zogen das junge Mädchen ganz aus, bis es nackt war. Lydia verspürte Übelkeit. Mark Adam Caldwell trat vor die Kamera und schlug dem Mädchen mit der Faust ins Gesicht. Es stürzte zu Boden. Er riß das Mädchen an den Haaren hoch und schlug wieder zu. Und wieder. Der Kameramann rückte näher heran. Das Tonbandgerät fing ihre gellenden Schreie auf, die den monotonen Gesang übertönten.

Schließlich trat Mark Adam aus dem Bild. Das Mädchen schien bewußtlos zu sein. Es lag am Boden, die Beine schlaff ausgestreckt, den Kopf auf der Seite. Aus dem Mund rann Blut.

»O Gott«, stieß Lydia hervor.

Jimmyes Stimme tönte aus den Lautsprechern.

»Es war nicht die Absicht derjenigen, die diese Strafe angeordnet hatten, daß das Opfer sterben sollte. Aber diesmal war das der Fall. Für angebliche Vergehen gegen die Sekte, der das Mädchen sein Leben gewidmet hatte, sollte es durch die Hand eines anderen Sektenmitgliedes bestraft werden. Das sollte eine Warnung für die anderen sein, sich ihrer Pflichten zu besinnen. Es kam anders.

Warum ist ein solcher Film gedreht worden? Man könnte mit dem gleichen Recht fragen, warum Gespräche im Weißen Haus aufgezeichnet wurden. Es fällt schwer, die Motive von Menschen in hoher Position oder mit großer Autorität zu begreifen. In diesem Fall scheint der Film gedreht worden zu sein als Dokument, das man Angehörigen der Sekte zeigen wollte – gewiß nicht solchen, die ihr erst beitreten wollten –, um zu warnen, gegen die Regeln der Gemeinschaft irgendwie zu verstoßen.«

Der Film ging zu Ende. Jimmye MacNab erschien wieder im Bild.

»Wie ich an diesen Film gekommen bin, ist unwichtig. Es kommt auf etwas ganz anderes an. Sie, der Betrachter, werden nun vielleicht besser verstehen, welch unheilvollen Einfluß solche Organisationen auf viele unserer jungen Leute haben . . .« Sie wandte sich Mark Adam zu. »Warum warst du bereit, bei dieser Bestrafung mitzuwirken, Mark?«

Sein Blick blieb auf einen unsichtbaren Punkt gerichtet, nicht anders als bei seinem Zusammentreffen mit Lydia. Er sagte mit tonloser Stimme: »Sie hat sich gegen unseren Vater versündigt. Es war nur gerecht, daß ich seine Wünsche ausführte.«

»Wer hat dir das aufgetragen, Mark?«

»Unser Erlöser«, sagte er, ohne sie anzusehen.

»Du wolltest sie nicht umbringen, nicht wahr?«

»Sie starb ihrer Sünden wegen.«

»Aber du wolltest sie nicht töten.«

»Sie war böse. Vom Satan besessen.«

Lydia fiel ein, was Mark über Jimmye MacNab gesagt hatte. Für ihn war sie eine Frau gewesen, die gesündigt hatte und deren Tod gerechtfertigt gewesen sei.

Jimmye beendete ihren Kommentar, und die Bildwand wurde wieder dunkel. Lydia konnte sehen, daß Christa im Regieraum aufstand, zu einem Gerät ging und das Videoband zurücklaufen ließ. Was hatte das mit dem Mord an Senator Caldwell zu tun? Gewiß, Jimmye mochte von Sektenanhängern getötet worden sein, die gewußt hatten, daß sie die Aufzeichnung besaß. Gefährlich genug war der Film. Ein Mord, um die Hergänge zu vertuschen, war leicht denkbar.

Aber Senator Caldwell? Hatte er von dem Film, in dem sein Sohn ein junges Mädchen tötete, etwas gewußt? Und selbst wenn, wer hatte ihn deshalb töten wollen? Hughes? Kaum. Christa mochte mit der Vermutung recht haben, daß Hughes aus Eifersucht getötet hatte, aber die Sekte war ebenso verdächtig.

Lydias Gedankengänge wurden unterbrochen, als Christa hereinkam, sich in den anderen Sessel setzte und ihr die Kassette gab.

»Jimmye hat das Band dazu benützt, die Caldwells zu erpressen. Später hat wohl auch Quentin das gemacht. Hübsch, nicht wahr . . .?«

Lydia starrte Christa an.

»Schwer zu glauben. Jimmye ist mit aller Liebe und Fürsorge aufgezogen worden, wie eine eigene Tochter. Sich gegen die Menschen zu stellen, die so gut zu ihr gewesen waren . . .«

Christa schloß die Augen und zog den Kopf zwischen die Schultern.

»Jimmye MacNab war besessen von Ehrgeiz. Sogar Quentin sah das. Er erzählte es mir. Als er erfuhr, daß sie von Senator Caldwell schwanger war, verlor er den Verstand. Deshalb hat er sie umgebracht, und ich kann, wie gesagt, nur vermuten, daß er dann aus Eifersucht auch Senator Caldwell –«

Lydia schüttelte den Kopf.

»Was hat das mit dem Band zu tun?«

Anstelle von Christa sagte eine Männerstimme hinter ihnen: »Ich würde sagen, es hat sehr viel damit zu tun.«

Die beiden Frauen fuhren herum. Lydia kam die Stimme bekannt vor, obwohl sie sie nicht unterzubringen wußte. Der Mann trat aus dem Schatten ins schwache Licht. Cale Caldwell . . .?

»Cale? Was machen Sie hier? Und was soll das heißen?« Lydia war aufgesprungen.

»Setzen Sie sich, Lydia«, sagte er.

Lydia sah ihn scharf an und sank in den Sessel. Cale ging um sie herum und blieb neben einer der Kameras stehen.

»Geben Sie mir das Band, Lydia. Es betrifft schließlich meinen armen Bruder . . .«

»Sie haben es gesehen?« fragte Lydia, als sie es widerstrebend überreichte.

»Das brauchte ich nicht. Es wurde mir in allen Einzelheiten beschrieben.«

»Wer hat es beschrieben?«

»Jimmye natürlich. Sie setzte uns damit unter Druck. Unsere wundervolle sogenannte Schwester war weder wundervoll noch eine Schwester . . . Sie war eine Erpresserin, die unsere Familie peinigte. Sie kam zu meiner Mutter und sagte, wenn sie nicht regelmäßig große Geldsummen bekäme, werde sie das Band an die Öffentlichkeit bringen.«

Lydia starrte Christa an.

»Das Band hatte Quentin . . .«

»Nachdem Jimmye ermordet worden war, landete es bei Quentin. Ich nehme an, er hat es ihr abgenommen, nachdem er sie umgebracht hatte.«

Lydia wandte sich Cale zu.

»Hat Hughes Sie nach Jimmyes Tod erpreßt?«

»In gewisser Weise«, sagte er. Er lehnte sich müde an die Kamera. »Hughes hat nie direkt Geld von uns gefordert, aber das Wissen, daß es das Band noch gab, genügte, um unsere Familie der Zerstörung preiszugeben. Hughes erklärte meinem Vater, daß er das Band in seinem Besitz habe . . . Es war viel schwerer, mit ihm zurechtzukommen als mit Jimmye – bei ihr wußte man, was sie wollte. Bei Hughes nicht. Es schien ihm Genuß zu bereiten, Vater damit zu quälen. Er rief ihn immer wieder an, nur um ihn daran zu erinnern. Er brachte das Thema auch kurz vor dem Interview mit meinem Vater hier zur Sprache. Sie gingen sogar aufeinander los. Nein, Quentin Hughes hat nie Geld von uns verlangt. Er hat viel mehr gefordert und auch bekommen.«

Laß ihn weiterreden, dachte Lydia. Cale hatte offenbar lange unter einem schier unerträglichen Druck gestanden. In einem halbdunklen Fernsehstudio darüber reden zu können, schien eine

Erleichterung für ihn zu sein. Vielleicht sagte er mehr, als er wollte. Nur reden, reden ...

Lydia rutschte im Sessel hin und her. Aus dem Augenwinkel sah sie das Fernbedienungspult. Sie schob langsam die rechte Hand hinüber und drückte im Halbdunkel auf Tasten. Sie wußte nicht, was damit bewirkt wurde, sie konnte nur hoffen, daß irgendwo ein Tonband mitlief. Sie wartete. Keine blinkenden Lämpchen, keine surrenden Spulen, nichts ...

»Cale, wie sind Sie hier hereingekommen?«

»Als Sohn eines Senators hat man praktisch überall Zugang. Jewel hat Mutter im Center angerufen. Ich fuhr hierher. Ich erklärte dem Portier, wer ich bin und daß ich mit Quentin Hughes in einer wichtigen Angelegenheit sprechen müßte. Er wollte zwar zurückrufen, aber ich machte ihm klar, daß es sich um heikle Dinge handele. Mr. Hughes würde nicht wollen, daß andere Leute im Haus von unserem Zusammentreffen erführen. Ich durfte herein. Das war nicht schwer.«

»Wissen Sie von Miss Jones' Behauptung, daß Hughes Jimmye *und* Ihren Vater getötet haben soll?« – Cale schüttelte den Kopf.

»Entscheidend ist nur, daß Jimmye tot ist. Mein Vater konnte leider nichts gegen sie unternehmen. Im Senat vermochte er viel mehr durchzusetzen als im normalen Leben. Er traf sich mit ihr und versuchte ihr Vernunft zu predigen. Und landete bei ihr im Bett. Schlimmer noch, sie erwartete ein Kind von ihm. Dicker konnte es nicht kommen. Sie können sich vorstellen, wie Mutter zumute war, als Jimmye ihr erklärte, sie bekomme von Vater ein Kind. Es lag nicht einmal so sehr daran, daß Vater mit einer anderen Frau geschlafen hatte. Das waren wir gewöhnt. Am meisten von uns allen regte sich mein Bruder darüber auf. Die Schwäche meines Vaters für die holde Weiblichkeit hatte übrigens sehr viel damit zu tun, daß Mark in die Sekte getrieben wurde. Er hatte im Durcheinander seiner Gefühle die Vorstellung, er müsse für die Sünden seines Vaters büßen.«

Lydia traute ihren Ohren nicht. Veronica Caldwell tat ihr leid. Es mußte entsetzlich für sie gewesen sein. Daß sie es fertiggebracht hatte, sich in der Öffentlichkeit so zu behaupten ... Sie warf einen Blick auf Christa und sagte zu Cale: »Sie glauben offenbar nicht, daß Hughes Jimmye und Ihren Vater getötet hat. Aber Quentin traf sich mit Jimmye in der bewußten Nacht. Er war offenbar wahnsinnig vor Eifersucht, weil sie ein Verhältnis mit Ihrem Vater gehabt hatte, ganz zu schweigen von der Schwangerschaft –«

»Ich hatte keine Ahnung, daß Sie das von Jimmye und meinem Vater wußten, Lydia. Sie haben mich zwar danach gefragt, aber ich nahm an, Sie gingen nur auf Gerüchte ein, und mein Nein würde genügen, dem ein Ende zu machen.«

»Ich wußte es bis heute nicht mit Sicherheit, aber da Sie es bestätigen, erheben sich andere Fragen.«

»Zum Beispiel?«

»Wer hat Jimmye wirklich umgebracht?«

»Mein Bruder, bedauerlicherweise. Er hat es gestanden und –«

»Ich habe nie glauben können, daß Mark Adam Jimmye oder Ihren Vater oder gar beide umgebracht haben soll. Obwohl mir klar ist, daß er sie beide gehaßt hat –«

Cale seufzte und rieb seine Nasenwurzel.

»Das ist sehr traurig, aber es stimmt. Lydia, Mutter und ich nahmen an, damit würden Sie sich zufriedengeben. Mutter hat überhaupt sehr viel bei Ihnen unterstellt, auch was Ihre Aufgabe als Sonderberaterin für den Senatsausschuß anging.«

»Dachte sie wirklich, ich würde nur so tun? Wozu wollte sie den Ausschuß überhaupt haben?«

Er trat von der Kamera fort. Seine Stimme wurde kräftiger.

»Damit endlich alles bereinigt werden konnte, Lydia, damit der Rest der Familie die wichtigen Aufgaben fortführen konnte, zu deren Bewältigung sie da ist. Haben Sie eine Vorstellung davon, was meine Mutter und ich an Qualen durchgemacht haben, weil mein Bruder und mein Vater Schwächlinge gewesen sind? Die schlaflosen Nächte, die Tränen sind nicht zu zählen, die Angst vor Bloßstellung und Schande ist nicht zu beschreiben. Mein Vater hatte die Pflicht, in seinem Haus Ordnung zu schaffen. Wie hat meine Mutter ihn angefleht! Sie erwartete von ihm, daß er aufstand und uns schützte. Er war unfähig dazu, Lydia, von Anfang an. Alles hing an Mutter. Sie mußte den Namen Caldwell gegen Menschen schützen, die ihn zerstören wollten, aus Schadenfreude oder aus Habgier und Ehrgeiz.«

»Sie meinen Jimmye . . .«

»Ja, verdammt, ich meine Jimmye. Sie bekam den Film in die Hand und überredete Mark dazu, sich einem Interview zu stellen. Angesichts ihrer Beziehungen war das wohl nicht schwer. Danach hatte sie uns in der Hand. Wir waren nicht die einzigen, die sie mit dem Band erpreßte. Sie nahm von uns *und* von der Sekte. Sie nahm und nahm. Man konnte mit ihr nicht vernünftig reden. Nichts hatte Erfolg. Ich sprach ein paarmal mit ihr, aber sie lachte mich nur aus. Meinen Vater wird sie auch ausgelacht haben. Nicht nur weil es ihm nicht gelang, sie an weiteren Erpressungen zu hindern, sondern weil er mit ihr auch noch schlief. Ich bin Rechtsanwalt und damit verpflichtet, das Recht zu wahren, aber wenn es jemals einen Menschen gegeben hat, der den Tod verdiente, dann war es Jimmye MacNab, meine liebe, unbeweinte Schwester oder vielmehr Nicht-Schwester.«

Christa hatte die ganze Zeit geschwiegen, sagte aber nun: »Vielleicht hat er es nicht getan.«

»Nein, natürlich hat Hughes Jimmye nicht umgebracht«, sagte Cale.

Lydia sah ihn an.

»Haben Sie sie getötet?«

Cale verengte die Augen.

»Machen Sie sich nicht lächerlich. Aber da ich Jurist bin und eine Juristin mich fragt, sage ich ausdrücklich: Nein.«

»Und Ihr Bruder? Ich weiß, er hat ein Geständnis abgelegt, aber –«

»Ja, er hat gestanden. Lydia, ich will nicht gefühllos sein, aber entscheidend ist, daß er endlich einen Beitrag für seine Familie leistet, der einen Teil dessen aufwiegt, was er an Qualen verursachte, weil er in die Sekte eingetreten ist und das Mädchen umgebracht hat. Und das vor einer Filmkamera. Ich bekomme ihn jedenfalls wegen Unzurechnungsfähigkeit frei, und damit ist der Fall erledigt.«

Lydia drehte sich mit ihrem Sessel herum, als suche sie jemand, mit dem sie sich aussprechen konnte. Mark Adam Caldwell wurde geopfert, um jemand anderen zu schützen, soviel stand fest. Und der eigene Bruder wirkte dabei mit . . .

»Cale, wie konnten Sie zulassen, daß Ihr Bruder Dinge auf sich nimmt, die er gar nicht getan hat? Sie sprechen von Ihrer großartigen Familie, aber die beiden, die noch davon übrig sind, Ihre Mutter und Sie selbst, sind bereit, Mark zum Mörder zu stempeln. Wen decken Sie? Wer hat Vorteile vom Geständnis Ihres Bruders?«

»Ich habe nicht gesagt, daß er die Morde nicht begangen hätte. Das waren Sie. Aber geschützt werden muß der Name Caldwell.«

»Und wer wurde dafür eingesetzt, ihn zu schützen, Cale?« Dann ging ihr ein Licht auf . . . schwach noch, aber zunehmend stärker . . .

»Jason DeFlaunce? Der getreue Jason?«

»Interessant, der Einfall, Lydia. Jason hält treu zu meiner Mutter und zur Familie. Aber warum müssen Sie so viele Fragen stellen? Sie waren von Anfang an nicht bereit, das zu begreifen, was wirklich wichtig war. Mein Vater wollte uns das Schlimmste antun, indem er preiszugeben beabsichtigte, was er über Jimmye und meinen Bruder wußte, über ihren Tod. Daß sie von ihm selbst schwanger war. Er hatte andere Gründe als Jimmye, aber sie waren genauso gefährlich. Er wußte, daß er an Krebs sterben würde – das werden Sie inzwischen herausgefunden haben –, und gab sich plötzlich als Idealist. Er verspürte das Bedürfnis, sich zu läutern, er wollte die Dinge beim Namen nennen, so, wie er es angeblich bei seinen Wahlreden tat. Er war ein gottverdammter Narr, Lydia, bei allen großartig und nachsichtig, nur nicht bei denen, die es am meisten verdient hätten.«

»Sie meinen den Brief, den er geschrieben hat, nicht wahr?« sagte Lydia.

»Sie bohren immer noch, Lydia. Sie versuchen sich in etwas einzumischen, was Sie in Wahrheit gar nichts angeht. Nun gut, ja, es hat einen Brief gegeben. Er ist zum Glück nicht mehr da, weil Mutter ihn in Vaters Arbeitszimmer fand, bevor er ihn Doktor Clemow geben konnte. Was für ein Brief! Er hätte Ihnen und Ihresgleichen Stoff für endlose Skandalgeschichten geliefert. Als er dahinterkam, daß Mutter den Brief entdeckt hatte, verlor er den letzten Rest von Verstand und drohte damit, seine Freunde und sogar die Presse einzuweihen. Das konnten wir nicht zulassen. Das hätte seine Familie zerstört . . . soviel müssen sogar Sie einsehen.«

»Und um den ruhmvollen Namen Caldwell zu schützen, haben Sie und Ihre Mutter den lieben Jason eingesetzt.«

Cale sah die beiden Frauen an. Er wog seine und seiner Mutter Wort gegen die Möglichkeit ab, daß ein Gericht einer enttäuschten Frau und einer Juristin glaubte, die etwas durcheinandergeraten und dabei nicht ganz ernst zu nehmen war. Die Chancen standen günstig für ihn. Und es war eine Erleichterung, alles aussprechen zu können, ohne die Konsequenzen dafür fürchten zu müssen.

»Nun ja, Lydia, ich will nicht behaupten, daß das falsch sei. Wissen Sie, es ist eigentlich ein Witz. Das Band führte die Sekte und die Caldwells zu einem grotesken Bündnis zusammen. Wir waren beide davon bedroht und arbeiteten zusammen, um es zu finden. Mutter vermochte Jimmye schließlich zu bewegen – oder glaubte jedenfalls, damit Erfolg gehabt zu haben –, daß sie es uns für zweihundertfünfzigtausend Dollar übergab. Aber als Jason sich mit Jimmye traf, verlangte sie das Geld und behauptete, das

Band vernichtet zu haben. Das konnte man ihr nicht abnehmen. Jason handelte aus eigener Initiative ganz richtig.«

»Und Hughes?« fragte Lydia, gleichzeitig froh und entsetzt, daß sie ihn auf den richtigen Weg gebracht hatte. Nun kam es darauf an, daß er weitererzählte.

»Wir warteten darauf, daß Hughes die Erpressung fortsetzte. Damoklesschwert ist wohl ein zu dürftiger Ausdruck –«

Lydia wandte sich an Christa.

»Warum hat Jimmye Quentin das Band gegeben, und was machte er damit? Er hat ja offenbar nie Geld dafür verlangt.«

»Jimmye fürchtete wohl um ihr Leben, sah sich vor allem von der Sekte bedroht. Und sie vertraute Quentin immer noch. Sie hatte recht. Für ihn bedeutete das Band vielerlei – eine Absicherung gegen die Zukunft, denn er ist im Gegensatz zu seinem Auftreten zutiefst unsicher. Es vergeht kaum ein Tag, an dem er nicht glaubt, alles, was er in seinem Leben erreicht hat, werde zusammenbrechen.«

»Was bedeutete das Band ihm noch?«

»Vor allem war es eine Erinnerung an Jimmye.« Sie lächelte grimmig. »Statt einer kleinen Aufnahme in der Brieftasche hatte er Jimmye auf Videoband, fast lebendig.« Nach einer Pause sprach sie weiter. »Und das Band gab Quentin Gelegenheit, seinen Haß gegen Senator Caldwell auszuleben. Es war ein Haß, der sehr leicht zu einem Mord hätte führen können. Ich habe geglaubt, daß es so gekommen ist.« Sie war den Tränen nahe. Nachdem sie ein paarmal tief eingeatmet hatte, sagte sie: »Ich wußte jedenfalls, daß es ihm weh tun würde, wenn ich das Band mitnahm, und das wollte ich. Ich war tief verletzt und zornig, und er sollte es auch sein.«

Lydia legte den Arm um Christas Schulter und drückte sie an sich. Dann sah sie Cale an.

»Ihr Bruder ist nicht der einzige, der krank ist, Cale. So einfach kommen Sie nicht davon. Wir sind jetzt zwei, die wissen, daß Jason Jimmye und Ihren Vater im Auftrag von Ihnen und Ihrer Mutter umgebracht hat. Was wollen Sie tun – uns umbringen oder von Jason umbringen lassen? Und dann beseitigen Sie Jason? Und Sie wollen für das Recht eintreten ... mein Gott ...« Sie fühlte sich weit weniger tapfer, als ihre Worte das ausdrückten. Halt dich zurück, dachte sie, reiz ihn nicht ...

Er wirkte völlig gelassen.

»Lydia, das ist alles nur ein schlechter Traum gewesen. So schwer es Ihnen auch fallen mag, das zu akzeptieren, aber kein

Mensch würde Ihnen auch nur eine Ihrer merkwürdigen Geschichten glauben, gegen das Wort einer der vornehmsten und bekanntesten Frauen in ganz Amerika. Veronica Caldwell, der die Kunst soviel verdankt, Veronica, die trauernde Frau, die Mutter, die Senatorin, hat von Ihnen beiden nichts zu befürchten. Mein armer Bruder wird für geisteskrank befunden und verbringt sein Leben in einer Heilanstalt. Da geht es ihm immer noch viel besser als bisher.«

»Ihr Bruder ... ja ... dafür haben Sie wohl gesorgt.«

»Es war nicht allzuschwer, ihn zu überzeugen. Er lügt gar nicht, wissen Sie. Er glaubt selbst, was er sagt ... er wollte diese Dinge ja vielleicht wirklich schon lange tun. Ich würde nie zulassen, daß meinem Bruder etwas geschieht. Selbst wenn diese Dinge nicht passiert wären, ist er in einer Anstalt besser aufgehoben, und ich werde dafür sorgen, daß es ihm gutgeht.«

Mein Gott, dachte Lydia. Er sieht sich wirklich als Retter und nicht als Anstifter zu Morden. Er ist weniger normal als Mark Adam, aber gleichzeitig sehr verschlagen. Eine tödliche Kombination ...

»Sie wissen überhaupt nichts, Lydia, nur das, was Ihre ungezügelte Phantasie Ihnen vorspiegelt. Und diese junge Dame hier hat schon bewiesen, was sie sich alles einbildet. Sie hielt ja ihren eigenen Liebhaber für den Mörder. Dieser Abend ist nie gewesen, meine Damen. Gehen wir alle nach Hause und führen wir unser Leben fort. Alles, was sich ereignet hat, ist, daß das Band, das soviel Qualen hervorgerufen hat, nun einem nützlichen Zweck zugeführt wird.«

Sie nahm an, er werde es an Ort und Stelle vernichten. Er schien zu ahnen, was sie dachte, und sagte: »Das Band wird den Anwälten übergeben, die ich als Verteidiger für meinen Bruder beigezogen habe. Ich hatte immer vor, das Band zu vernichten, sobald ich es gefunden hätte, aber die Situation hat sich verändert. Es bestand ja immer die Möglichkeit, daß es eine Kopie des Bandes gab. Seit Mark Adam gestanden und bewiesen hat, wie krank er ist, kann das Band als konkreter Beweis dafür dienen, daß er nicht zurechnungsfähig ist. Da werden Sie mir sicher zustimmen. Übrigens liefert das Band auch ein glaubhaftes Motiv für Marks Mord an Jimmye. Seine Sekte unterzog ihn einer Gehirnwäsche, damit er ihre Schmutzarbeit ausführte, so wie er es bei dieser Zeremonie getan hatte. Eigentlich ganz passend, wenn man bedenkt, welches Interesse Jimmye für das Thema aufgebracht hat.«

Alles ganz logisch, mußte Lydia einräumen. Sie fröstelte. Es war so schwer, Ordnung in die durcheinanderwirbelnden Gedanken zu bringen ... Bis das Band aufgetaucht war, hatte Marks Beteiligung an der Sekte für die Caldwells nur eine Peinlichkeit dargestellt, mehr nicht. Bis Jimmye den Film beschafft hatte. Bis sie gedroht hatte, an die Öffentlichkeit zu gehen. Jason hatte sie umbringen müssen. Niemand in der Familie hatte damit gerechnet, daß das Band bei Quentin Hughes landen würde. Aber Hughes hatte es wenigstens nicht benützt, nur gedroht, daß er es tun würde – schlimm genug, aber gerade noch verständlich. Als dem Senator dann das Gewissen geschlagen hatte, weil er den nahen Tod vor sich sah, und er damit drohte, den Ruf der Familie zu zerstören, hatten Veronica und Cale keine andere Möglichkeit mehr gesehen, als ihm vorzeitig in die Ewigkeit hinüberzuhelfen, zum Wohl der Familie, natürlich. Hughes war nach wie vor ein Problem, aber sie selbst ein noch größeres, begriff Lydia schlagartig. Da sie nicht gesonnen gewesen war, als Ausschußberaterin passiv zu bleiben, wie Veronica es angenommen hatte, hatte sie mehr als jeder andere Umstand zum Handeln gezwungen. Nun brauchte man unbedingt einen Sündenbock. Der armselige Mark Adam war der ideale Kandidat dafür, und die Filmaufzeichnung dieses grauenhaften Vorgangs innerhalb der Sekte konnte nun als Dokument dafür dienen, das Geständnis zu untermauern – als Geschöpf der Sekte hatte er den Auftrag, Jimmye zu töten, ausgeführt, und anschließend Rache an seinem Vater geübt, von dem Jimmye schwanger gewesen war ... so ähnlich würde Cale vor Gericht argumentieren. Und man würde Mark für nicht zurechnungsfähig befinden, nicht fähig, Recht von Unrecht zu unterscheiden. Er würde in einer Heilanstalt landen. Wenigstens würde, sobald das Band an die Öffentlichkeit kam, der Sekte großer Schaden entstehen.

Konnte Cale wirklich damit durchkommen? War der Name Caldwell wirklich so mächtig, so hochgeachtet? Möglich. Wahrscheinlich sogar, wenn man es sich genau überlegte. Gewiß wollte Lydia einen Versuch unternehmen, zu Horace Jenkins gehen, Christa mitnehmen, als Zeugin, aber würde man ihnen glauben? Weit mehr sprach dafür, daß man ihr ein völliges Versagen der Nerven attestieren würde. Und Christa – eine unausgeglichene Person, die von ihrem Liebhaber verlassen worden war ...

Cale war gefährlich – gefährlich, glatt und geschickt. Mark Adam galt als krank, und er war es auch ohne Zweifel, aber Cale und die noble Veronica waren viel kränker. Sie verbargen sich hinter einer Fassade der Achtbarkeit, sie glaubten an ihre eigenen Lügen.

Cale schien erneut ihre Gedanken zu erahnen.

»Und wenn Sie wirklich darauf bestehen, absurde Dinge über uns zu erzählen, Lydia«, sagte er, »fürchte ich, daß wir Sie wegen Verleumdung und übler Nachrede vor Gericht zerren müssen. Das dürfte für Ihre künftige Laufbahn nicht günstig sein, vielleicht sogar Ihr Ende bedeuten ... Nun, es war sehr lehrreich, meine Damen. Ich gehe jetzt. Vielen Dank für das hier.« Er hob kurz die Videokassette hoch.

Gelassen ging er nach rechts und in einem Bogen zur Tür. Die beiden Frauen sahen einander an. Als Lydia den betäubten Ausdruck auf Christas Gesicht bemerkte, wurde ihr klar, daß sie von ihr nicht viel zu erhoffen hatte.

Sie zwang sich aufzuspringen, lief durch das Studio, rannte zur Tür hinaus, den Flur entlang zum Nebeneingang, riß die Tür auf, taumelte hinaus, mußte sich an die Mauer lehnen. Ihr Atem ging stoßweise –

Ein Geräusch vom Parkplatz her ließ sie erstarren. Vielleicht eine Fehlzündung oder sonst etwas Harmloses. Nein. Der Knall zerschnitt die nächtliche Stille. Eine Autotür schlug zu. Ein Mann schrie: »Wegwerfen.« Scheinwerfer flammten auf und erfaßten ein Auto, das um das Gebäude herumfuhr. Lydia starrte hinüber. Es schien Gingers Wagen zu sein. Sie lief darauf zu, der einzige sichere Punkt in diesem Alptraum.

Es war Clarence, der ihren Namen rief, als er aus dem Auto sprang und ihr entgegenstürzte. Lydias Blick wurde während des Laufens nach links abgelenkt, wo ein stämmiger Mann Francis Jewel an ein Auto gestoßen hatte. Er bedrohte Jewel mit einer Schußwaffe und brüllte etwas kaum Verständliches ... warum er das getan habe ... Lydia konnte es nicht genau verstehen.

Clarence preßte Lydia an sich, aber über seine Schulter konnte sie sehen, daß Ginger ausgestiegen war und herankam. Ginger blieb plötzlich stehen. Sie blickte auf etwas hinunter, das für Lydia durch ein geparktes Auto verdeckt war. Ginger stieß einen gellenden Schrei aus. Lydia und Clarence liefen auf Ginger zu. Sie starrten auf den Boden, wo Cale Caldwell junior lag, die Videokassette noch in der Hand. Aus seiner Brust rann Blut. Er schien tot zu sein. Er war es auch.

Es war so unwirklich wie alles, was sich in den letzten Stunden zugetragen hatte, und doch auf furchtbare Weise wahr. Augenblicke zuvor war Cale so unverwundbar erschienen und es vielleicht auch gewesen, und nun ... Lydia, Clarence und Ginger näherten sich dem Auto, wo der Unbekannte Jewel in Schach hielt. Lydia fragte ihn, wer er sei.

»Unwichtig«, sagte Conegli. »Rufen Sie die Polizei, schnell.«

Jewel schien genau zu wissen, wer sein Gegner war. Er flehte ihn an, bedrohte ihn, fluchte.

»Sie arbeiten doch für mich«, stieß er hervor. »Hol Sie der Teufel ... ich habe nur getan, was Ihre Aufgabe gewesen wäre ... ich konnte nicht anders ... er wollte mir das Band nicht geben, schlug zu, lief weg. Von dem Band hängt mein Leben ab ...«

Die Macht der Sekte schien noch größer zu sein, als sie angenommen hatte, dachte Lydia.

Conegli fuhr Jewel an, er solle den Mund halten. Er, Conegli, sei zu allerhand fähig, um Geld zu verdienen, aber bei einem Mord mache er nicht mit. Da habe er seine Grundsätze.

»Gehen wir hinein und rufen wir die Polizei an«, sagte Lydia zu Ginger und Clarence. Sie näherten sich der Tür, als sie aufging. Christa und Hughes kamen heraus.

Lydia fragte Hughes, ob Christa ihm alles erzählt habe. Er antwortete, das sei gar nicht nötig gewesen. Der Portier habe ihn angerufen und sich erkundigt, ob Caldwell bei ihm angekommen sei. Hughes habe nicht gewußt, wovon er sprach, und als der Mann ihm erklärt habe, Caldwell hätte den Besuch geheimhalten wollen, sei er, Hughes, stutzig geworden. Er habe beschlossen, sich umzusehen, und sei bald danach in den Regieraum gekommen, während Caldwell unten im Studio gewesen sei.

»Dann können Sie bestätigen, was geschehen ist«, sagte Lydia. Zum erstenmal hatte sie das Gefühl, daß wieder Sinn und Ordnung in die Welt kam.

Hughes lächelte.

»Sie brauchen gar keine Bestätigung, nicht damit.« Er zeigte ihr eine Tonbandspule. »Ich weiß ehrlich nicht, warum, aber eine der Tonbandmaschinen lief. Sie sind eine erstklassige Interviewerin, Lydia. Sie lassen das Opfer sich um Kopf und Kragen reden. Wenn Sie den Beruf wechseln wollen, kommen Sie nur zu mir.«

Lydia zog die Brauen zusammen, dann fiel es ihr ein. Sie hatte versuchsweise einige Tasten und Knöpfe gedrückt und zufällig eine Tonbandmaschine in Betrieb gesetzt. Sie lehnte sich einen Augenblick an Clarence, dann gingen sie ins Haus, um die Polizei anzurufen.

Kapitel 34

Die zuckenden Blinkleuchten und Sirenen der Polizeiautos, die gaffende Menschenmenge, die herandrängenden Reporter, die Fernsehkameras und Scheinwerfer, die beinahe wie durch Zauberei am Herrensitz der Caldwells aufgetaucht waren, ließen eher an eine Filmpremiere in Hollywood denken als an den düsteren Anlaß – die Festnahme der Senatorin Veronica Caldwell wegen Anstiftung zum Mord, und von Jason DeFlaunce wegen Mordes.

Sie kamen heraus und wurden in zwei Polizeiautos geschoben. Veronica hielt den Kopf immer noch hoch erhoben. Sie erregte beinahe Mitleid, wenn man sich nicht ins Gedächtnis rief, was sie getan hatte. Jason, der Gehilfe, war leichenblaß und schien völlig betäubt zu sein. Die Fahrzeuge fuhren unter Sirenengeheul davon. Auch jetzt war Jason nicht Mitglied der Familie. Ob er es später sein würde, wenn auch nur im Verbrechen, mußte die Zeit zeigen.

Kapitel 35

Lydia und Clarence saßen bei *Peng*, ihrem chinesischen Lieblingsrestaurant in New York, aßen Garnelen süßsauer, Rindfleisch mit Schotenerbsen und Huhn in dreierlei Variationen. Sie waren am Morgen in New York angekommen und ins Hotel *Carlyle* gezogen. Am Abend wollten sie ein Konzert der New Yorker Philharmoniker unter der Leitung von Zubin Mehta besuchen.

»Na komm, Schatz«, sagte Clarence. »Sei wieder guter Stimmung oder versuch es wenigstens. Es ist vorbei –«

»Ich gebe mir ja Mühe, Clarence, aber du weißt, daß es noch nicht vorbei ist. Erst wenn Veronica und Jason verurteilt sind. Und was mich angeht – ich weiß nicht, ob ich je darüber hinwegkomme –«

»Und was ist mit mir, sag mal? In meiner Wohnung war ein Mikrofon eingebaut, ausgerechnet im Schlafzimmer!« Aber er lächelte dazu. »Hoffentlich waren wir nicht zu laut.«

Nun konnte auch sie lachen.

»Wir sollten lieber dafür sorgen, daß wir das Tonband zurückbekommen. Wie hieß der Mann ... Conegli? Der Fall des verschwundenen Bandes. Klingt wie bei Erle Stanley Gardner, nicht?

Ich werde lange Zeit keine Kriminalromane mehr lesen, das kann ich dir versichern. Die Wirklichkeit ist zu schlimm . . .«

»Was wird mit Veronica geschehen, meinst du?«

»Nachdem ich erfahren hatte, daß alles aufgezeichnet worden war im Studio, dachte ich zunächst, die Sache sei völlig klar. Aber das stimmt nicht ganz. Später sah ich ein, daß es nicht so leicht sein würde. Man muß bedenken, wer Veronica ist, wer die Caldwells sind, und welche Motive sie anführen kann. Als ich mit Jenkins sprach, wurde mir vollends klar, daß es nicht einfach sein würde. Er war dankbar für meine Hilfe, versteht sich, wies aber warnend darauf hin, daß ein weiter Weg von der Anklage zum Prozeß und zur Verurteilung ist. Er hat recht. Veronica war klug genug, Jason verteidigen zu wollen. Das sieht immer gut aus, auch wenn es ihm nicht viel nützen wird. Er ist erledigt, der arme Kerl. Er wollte immer so gern zu den Caldwells gehören. Jetzt hat er es geschafft, aber nicht so, wie er sich das dachte.«

»Gut, Frau Rechtsanwalt, genug davon. Iß jetzt die guten Sachen und –«

Aber Lydia war nicht aufzuhalten. Noch nicht.

»Weißt du, man darf einfach nicht übersehen, daß Veronica den Leuten leid tun wird. Man ist ja tatsächlich schlimm mit ihr umgesprungen. Ein Ehemann, der sich mit der Pflegetochter einläßt, die ihrerseits den Ruf der ganzen Familie zu zerstören droht. Es ist eigentlich nicht verwunderlich, daß sie die Nerven verlor und den Verstand dazu . . . Ich will sie nicht entschuldigen, versteh mich, bitte, nicht falsch. Das tut sie schon selbst. Aber ich versuche zu begreifen. Ich werde als Zeugin aussagen und den Spruch der Geschworenen hinnehmen. Aber glaube nicht von mir, daß ich befriedigt bin, wenn ein Schuldspruch herauskommt. Da reagiere ich eben auch nur rein menschlich . . .«

»Du brauchst dich doch wahrlich nicht zu entschuldigen, Lydia. Ich bin froh, daß du so denkst. Ich möchte dich gar nicht anders haben. Übrigens fällt mir etwas ein. Hoffentlich bist du nicht entsetzt. Warum lassen wir das Konzert nicht einfach sausen, machen uns einen gemütlichen Abend hier und fahren dann zurück in unser Hotel. Geht dir ein Lichtchen auf?«

»Gewiß, Sir. Einverstanden. Die Sitzung ist geschlossen.«

GARDNER, ERLE STANLEY

Der dunkle Punkt. 3039 DM 5,80
Der schweigende Mund 2259 DM 8,80
Ein schwarzer Vogel. 2267 DM 8,80
Lockvögel. 3114 DM 5,80
Per Saldo Mord. 3121 DM 5,80
Wo Licht im Wege steht 3048 DM 8,80

GILBERT, MICHAEL

Das leere Haus 4868 DM 8,80

GOLDMANNS MORDSSACHEN

Der Schakal und der Tiger
und andere kriminelle Geschichten aus dem Giftschrank von Simon Brett, Michael Gilbert, Peter Lovesey u.a. Hrsg. Hilary Hale. 9619 DM 8,80
Eine Freundschaft ganz besonderer Art und andere kriminelle Geschichten aus dem Giftschrank von James McClure, Simon Brett, Miles Tripp u.a. Hrsg. Hilary Hale. 9787 DM 9,80
Er ruhe in Frieden und andere Geschichten aus dem Giftschrank von Celia Fremlin, Patricia Highsmith, Julian Symons u.a. Hrsg. Hilary Hale. 9384 DM 9,80
Doppelleben und andere kriminelle Geschichten aus dem Giftschrank von Lionel Davidson, Ellis Peters, Desmond Lowden u.a. Hrsg. George Hardinge. 9806 DM 9,80
Wer tötet schon eine Katze? und andere Geschichten aus dem Giftschrank von Antonia Fraser, P.D. James, H.R.F.Keating u.a. hrsg. von George Hardinge. 9360 DM 9,80

GOLDSBOROUGH, ROBERT

Blutiger Efeu Ein neuer Fall für Nero Wolfe. 5099 DM 8,80

GOTTWALD, CHRISTOPH

Lebenslänglich Pizza 5093 DM 7,80

GOUGH, LAURENCE

Der goldene Schuß. 5133 DM 8,80
Die Tote am Haken 5080 DM 8,80

GUNN, VICTOR

Sammelbände zum 100. Geburtstag von Victor Gunn, dem Meister des klassischen Kriminalromans.
Das Wirtshaus von Dartmoor/Die Treppe zum Nichts/Gute Erholung Inspektor Cromwell Drei Fälle für »Ironsides« in einem Band. 5097 DM 10,–
Im Nebel verschwunden/Tod im Moor/Der Tod hat eine Chance Drei Fälle für »Ironsides« in einem Band. 5098 DM 10,–
Der Mann im Regenmantel. 2093 DM 8,80
Die Lady mit der Peitsche. 261 DM 6,80
Roter Fingerhut. 267 DM 7,80

HAEFS, GISBERT

Das Triumvirat. Und andere kriminelle Geschichten. 5035 DM 7,80
Die Schattenschneise 5046 DM 8,80
Mord am Millionenhügel 5613 DM 8,80

HAFTAY

Blinder Kurier 5162 DM 8,80

HALL, PARNELL

Der Mann, der nein sagen konnte. 5085 DM 8,80
Mann ohne Angst 5142 DM 8,80
Mann ohne Gewähr. 5109 DM 8.80

HANSEN, JOSEPH

Die logische Lösung
Ein Fall für Dave Brandstetter. 5459 DM 8,80
Frühe Gräber. 5073 DM 8,80
Keine Prämie für Mord. 5454 DM 7,80
Jeder hat einen Feind. 5464 DM 8,80
Verkaufte Haut. Ein Fall für Dave Brandstetter. 5444 DM 8,80

Hardinge, George (Hrsg.)

Das große Krimi-Lesebuch.
Von Autoren wie Eric Ambler, Agatha Christie, Lionel Davidson, Dick Francis, Patricia Highsmith, P.D. James, Ruth Rendell u.v.a. 9914 DM 10,–

HIGGINS, GEORGE V.

Ausgespielt 5115 DM 8,80
Die Freunde von Eddie Coyle 5083 DM 8,80
Heißer Abriß 5117 DM 8,80

HILL, REGINALD

Kein Kinderspiel. 5054 DM 9,80
Noch ein Tod in Venedig 5219 DM 8,80
Unter Tage 5108 DM 9,80

HITCHENS, DOLORES

Man stirbt nur zweimal 2109 DM 8,80
Wer mit Fremden schläft 2103 DM 8,80

JOHNSON HOWE, MELODIE

Schattenfrau
5146 DM 9,80

KAKONIS, TOM

Abgezockt 5168 DM 9,80
Die Spur des Spielers 5113 DM 9,80
Über Kreuz 5135 DM 12,80

KAMINSKY, STUART

Kalte Sonne 5111 DM 9,80
Der Mann, der wie ein Bär ging
5157 DM 9,80
Nacht auf dem Roten Platz. 5067 DM 9,80
Roter Regen. 5089 DM 8,80
Rotes Chamäleon. 5072 DM 8,80

KNOX, BILL

Die Tote vom Loch Lomond 5025 DM 8,80
Frachtbetrug. 4909 DM 8,80
Mit falschen Etiketten. 4966 DM 8,80
Seefahrt bringt Tod. 5015 DM 8,80
Tödliche Fracht. 4906 DM 8,80

KORN, CARMEN

Thea und Nat 5136 DM 7,80

KRISTAN, GEORG R.

Anschlag auf Bonn 5120 DM 8,80
Die Dame aus Potsdam
5176 DM 8,80 (März '92)
Das Jagdhaus in der Eifel. 5650 DM 8,80
Diplomat im Abseits 5154 DM 8,80
Ein Staatsgeheimnis am Rhein. 5019 DM 9,80
Fehltritt im Siebengebirge. 5003 DM 9,80
Schnee im Regierungsviertel. 5068 DM 8,80
Spekulation in Bonn. 5050 DM 8,80

LEONARD, ELMORE

Entscheidung in Detroit 5165 DM 8,80

LEWIS, ELLIOTT

Heute hier, morgen tot 5457 DM 7,80
Zwei Köpfe sind besser 5431 DM 7,80
Irren ist tödlich 5441 DM 7,80
Messer an der Kehle 5445 DM 9,80

LINDSEY, DAVID L.

Der Tod und die Mädchen 4962 DM 9,80

LUTZ, JOHN

Ein flammend heißer Tag 5150 DM 9,80
Ein Tropfen Tod 5151 DM 9,80
Das zweite Leben des Bert Renway
5164 DM 8,80 (März '92)

MALING, ARTHUR

Manipulationen 4854 DM 8,80

MARSH, NGAIO

Bei Gefahr Rot. 4968 DM 8,80
Das Schloß des Mr. Oberon. 4954 DM 9,80
Das Todesspiel. 4990 DM 7,80
Der Champagner-Mord. 4917 DM 8,80
Der Handschuh. 4934 DM 7,80
Der Hyazinthen-Mörder. 5036 DM 8,80
Der Tod auf dem Fluß. 4997 DM 8,80
Der Tod des Narren. 4946 DM 8,80
Der Tod im Frack. 4908 DM 9,80
Der Tod und der tanzende Diener. 4974 DM 9,80
Ein Schuß im Theater. 4046 DM 7,80
Fällt er in den Graben, fällt er in den Sumpf.
4912 DM 8,80
Letzter Applaus. 5008 DM 9,80
Mord im Atelier. 5000 DM 8,80
Mord in der Klinik. 5040 DM 8,80
Mord vor vollem Haus. 4994 DM 8,80
Mylord mordet nicht. 4910 DM 9,80
Ouvertüre zum Tod. 4902 DM 8,80
Stumme Zeugen. 5028 DM 8,80
Tod im Äther 5177 DM 8,80 (April '92)
Tod im Lift 4980 DM 9,80
Tod im Pub. 4986 DM 8,80
Tod in der Ekstase. 5016 DM 7,80

MAYOR, ARCHER

Ende der Schonzeit 5112 DM 9,80

MILLER, GEOFFREY

Philip Marlowe lebt nicht mehr
5237 DM 9,80

MOLSNER, MICHAEL

Der ermordete Engel. Die Euro-Ermittler.
5002 DM 7,80

NATSUKI, SHIZUKO

Mord am Fujiyama
5148 DM 8,80
Zwei Fremde in der Dunkelheit 5143 DM 8,80

NEELY, RICHARD

Plastic Nightmare
Verfilmt von Wolfgang Petersen. 4790 DM 8,80

PARETSKY, SARA (HRSG.)

Die Katze läßt das morden nicht. 5170 DM 10,–

PETERS, ELLIS

Der Tod und die lachende Jungfrau. 4236 DM 8,80
Mord zur Gitarre. 3219 DM 8,80

ROSS, JONATHAN

Begraben wird später. 5075 DM 8,80

SADLER, MARK

Der Tod der Schwalbe. 5047 DM 7,80

SAYERS, DOROTHY L.

Es geschah im Bellona-Klub. 3067 DM 7,80
Geheimnisvolles Gift. 3068 DM 8,80
Mord braucht Reklame. 3066 DM 6,80

SCHRENK, PETER

Ein fremder Tod. 5053 DM 9,80
Ohne Obligo. 5071 DM 9,80
... und dann Berlin 5101 DM 9,80

STEPHENSON, NEAL

Volles Rohr 5179 DM 9,80

STOUT, REX

Das Geheimnis der Bergkatze. 3052 DM 7,80
Das Plagiat. 3108 DM 7,80
Der rote Bulle. 2269 DM 7,80
Der Schein trügt. 3300 DM 7,80
Die Champagnerparty. 4062 DM 7,80
Gambit. 4038 DM 7,80
Gast im dritten Stock 2284 DM 8,80 (März '92)
Gift la Carte. 4349 DM 7,80
Goldene Spinnen. 3031 DM 7,80
Licht in Dunkle. 4358 DM 7,80
Morde jetzt – zahle später. 3124 DM 7,80
Orchideen für sechzehn Mädchen. 3002 DM 7,80
P.H. antwortet nicht. 3024 DM 7,80
Per Adresse Mörder X. 4389 DM 7,80
Vor Mitternacht. 4048 DM 7,80
Wenn Licht ins Dunkle fällt. 4358 DM 7,80
Zu viele Köche. 2262 DM 7,80
Zu viele Klienten. 3290 DM 7,80

SYMONS, JULIAN

Damals tödlich. 4855 DM 8,80
Der Kreis wird enger. 4104 DM 7,80
Der Spieler und der Tod. 4469 DM 7,80
Roulett der Träume. 4792 DM 8,80
Villa Victoria 4548 DM 8,80

TAIBO II, PACO IGNACIO

Das nimmt kein gutes Ende. 5252 DM 6,80

TOGAWA, MASAKO

Der Kuß des Feuers 5114 DM 8,80
Schwestern der Nacht 5116 DM 8,80

TRUMAN, MARGARET

Die Mauer des Schweigens 4924 DM 8,80
Mord an höchster Stelle. 4943 DM 8,80
Mord im CIA. 5069 DM 9,80
Mord im Diplomatenviertel. 5005 DM 9,80
Mord im Kennedy Center 5126 DM 12,80
Mord im Weißen Haus. 4907 DM 8,80
Mord in der Kathedrale 5166 DM 9,80
Mord in Georgetown. 5041 DM 9,80

UPFIELD, ARTHUR W.

Bony stellt eine Falle. 1168 DM 6,80
Bony und der Bumerang. 2215 DM 6,80
Bony und die Maus. 1011 DM 8,80
Bony und die schwarze Jungfrau. 1074 DM 6,80
Bony und die Todesotter 2088 DM 8,80
Bony wird verhaftet. 1281 DM 6,80
Das rote Flugzeug. Erstmals in deutscher Sprache. 5158 DM 9,80
Der Kopf im Netz. 167 DM 6,80
Der neue Schuh. 219 DM 6,80
Der schwarze Brunnen. 224 DM 6,80
Der sterbende See. 214 DM 6,80
Der streitbare Prophet. 232 DM 6,80
Die Giftvilla. 180 DM 6,80
Die Leute von nebenan. 198 DM 6,80
Fremde sind unerwünscht. 1230 DM 6,80
Höhle des Schweigens. Erstmals in deutscher Sprache. 5147 DM 9,80
Tödlicher Kult 5132 DM 8,80
Viermal bei Neumond 4756 DM 8,80
Wer war der zweite Mann? 1208 DM 8,80

WALLACE, EDGAR

A.S. der Unsichtbare. 126 DM 6,80
Bei den drei Eichen. 100 DM 6,80
Das Gasthaus an der Themse. 88 DM 6,80
Das Geheimnis der gelben Narzissen. 37 DM 6,80
Das Geheimnis der Stecknadel. 173 DM 6,80
Das geheimnisvolle Haus. 113 DM 6,80
Das Gesetz der Vier. 230 DM 6,80
Das Gesicht im Dunkel. 139 DM 6,80
Das silberne Dreieck. 154 DM 6,80
Das Steckenpferd des alten Derrick. 97 DM 6,80
Das Verrätertor. 45 DM 6,80
Der Banknotenfälscher. 67 DM 6,80
Der Brigant. 111 DM 6,80
Der Derbysieger. 242 DM 6,80
Der Dieb in der Nacht. 1060 DM 6,80
Der Doppelgänger. 95 DM 6,80
Der Engel des Schreckens.136 DM 6,80
Der Frosch mit der Maske. 1 DM 6,80
Der goldene Hades. 226 DM 6,80
Der grüne Bogenschütze. 150 DM 6,80
Der grüne Brand. 1020 DM 6,80
Der Hexer. 30 DM 6,80
Der leuchtende Schlüssel. 91 DM 6,80
Der Mann im Hintergrund. 1155 DM 6,80
Der Mann von Marokko. 124 DM 6,80
Der Mann, der alles wußte. 86 DM 6,80
Der Mann, der seinen Namen änderte. 1194 DM 5,80
Der Mann mit den zwei Gesichtern. 5144 DM 8,80
Der Preller. 116 DM 6,80
Der Rächer. 60 DM 6,80
Der Redner. 183 DM 6,80
Der rote Kreis. 35 DM 6,80
Der Safe mit dem Rätselschloß. 47 DM 6,80
Der schwarze Abt. 69 DM 6,80
Der sechste Sinn des Mr. Reeder. 77 DM 6,80
Der sentimentale Mr. Simpson. 1214 DM 6,80
Der Teufel von Tidal Basin. 80 DM 6,80
Der Unheimliche. 55 DM 6,80
Der unheimliche Mönch. 203 DM 6,80
Der viereckige Smaragd. 195 DM 6,80
Der Zinker. 200 DM 6,80
Die Abenteuerin. 164 DM 6,80
Die Bande des Schreckens. 11 DM 6,80
Die blaue Hand. 6 DM 6,80
Die drei Gerechten. 1170 DM 6,80
Die drei von Cordova. 160 DM 5,80
Die gebogene Kerze. 169 DM 6,80
Die gelbe Schlange. 33 DM 6,80
Die Gräfin von Ascot. 1071 DM 6,80
Die Melodie des Todes. 207 DM 6,80
Die Millionengeschichte. 194 DM 5,80
Die Schuld des anderen. 1055 DM 6,80
Die seltsame Gräfin. 49 DM 6,80
Die toten Augen von London. 181 DM 6,80
Die unheimlichen Briefe. 1139 DM 6,80
Die vier Gerechten. 39 DM 6,80
Ein gerissener Kerl. 28 DM 6,80
Feuer im Schloß. 1063 DM 6,80
Gangster in London. 178 DM 6,80
Geheimagent Nr. sechs. 236 DM 6,80
Großfuß. 65 DM 6,80
Gucumatz. 248 DM 6,80
Im Banne des Unheimlichen. 117 DM 6,80
In den Tod geschickt. 252 DM 6,80
Kerry kauft London. 215 DM 6,80
Lotterie des Todes.1098 DM 5,80
Louba, der Spieler. 163 DM 6,80
Mr. Reeder weiß Bescheid. 1114 DM 5,80
Nach Norden, Strolch! 221 DM 6,80
Neues vom Hexer. 103 DM 6,80
Penelope von der Polyantha. 211 DM 6,80
Richter Maxells Verbrechen. 41 DM 6,80
Töchter der Nacht. 1106 DM 6,80
Turfschwindel. 155 DM 6,80
Überfallkommando. 75 DM 6,80

WEINERT-WILTON, LOUIS

Die weiße Spinne 6250 DM 8,80

WEINMAN, IRVING

Die Puppe des Schneiders 5119 DM 8,80
Tod im Sand 5118 DM 8,80

WETERING, JANWILLEM VAN DE (HRSG.)

Ferne Gefahren Ein Krimi-Lesebuch. 5127 DM 10,–

WILCOX, COLLIN

Die rechte Hand Gottes 5095 DM 9,80
Ryans Blut 5453 DM 8,80

WOODS, SARA

Der Mörder tritt ab 4878 DM 7,80
Ein kleines, kleines Grab. 5051 DM 7,80
Ihre Tränen waren Tod. 4921 DM 8,80
Lady im Kreuzverhör. 4923 DM 8,80
Weine nicht, kleine Jennifer. 5058 DM 8,80
Wer zuletzt schießt . . . 5023 DM 8,80

ZIEGLER, THOMAS

Koks und Karneval 5145 DM 8,80
Tod im Dom 5149 DM 8,80